Hyewon World Best

황금을 바구니에 가득 담아
후손에게 물려 주는 것보다
한 권의 책을 가르쳐 주는 것이 낫다.
재물은 쓸수록 없어지지만
지식과 지혜는 사용할수록 늘어나기 때문이다.

Hye Won World Best 64

Short Stories by Maupassant
모파상 단편선

기 드 모파상 지음
전혜경 옮김

惠園出版社

아! 가엾은 마틸드!
내 것은 가짜였는데.
기껏해야 5백 프랑밖에 나가지 않는…….

♥♥♥ 모파상단편집 ♥♥♥

차 례

목걸이 ——— 5
산 막 ——— 15
쥘 삼촌 ——— 31
사 랑 ——— 42
광 녀 ——— 49
두 친구 ——— 55
달 빛 ——— 65
죽은 연인 ——— 71
후 회 ——— 78
어느 여인의 고백 ——— 86
보 석 ——— 93
술 통 ——— 103
후원자 ——— 112
의자 고치는 여자 ——— 119
귀 향 ——— 129
올리브나무 숲 ——— 138
첫 눈 ——— 172
쓸모없는 아름다움 ——— 182
테리에 집 ——— 208
비계 덩어리 ——— 242
《모파상 단편집》 바로 읽기 ——— 289
모파상 연보 ——— 303

목걸이

조물주의 잘못이라고나 할까, 그녀는 아름답고 매력은 있었지만 가난한 관리 집에 태어난 처녀들 중의 하나였다. 그녀에겐 지참금이 없었다. 따라서 별다른 희망도 가질 수가 없었으며, 돈 있고 지위 있는 남자와 알게 되어 사랑을 받아 결혼하게 될 가능성도 전혀 없었다. 그래서 하는 수 없이 그녀는 문부성(文部省)에 근무하는 보잘것없는 한 관리에게 시집을 갔다.

그녀는 계절에 따라 화려한 옷을 해입는다든지 하는 것은 생각도 못 하고 소박하게 살았다. 그래서 그녀는 세상에서 버림을 받은 듯 불행하다고 느꼈다. 하기야 여자들에겐 그들의 계급이나 혈통보다도 그들의 미모와 매력과 애교가 그들의 출신 가문을 대신한다. 고상한 천품, 우아한 취미, 민첩한 재질이 그들만의 계급을 이루며, 평민의 딸들로 하여금 귀족의 딸들과 어깨를 겨루게 하는 것이다.

그녀는 자기야말로 모든 쾌락과 사치를 누릴 자격을 가지고 이 세상에 태어났다고 생각했기 때문에 늘 마음이 아팠다. 누추한 집, 쓸쓸한 벽, 낡아 빠진 의자, 빛이 바랜 커튼만 봐도 마음이 괴로웠다. 자기와 같은 신분에 있는 다른 여자들 같으면 아예 신경도 쓰지 않을 이 모든 것 때문에 가슴이 쓰리고 마음이 상했다. 자기의 초라한 살림을 맡아 하고 있는 하녀인 브르타뉴 태생의 소녀만 봐도 서글픈 유한(遺恨)과 열중했던 꿈이 다시 되살아

나는 것이었다.
  그녀는 동양식 벽지에 높은 청동 촛대에 불이 켜진 조용한 응접실, 그리고 난방기의 후끈한 온기에 졸음이 와서 큰 안락의자 속에 잠들어 있을 짧은 바지 차림의 뚱뚱한 두 하인을 상상해 보는 것이었다. 그런가 하면 또 옛날 비단으로 벽을 장식한 살롱, 값진 골동품들이 놓인 우아한 가구들, 모든 여성들의 선망의 대상이 되어 있는 사교계의 인기 있는 남성들과 가장 친밀한 친구들이 모여 오후 다섯시의 담화를 즐기도록 만든 향기롭고 아담한 밀실을 상상해 보는 것이었다.
  저녁 식사 때, 사흘째 빨지 않은 식탁보를 덮은 둥근 식탁 앞에 앉아 맞은편의 남편이 수프 그릇 뚜껑을 열며,
  "아, 훌륭한 수프야! 나에겐 이게 최고야……."
라고 기쁜 목소리로 소리칠 때마다 호화롭게 차린 만찬, 번쩍이는 은그릇들, 신선들이 노니는 숲 속, 기이한 새들과 고대의 인간들을 수놓은 벽지, 으리으리한 그릇에 담겨 나오는 진기한 음식들, 잉어의 붉은 살이나 들꿩의 날갯죽지를 뜯으며 은근한 미소를 띠우고 정담을 속삭이는 남녀들의 모습이 그녀의 눈앞에 떠올랐다.
  그녀에게는 멋진 옷도 보석도 전혀 없었다. 그런데 그녀가 좋아하는 것은 이런 것뿐이었다. 그녀는 자신이 그런 것을 위해 태어났다고 생각했다. 그토록 그녀는 쾌락과 선망을 동경했고 남성들을 매혹시켜 구애를 받고 싶어했다. 그녀에게는 수도원 동창인 돈 많은 친구가 하나 있었다. 그녀는 이제 그 친구를 찾아보려고도 하지 않았다. 그녀에게는 그 친구를 만나는 것은 매우 마음 아픈 일이었다. 그 친구를 만나고 오면 그녀는 며칠을 두고 슬픔과 뉘우침과 절망과 비관으로 눈물을 흘리는 것이었다.
  그런데 어느 날 저녁 남편이 손에 큰 봉투를 하나 들고 희색이 만면해서 돌아왔다.
  "자, 당신에게 주려고 가져온 거야."
  그녀는 급히 겉봉을 뜯었다. 그 안에는 다음과 같이 인쇄된 한 장의 초대장이 들어 있었다.

'문교장관 조르즈 랑포노 부처는 1월 18일 월요일 저녁 장관 관저에서 파티를 개최하오니 르와젤 부처께서 참석하시기 바랍니다……'

그녀는 남편이 기대했던 것과는 달리 기뻐하기는커녕 오히려 기분을 상한 듯 초대장을 식탁 위에 내던지며 중얼거렸다.
"그러니 나더러 어쩌란 말예요?"
"아니, 여보, 나는 당신이 퍽 기뻐할 줄 알았는데, 당신 외출한 적도 없고 하니 참 좋은 기회잖아! 이 초대장을 얻는데도 여간 힘이 든 게 아니오. 서로 얻으려고 다투었는데 하급 직원들에게는 몇 장 주지도 않았다오. 그날 나가면 고관들을 모두 볼 수 있을 거야."
그녀는 새침한 눈초리로 남편을 쳐다보고 있더니 참을 수 없다는 듯이 이렇게 소리쳤다.
"그래, 당신은 나더러 무엇을 몸에 걸치고 가라는 거예요."
남편은 미처 거기까지는 생각지 못했었다. 그는 이렇게 중얼거렸다.
"아니 왜, 당신 극장에 갈 때 입었던 옷 있지 않소. 내가 보기에는 좋아 보이던데……."
그는 놀라고 어이가 없어 더 이상 말을 잇지 못했다. 아내가 울고 있었던 것이다. 두 줄기 굵은 눈물 방울이 눈가에서 입 끝으로 천천히 흘러내리고 있었다. 그는 떠듬떠듬 이렇게 말했다.
"왜 그러지? 응? 왜 그래?"
그러자 그녀는 간신히 슬픔을 가라앉힌 뒤 눈물에 젖은 볼을 씻으며, 조용한 목소리로 이렇게 말했다.
"아무것도 아니예요. 그저 난 입고 갈 옷이 없으니 이 파티에는 갈 수 없다는 것뿐이에요. 초대장은 나보다 옷이 많은 부인을 가진 당신 친구분들에게 주세요."
남편은 마음이 언짢아서 이렇게 되받았다.
"이봐, 마틸드, 적당한 옷 한 벌 하는데 얼마나 들까? 때때로 입을 수 있고 과히 비싸지 않은 것으로 말이야."

그녀는 잠시 생각에 잠겼다. 값을 계산해 보기도 하고 얼마 정도나 요구해야 이 검소한 관리가 당장 거절을 하지 않고, 놀라 비명을 지르지 않을 것인가 생각해 보기도 했다.

마침내 망설이다가 그녀는 이렇게 대답했다.

"확실히는 모르겠어요. 하지만 4백 프랑이면 되지 않을까 생각해요."

그러자 남편의 얼굴이 약간 창백해졌다. 왜냐하면 그는 엽총을 사기 위해 꼭 4백 프랑을 예금해 두었던 것인데, 다가오는 여름에는 일요일이면 종달새 사냥을 즐기는 몇몇 친구와 같이 낭테르 평원으로 사냥을 가기로 되어 있었던 것이다.

그러자 그는 이렇게 대답했다.

"그러지, 4백 프랑을 줄 테니 좋은 옷을 사도록 해요."

파티 날이 가까워졌다. 르와젤 부인의 표정은 불안과 근심에 싸여 있었다. 그러나 옷은 준비가 되었다. 어느 날 저녁에 남편이 이렇게 말했다.

"왜 그러오? 요새 며칠 동안 당신 안색이 흐리니?"

그녀의 대답은 이러했다.

"나는 보석도, 패물도, 몸에 붙일 것이라고는 아무것도 없으니 딱해서 그래요. 꼴이 얼마나 궁상맞아 보이겠어요. 차라리 파티에 가지 않는 것이 낫겠어요."

그러자 남편은 이렇게 말했다.

"생화를 달고 가면 될 것 아니오. 요즘은 그것이 아주 멋있어 보이던데. 10프랑만 주면 훌륭한 장미꽃 두세 송이는 살 수 있을 거야."

그녀는 그 말에 수긍하지 않았다.

"싫어요. 돈 많은 여자들 틈에서 가난해 보이는 것같이 치욕스러운 일이 또 어디 있겠어요?"

그러자 남편이 이렇게 소리쳤다.

"당신도 참 바보야! 아, 그 당신 친구 포레스티에 부인을 찾아가서 보석을 좀 빌려 달라고 하구려. 그만한 것쯤 할 수 있는 처지가 아니오."

그러자 그녀는 기뻐서 소리쳤다.

"아! 참 그래요. 그 생각을 미처 못 했군요."

다음날 그녀는 친구를 찾아가서 딱한 사정을 이야기했다. 포레스티에 부인은 거울이 달린 장 앞으로 가더니 큰 상자 하나를 들고 와서 열어 보이며 르와젤 부인에게 말했다.

"자, 골라 봐."

그녀는 먼저 몇 개의 반지를 보았다. 다음에는 진주 목걸이를, 다음에는 베니스제 십자가, 정묘한 솜씨로 만든 금과 보석의 패물들을 보았다. 그녀는 거울 앞에서 그것들을 번갈아 몸에 걸어 보면서 망설일 뿐 마음을 정하지 못하고 있었다. 그녀는 이렇게 말하는 것이었다.

"다른 것 없어?"

"응, 또 있어, 골라 봐. 어느 것이 네 마음에 들지 알 수가 있어야지."

검은 공단 상자 속에 눈부신 다이아 목걸이가 들어 있는 것이 언뜻 그녀의 눈에 띄었다. 그녀의 가슴은 걷잡을 수 없이 뛰기 시작했다. 그것을 쥐는 그녀의 손은 떨리고 있었다. 그녀는 그것을 목에 걸고 자기 모습에 스스로 황홀해 있었다. 그리고는 난처한 듯 망설이며 이렇게 말했다.

"이것 좀 빌려 줄 수 없겠니? 다른 건 필요 없어."

"응, 좋아, 그렇게 해."

그녀는 친구의 목을 얼싸안으며 격렬하게 입을 맞추고는 목걸이를 들고 총총히 돌아왔다.

파티 날이 되었다. 르와젤 부인은 성공했다. 그녀는 누구보다도 아름다웠고 우아하고 맵시있었으며 기쁨에 도취되어 웃고 있었다. 모든 남성들이 그녀를 바라보았고 이름을 물었으며 소개받기를 원했다. 모든 관리들이 그녀와 춤을 추고 싶어했다. 장관도 그녀를 유심히 바라보았다. 그녀는 흥분 속에서 취한 듯 춤을 추었다. 자신의 아름다움에 의기양양해지고, 자신의 성공의 영광과 모든 사람의 존경과 찬미와 깨어난 모든 욕망 등, 여자들의 마음을 완전무결한 승리감으로 채워 주는 행복의 절정에서 다른 것은 생각해 볼 겨를조차 없었다.

그녀는 새벽 네시쯤 되어서야 무도회장에서 나왔다. 남편은 자정부터 사람도 없는 작은 응접실에서 다른 세 명의 친구들과 함께 잠이 들어 있었다. 이들의 부인네들은 그 동안 마음껏 쾌락을 맛보고 있었다.

남편은 돌아갈 때를 생각해서 평소에 입던 검소한 옷을 아내의 어깨에다 걸쳐 주었는데 화려한 야회복과는 너무나도 대조적인 초라한 옷이었다. 이것을 느끼자 그녀는 값진 모피옷으로 몸을 감싼 다른 여자들의 눈에 뜨이지 않으려고 몸을 피하려 했다. 르와젤은 그녀를 붙들었다.

"잠깐만 기다려요. 밖에 나가면 감기 들 거야. 내 나가서 마차를 불러올게."

그러나 그녀는 남편의 말을 듣지 않고 급히 층계를 뛰어내려갔다. 그들이 밖으로 나왔을 때 이미 마차는 한 대도 보이지 않았다. 그들은 멀리 지나가는 마차를 소리쳐 부르며 마차를 잡기 시작했다. 그들은 낙담하여 추위에 몸을 떨며 센 강 쪽으로 걸어갔다. 마침내 그들은 강가에서 밤에나 나다니는 헐어빠진 마차 한 대를 발견했다. 파리에서 낮에는 차마 그 초라한 꼴을 보이기가 부끄럽다는 듯이 밤에만 볼 수 있는 그러한 마차였다. 마차는 마르티르 거리에 있는 그들의 집 문앞에 다다랐다.

그들은 쓸쓸하게 집 층계를 올라갔다. 그녀에게는 모든 것이 끝난 것이었다. 남편은 열시까지 직장에 출근해야 되겠다고 생각하고 있었다. 그녀는 화려한 자기 모습을 다시 한 번 보려고 거울 앞으로 가서 어깨 위에 걸쳤던 웃옷을 벗었다. 그리고 그녀는 갑자기 비명을 질렀다. 목에 걸었던 목걸이가 없었던 것이다. 옷을 벗고 있던 남편이 물었다.

"왜 그래?"

그녀는 남편을 향해 돌아서며 얼빠진 듯이 이렇게 말했다.

"저……저…… 목걸이가 없어졌어요."

남편은 소스라치게 놀라며 벌떡 일어섰다.

"아니…… 뭐라구…… 그럴 리가 있나?"

그들은 옷 갈피 속, 외투자락, 호주머니 속을 샅샅이 뒤져 보았다. 그러나 목걸이는 보이지 않았다. 남편은 이렇게 물었다.

"무도회에서 나올 때까지 있었던 것은 확실하오?"

"그럼요, 장관 댁 현관에서도 만져 봤어요."

"그렇지만 길에서 떨어뜨렸으면 소리가 났을 텐데. 틀림없이 마차 속에서 떨어뜨렸을 거야."

"네, 그런 것 같아요. 마차 번호를 기억하세요?"

"모르겠어. 당신도 번호를 보지 않았소?"

"네."

그들은 낙담하며 서로 마주 바라보았다. 르와젤은 옷을 다시 입었다.

"혹시 길에 떨어졌을지도 모르니 우리가 왔던 길을 다시 가 봐야겠어."

그는 밖으로 나갔다.

그녀는 야회복을 입은 채, 눕지도 못하고 불을 피울 생각조차 하지 못한 채 망연히 의자에 주저앉아 있었다. 남편은 일곱시경에야 돌아왔다. 그는 아무것도 찾지 못했다. 그는 경시청으로, 현상을 걸기 위해 마차 회사로 뛰어다녔다. 희망을 걸만한 곳은 모조리 찾아가 보았다. 아내는 이 무서운 재난 앞에서 거의 실신 상태에 빠진 채 온종일 남편을 기다리고 있었다.

르와젤은 저녁 무렵에야 볼이 푹 꺼지고 파리해진 얼굴을 하고 돌아왔다. 그는 아무것도 발견하지 못했다.

"여보, 당신 친구에게 편지를 써야 하겠소. 목걸이의 고리가 망가져서 수선시켰다고. 그러면 그것을 돌려주는 데 시간적 여유가 생길 것 아니오."

그녀는 남편이 부르는 대로 받아썼다. 일 주일이 지나자 그들은 모든 희망을 잃었다. 그 동안에 오 년이나 늙어 버린 것 같은 르와젤은 이렇게 단안을 내렸다.

"똑같은 보석으로 사다 주는 수밖에 도리가 없겠어."

이튿날 그들은 목걸이가 들어 있던 상자를 들고 상자 속에 적혀 있는 상점을 찾아갔다. 보석상 주인은 장부를 들추어 보았다.

"그 목걸이는 저희가 판 것이 아닙니다. 상자만을 제공해 드린 것 같군요."
그래서 그들은 똑같은 목걸이를 찾으려고 기억을 더듬어 가며 이 상점에서 저 상점으로 돌아다녔다. 두 사람이 모두 슬픔과 근심으로 병자 같았다. 그들은 팔레 르와얄의 어느 상점에서 찾고 있던 것과 똑같아 보이는 다이아몬드 목걸이를 찾아냈다. 값은 4만 프랑이었으나 3만 6천 프랑까지 해 주겠다는 것이었다.

그들은 보석상에게 사흘 안에는 다른 사람에게 팔지 말아 달라고 사정했다. 그리고 다행히 이달 말일까지 잃었던 목걸이를 다시 찾게 된다면 상점에서 3만 4천 프랑으로 다시 사 준다는 조건으로 계약을 했다.

르와젤은 아버지에게서 물려받은 만 8천 프랑의 유산이 있었다. 나머지는 빚을 내기로 했다. 그는 이 사람에게서 천 프랑, 저 사람에게서 5백 프랑, 이곳에서 5루이, 저곳에서 3루이, 닥치는 대로 빚을 얻었다. 그는 증서를 쓰고 전 재산을 저당 잡히고 고리대금은 물론 어떤 종류의 대금업자와도 거래를 했다. 그는 돈을 얻기 위해 자기 인생의 모든 것을 걸었으며, 이행할 수 있을 것인지 알지도 못하면서 함부로 서약서에 도장을 찍었다. 그는 장차 닥쳐올 불행에 대한 걱정, 멀지 않아 엄습해 올 비참한 어두운 그림자, 앞으로 겪게 될 온갖 물질적인 압박과 정신적인 고통에 대한 생각으로 몸을 떨며, 새 목걸이를 사러 보석상으로 찾아가 3만 6천 프랑을 카운터 위에 내놓았다.

르와젤 부인이 목걸이를 가지고 포레스티에 부인을 찾아갔을 때 부인은 불쾌한 표정으로 이렇게 말했다.

"좀 빨리 갖다 주지 않고. 내가 쓸 일이 생길 수도 있잖아!"

그러면서도 그 여자는 상자 뚜껑을 열어 보지도 않았다. 그녀는 친구가 상자를 열어 볼까 봐 조마조마했다. 물건이 바뀐 것을 알았다면 친구는 어떻게 생각할까? 친구는 뭐라고 말할까? 자기를 도둑으로 생각하지는 않을까?

르와젤 부인은 가난한 사람들의 생활이 얼마나 비참한 것인지 알았다. 그러나 그녀는 곧 비장한 결심을 했다. 저 무서운 빚을 갚아야만 했다. 그녀는 어떻게 해서든 이 빚을 갚을 심산이었다. 그들은 하녀도 내보내고 집도 옮겨 지붕 밑 다락방을 새로 얻었다. 그녀는 집안일이 얼마나 힘든 일이며, 부엌일이 얼마나 귀찮은 것인지를 알게 되었다. 설거지를 하느라고 그녀의 장밋빛 손톱은 기름 낀 접시와 냄비 바닥에서 놀았다. 그녀는 세탁도 했다. 더러운 옷이나 내의, 걸레를 빨아서 줄에 널었다.

매일 아침 그녀는 쓰레기를 들고 거리까지 내려갔다. 그리고 숨을 돌리려고 층계마다 쉬며 물을 길어 올렸다. 그녀는 빈민굴의 부인네 같은 차림으로 바구니를 팔에 끼고 채소 가게나 식료품 가게나 푸줏간을 드나들며 값을 깎다 욕을 먹어가면서 비참하게 한푼 한푼을 절약했다. 그들은 매달 어음 지불을 하고 다른 어음으로 고쳐 쓸 것은 고쳐 써가며 연기해 나가야 했다. 남편은 눈코 뜰 사이 없이 일했다. 저녁에는 상인들의 장부를 정리해 주고, 때때로 밤에는 페이지당 5루이씩 받는 서류 작성을 해 주기도 했다.

이런 생활이 십 년 동안 계속되었다. 십 년 후에 모든 빚을 다 갚았다. 고리대금의 이자와 쌓이고 쌓인 이자의 이자까지도 모두 갚았다.

르와젤 부인은 이제는 늙은이의 꼴이었다. 그녀는 세차고 완강하고 거친 가난한 살림꾼 주부가 되었다. 머리는 아무렇게나 빗어 넘기고 치마는 그대로 걸치기만 한 채 비뚤어졌고 손은 붉었다. 물을 첨벙거리며 마룻바닥을 닦고 거친 음성으로 떠들었다. 그러나 이따금 남편이 출근하고 나면 그녀는 창가에 앉아 지난날의 그 파티, 그렇게도 자신이 아름답고 환대를 받던 그 무도회를 회상해 보는 것이었다.

그 목걸이를 잃지 않았더라면 어떻게 되었을까? 누가 아나? 인생이란 참 이상스럽고 무상한 거야! 사소한 일이 파멸을 가져오기도 하고 구원을 베풀기도 하는구나!

그런데 어느 일요일, 그녀는 일 주일의 노고를 풀기 위해 샹젤리제를 한 바퀴 돌러 나가는 길에 문득 어린애를 데리고 산보하는 한 부인을 발견했다. 그녀는 변함없이 젊고 아름답고 매력 있는 포레스티에 부인이었다. 르와젤 부인은 가슴이 두근거렸다. 가서 말을 할까? 그렇지! 빚을 다 갚은 이

제, 그에게 다 이야기하자. 못할 이유가 무엇인가?
그녀는 가까이 갔다.
"참 오랜만이야, 잔느!"
포레스티에 부인은 그녀를 알아보지 못하고 이런 초라한 여자가 자기를 그토록 정답게 부르는 것에 놀라 이렇게 중얼거렸다.
"그런데…… 저는 모르겠군요…… 사람을 잘못 본 게 아니에요?"
"나, 마티드 르와젤이야."
친구는 소리를 질렀다.
"아니! ……가엾어라, 마틸드…… 어쩌 이렇게 변했어!"
"응, 참 고생 많이 했어. 우리가 마지막 만났던 후로…… 그 심한 고생살이가 다…… 너 때문이었어!"
"나 때문이었다고? ……아니 왜?"
"내가 문교장관 댁 파티에 가려고 너에게 빌렸던 그 다이아몬드 목걸이 생각나?"
"응, 그런데?"
"그것을 그때 내가 잃어버렸던 거야."
"뭐라구! 왜 나한테 돌려줬지 않아?"
"내가 돌려준 것은 똑같지만 다른 거였어. 그것을 갚느라고 십 년이 걸렸지. 빈털터리였던 우리에게 그게 어떤 시련이었으리라는 것은 너도 짐작할 거야. 그러나 결국 다 해결되었어. 이젠 마음이 후련해."
포레스티에 부인은 발걸음을 멈추었다.
"그럼 내 것 대신에 다른 다이아몬드 목걸이를 사 왔단 말이야?"
"그럼 아직까지 그걸 몰랐었군. 하긴, 모양이 똑같으니까."
그녀는 순박하고 자랑스러운 미소를 지었다. 포레스티에 부인은 매우 감동되어 친구의 두 손을 붙잡았다.
"아! 가엾은 마틸드! 내 것은 가짜였는데. 기껏해야 5백 프랑밖에 나가지 않는……"

산 막

　오트 알프스 지방에서는 흔히 볼 수 있는 풍경이지만, 새하얀 산꼭대기들을 깎아 길을 만들어 놓은 바위투성이 골짜기의 산기슭 빙하 속에 목조 여인숙이 오도카니 세워져 있다. 그러한 여인숙이 으레 그렇듯이 슈바렌바흐 주막도 제미의 험한 골짜기 길을 지나가는 여행자들에게 만일의 경우의 피난소이다.
　그 여인숙은 한 해 동안 절반만 개업을 하고 있었는데, 장 오제네의 가족이 살고 있다. 그리고 눈이 쌓여 골짜기를 메우게 되어 로에쉬 마을로 내려가기 어렵게 되면 여자들과 아버지와 세 아들은 산을 내려갔는데, 집을 지키기 위해 늙은 안내인 가스파르 아리와 젊은 안내인 울리히 쿤시, 그리고 산길을 걷는데 데리고 다니는 커다란 개 삼을 남기고 간다. 두 사나이와 개는 봄까지 이 눈의 감옥 속에서 지낸다.
　감옥의 창문으로 눈에 보이는 것이라고는 발름호른의 하얗고 거대한 비탈뿐이다. 하얗게 반짝이는 산봉우리에 에워싸이고, 눈 밑에 갇히고 봉쇄되어 묻히는 것이다. 눈은 그들의 둘레에 쌓여 이 조그만 집을 싸고 조여서 눌러 버린다. 지붕 위에 쌓이고 창문까지 닿아서 문을 막아 버린다.
　그날은 오제네 가족이 로에쉬로 돌아가는 날이었다. 겨울이 다가와서 내려가는 길이 점점 위험해져 가고 있었다. 세 마리의 나귀가 옷가지와 그 밖의 짐을 싣고 세 아들에게 끌려 먼저 떠났다. 그리고 어머니 잔느 오제와 딸 루이즈는 네 번째 나귀를 타고 잇따라 출발했다. 아버지가 두 안내인을 거느리고 그 뒤를 따랐다. 두 사람은 언덕 밑에까지 가족들을 전송하기로 되어 있었다. 그들은 먼저 조그만 호수를 삥 돌았다. 호수는 지금 여인숙 앞에 널려 있는 바위투성이의 커다란 구멍 속에서 얼어 있었다. 그리고 홧이 불처럼 하얗게 반짝이고 있는 골짜기, 눈을 이고 있는 봉우리가 사방에서 내려다보이는 골짜기를 따라 나아갔다. 강한 햇살이 이 눈부시게 얼어붙은 새하얀 무인 지경에 쏟아져내려, 눈을 뜨고 있을 수 없는 차가운 불꽃으로 타오르게 했다.

　이 끝없는 산속에는 무엇 하나 살아 있는 것의 모습은 나타나지 않았다. 무한한 정적 속에 무엇하나 움직이는 기척도 없었다. 이 깊은 침묵을 흔들어 놓을 만한 소리 하나 나지 않았다. 늘씬한 다리에 키가 큰 스위스 사람인 젊은 안내인 울리히 쿤시는 오제 노인의 늙은 안내인 가스파르 아리를 뒤에 남겨 놓고 조금씩 두 여자를 태운 나귀를 따라잡으려 했다. 처녀는 젊은이가 걸어오는 것을 물끄러미 바라보고 있었다. 슬픈 듯한 눈길이 젊은이를 부르고 있는 것처럼 보였다. 금발의 자그마한 시골 아가씨로, 우윳빛 볼과 빛깔이 엷은 머리칼은 눈에 묻혀 사는 동안에 빛이 바랜 듯한 느낌이 들었다.

　젊은이는 처녀가 타고 있는 나귀에 따라붙자 나귀 엉덩이에 손을 얹고 걸음을 늦추었다. 오제 부인이 젊은이에게 이야기를 하기 시작했다. 겨울을 지내는 동안의 주의 사항을 자세하게 주워 섬기는 것이었다. 젊은이가 고지에 남는 것은 이번이 처음이었다. 아리 노인은 슈바렌바흐의 여인숙에서 눈에 묻힌 겨울을 이미 열네 번이나 지내 왔다. 울리히 쿤시는 얌전히 듣고는 있었지만 상대의 말을 알아들은 것 같지는 않았다. 줄곧 젊은 처녀 쪽만 보고 있었다. 그리고 이따금 "네, 알았습니다"라고 대답을 하고 있었지만 아마 그의 생각은 딴 데로 가 있는 듯, 온화한 얼굴에는 아무런 표정도 떠오르지 않았다.

　그들은 도브 호수에 이르렀다. 그 얼어붙은 길쭉한 표면은 거울처럼 평평하게 골짜기 밑에 퍼져 있었다. 오른편에는 빌트스트루벨의 봉우리가 내려다보고 있는 로에메른 빙하의 거대한 퇴석 옆에 도벤호른 봉이 깎아지른 검은 바위를 보이고 있다. 제미의 험한 골짜기, 거기서 로에쉬 마을로 내려가는 길이 시작되는데, 그곳에 차츰 다가갔을 때 그들 앞에 별안간 론 강의 깊고 폭넓은 골짜기를 사이에 두고 멀리 발레 알프스의 장대한 경치가 펼쳐졌다. 멀리서 보니 한 떼의 높고 낮은 흰 산봉우리의 모임이었다. 눌려 찌그러진 것도 있었고 뾰족한 것도 있었는데 모두 태양에 반짝이고 있었다.

두 개의 뿔이 달린 미샤벨 비세호른의 당당한 군봉, 육중한 브루네그호른, 많은 사람을 죽인 세르뱅의 높고 무서운 피라미드, 그리고 그 무서운 마녀인 당 블랑쉬[白齒山], 그리고 발 밑에는 얼마만큼 밑이 깊은지 짐작도 할 수 없는 구멍 속, 소름이 끼치는 심연 속에 로에쉬 마을이 보였다. 이쪽에는 제미 골짜기가 한쪽 끝이 되어 막고 있으며, 저쪽은 론 강을 향해 펼쳐져 있는 이 거대한 지표의 균열 속에 마을의 집들이 뿌려진 모래알같이 보였다.

나귀는 내리막으로 접어드는 오솔길 끝에까지 와서 멈추어 섰다. 오솔길은 꼬불꼬불 구부러져 앞으로 가는가 싶으면 곧 되돌아오곤 하여 마치 변덕스러운 장난이라도 하고 있는 듯했다. 그러나 길은 이런 곳에 잘도 냈다 싶을 만큼 똑바로 깎아지른 산허리를 타고, 그 조그만 마을, 거의 눈에 보이지도 않을 정도로 발 아래 묻혀 있는 조그만 마을까지 뻗어 있었다. 여자들은 눈 위에 뛰어내렸다. 두 늙은이도 뒤에서 쫓아왔다.

"자, 이것으로 작별이다. 잘들 있게, 내년에 또 만나세."
하고 오제 노인이 말했다.

그러자 아리 노인도 말했다.
"그럼, 내년에 또 뵙지요."

노인끼리 얼싸안고 키스를 했다. 그리고 이번에는 오제 부인이 볼을 번갈아 내밀었다. 젊은 처녀도 똑같이 했다. 울리히 쿤시 차례가 되었을 때 그는 루이즈의 귓전에 입술을 대고 속삭였다.

"높은 곳에 있는 사람을 잊지 말아 주십시오."

"네."
처녀는 대답했지만 너무나 소리가 작았기 때문에 젊은이에게는 들리지 않았으나 다만 짐작으로 그렇게 알아들었다.
"자, 여기서 헤어지세. 몸조심하고 잘들 있게."
하고 장 오제가 되풀이했다.
그리고 여자들 앞을 빠져나가 앞장서서 내려가기 시작했다.
이윽고 그들 세 사람의 모습은 첫 번째 꼬부라지는 길모퉁이로 사라졌다. 사나이 두 사람은 슈바렌바흐 여인숙 쪽으로 되돌아갔다. 두 사람은 나란히 서서 말도 하지 않고 천천히 걸었다. 그들은 끝내 가 버렸다. 두 사람은 얼굴을 맞대고 앞으로 네댓 달 동안 자기들끼리만 살아야 하는 것이다.
잠시 후 가스파르 아리는 지난 겨울의 이야기를 하기 시작했다. 작년에는 미셸 카놀과 같이 지냈다. 이 노인은 너무 늙어서 올해도 같이 있자고는 할 수가 없었다. 이런 길고 쓸쓸한 생활을 하는 동안에 어떤 돌발사건이 일어날지 모르기 때문이다.
하기야 그들은 지루하진 않았다. 첫날부터 체념을 하고 들면 그것으로 좋았던 것이다. 결국 자기들끼리 여러 가지 기분 전환 방법을 생각해 낸다. 놀이를, 여러 가지 소일거리를.
울리히 쿤시는 눈을 내리깔고 상대의 말을 듣고 있었지만, 머릿속으로는 마을 쪽을 향해 제미의 꼬불꼬불한 길을 내려가는 사람들의 뒷모습을 쫓고 있었다. 이윽고 두 사람의 눈에 여인숙 건물이 보였다. 가까스로 보일락말락하는 참으로 작은, 무섭도록 거대한 눈 파도 밑에 외로이 떠오른 까만 점이었다.
그들이 문을 열자 삼이, 곱슬곱슬한 털이 난 큰 개가 반가워하며 그들 주위를 뛰어다녔다.
"자."
하고 늙은 가스파르가 말했다.
"자, 이제 여자들이 없으니 우리가 저녁 준비를 해야지. 자네는 감자 껍질을 벗겨 주게."

그리고 두 사람 다 기다란 나무 의자에 앉아 수프에 빵을 적셔 먹기 시작했다. 울리히 쿤시에겐 이튿날 아침나절이 몹시 긴 것같이 여겨졌다. 아리 노인은 담배를 피우면서 난로의 재 속에 침을 뱉었다. 젊은이는 창 너머의 집 정면으로 보이는, 눈이 아찔할 만큼 새하얀 바위만을 바라보고 있었다. 오후에는 밖으로 나가 보았다. 그리고 어제와 같은 길을 다시 한번 더듬으면서 두 여자를 태우고 간 나귀의 짚신 자국을 눈 위에서 찾았다. 그리고 제미의 험한 골짜기께에 이르자 낭떠러지 가에 엎드려 로에쉬의 마을을 바라보았다.

그 마을은 바위산 속에 있는 분지라 아직 눈에 묻혀 있지 않았다. 눈은 마을 가까이까지 이르렀으나 주위 일대를 지키고 있는 전나무 숲으로 딱 막혀 있는 것이었다. 지붕이 낮은 집들은 위에서 내려다보니 초원 속에 포석을 늘어놓은 것처럼 보였다. 오제네 아가씨는 지금 저기에 있는 것이다. 저 잿빛 집들 속의 어느 한 집에. 어느 집일까? 울리히 쿤시가 있는 곳이 너무 멀었기 때문에 똑똑히 구별하기 힘들었다. 내려가려면 아직 내려갈 수 있을 때 내려가 버리고 싶다. 그러나 태양은 이미 빌트스트루벨의 높은 꼭대기 뒤로 넘어가고 있었다.

젊은이는 되돌아왔다. 아리 노인은 여전히 담배를 피우고 있었다. 짝이 돌아오는 것을 보자 노인은 트럼프 놀이를 하자고 했다. 그들은 식탁 양편에 마주보고 앉았다. 그들은 오래도록 트럼프 놀이를 계속했다. 브리스크라는 간단한 놀이였다. 그런 다음 저녁을 먹고 그들은 잠자리에 들었다.

그로부터 며칠 동안은 맨 첫날과 똑같았다. 맑게 개인 날씨는 춥기는 했지만 눈은 내리지 않았다. 늙은 가스파르는 오후가 되면 얼어빠진 눈의 산꼭대기에 우연히 날아드는 독수리나 그 밖의 신기한 새들을 노리며 시간을 보냈다. 한편 울리히는 마을을 바라보기 위해 판에 박은 듯이 제미의 험한 골짜기로 나갔다. 그리고 그는 트럼프를 하고 주사위를 던지고 도미노를 했다. 놀이를 재미있게 하기 위해 물건을 걸어 놓고 따기도 하고 잃기도 했다.

어느 날 아침 먼저 일어난 아리가 불러 댔다. 뭉게뭉게 움직이는 구름이, 끝없이 둥실둥실 떠오른 구름이, 새하얀 거품 같은 구름이, 그들을 향해 그들 주위에 소리도 없이 밀어닥치고 있었던 것이다. 그들은 차츰 모든 소리를 지워 버리는 두꺼운 거품으로 된 털이불 속에 파묻히고 있었던 것이다. 그것이 나흘 낮, 나흘 밤 동안 계속되었다. 열두 시간의 결빙으로 빙하의 퇴석인 화강암보다도 더 단단하게 만들어 버린 이 얼음 가루 위로 나가려면 입구 문과 창문을 터서 복도를 파고 계단을 만들지 않으면 안 되었다. 그리고 나서부터 그들은 그만 죄수처럼 갇혀 살았다. 집 밖으로는 통 나가는 일이 없었다. 일을 둘이서 나누어 규칙적으로 처리했다. 울리히 쿤시는 청소와 빨래, 그리고 집 주위를 돌보는 일을 맡았다. 장작을 패는 것도 그의 임무였다. 한편 가스파르 아리는 부엌일을 하고 불을 꺼뜨리지 않게끔 신경을 썼다. 규칙적이고 단조로운 그들의 일은 트럼프와 주사위 놀이의 긴 승부로 중단되었다. 절대로 다투는 일은 없었다. 두 사람 다 온화하고 순한 성격을 가지고 있었다. 그들은 신경질을 내거나 불쾌해하거나 귀에 거슬리는 말을 입에 담는 일도 없었다. 두 사람 다 산 위에서 겨울을 지내는 데 대해 체념을 하고 있었던 것이다.

때때로 늙은 가스파르는 총을 들고 나가서는 영양을 잡아 가지고 돌아오는 일도 있었다. 그런 때면 슈바렌바흐 여인숙은 잔칫날이 되고 신선한 고기의 대향연이 벌어졌다. 어느 날 아침 노인은 영양을 잡기 위해 집을 나갔다. 집 밖의 온도계는 영하 십팔 도를 가리키고 있었다. 아직 해가 뜨지 않았으므로 노인은 빌트스트루벨 부근에 어물거리고 있는 사냥감을 습격하려고 생각하고 있었다. 울리히는 혼자 남자 열시까지 자리 속에서 꾸물거리고 있었다. 원래 잠꾸러기이지만 언제나 아침 일찍 일어나는 부지런한 늙은 안내인 앞에서는 그렇게 자기 버릇대로 실컷 잘 수가 없었던 것이다. 그는 삼과 함께 천천히 아침 식사를 했다. 삼도 역시 낮이나 밤이나 난로 앞에서 잠만 자고 있었다.

그러다가 문득 쓸쓸한 생각이 들었다. 혼자 있는 것이 무섭게 느껴졌다. 그리고 매일 하는 트럼프 놀이가 하고 싶어 못 견디게 되었다. 사람이 누를 수 없는 습관에 빠져 버린, 욕망에 쫓기는 바로 그대로의 심정이었다. 그래서 그는 네시면 으레 돌아오는 동료를 마중하러 밖으로 나가 보았다. 눈이 깊은 골짜기를 완전히 평평하게 만들고 말았다. 갈라진 틈을 메우고 두 개의 호수를 지웠으며, 바위를 메우고 거대한 봉우리와 봉우리 사이에 눈이 아찔해질 만큼 새하얗게 언 하나의 거대한 통을 만들어 놓고 있었다.

3주일 동안 울리히는 자신이 언제나 마을을 내려다보던 그 낭떠러지로 가지 않았었다. 빌트스트루벨로 이어지는 비탈을 기어오르기 전에 다시 한 번 그곳에 가 보고 싶은 생각이 들었다. 지금은 로에쉬 역시 눈 아래 묻혀 있었다. 이 창백한 망토 아래 파묻힌 집들은 이제 구별을 할 수가 없었다. 그리고 오른쪽으로 돌아 로에메른 빙하께까지 가 보았다. 돌처럼 단단한 눈을 쇠지팡이로 두드리면서 산에서 자란 사나이다운 큰 걸음으로 걸어갔다. 그렇게 하여 날카로운 눈을 움직이면서 끝없이 펼쳐져 있는 눈으로 된 천 위에 아득히 움직이고 있는 조그만 검은 점이 없을까 하고 찾았다.

빙하 가에 이르렀을 때 젊은이는 걸음을 멈추고, 노인이 확실히 이 길을 지나갔을까 하고 스스로에게 물어 보았다. 그리고는 한층 더 초조한 빠른 걸음으로 퇴석을 따라 걷기 시작했다. 해는 기울고 눈은 장밋빛으로 물들어 있었다. 메마르고 얼어붙는 듯한 바람이 수정 같은 눈의 표면을 이따금 생각난 듯이 휘몰아쳐 지나갔다.

울리히는 날카로운 소리로 길게 떨면서 친구를 불렀다. 목소리는 산들이 잠들어 있는 죽음의 침묵 위를 건너, 아득히 얼음 거품이 꼼짝도 하지 않는 깊은 파도 위를 넘어갔다. 마치 바다의 파도 위를 바다새의 울음 소리가 건너가듯이 저절로 사라졌다. 아무런 대답도 없었다.

젊은이는 다시 걷기 시작했다. 태양은 아득한 저 산 너머의 꼭대기 뒤로 가라앉고, 하늘의 놀은 아직도 산꼭대기를 빨갛게 물들이고 있었지만, 골짜기의 밑바닥 쪽은 벌써 잿빛으로 저물어 가고 있었다. 젊은이는 갑자기 온 몸에 물을 끼얹은 듯이 소름이 쪽 끼쳤다. 이 겨울 산들의 죽음이, 정적이, 추위가, 침묵이, 자기 몸 속에 스며들어 피를 얼게 하고, 멎게 하고 온몸을 빳빳하게 하여 자기를 꼼짝 않는 얼어붙은 존재로 만들어 버릴 것 같은 생각이 들었다.

젊은이는 뛰기 시작했다. 자기 집을 향해 정신없이 뛰었다. 노인은 자기가 없는 동안에 돌아간 것이다. 그는 줄곧 그렇게 생각했다. 다른 길로 해서 돌아간 것이다. 지금쯤은 잡은 영양을 발 밑에 놓고 난로 앞에 앉아 있을지도 모른다. 이윽고 여인숙 건물이 보였다. 지붕에서 연기가 나지 않았다. 울리히는 한층 더 빨리 달려가서 문을 열었다. 삼이 반가이 달려들었지만 가스파르 아리는 돌아와 있지 않았다. 초조한 마음으로 울리히는 주위를 살펴보았다. 마치 동료가 어느 방 구석에라도 숨어 있지나 않을까 생각하고 있기라도 한 것 같았다. 그리고 불을 피워 수프를 만들었다. 여전히 노인이 방금이라도 돌아올 것만 같았다. 이따금 노인의 모습이 나타나지나 않을까 하고 밖으로 나가서 바라보았다. 주위는 밤이 되어 있었다. 희미한 밝음이 남아 있는 밤. 창백한 납빛 밤. 하늘가에 금방이라도 산마루 너머로 떨어지려는 노랗고 가느다란 초승달이 그것을 비추고 있었다.

   젊은이는 집안으로 되돌아왔다. 의자에 앉아 손발을 불에 쬐면서, 일어났을지도 모르는 사건을 이것저것 상상해 보았다. 가스파르는 다리를 다쳤는지도 모른다. 구멍 속에 빠졌든가, 헛디디어 발목을 삐었는지도 모른다. 그리고 눈 속에 쓰러져 있겠지. 추위에 얼어 몸이 말을 듣지 않아 절망에 빠져 어찌할 바를 모르면서도 아마 줄곧 구원을 청하고 있을는지 모른다. 밤의 정적 속에서 목청껏 소리를 짜내어 부르고 있을지도 모른다. 하지만 대관절 그 장소는 어디일까? 산이 너무나 넓고 험악하여, 특히 이런 철에는 참으로 위험하다. 이 넓은 장소 어디엔가 있을 한 사나이를 찾아내려면, 열 명 내지 스무 명의 안내인이 일 주일 동안 팔방으로 돌아다니지 않으면 안 될 것이다. 그래도 울리히 쿤시는, 만약 밤 열두시에서 새벽 한시까지 기다려도 가스파르 아리가 돌아오지 않는다면 삼을 데리고 출발하려고 결심했다. 그래서 젊은이는 채비를 하기 시작했다.

   이틀치 식량을 배낭 속에 넣고 강철 꺾쇠를 준비하였으며, 허리에 가늘고 튼튼한 긴 밧줄을 감고 쇠지팡이와 얼음을 깎아 층계를 만드는 데 쓸 도끼를 챙겼다. 불은 난로 속에서 활활 타오르고 있었다. 커다란 개는 그 불빛을 받으며, 코를 골고 있었다. 괘종시계가 심장처럼 규칙적인 소리를 내며 나무 상자 속에서 똑딱거리고 있었다. 젊은이는 멀리서 들려 오는 소리에 귀를 기울이면서 기다렸다. 가냘픈 바람 소리가 지붕과 벽을 스쳐갈 때마다 몸이 오싹 떨렸다.

시계가 열두시를 쳤다. 그는 저도 모르게 몸을 부르르 떨었다. 그것은 그가 겁을 먹고 있다는 증거였다. 그러므로 그는 떠나기 전에 물을 끓여서 뜨거운 커피를 한 잔 마시기로 했다. 시계가 한시를 쳤을 때, 그는 일어나 삼을 깨워가지고 문을 열고 빌트스트루벨 쪽을 향해 걷기 시작했다. 그 길은 다섯 시간 동안 기어오르는 길뿐이었다. 꺾쇠를 사용하여 바위를 기어오르며 얼음에 층계를 만들고 마구 나아가면서 때로는 너무 험준해서 오르지 못하는 낭떠러지 밑에 남아 있는 개를 밧줄 끝에 묶어서 끌어올렸다. 여섯시쯤 그는 가스파르 노인이 종종 영양을 잡으러 나서는 산꼭대기 중 하나에 이르렀다. 거기서 젊은이는 해가 뜨기를 기다렸다.

머리 위의 하늘이 훤해져 왔다. 그러자 갑자기 어디서 비쳐 오는지 모르는 이상한 빛이 자기를 에워싸며, 천 리나 되는 아득히 먼 곳으로 퍼져 있는 창백한 산꼭대기들을 비추기 시작했다. 이 막막한 빛이 눈에서 직접 발산되어 공중으로 퍼져 가는 것만 같았다. 조금씩 가장 키가 큰 먼 산꼭대기가 일제히 사람의 살 같은 육중한 모습 위에서 새빨간 태양이 나타났다.

울리히 쿤시는 걷기 시작했다. 사냥꾼처럼 몸을 땅바닥에 구부리고 발자국이 없을까 하고 살피면서 나아가는 것이었다. 그리고 개를 보고 이렇게 말하는 것이었다.

"찾아 줘, 부탁해. 찾아 줘."

그는 지금 산을 되돌아 내려오고 있었다. 벼랑을 살피듯이 하면서 이따금 상대의 이름을 불렀다. 길게 꼬리를 끄는 외침 소리를 던지는 것이었다. 그 외침 소리는 이내 끝없는 침묵의 세계로 사라져 버린다. 그러자 이번에는 다시 귀를 땅에 대고 먼 곳에서 들리는 소리를 들으려 하는 것이었다. 사람 소리가 들린 것 같아 뛰기 시작했다. 다시 가스파르의 이름을 불렀다. 그러자 다음에는 그만 아무 소리도 들리지 않았다. 울리히 쿤시는 실망하여 그 자리에 주저앉아 버렸다.

한낮 가까이 되어서야 식사를 하고 삼에게도 먹이를 주었다. 개도 주인

만큼이나 지쳐 있었다. 그리고 또 찾기 시작했다. 저녁때가 되었다. 그는 여전히 걷고 있었지만 이미 산길을 오십 킬로미터나 돌아다닌 뒤였다. 집으로 돌아가기에는 너무나 멀리 와 있었고 더 이상 더 오래 다리를 끌고 가기에는 너무나 지쳐 있었으므로, 눈 속에 구덩이를 파고 개와 함께 가지고 간 담요를 뒤집어쓰고 그 속에 웅크렸다. 사람과 개는 달라붙어서 잤고, 그렇게 하여 서로 몸을 녹였지만 그래도 뱃속까지 얼어 왔다. 울리히는 통 잠을 이룰 수가 없었다. 환영이 떠올라 온몸이 부들부들 떨렸다.

날이 샐 무렵 그는 일어났다. 두 다리는 쇠몽둥이처럼 굳어지고 불안한 나머지 비명을 지를 것만 같았다. 무슨 소리가 나는 것 같기만 해도 섬뜩하여 쓰러져 버릴 것 같았다. 그는 갑자기 자기도 역시 이 쓸쓸한 곳에서 추위 때문에 죽지나 않을까 생각했다. 그러자 이 죽음의 공포가 그의 기력에 채찍질을 하여 원기를 불러일으켰다. 지금 젊은이는 여인숙을 향해 산을 뛰어 내려가고 있었다. 넘어졌다가는 일어나고, 일어났다가는 넘어지면서. 삼도 뒤쳐져서 그 뒤를 쫓아왔지만 한쪽 다리를 다쳐서 절고 있었다.

오후 네시 무렵에야 가까스로 슈바렌바흐에 이르렀다. 집은 텅 비어 있었다. 젊은이는 불을 피운 뒤 식사를 하고 잤다. 녹초가 되도록 지쳐서 아무 것도 생각나지 않았다. 오랫동안 잤다. 무척 오랫동안. 그 어느 것도 깨뜨릴 수 없는 잠이었다. 그런데 갑자기 사람 목소리가, 외침 소리가, 이름을 부르는 듯한 소리가, 아니 확실히 '울리히'라고 부르는 소리가 젊은이의 깊은 잠을 흔들어 깨워 벌떡 일어나게 만들었다. 꿈을 꾼 것일까? 불안에 쫓기는 사람의 꿈속을 스쳐가는 그 야릇한 부르짖음의 한 가지였을까? 아니, 젊은이의 귓속에는 아직도 그 소리가 남아 있었다. 그 떨리는 듯한 외침 소리가 귓속으로 들어와 살 속으로, 매듭 굵은 손가락 끝에까지 미치고 있었다. 확실히 누군가가 외친 것이다. 누군가가 부른 것이다. '울리히!' 누군가가 이 근처에 있다. 집 바로 가까이에. 그는 의심할 수가 없었다. 그래서 문을 열고 힘껏 소리를 짜내어 고함쳤다.

"어어이, 가스파르요?"

아무 대답이 없었다. 소리 하나, 속삭임 소리 하나, 신음 소리 하나 나지 않았다. 아무 소리도 들리지 않았다. 주위는 밤이 되어 있었다. 눈은 납빛으로 보였다. 바람이 일고 있었다. 돌을 부수고, 사람이 살다 버리고 간 이 고지 위에 무엇 하나 생물을 남기지 않는 찬바람이었다. 사막의 불 같은, 바람보다도 더 혹독하게 생명을 뺏는, 풀도 나무도 시들게 해버리는 돌풍이 되어 불고 지나갔다. 울리히는 다시 한번 외쳤다.

"가스파르! 가스파르! 가스파르!"

그리고 기다려 보았다. 산 위의 모든 것이 침묵을 지키고 있었다. 그러자 간이 오므라드는 듯한 공포가 뼛속까지 젊은이를 뒤흔들었다. 단숨에 여인숙 안으로 달려들어가 문을 닫고 빗장을 걸었다. 그리고 와들와들 떨면서 의자 위에 쓰러졌다. 친구가 운명을 하는 순간에 자기를 불렀다는 것을 의심할 수가 없었다.

그것만은 이미 틀림없었다. 자신이 살아 있는 것과 빵을 먹는 것이 틀림없듯이 가스파르 아리 노인은 이틀 낮 사흘 밤 동안 죽음의 고통을 맛보았을 것이다. 어디선가의 구덩이 속에서, 한 점의 티도 없는 그 하얀 빛깔이 구덩이의 캄캄한 어둠보다도 더 처참하게, 그 깊은 계곡 구덩이의 어느 한 곳에서 그는 이틀 낮 사흘 밤 동안 죽음의 고통을 맛보았던 것이다. 그리고 지금 막 자기 동료를 생각하면서 죽은 것이다. 노인의 영혼은 육체에서 놓여지자마자 울리히가 잠들어 있는 산막을 향해 날아와서 죽은 사람의 영혼이 지니고 있는 생전에 친했던 사람들을 찾아갈 수 있는 그 신비로운 무서운 힘에 의해 울리히를 불렀던 것이다. 영혼이 부르짖은 것이다. 소리없는 영혼이 잠들어 있는 사나이의 지친 영혼 속에서 마지막 이별의 말을 외친 것이다. 아니 비난의 말일지도 모른다. 아니 좀더 샅샅이 찾아 주지 않았던 사나이에 대한 저주의 말이었을 것이다. 울리히는 그 영혼을 생생하게 느꼈다. 거기에, 바로 곁에, 벽 너머에, 지금 자기가 잠그고 온 문 너머에 영혼은 배회하고 있는 것이다. 불이 켜진 창문을 날개로 스쳐가는 밤새처럼.

그러자 젊은이는 살아 있는 것 같지가 않아 금방이라도 무서움 때문에 비명이 터져 나올 것만 같았다. 이 자리에서 달아나고 싶었지만 밖으로 나갈 용기는 없었다. 아무래도 나갈 수가 없었다. 아니 앞으로도 절대로 나갈 수는 없으리라. 다름이 아니다. 망령이 언제까지나 거기에 있을 테니까. 밤이나 낮이나 이 산막 주위에 늙은 안내인의 시체가 발견되어 깨끗한 묘지의 땅속에 뉘어질 때까지는.

날이 밝았다. 빛나는 태양을 보자 쿤시는 약간 진정이 되었다. 식사 준비를 하고 개에게 줄 수프를 만든 다음 의자 위에 가만히 앉아 있었다. 꼼짝도 하지 않고 가슴을 조이면서 눈 위에 쓰러져 있는 노인의 신세를 생각하면서.

그리고 또다시 밤의 장막이 산을 에워싸자마자 새로운 공포가 그를 엄습했다. 그는 지금 가냘픈 촛불에 의해 비춰지고 있는, 새까맣게 그을은 부엌 안을 돌아다녔다. 방 이 끝에서 저 끝을 큰 걸음으로 귀를 기울이면서 거닐었다. 전날 밤의 그 소름끼치는 부르짖음이 또다시 괴괴한 어둠을 뚫고 들려 오지나 않을까 하고 귀를 기울이면서. 그러자 젊은이는 자신이 혼자뿐이라는 것을 절실히 느꼈다. 가엾은 이 젊은이는 어떤 사람도 지금껏 아직 경험한 일이 없는 고독을 느꼈다. 이 끝없는 눈의 벌판 속에 단지 혼자 있는 것이다. 마을의 인가에서, 저 소란스레 꿈틀거리고 떠들썩하게 움직이고 있는 사람의 생활에서 이천 미터나 떨어진 높은 곳에 단지 혼자 있는 것이다! 얼어붙은 하늘 속에 혼자 있는 것이다! 어디라도 좋다. 어떻게 해서라도 상관없다. 여기서 달아나고 싶다. 절벽을 뛰어내려서라도 로에쉬로 내려가고 싶다. 그런 앞 뒤 생각도 없는 심정이 그를 조여 댔다.

그러나 사실 그는 문을 열 용기조차 없었다. 그것은 송장이 혼자 고지에 남기 싫어 자기의 앞길을 막으리라는 것을 똑똑히 알고 있었기 때문이다. 한밤중 가까이 되어서야, 걷다 지쳐 불안과 공포에 녹초가 되어 끝내 의자 위에서 잠이 들었다. 사람들이 귀신이 나온다는 소문이 난 곳을 무서워서 근접하지 않듯이 그는 자기 침대를 무서워했다. 그러자 갑자기 전날 밤과 같은 날카로운 외침 소리가 젊은이의 귀청을 찢어 놓았다. 너무나 날카로웠기 때문에 무의식중에 울리히는 유령을 떠다밀려고 두 손을 내밀다가 의자와 함께 벌렁 나동그라졌다. 그 소리에 잠을 깬 삼이 겁먹은 소리로 짖기 시작했다. 위험이 어디서 오는지 살피면서 집 주위를 빙빙 돌았다. 문앞 가까이에 이르자 줄곧 코를 킁킁거리며 문 밑을 맡기 시작했다. 털을 곤두세우고 꼬리를 빳빳이 뻗고 나직이 으르렁거리면서.

울리히는 정신없이 일어나 갑자기 의자 다리를 움켜잡고 외쳤다.

"들어오지 마, 들어오지 마, 들어오면 죽인다!"

개는 이 위협하는 소리에 부추겨져서, 주인의 목소리가 싸움을 걸고 있는 눈에 보이지 않는 적을 향해 맹렬히 짖어댔다. 삼은 차츰 진정이 되어 결국 난로가에 돌아가 길게 누웠지만, 아직도 언제까지나 불안한 듯이 머리를 바짝 쳐들고 눈을 번들거리며 으르렁거리기를 멈추지 않았다.

울리히는 곧 제정신으로 돌아왔으나 이러고 있다가는 너무 무서워서 기절할 것 같아 천장 속에서 브랜디 병을 꺼내어 연거푸 몇 잔이나 마셨다. 머리가 몽롱해졌으나 기운만은 솟아났다. 불 같은 열이 혈관 속을 스쳤다.

이튿날은 술만 마시고 통 음식을 먹지 않았다. 며칠 동안 계속해서 그는 백지처럼 곤드레가 되어 지냈다. 가스파르 아리가 머리에 떠오르면 곤드레가 되어 바닥에 쓰러질 때까지 술을 마시는 것이었다. 그런 다음 거기에 엎드려 죽은 듯이 취하여 손도 발도 꼼짝 못하게 되면 이마를 바닥에 댄 채 커다랗게 코를 고는 것이었다. 그러나 머리를 바보로 만들고 몸을 타오르게 하는 이 액체의 기미가 사라지자마자 여전히 같은 외침 소리가, '울리히!' 하고 부르는 듯했다. 그 소리는 총알이 두개골을 쏘듯이 그를 깨우는 것이었고, 젊은이는 여전히 비틀거리면서도 일어나 쓰러지지 않으려고 두 손을 내밀면서 삼을 불러 구원을 청하는 것이었다. 그러면 개도 역시 주인과 마찬가지로 미친 듯이 문에 덤벼들어 발톱으로 할퀴며, 길고 흰 이빨을 드러내어 물어뜯었다. 그러면 젊은이는 가슴을 헤치고 벌렁 누워서 뜀박질한 뒤에 냉수를 들이켜듯이 브랜디를 꿀꺽꿀꺽 들이켰다. 술은 곧 그의 생각을 잠재우고 그의 추억도, 미칠 듯한 공포도 잠재워 버리는 것이었다.

삼 주일 동안 젊은이는 있는 술을 깡그리 마시고 말았다. 그러나 이 끊임없이 취한 상태는 단지 그의 공포를 잠재우는 데에 지나지 않았다. 그것은 진정시킬 수가 없게 되자마자 한층 더 맹렬한 기세로 눈을 떴다. 한 달 동안의 취기로 더욱 심해진 공포심은 절대적 고독경에서 점점 더 커져서 나

사 송곳처럼 그의 머릿속을 파고들었다.

그는 우리 속의 짐승처럼 방안을 돌아다녔다. 문에 귀를 바싹 대고 혹시 그놈이 거기 있지나 않을까 하고 들으려고 했으며, 벽 너머로 상대에게 으르렁대기도 하는 것이었다. 그리고 피로에 지쳐 잠이 들자마자 언제나 같은 소리를 듣고 후닥닥 일어났다. 마침내 어느 날 밤, 궁지에 몰린 겁쟁이가 과감한 짓을 하듯이 다짜고짜 문 쪽으로 뛰어가 자기를 부르는 놈의 정체를 확인하고 완력으로 입을 다물게 하려고 문을 열어젖혔다. 찬바람이 왈칵 정면으로 얼굴을 때려 그것이 그를 뼛속까지 떨게 했다.

그는 곧 다시 문을 닫고 빗장을 걸었으나 삼이 밖으로 뛰어나간 것을 미처 깨닫지 못했다. 그리고 와들와들 떨면서 난로에 장작을 마구 지피며 그 앞에 앉아 쪼이려고 했다. 그러나 별안간 그는 벌벌 떨었다. 누군가가 울면서 벽을 할퀴고 있었다.

젊은이는 정신없이 외쳤다.

"꺼져!"

호소하는 듯한 소리가 그 말에 대답했다. 길고 괴로운 듯한 목소리가.

그러자 그만 약간의 남아 있던 이성마저 공포로 인해 모조리 날아가고 말았다. 그는 숨을 장소를 찾으려고 그 자리를 빙빙 돌면서 '꺼져!'를 되풀이했다. 상대는 여전히 울어 대며 벽에 몸을 비벼 대면서 집 주위를 따라 돌고 있는 기척을 보였다. 울리히는 접시며 사발이며 식료품이 잔뜩 들어 있는 떡갈나무 찬장 앞으로 뛰어가서 사람의 짓이라 여길 수 없는 힘으로 번쩍 들어, 그것을 문께까지 끌고가서 문에 밀어대고 바리케이드를 쌓았다. 그리고 그 밖에 집 안에 있는 모든 가구와 이불과 의자를 전부 쌓아 올려서 마치 적에게 공격당했을 때처럼 창문을 막았다. 그러나 밖에 있는 놈은 더 기분 나쁜 소리로 으르렁대기 시작했으므로 젊은이도 같은 소리로 으르렁대며 그것에 응했다.

그렇게 하여 며칠 밤이 지나도 양쪽은 서로 짖어대기를 멈추지 않았다. 한편은 줄곧 집 주위를 돌고는 벽 밑을 팠으며, 벽을 무너뜨릴 것처럼 맹렬히 썩썩 긁어 댔다. 다른 한편은 안에서 상대가 움직이는 대로 돌아다니면서 몸을 굽혀 귀를 들이대고 무서운 소리를 지르면서 상대의 부르짖음에 응하는 것이었다. 어느 날 밤, 울리히의 귀에 아무 소리도 들리지 않게 되었다. 그는 의자에 앉자마자 녹초가 되어 잠이 들어 버렸다. 잠이 깼을 때는 아무 기억도 없었다. 마치 지쳐서 잠들어 있는 동안 머리가 텅 비어 있었던 것처럼 아무런 기억도 없었다. 배가 고팠다. 그는 먹었다.

겨울이 끝났다. 제미의 험난한 골짜기 길을 다시 지날 수 있게 되었다. 오제네 가족은 산의 여인숙으로 돌아가기 위해 떠났다. 여자들은 마루터기에 이르자 곧 나귀를 탔다. 곧 다시 만나게 될 두 남자들에 대한 이야기를 했다.

길이 트이게 되자 곧 긴 겨울 동안의 소식을 알리기 위해 두 사람 중 누군가가 이삼 일 전에 산을 내려올 터인데 오지 않는 것을 여자들은 의심쩍어했다. 드디어 아직도 눈을 쓰고 완전히 갇혀 있는 여인숙이 보였다. 문도 잠겨 있었다. 조금씩 연기가 지붕 위로 피어 오르고 있었다. 그것이 오제 노인을 안심시켰다. 그러나 다가가 보니 문앞 돌 위에 독수리가 쪼던 짐승의 해골이 보였다. 옆구리를 밑으로 하고 쓰러져 있는 커다란 해골이었다.

모두들 살펴보았다.
"삼이 틀림없어요"
하고 어머니가 말했다. 그리고 그녀는 불러 보았다.
"여봐요, 가스파르."
안에서 무엇인가 외치는 소리가 들렸다. 날카로운 외침 소리라 짐승의 목구멍에서 나오는 소리로밖에 여길 수가 없었다. 오제 노인이 되풀이했다.
"여봐, 가스파르."
아까와 같은 외침 소리가 들렸다.

그래서 세 명의 사나이가, 아버지와 두 아들이 문을 열려고 했다. 문은 열리지 않았다. 세 사람은 망치 대신 빈 외양간에서 긴 기둥을 뽑아 그것으로 힘껏 밀었다. 나무문이 우지끈 소리를 내며 부숴져 판자는 산산이 흩어졌다. 그리고 어마어마하게 큰 소리가 집을 흔들었다 싶자, 집안으로 넘어진 찬장 너머에 한 사나이가 서 있는 모습이 보였다. 머리는 어깨까지 드리워지고 수염은 가슴까지 늘어졌으며, 눈은 번들번들 빛나고 몸에는 누더기가 된 천을 걸치고 있었다.

세 사람은 그 사나이의 얼굴을 알아보지 못했지만 루이즈 오제가 갑자기,
"울리히예요, 어머니."
하고 외쳤다. 그러자 어머니도 머리는 산발이지만 틀림없는 울리히라고 확신했다.

그 사나이는 별로 저항하지 않고 사람들을 가까이 했다. 몸을 만져도 잠자코 있었다. 그러나 사람들이 묻는 질문에는 대답하지 않았다. 하는 수 없이 로에쉬로 데려가 의사에게 진찰을 받으니 의사는 미쳤다는 진단을 내렸다.

다른 한 사람의 동료는 어떻게 되었는지는 끝내 아무도 알지 못했다.

오제네 딸은 그 해 여름 시름시름 앓다가 하마터면 죽을 뻔했다.

사람들은 그것을 산의 추위 때문일 것이라고 말했다.

쥘 삼촌

 허연 턱수염을 길게 늘어뜨린 늙은 거지가 우리에게 손을 내밀어 구걸하였다. 그러자 친구인 조제프 다브랑쉬가 그 거지의 손에 선뜻 5프랑짜리 은화를 쥐어주는 것이 아닌가! 내가 놀란 눈으로 쳐다보자 그가 말했다.
 "저 거지를 보니 어릴 적의 어떤 추억 하나가 새삼스레 떠오르는군. 지금까지도 줄곧 내 머릿속을 떠나지 않고 있는 그 추억담을 오늘 자네에게 들려줄까 하네."

 그 당시 우리는 르 아브르에 살고 있었는데 그다지 넉넉한 편은 아니었어. 그저 근근이 살아가고 있었다네. 이 한마디 말로 형편을 대충 짐작할 수 있겠지. 아버지는 부지런히 일을 하셨다네. 늦게까지 직장에 남아 일했지만 그에 비해 수입은 그리 대단한 게 아니었어.
 어머니는 가난한 살림 때문에 무척 힘들어하셨고, 그래서 가끔 아버지에게 가시돋친 비난의 말을 던지기도 했다네. 노골적인 건 아니었지만 듣고 있자면 상대방을 한심한 인간으로 만들어 버리는 말들이었지. 그럴 때면 아버지는 무척이나 곤혹스럽다는 표정으로 아무 말씀 없이 한쪽 손을 펴서 이마에 갖다대곤 했다네. 마치 나오지도 않는 땀을 닦으려는 듯이 말이지. 무능한 아버지의 고뇌가 역력히 드러나는 그 모습을 볼 때마다 나는 가슴이 미어지는 슬픔을 느껴야 했다네.

우리는 모든 것을 절약하고 또 절약했다네. 단 한 번도 만찬 초대에 응한 적이 없었지. 답례로 상대방을 초대해야 하니까 말이야. 식료품들도 되도록 이면 도매상에서 구입했는데, 어머니는 그곳에서도 물건값을 깎았다네. 내 위로는 두 명의 누나가 있었는데 그녀들 또한 손수 옷을 지어 입었으며, 1미터에 15상팀 정도밖에 안하는 레이스 하나를 살 때도 오랫동안 실랑이를 해야만 했다네. 물론 가격 때문이었지. 나 또한 친구들과 놀다가 단추를 잃어버리거나 바지가 찢어진 채 집에 들어오는 날이면 크게 야단을 맞았다네.

우리의 일상적인 식사는 고작해야 버터를 넣고 끓인 수프와 여러 가지 소스로 양념한 쇠고기가 전부였어. 그 음식들이 맛도 좋고 영양가도 높아서 원기를 돋우는 데 부족함이 없는 건 확실했지만, 나는 다른 음식을 먹어 보았으면 하고 생각했다네.

그래도 매주 일요일이면 우리 가족은 성장을 하고서 바닷가로 산책을 나가곤 했지. 마치 무슨 주례행사처럼 말이야. 일요일 아침이면 누나들은 언제나 제일 먼저 외출 준비를 마치고서 출발신호를 기다렸고, 프록코트에 실크 모자를 쓰고 장갑까지 끼신 아버지는 팔을 내밀어 축제일의 배처럼 화려하게 차려입은 어머니에게 팔짱을 끼게 했다네. 그런데 막상 집을 나서려고 할 때면 항상 아버지의 프록코트에 묻어 있던 아주 작은 얼룩이 눈에 띄는 게 아니겠나.

아버지는 셔츠 바람에 실크모자를 쓴 채로 얼룩 지우는 작업이 빨리 끝나기를 기다렸고, 어머니는 장갑을 벗어놓은 뒤 돋보기를 쓰시고는 벤젠을 적신 헝겊 조각으로 서둘러 얼룩을 지우곤 했지.

그러고 나면 모두들 한껏 위엄 있는 걸음으로 집을 나섰다네. 누나들은 다정하게 서로 팔짱을 낀 채 앞서 걸어갔는데, 지금 생각해 보니 아마도 선을 보이기 위해서였던 것 같아. 둘 다 이미 혼기가 꽉 찬 나이였거든. 나는 언제나 어머니 왼편에 붙어서 걸어갔고, 아버지는 어머니의 오른편에 자리 잡고 있었지.

이러한 일요일의 외출 풍경을 나는 지금도 또렷이 기억하고 있네. 그날이면 유달리 위엄을 갖추려고 애쓰던 부모님의 굳은 표정과 어색한 걸음걸이! 어린 내 눈에 비친 그들의 모습은 무척이나 가여워 보였다네. 마치 무언가 중대한 사건이 자신들의 걸음걸이에 달려 있기라도 한 듯이 두 분은 상체를 꼿꼿이 세우고는 다리를 곧게 뻗으면서 매우 부자연스럽게 걸음을 옮기셨지. 그러고는 한 번도 가보지 못한 먼 나라에서 오는 배가 항구로 들어오는 것을 보면서 아버지는 언제나 귀에 못이 박히도록 똑같은 말을 되풀이하곤 했네.

"혹시라도 쥘이 지금 저 배 안에 타고 있다면, 그렇다면 정말 멋지겠는걸!"

쥘 삼촌은 과거 한때 집안의 골칫덩어리 같은 존재였었지만, 그 당시 우리 가족에게는 유일한 희망이나 다름없었네. 우리 가족이 일요일마다 성장을 하고서 부둣가로 산책을 나가는 것도 쥘 삼촌과 관련이 있었지.

아주 어렸을 때부터 쥘 삼촌에 대한 이야기를 들으며 자란 나는 언제 어디서 마주치더라도 단번에 그를 알아볼 자신이 있을 정도였다네. 그 정도로 쥘 삼촌의 인상은 내 머릿속에 깊이 각인되어 있었지. 그때까지 삼촌의 얼굴을 한 번도 보지 못했을 뿐만 아니라 그와 관계된 일은 모두 소곤소곤 낮은 소리로밖에 이야기하지 않았지만 말일세.

아마 행실이 바르지 못했던 모양이야. 말하자면 얼마간의 돈을 낭비했다는데, 이것은 가난한 사람들에게 있어서는 확실히 가장 큰 죄악이 아니겠나! 부유한 사람들이 볼 때는 그저 한때의 객기로 인해 사람답지 못한 짓을 한 것에 불과하겠지만, 성실하게 일해서 번 돈으로 검소하게 생활하는 사람들에게 있어서 부모의 재산을 축내는 자식은 악한이나 망나니와 다를 바 없지. 안 그런가? 게다가 쥘 삼촌은 아버지 몫으로 남겨져 있던 유산마저 상당 부분 축내고 말았다네. 자기 몫은 이미 마지막 한푼까지 다 쓰고 나서 말이야. 그래서 그 당시에 흔히 그렇게 하듯이 그를 뉴욕 행 배에 태워서 미국으로 보냈다네.

미국으로 건너간 지 오래 지나지 않아서 쥘 삼촌이 무슨 사업인가를 시작했다는 소문이 들려 왔지. 그리고 얼마 뒤에 편지를 보내왔다네. 약간의 돈을 벌었으며, 언젠가는 꼭 아버지에게 끼친 손해를 보상해 드리겠다는 내용의 이 편지는 가족들의 마음속에 깊은 감동을 불러일으켰지. 그전까지만 해도 서푼의 값어치도 없는 사내라고 일컬어지던 쥘 삼촌이 편지 한 장으로 인해 갑자기 훌륭한 사람으로 변모한 것이었네. 성실하고 믿음직한 사나이, 다브랑쉬 가문의 모든 사람과 마찬가지로 나무랄 데 없는 진짜 다브랑쉬 사람이 되었던 것일세.

게다가 그랑빌 부두에 잠시 정박해 있던 어떤 배의 선장 하나가 쥘 삼촌의 사업이 날로 번창하고 있다는 소식을 전해 주었다네. 그로부터 2년 뒤 우리 가족은 쥘 삼촌이 보내온 두 번째 편지를 받아볼 수 있었다네.

필립 형님, 이제 저에 대해 더 이상 염려하지 않기를 바라는 마음에서 이렇게 편지를 띄웁니다. 저는 아주 건강하고, 사업 또한 잘 되어가고 있습니다. 저는 내일 남미로 긴 여행을 떠납니다. 어쩌면 몇 년 동안 소식을 전하지 못할지도 모릅니다. 편지를 드리지 못하더라도 걱정하지 마십시오. 큰돈을 버는 대로 곧바로 르 아브르로 돌아가겠습니다. 그때가 되면 우리 가족이 함께 모여 행복하게 살 수 있겠지요. 하루빨리 그날이 오기만을 바라는 마음으로 저는 오늘도 열심히 일하고 있답니다……

이 편지는 우리 가족의 복음서가 되었다네. 식구들은 툭하면 편지를 꺼내 읽었고, 찾아오는 사람 누구에게나 그것을 보여 주었지.

그리고 편지에 적힌 대로 그후 10년 동안 쥘 삼촌은 아무런 소식도 전해주지 않았지만, 아버지의 희망은 날이 갈수록 점점 더 커져갔다네. 어머니도 가끔 이렇게 말씀하시곤 했지.

"너희 삼촌은 역경을 이겨낼 수 있는 강인한 사람이란다. 삼촌만 돌아온다면 우리들의 생활도 지금과는 달라질 거야."

이런 연유로 매주 일요일마다 아버지는 검고 큰 기선이 뱀처럼 구불구불한 모양의 연기를 내뿜으며 수평선 끝에서 다가오는 모습을 바라보면서 언제나 똑같은 말을 되풀이하곤 하셨다네.

"혹시라도 쥘이 지금 저 배 안에 타고 있다면, 그렇다면 정말 멋지겠는 걸!"

그러면 그 순간 우리는 쥘 삼촌이 '필립 형님!' 하고 외치며 우리를 향해 손수건을 흔들어대는 모습이 실제로 눈앞에 펼쳐지기라도 한 듯 황홀한 심정이 되었다네.

쥘 삼촌이 틀림없이 돌아올 것이라는 가정하에 아버지는 여러 가지 계획을 구상해 놓았는데, 가장 먼저 삼촌의 돈으로 앵그빌 근처에 아담한 별장을 한 채 마련하는 것이었지. 아버지는 그때 이미 매매교섭에 착수해서 일을 어느 정도 진행시키고 있었던 것 같았네.

그러나 언제가 될지도 모르는 먼 장래의 계획에 앞서 부모님에게는 당장 해결해야 할 문제가 있었는데, 그건 바로 누나들의 혼사 문제였다네. 큰누나는 당시 스물여덟 살이었고, 작은누나는 스물여섯 살이었는데 둘 다 아직 출가를 하지 않아 부모님의 마음을 무겁게 짓누르고 있었지.

그런데 마침내 작은누나에게 구혼자가 나타났다네. 그리 넉넉한 형편은 아니었지만 근면하고 정직한 사람이었지. 어느 날 저녁, 식구들은 그에게도 쥘 삼촌의 편지를 보여 주었지. 나는 이 편지가 그 청년의 망설임을 확고한 결심으로 바꿔놓는 데 결정적인 역할을 했다고 생각하네. 부모님은 흔쾌히 그 청년의 청혼을 받아들였으며, 결혼식이 끝나는 대로 온가족이 함께 제르제로 여행을 가기로 결정을 내렸네.

제르제는 가난한 사람들에게는 그다지 멀지 않은 이상적인 여행지였다네. 정기선으로 바다를 건너면 외국 땅을 밟게 되는 셈이었지. 그 작은 섬은 영국에 속해 있었으니까. 그래서 프랑스 사람 누구나 두 시간만 배를 타고 가면 이웃나라 사람들을 만날 수 있었다네. 단순하게 말하는 사람들의 말투를 빌린다면, 영국기로 뒤덮여 있는 그 섬의 풍속과 습관을 살펴볼 수 있는 좋은 기회가 되기도 했지.

이 제르제 여행은 우리 가족의 중요한 관심사로 떠올랐고, 유일한 기대이자 한시도 잊을 수 없는 꿈이 되었다네.

드디어 출발하는 날이 되었네. 지금도 마치 어제의 일처럼 생생하게 그날의 광경이 생각나는군. 그랑빌 부두에서 연기를 뿜고 있던 기선과, 우리의 짐이 배에 실리는 것을 감독하면서 안절부절 못하고 계시던 아버지, 그리고 다소 걱정스러운 얼굴로 아직 시집 안 간 큰누나의 팔을 잡고 있던 어머니…… 큰누나는 작은누나가 결혼한 후 마치 혼자 남은 병아리처럼 외로운 존재가 되어 있었지. 그날 결혼식을 올린 신혼부부는 우리의 뒤를 따라오고 있었다네. 이들 두 사람은 항상 뒤에 처져 있었기 때문에 나는 이따금 뒤를 돌아보곤 했지.

우리가 배에 오르자 기적이 울렸네. 배는 부두를 떠나 녹색의 대리석 테이블 같은 평평한 바다 위를 미끄러져 나갔네. 좀처럼 여행을 해보지 못한 사람들이 으레 그렇듯이 우리는 즐겁고 한껏 기대에 부푼 마음으로 멀어져 가는 해안을 바라보고 있었지.

아버지는 그날 아침에도 어김없이 얼룩을 지운 프록코트를 입고 아랫배에 잔뜩 힘을 주고 계셨다네. 때문에 외출하는 날이면 풍기는 벤젠 냄새가 그날도 아버지의 주위를 감돌고 있었지. 나로 하여금 일요일임을 일깨워주는 그 냄새 말일세.

배 안을 둘러보던 아버지의 눈에 신사 두 명이 기품이 있어보이는 두 명의 귀부인에게 굴을 권하고 있는 광경이 보였지. 누덕누덕 기운 옷을 입은 늙은 선원이 칼을 들고 능숙한 솜씨로 껍질을 깐 뒤 신사에게 굴을 주면 그들은 그것을 귀부인들에게 내밀었다네. 그러면 부인들은 깨끗한 손수건에 굴 껍질을 올려놓고는, 옷을 더럽히지 않으려고 입을 앞으로 내밀면서 조심스럽게 굴만 쪽 들이마시고는 껍질을 바다에 내던졌지.

아버지에게는 아마 달리는 배 위에서 굴을 먹는다는 행위가 매우 이색적으로 보였던 모양이야. 그것이 세련된 취향이라고 생각하셨는지 아버지는 어머니와 누나들 곁으로 다가가더니 이렇게 물었다네.

"굴을 좀 사 줄까?"

어머니는 돈을 써야 한다는 생각에 망설였지만, 누나들은 아버지의 말이 끝나기가 무섭게 얼른 찬성했다네. 그러자 난처해진 어머니가 마지못해 말하더군.

"나는 지금 속이 불편하니까 애들이나 사 주세요. 하지만 너무 많이는 안 돼요. 탈이 날지도 모르니까요."

그리고 나를 돌아보며 이렇게 덧붙였지.

"조제프까지 사 줄 필요는 없어요. 사내아이에게 응석부리는 버릇을 길러주어서는 안 되니까요."

나는 마음속으로 이런 차별대우를 불만스럽게 여기면서 어머니 곁에 남아 있어야만 했다네. 눈으로는 아버지를 좇으면서 말이지. 아버지는 의기양양하게 두 딸과 사위를 데리고 초라한 차림의 늙은 선원이 있는 곳으로 걸어가더군.

두 귀부인은 떠난 뒤였지. 아버지는 누나들에게 어떻게 하면 굴을 옷에 묻히지 않고 먹을 수 있는지 설명하기 시작했다네. 그런데 그것만으로는 부족하다는 생각이 들었는지 아버지는 손수 시범을 보여주려고 굴 하나를 집어들고는 귀부인들의 흉내를 내다가 그만 프록코트에 굴을 엎지르고 말았지. 나는 어머니의 투덜대는 소리를 들어야 했다네.

"그것 보라지. 가만히 있었으면 좋았으련만."

그런데 갑자기 아버지의 표정이 굳어지면서 뭔가 불안해하는 듯한 기색이 엿보였지. 아버지는 대여섯 걸음 물러서서 그 늙은 선원을 뚫어져라 쳐다보더니 급히 우리가 있는 곳으로 돌아왔다네. 몹시 창백해진 안색과 뭐라 설명할 수 없는 눈초리로 어머니에게 속삭였지.

"저 굴껍질 까는 사내 말야, 정말 신기할 정도로 쥘과 똑같이 생겼단 말이야."

어머니가 깜짝 놀라며 물었지.

"쥘이라니, 누구 말이에요?"

"그야 내 동생 말이지…… 그 애밖에 더 있나? 그 애가 미국에서 잘살고 있다는 것을 몰랐다면 쥘이 틀림없다고 믿었을 거야."

어머니는 당황해서 더듬거리며 이렇게 말했지.

"바보로군요, 당신! 그럴 리가 없다는 건 누구보다 당신이 더 잘 알고 있으면서, 어째서 그런 쓸데없는 소리를 하는 거예요?"

그래도 미심쩍은지 아버지는 이렇게 말했다네.
"클라리스, 당신이 한번 가 보구려. 당신이 직접 가서 확인해 보는 게 좋겠어."
어머니는 자리에서 일어나 딸들이 있는 곳으로 갔네. 나도 그 사람을 주의깊게 살펴보았지. 주름살투성이의 초라한 늙은이더군. 그는 자신이 하고 있는 일에 열중하느라 눈을 떼지 않고 있었네.
어머니가 돌아왔지. 나는 어머니가 떨고 있다는 것을 알 수 있었다네. 어머니는 다급한 어조로 말했어.
"틀림없이 쥘이에요. 당신이 선장에게 가서 자세히 좀 알아보세요. 하지만 쓸데없는 소리는 하지 않도록 조심하세요. 저 망나니가 또 우리에게 들러붙는다면 이번엔 정말 큰일이니까요!"
아버지는 선장을 찾아갔고, 나는 아버지 뒤를 쫓아갔다네. 이상하게 흥분되고 가슴이 설레더군.
선장은 큰 키에 비해 여위었으며 구레나룻을 길게 기른 신사였다네. 마치 인도를 오가는 우편선을 지휘하기라도 하는 듯한 점잖은 몸짓으로 선교(船橋) 위를 거닐고 있더군.
아버지는 선장에게 다가가서는 정중하게 인사를 건넨 뒤 상대방의 직책에 대한 찬사를 시작으로 이것저것 묻기 시작했다네.
제르제 섬의 전성기 시절의 모습이나 인구, 그곳의 산물, 풍속, 습관, 토질, 기후 등 마치 아메리카 합중국을 화제로 삼고 있기라도 한 듯이 끊임없이 질문을 퍼부었네.
그러더니 우리가 타고 있는 배인 '특급호'에 대해서 잠시 얘기를 꺼낸 뒤 마침내 승무원에게로 화제를 돌리더군. 아버지는 다소 격앙된 목소리로 선장에게 물어 보았다네.
"이 배 안에 재미있는 굴장수가 있더군요. 그 노인에 대해서 뭐 좀 알고 계신 게 있습니까?"
드디어 이런 대화에 짜증이 난 선장이 무뚝뚝하게 대답하더군.
"지난해 미국에서 만난 프랑스 태생의 늙은 부랑자예요. 결국 고향으로 돌아온 셈이지만 갈 곳 하나 없는 처량한 신세죠. 르 아브르에 친척이 있기는 있는 모양인데 그곳에는 절대 돌아가고 싶어하지 않더군요. 빚이 있다나요…… 이름이 쥘…… 쥘 다르망쉬인가 다르방쉬인가, 아무튼 그와 비슷한 이름이에요. 한때는 돈을 꽤 벌기도 했던 모양인데 지금은 보다시피 저 꼴이랍니다."

그 말을 듣는 순간 아버지의 두 눈은 놀라움으로 휘둥그래졌고 안색은 납빛으로 변했다네. 그리고 마치 목이라도 졸린 사람처럼 간신히 말했다네.

"아, 네…… 그래요…… 짐작은 하고 있었죠…… 선장님, 정말 감사합니다."

이렇게 말하고 아버지는 그 자리를 떠났다네. 선장은 어이없다는 표정으로 멀어져가는 아버지를 바라보고 있었지.

너무 놀란 나머지 아버지는 어머니가 계신 곳으로 돌아온 뒤에도 여전히 넋이 나간 표정이었다네.

"마음을 좀 가라앉히세요. 이런 표정으로 있다가는 무슨 일인지 사람들이 다 눈치채겠어요."

어머니는 아버지에게 의자를 권하며 진정시키려고 애썼고, 아버지는 더듬더듬 의자를 잡더니 쓰러지듯이 앉았네.

"그 녀석이야. 틀림없는 쥘 그 녀석이야!"

그러고는 어머니에게 물었네.

"이제 어떡하지?"

"어서 빨리 애들을 데려와야 해요. 조제프는 이미 모든 걸 알고 있으니 저애를 보내서 불러와야겠어요. 사위가 눈치채지 못하도록 각별히 조심해야 돼요."

어떻게든 이 상황에서 벗어나기 위해 서둘러 조치를 취하는 어머니 앞에서 아버지는 넋나간 얼굴로 이렇게 중얼거리고 있었지.

"이게 무슨 날벼락이람!"

어머니는 화가 나서 견딜 수 없다는 듯이 소리쳤네.

"이렇게 될 줄 알았어요. 그 따위 도둑놈이 무슨 일을 할 수 있겠어요. 다시 우리의 무거운 짐이 될 거라구요! 다브랑쉬 집안 사람들이 무엇 하나 제대로 하는 게 있었나요? 기대한 내가 어리석었지. 그래도 정말이지 이건······."

그러자 아버지는 이마에 손을 갖다댔다네. 어머니에게 비난을 받을 때면 항상 하듯이 말이야. 그런 아버지를 보며 어머니는 덧붙여 말했어.

"굴값은 치러야 하니까 조제프에게 돈을 주세요. 저 거지가 우리를 알아보면 그땐 끝장이라구요. 배 안에 있는 많은 사람들 앞에서 웃음거리가 되긴 싫어요. 생각만 해도 끔찍하다구요. 빨리 저쪽 끝으로 자리를 옮깁시다. 저 작자가 가까이 오지 못하도록 해야죠."

어머니는 나에게 5프랑짜리 은화 한 닢을 주고는 아버지와 함께 반대편 쪽으로 가 버렸네.

나는 영문 모른 채 아버지가 오기만을 기다리고 있던 누나들에게 다가가서는 어머니가 배멀미를 하는 바람에 아버지 대신 내가 오게 되었다고 경위를 설명한 뒤, 굴장수에게 굴값을 물어 보았네.

"얼마예요, 할아버지?"

실은 삼촌이라고 부르고 싶었다네.

"2프랑 50상팀입니다."

내가 5프랑짜리 은화를 주자 노인은 거스름돈을 주려고 손을 내밀었네. 나는 노인의 손을 자세히 볼 수 있었지. 쭈글쭈글해진 가엾은 뱃사람의 손이더군. 나는 운명에 학대받고 모진 세파에 시달려 나이보다 더 늙어보이는 그의 얼굴을 슬픈 심정으로 바라보았네. 그리고 마음속으로 이렇게 속삭였지.

'이 사람이 바로 삼촌이다. 아버지의 동생이자 나의 삼촌인 것이다.'

팁으로 50상팀을 주었더니 노인은 나에게 감사의 인사를 하더군.

"고맙습니다, 도련님!"

영락없이 동냥을 구하는 거지의 말투였네. 어쩌면 미국에서도 거지 노릇을 했는지도 모르지. 왠지 그런 생각이 들더군.

누나들은 내가 선심 쓰는 것을 어이없다는 듯 바라보고 있었네. 아버지에게 거스름돈으로 2프랑을 드리자 곁에 있던 어머니가 깜짝 놀라 묻더군.
"3프랑이나 되더냐? 그럴 리가 없는데……."
나는 힘주어 분명한 목소리로 이렇게 말했네.
"50상팀은 팁으로 주었어요."
그러자 어머니는 나를 노려보았네.
"미친 녀석, 그 따위 거렁뱅이에게 50상팀씩이나 주다니!"
어머니는 무슨 말인지 더 하려다가 사위 쪽을 가리키고 있는 아버지의 시선을 보자 그쯤에서 입을 다물었네. 그러고는 모두들 말없이 앉아 있었지.

수평선 위로 보랏빛 섬이 솟아 있는 것이 보였어. 제르제였네.

부두에 가까워지자 나는 다시 한번 쥘 삼촌을 보고 싶다는 욕구가 일었네. 견딜 수 없었지. 가까이 다가가서 무엇인가 정다운 말로 위로해 주고 싶었지만 굴을 사 먹으려는 손님이 없어서인지 더 이상 그의 모습을 볼 수 없더군. 아마도 그는 고약한 냄새가 나는 불결한 선실 아래로 내려간 모양이었어. 그곳이 그 가엾은 사람의 숙소였을 테니까.

제르제를 둘러본 뒤 우리는 생말로 가는 배로 갈아타고서 집으로 돌아왔다네. 다시 삼촌과 부딪치지 않기 위해서였지. 돌아오는 배 안에서 어머니는 내내 불안과 근심으로 안절부절못하셨다네.

나는 그후 두번 다시 쥘 삼촌을 보지 못했다네.

이제는 자네도 알았겠지, 내가 왜 거지의 손에 5프랑짜리 은화를 쥐어주는지를! 이와 같은 이유로 자네는 나의 이런 모습을 앞으로도 자주 보게 될 걸세.

사 랑

　　방금 전 나는 신문의 사회면을 훑어보다가 치정사건을 다룬 기사 한 토막을 읽게 되었다. 어떤 한 남자가 여자를 살해하고 그 자신도 스스로 목숨을 끊었다는 내용이었다. 아마도 남자는 그 여자를 무척이나 사랑했던 모양이다.
　　그렇다고 내가 그들의 사랑으로 인해 감동이나 놀라움을 경험했다거나, 그들의 비참한 말로를 가여워할 정도로 감상에 빠진 것은 아니었다. 또한 그들이 어떤 사람들이었는지는 내게 그리 중요하지 않았다. 중요한 건 그들의 사랑 그 자체였으며, 내가 그 기사에 관심을 보인 건 다만 젊은날 사냥길에서 겪었던 추억 하나를 상기시켜 주었기 때문이었다. 마치 십자가에 못박혔던 예수께서 부활하여 사람들에게 그 모습을 나타냈듯이, 그날 나는 하늘 한가운데 나타난 사랑의 신을 보았던 것이다.
　　문명인들의 틈새에 끼여 언쟁을 하고 구속을 당하는 과정에서 다소 세련되고 부드러워지기는 했지만, 내 몸 속에는 타고난 야생의 본능과 감각이 들끓고 있었다. 그래서인지 나는 다소 지나치다 싶을 정도로 사냥을 좋아하였다. 상처입어 피를 흘리는 동물이나, 그들의 피가 묻은 내 손을 볼 때면 나는 거의 숨이 막힐 정도로 가슴 벅찬 감동을 느끼곤 했다.
　　때이른 추위가 들이닥친 그해 늦가을 무렵, 나는 사촌인 카알 드 로비유로부터 새벽녘에 함께 소택지(沼澤地)로 오리 사냥을 가자는 제의를 받았다. 붉은 머리에 유난히 털이 많은 사촌 카알은 낙천적인 성격이었으며, 마흔이라는 나이에도 불구하고 여전히 건장한 체구를 유지하고 있는 시골 신사였다. 또한 그는 평범한 것까지도 흥미있게 만드는 갈리아적 위트를 지닌, 친밀감 넘치는 반야인(半野人)이기도 했다.

그는 강이 흐르는 넓은 계곡 안에 자리잡은, 농가같기도 하고 별장같기도 한 집에서 살고 있었다. 그 집의 좌우로는 울창한 숲이 버티고 서 있었다. 그 숲은 프랑스에서는 보기 드문 희귀한 조류가 발견될 정도로 태고의 모습 그대로 보존되어 있어서, 이 숲을 찾은 사람들은 이따금씩 독수리 사냥을 하기도 했다. 또한 인구과밀 지역에서는 좀처럼 찾아볼 수 없는 철새들도 하룻밤 쉬어갈 안식처를 찾아 이 숲속으로 날아들었는데, 마치 자신들에게 보금자리를 마련해 주는 이 원시림을 이미 잘 알고 있다는 듯이 그 커다란 참나무 가지 위에 머물곤 하는 것이었다.

계곡 아래쪽으로는 관개수로를 이용해 물을 공급받는 넓은 초지(草地)가 펼쳐져 있었다. 거기서 조금 더 가면 제방 사이로 흐르던 강물이 밀려들면서 이루어진 작은 늪지대가 나오는데, 그곳은 이제껏 내가 본 사냥터 중에서 가장 좋은 사냥터였다. 이곳을 사냥 금지구역으로 삼을 정도로 나의 사촌은 이 늪에 지대한 관심을 쏟고 있었다. 늪을 덮고 있는 갈대밭에서 들려오는 바스락거리는 소리가 이 늪에 한층 생기를 주고 있었다. 우리는 전에도 종종 갈대밭 사이로 조그맣게 나 있는 뱃길을 통해 늪을 건너곤 했는데, 바닥이 납작한 배와 장대를 이용하면 훨씬 수월하게 늪을 건널 수 있었다. 배가 갈대를 가르며 고요한 수면 위에서 움직이기 시작하면 놀란 물고기들은 재빨리 물 속으로 몸을 숨겼고, 뾰족한 머리를 한 검은 빛깔의 뜸부기들은 곤두박칠치듯 갈대밭 속으로 뛰어들곤 했다.

나는 유난히도 물을 좋아했다. 비록 너무 넓고 움직임이 많아서 붙잡을 수 없지만, 내게는 바다와 강 모두 아름답게만 생각되었다. 그러나 내가 가장 좋아하는 것은 잘 알려지지 않은 온갖 수생동물들이 모여 사는 늪지대였다. 늪은 그 자체만으로도 하나의 완전히 독립된 세계를 이루고 있었다.

그곳에 터잡고 사는 주민과 지나가는 나그네, 그리고 그곳만이 지니고 있는 독특한 음향이 어우러져 지금까지도 신비를 간직하고 있는 별천지인 것이다. 세상에서 늪만큼 소란하고, 불안하고, 처연한 느낌을 주는 곳도 드물 것이다.

그런데 어째서 물로 덮인 이 저지대의 평원 속에는 막연한 공포심이 내재되어 있는 것일까? 갈대가 영문 모를 소리로 바스락거리기 때문일까? 괴상한 도깨비불이 피어오르기 때문일까? 아니면 밤을 짓누르고 있는 침묵 때문일까? 혹은 수의처럼 지표 위를 덮은 채 꼼짝하지 않는 안개 때문일까? 이 늪지대를 마치 위험한 비밀을 간직한 나라처럼 보이게 만드는 이유는 도대체 무엇일까? 우리의 귀에는 들리지 않지만 인간이 만든 대포나 하늘의 뇌성보다 더 끔찍하게 느껴지는, 가볍고 부드러운 물보라 때문일까? 아니다. 그 이유는 다른 데 있을 것이다. 또 하나의 심원한 신비! 어쩌면 그것은 창조를 둘러싸고 있는 신비일지도 모른다. 이 젖은 땅의 육중한 습기 속에서 최초로 움트기 시작한 생명의 씨앗이 지금까지도 이 고여 있는 흙탕물 속에서 햇빛을 받아 성장하며 움직이고 있다는 사실에서 비롯되는 신비로움 때문일 것이다.

나는 저녁때가 다 되어서야 사촌의 집에 도착했다. 돌멩이가 얼어터질 정도로 매서운 날씨였다. 그 집의 천장에는 매, 왜가리, 올빼미, 쏙독새, 말똥가리, 수매, 독수리, 송골매 등 수십 종에 달하는 새들이 날개를 펼치거나 접고 있는 형태로 나뭇가지 위에 박제되어 있었다.

그 커다란 방에서 저녁식사를 하는 동안 사촌은 나에게 그날의 사냥을 위해 준비하고 계획한 것들을 말해 주었다. 물개 가죽으로 만든 재킷을 걸친 사촌의 모습은 마치 추운 나라에서 온 동물처럼 보였다. 우리는 새벽 세 시 반에 출발해서 네시 반쯤에는 잠복해 있을 장소에 도착할 예정이었다. 그곳에는 얼음덩어리로 만든 움막이 있어서 톱처럼 살을 에고, 독침처럼 찔러대는 듯한 동틀 무렵의 사나운 추위를 어느 정도나마 피할 수 있다고 했다.

사촌은 두 손을 비비면서 말했다.

"이렇게 고약한 날씨는 생전 처음이야. 여섯시밖에 안 됐는데 벌써 영하 십이 도나 되는군."

식사를 마치자마자 나는 곧바로 잠자리에 들었다. 빨갛게 타오르는 벽난로의 불빛이 나를 따스하게 비춰주고 있었다.

세시가 되자 사촌은 나를 깨웠다. 양털 재킷을 걸치고 사촌을 바라보니 그는 이미 곰털로 만든 옷으로 단단히 차려입고 있었다. 우리는 뜨거운 커피 두 잔과 몇 모금의 브랜디를 몸 속에 흘려넣은 뒤 사냥터지기 한 사람과 사냥개 두 마리를 앞세우고서 집을 나섰다.

밖에 나서자마자 뼛속까지 얼어붙는 듯한 추위와 맞닥뜨렸다. 대지 위에 있는 것들 모두가 죽은 듯이 보일 정도로 추운 밤이었다. 꽁꽁 얼어붙은 공기가 앞을 가로막고 있어서인지 숨쉬기조차 고통스러웠다. 이 얼어붙은 공기는 누가 단단히 붙잡고 있기라도 한 듯 한 발짝도 물러서지 않은 채 사람들의 몸 속으로 파고들었으며, 나무와 벌레, 작은 새들까지도 죽음의 세계로 몰아넣었다. 나뭇가지 위에서 잠자고 있던 새들은 어느 순간 딱딱하게 얼어붙은 땅바닥에 떨어져서는 추위 속에서 뻣뻣하게 굳어가는 것이었다.

마치 실신이라도 한 듯 한쪽으로 기울어진 모습으로 하늘 한가운데 떠 있는 창백한 달 또한 혹독한 날씨에 붙들린 채 어쩔 수 없이 하늘에서 밤을 지새우고 있는 것처럼 느껴졌다. 금방이라도 꺼질 듯 위태로운 모습으로 어두운 세상을 비추고 있는 저 그믐달은 제 생명이 다할 때까지 대지 위에 창백하고 쓸쓸한 죽음의 빛을 드리울 것이다.

카알과 나는 주머니에 손을 넣고 한쪽 어깨에 총을 둘러멘 채 등을 구부리고서 나란히 걸었다. 우리는 양털로 덮인 부츠를 신고 있었기 때문에 얼어붙은 강 위에서도 미끄러지지 않고 걸을 수 있었으며, 발자국 소리 또한 나지 않았다. 두 마리의 사냥개들은 하얀 입김을 내뿜으며 앞장서 갔다.

얼마 후 늪의 가장자리에 이른 우리는 저지대의 갈대밭 사이로 나 있는 작은 오솔길로 접어들었다. 긴 리본 같은 갈대잎들을 헤치며 앞으로 나아가자 바스락거리는 소리가 들려 왔다. 순간 내 가슴속으로 강렬하고도 야릇한 기운이 밀려들었다. 나는 일찍이 느껴보지 못한 커다란 감동에 사로잡혔다.

이곳 역시 혹독한 추위로 인해 생명을 잃은 듯했고, 우리는 마른 갈대 사이로 걸어갈 뿐이었다.

마침내 추위로부터 보호해 줄 얼음 움막집이 우리 앞에 나타났다. 우리는 서둘러 움막 안으로 들어갔다. 철새들이 잠에서 깨어나 움직이려면 아직 한 시간 정도는 더 있어야 했으므로 담요로 몸을 감쌌다. 그런 다음 사촌과 나는 바닥에 누워 달을 쳐다보았다. 얼음 움막의 투명한 벽을 통해 보여진 달은 네 개의 뿔이 달린 괴물처럼 보였다. 이 늪지대를 꽁꽁 얼어붙게 만드는 혹한과 움막집의 얼음벽을 파고드는 냉기로 인해 내가 기침을 하기 시작하자 사촌 카알은 걱정스러운 표정을 지으며 말했다.

"오늘 많이 잡고 못 잡고는 문제가 아닐세. 감기에 걸려 콜록거리는 자네의 모습을 차마 볼 수가 없군. 아무래도 불을 좀 지펴야 할 것 같아."

그는 사냥터지기에게 갈대를 잘라오도록 했다. 우리는 움막 한가운데에 갈대더미를 쌓아놓은 뒤 연기가 빠져나갈 수 있도록 움막 꼭대기에 구멍을 뚫었다. 빨간 불꽃이 타오르자 크리스털같이 투명한 벽이 땀을 흘리듯 천천히 녹아내리기 시작했다. 밖에 나가 있던 카알이 갑자기 나를 불렀다.

"이리 나와서 이것 좀 보게."

밖으로 나간 나는 눈앞에 펼쳐진 광경에 놀라지 않을 수 없었다. 얼어붙은 늪지대 한가운데에 자리한 이 원추형의 움막이 마치 불의 심장을 가진 다이아몬드처럼 빛나고 있었으며, 그 안에서 불을 쬐며 몸을 녹이고 있는 사냥개 두 마리의 실루엣은 환상적인 느낌을 자아냈다.

그때 갑자기 머리 위에서 이상한 소리가 들려 왔다. 길을 잃고 헤매는 듯한 짐승의 울음소리였는데, 움막집 불빛에 드러난 모습으로 보아 야생 조류들임을 알 수 있었다. 한겨울의 첫 태양이 지평선 위로 떠오르기 바로 직전, 아직도 어두운 허공에 잠시 머물렀다가 형체도 없이 재빠르게 사라지는 생명의 첫 외침만큼 우리에게 깊은 감동을 주는 것은 없으리라. 차디찬 새벽녘에 새들의 날갯짓과 함께 들려 오는 그 울음소리는 마치 대지의 혼령이 토해내는 탄식처럼 느껴졌다. 그때 카알이 말했다.

"불을 끄게. 날이 밝아오고 있어."

아닌게아니라 하늘은 먼곳에서부터 부옇게 밝아오기 시작하였으며, 오리 떼가 긴 줄무늬를 그리며 창공 위로 빠르게 날아올랐다.

순간 한 줄기 불꽃이 어둠을 뚫고 터져나갔다. 카알이 벌써 총을 쏜 것이다. 사냥개 두 마리가 앞다투어 달려나갔다. 카알과 나는 갈대밭 쪽으로 총을 겨눈 채 갈대밭 위로 날아오르는 새 떼의 그림자가 보이는 대로 재빨리 방아쇠를 잡아당겼다. 사냥개인 삐에로와 뿔롱종은 헐떡거리면서도 마냥 즐거운 듯 피를 흘리는 새들을 물어 왔다. 아직 숨이 붙어 있는 새들이 간혹 우리를 응시하는 듯이 느껴졌다.

해는 이미 높이 솟아올랐으며 하늘은 온통 파란 빛깔로 활짝 개어 있었다. 사냥을 마친 우리는 그곳을 떠나려고 짐을 챙기기 시작했다. 순간 두 마리의 새가 고개를 길게 빼고 날개를 활짝 편 채 우리의 머리 위로 빠르게 날아가는 모습이 보였다. 나는 본능적으로 방아쇠를 잡아당겼고, 그 중 한 마리가 내 발치 가까운 곳에 떨어졌다. 은빛 가슴털을 가진 상오리였다. 뒤이어 들려온 새의 울음소리가 내 머리 위에서 맴돌았다. 짧게 반복되는 그 소리는 듣는 이의 가슴을 찢어놓을 듯 비탄에 잠겨 있었다. 그 작은 새는 아직도 파란 창공을 선회하면서 내 손에 들려 있는 제 짝의 주검을 바라보고 있었다.

한쪽 무릎을 세우고 앉은 카알은 총을 어깨 위로 올려놓은 채 그 새가 사정거리 안에 들어올 때까지 조준하고 있었다.

"자네가 쏘아 떨어뜨린 오리는 분명 암놈일세. 그러니까 저 수놈은 이곳을 쉽게 떠나지 않을 거야."

사촌의 말대로 그 새는 우리의 머리 위를 빙빙 돌면서 계속 구슬프게 울어댔다. 그 어떤 고통의 신음소리도, 느닷없이 공중에서 죽음을 맞이해야 했던 제 짝의 불행한 운명을 슬퍼하는 저 비탄에 찬 울음소리만큼 나의 가슴을 아프게 찌르지는 못했다.

이따금 수놈은 자신의 움직임을 따라다니는 총의 위협 때문인지 몸을 숨기기도 했다. 그러나 혼자 날아가버릴 듯하다가도 도저히 그렇게 할 수 없었던지 제 짝을 찾으러 다시 다가왔다. 그 모습을 지켜보던 카알이 말했다.

"그 암놈을 땅에 내려놓게. 그러면 저 수놈은 천천히 사정거리 안으로 들어오게 될 거야."

내가 오리를 땅에 내려놓자 수놈은 카알의 말대로 우리 쪽으로 다가왔다. 마치 그 어떤 위험도 제 짝을 향한 사랑을 막을 수 없다는 걸 증명이라도 해보이는 것 같았다.

카알의 총이 불을 뿜었다. 그러자 지금껏 그 수놈을 공중에 매달고 있던 줄을 누군가가 끊어버린 것같이 오리는 아래로 곤두박질쳤고, 뒤이어 갈대밭 속으로 무엇인가 떨어지는 소리가 들렸다. 삐에로가 재빨리 달려가 그 수놈을 내게 물어다 주었다.

이미 싸늘하게 식어버린 두 마리의 오리를 한 주머니 안에 집어넣는 것으로 그날 우리의 사냥은 끝이 났다. 그리고 나는 그날 저녁으로 파리에 돌아왔다.

광녀(狂女)

"여보게, 나는 도요새만 보면 지금도 전쟁 당시 겪었던 그 소름끼치는 사건이 생각난다네."

이렇게 서두를 꺼낸 마티외 당돌랭 씨는 그에 관한 이야기를 들려주기 시작했다.

꼬르메이유 성 밖에 있었던 우리 가문 소유의 별장을 자네도 기억하고 있을 걸세. 프러시아 군이 쳐들어왔을 때 나는 마침 그곳에서 지내고 있었지.

그 당시 내 이웃집엔 거듭되는 불행으로 인해 정신이 혼미해진 부인이 살고 있었다네. 그녀에게 불행이 닥친 건 오래 전 그녀가 스물다섯 살 되던 해였지. 한 달이라는 그 짧은 기간 동안에 그녀는 아버지와, 남편과, 갓 낳은 어린 자식을 연거푸 잃었던 거야. 죽음의 신이 한 번 집에 발을 들여놓으면 마치 드나드는 문을 알아 놓기라도 한 듯이 언제라도 또다시 찾아오게 마련이거든.

그 가엾은 젊은 부인은 벼락이라도 맞은 듯 6주 동안이나 자리에 누워 헛소리를 했다네. 격렬한 발작 다음에는 일종의 평온한 허탈 상태가 반복적으로 이어졌지. 그러나 꼼짝 않고 자리에 누운 채 식음을 전폐하다시피 한 그 부인은 평소에 초점 잃은 눈동자만을 껌벅거리고 있다가도 일단 침대에서 일으키려고 하면, 마치 자신을 죽이기라도 하는 것처럼 고래고래 소리를 지르곤 했다네. 하는 수 없이 그녀를 누워 있게 내버려두어야 했지. 몸을 씻길 때나 이불의 먼지를 털 때를 제외하고는 누구도 그녀를 침대 밖으로 끌어낼 수가 없었다네.

다행스럽게도 늙은 하녀 하나가 이따금 그녀에게 마실 것을 주기도 하고, 음식을 조금씩 입에 넣어 주기도 하면서 그녀 곁에서 시중을 들어주고 있었지.

이 절망에 빠진 영혼 속에서 도대체 무슨 일이 일어나고 있었던 것일까? 그것은 누구도 알 수가 없었네. 입에 자물쇠라도 채운 듯 그녀는 단 한 마디의 말도 하지 않았으니까. 그녀는 죽은 가족들을 생각하고 있었을까? 아니면 또렷한 기억도 없이 다만 슬픔에 빠져 부질없는 공상만 하고 있었을까? 그것도 아니면 고여 있는 물웅덩이처럼 정지되어 있던 그녀의 사고가 끝내는 메말라버리기 시작한 것일까?

15년이라는 긴 시간 동안 그녀는 이렇듯 방에 틀어박힌 채 죽은 듯이 살아왔다네. 그리고 전쟁이 일어났네. 결국 12월 초순에는 프러시아 군이 코르메유까지 쳐들어왔다네.

마치 어제의 일처럼 그때의 광경이 생생하게 떠오르는군. 모든 것이 꽁꽁 얼어붙을 정도로 지독하게 추웠지. 신경통으로 고생하던 나는 꼼짝 못하고 안락의자에 앉아 있었는데, 그때 프러시아 군의 둔탁하면서도 율동적인 발자국 소리가 들려 왔다네. 나는 창문 밖으로 그들이 지나가는 것을 볼 수 있었지. 프러시아 군의 행렬은 끝없이 이어졌네. 모두들 꼭두각시 인형처럼 똑같은 동작으로 행군을 하고 있어서인지, 누가 누군지 도대체 구별이 되지 않더군.

군인들이 집결을 마치자 대장인 듯한 장교 하나가 그 많은 부하들을 민가에 배치시키기 시작했다네. 우리 집에는 열일곱 명이 배당되었고 이웃의 정신 나간 부인의 집에는 열두 명이 배당되었는데, 그 중에는 성질이 불같고 무척이나 난폭하며 까다로워 보이는 고참 지휘관 한 사람도 끼여 있었다네.

처음 며칠 동안은 모든 것이 순조롭게 흘러가는 것 같았지. 이 집의 주인이 병으로 누워 있다고 미리 말해 두어서인지 장교도 그것에 대해 그다지 신경을 쓰는 것 같지는 않았다네. 그러나 여러 날이 지나도록 부인이 한 번도 모습을 보이지 않자, 그는 드디어 짜증을 내며 불편한 심기를 드러내기 시작했지.

참다 못한 그는 부인이 무슨 병을 앓고 있는지 물어왔다네. 극심한 마음의 병을 얻어 15년 전부터 자리에 누워 있다는 대답을 듣기는 했지만, 그 장교는 아마 그 말을 전혀 믿지 않았던 모양이야. 그는 결국 이런 결론을 내렸지. 그 여자가 자신의 침대에서 나오지 않는 것은 오만 때문이라고 말이야. 보기 싫은 프러시아 인들과 말을 주고받거나 접촉하지 않기 위한 핑계에 불과할 뿐이라고 생각했다네.

그는 부인을 만나게 해 달라고 강력히 요청했다네. 할 수 없이 시중을 들어주던 늙은 하녀가 그녀의 방으로 장교를 안내했고, 장교는 다짜고짜 퉁명스러운 독일 사투리로 이렇게 명령했다네.

"부인, 이제 그만 일어나시오. 그리고 아래층으로 내려와 당신 집에 머물고 있는 프러시아 군인들을 만나 주십시오."

그러나 그녀가 초점 잃은 눈빛으로 그 장교를 멍하니 쳐다볼 뿐 아무 대답이 없자, 장교가 다시 말했네.

"무례한 행동은 용서하지 않겠소. 만일 당신이 자진해서 일어나지 않는다면 당신이 저절로 침대에서 걸어나오게 만들 수도 있다는 사실을 명심하시오."

이 말에도 그녀는 여전히 입을 굳게 다물고 있었다네.

장교는 이 고요한 침묵을 최대의 경멸의 표시로 받아들였고, 걷잡을 수 없이 화를 내기 시작했다네.

"만약 내일도 내려오지 않는다면 그때는……."

너무도 화가 난 나머지 장교는 말을 맺지도 못한 채 문을 박차고 나가버렸다네.

이튿날 늙은 하녀는 어쩔 수 없이 여주인에게 옷을 입히려고 했지. 그러자 그 미친 부인은 발버둥을 치면서 울부짖기 시작했다네. 그 소리를 들은 장교가 아래층에서 부리나케 올라왔고, 하녀는 장교의 바짓가랑이를 붙잡고는 간절하게 선처를 호소했다네.

"싫으신가 봅니다, 대장님. 싫으신가 봐요. 용서해 주세요. 저희 주인마님은 참으로 불쌍하신 분이랍니다."

이 난감한 상황에 부딪치자 장교도 잠시 머뭇거렸다네. 아무리 화가 났다고는 하나 부하들을 시켜 그 부인을 침대에서 끌어내는 짓은 차마 결행하기 어려운 일이었을 테니까. 한데 갑자기 그가 웃음을 터뜨리더니 독일어로 명령을 내렸다네.

이윽고 한 무리의 병사들이 부상자를 운반하듯이 매트를 떠받치고 나오는 것이 보였네. 하지만 15년 동안 단 한 번도 떠나본 적이 없는 이부자리 속에서 이 미친 여자는 여전히 입을 다문 채 조용히 누워 있었다네. 그저 누워 있게만 해준다면 지금 벌어지고 있는 일 따위에는 전혀 상관하지 않겠다는 듯한 태도였지. 한 병사가 그녀의 옷보따리를 들고서 뒤따라 나오자, 장교는 두 손을 비비면서 선고를 내리듯이 말했네.

"당신이 혼자서 옷을 입고 걸을 수 있는지 없는지, 잠시 후면 우리는 똑똑히 보게 될 거요."

그 일행이 이모빌르 숲 쪽으로 멀어져간 지 두 시간 뒤에 병사들만 돌아오더군.

그후로 그 미친 부인의 모습은 더 이상 볼 수가 없었네. 도대체 그들은 그녀를 어디로 데려갔으며, 그녀에게 무슨 짓을 한 것일까? 나로서는 전혀 알 수 없었다네.

눈이 밤낮으로 내리퍼붓던 그해 겨울엔 들과 숲들이 온통 차가운 눈의 수의(壽衣) 아래 파묻혀 버렸네. 먹이를 찾아 마을로 내려온 늑대들이 집 문앞에까지 와서 울부짖곤 했지.

겨울 내내 그 사라진 부인에 대한 생각은 내 머릿속에서 떠나지 않았다네. 그래서 나는 그 부인의 행방을 알아보려고 프러시아 당국과 몇 차례 교섭을 시도해 보다가 하마터면 총살을 당할 뻔하기도 했지.

어느덧 해가 바뀌어 봄이 다시 돌아왔네. 프러시아 군도 이미 코르메뉴에서 철수한 뒤였지. 그러나 이웃 부인의 집은 여전히 굳게 닫혀 있었고, 정원에는 잡초만이 무성하게 우거져 있었네.

늙은 하녀마저 그해 겨울을 넘기지 못하고 죽고 말았지. 이제 그 사건을 기억하고 있는 사람은 아무도 남아 있지 않았지만, 나만은 기억에서 지워버릴 수 없었다네.

도대체 그들은 그 부인을 어떻게 했을까? 혹시라도 그녀는 용케 그들로부터 도망친 뒤 숲을 빠져나오지 않았을까? 그래서 누군가에게 구출되어 자선병원 같은 곳에 맡겨진 채 지금까지 아무 말 없이 누워 있는 것은 아닐까?

이 모든 것이 단지 추측에 불과했으므로 내 의혹은 풀릴 길이 없었지만, 시간이 지남에 따라 모든 기억들이 점차 희미해지듯이 이 사건 또한 어느새 내 마음속에서 천천히 잊혀져갔다네.

그런데 그해 가을, 도요새가 떼를 지어 지나갈 때쯤이었지. 신경통도 좀 나아졌기에 나는 약간 무리를 해서 숲까지 천천히 나가보았네. 그곳에서 부리가 긴 도요새를 네댓 마리 잡은 뒤 다음 한 마리도 정확하게 조준하여 방아쇠를 당겼는데, 그 새가 그만 나뭇가지가 잔뜩 쌓여 있는 도랑으로 떨어졌던 거야. 나는 그 새를 줍기 위해서 그곳으로 내려가지 않으면 안 되었다네.

그런데 새가 떨어진 그곳에 해골이 하나 놓여 있는 게 아닌가! 마치 주먹으로 한 대 얻어맞은 것처럼 갑자기 그 미친 부인에 대한 생각이 내 머릿속에 떠올랐다네. 흉흉하기만 했던 지난 일 년 사이에 이 숲속에서 죽어간 사람들은 물론 그녀 말고도 여럿 있었겠지. 그러나 그 해골을 보는 순간 나는 그것이 불쌍한 미친 부인의 것이라는 확신이 들었다네. 틀림없었지.

비로소 나는 모든 내막을 알아차릴 수 있었다네. 그들은 그 여인을 털이불과 함께 그 춥고 황량한 숲속에다 그대로 내버려 두었던 거야. 그러자 자신의 고정관념에 충실한 그 여인은 내리퍼붓는 눈보라 속에서도 팔다리 한 번 움직이지 않고 죽어갔던 것이지.

　지난 겨울 동안 늑대들은 아마도 그녀의 살점을 뜯어 먹었을 테고, 새들은 이불의 양털 조각으로 그들의 보금자리를 만들었을 테지.

　여보게, 나는 지금까지도 그 슬픈 유골을 하나의 부적처럼 소중히 간직하고 있다네. 우리의 자손들은 두번 다시 전쟁을 겪지 않기를 바라는 간절한 마음을 담아서 말일세.

두 친구

파리는 포위되어 있었고, 사람들은 기아에 허덕이고 있었다. 지붕 위에서 재잘거리던 참새들의 수가 눈에 띄게 줄어들었을 뿐만 아니라, 극성스럽게 들끓던 쥐들조차 하수도에서 자취를 감추었다. 사람들은 먹을 수 있는 것이면 무엇이든지 먹었다.

1월의 어느 화창한 아침, 시계점을 운영하고 있었지만 시국이 시국인 만큼 한가로워진 모리소 씨는 평상복 바지 주머니에 두 손을 찔러넣은 채, 허기진 얼굴로 변두리 동네의 큰 외곽도로를 따라 쓸쓸하게 거닐고 있었다. 그러던 중 역시 그와 비슷한 모습으로 걸어오던 남자와 마주치자 갑자기 걸음을 멈추었다. 그 남자는 바로 낚시를 통해 알게 된 소바주 씨였다.

전쟁이 나기 전까지만 해도 모리소 씨는 매주 일요일마다 한 손에는 낚싯대를 들고 어깨에는 어망을 멘 채 새벽부터 집을 나서곤 했었다. 아르장퇴이유 행 기차를 타고 가다가 콜롱브에서 내린 다음 마랑트 섬을 지나 조금 더 걸어가다 보면 그가 일요일마다 낚싯줄을 드리우는 강가가 나왔다. 꿈에도 그리던 그곳에 도착하기가 무섭게 그는 자리를 잡고 앉아서 밤 늦게까지 고기를 낚아올렸다.

모리소 씨는 그곳에서 작달막한 키에 비해 몸집이 좋고, 성격이 소탈한 한 남자를 만났는데, 그 사람이 바로 소바주 씨였다. 노트르담 드 로레트 거리에서 조그마한 잡화상을 하고 있는 그 역시 대단한 낚시광이었다. 그들은 종종 나란히 앉아 낚싯줄을 드리운 채 물 위로 발을 흔들거리면서 한나절을 보내곤 했었다. 이렇게 하여 그들은 서로 우의(友誼)를 맺게 되었던 것이다.

어떤 때는 서로 말 한마디 없이 낚시질만 하다가 헤어지는 날도 있었다. 그러나 취미가 같고 생각하는 것도 비슷했기 때문에 그들 두 사람은 아무 말 하지 않아도 놀라우리만큼 마음이 잘 통했다.

따뜻한 봄날이면 그들 두 사람은 고요한 수면 위에 아지랑이처럼 아련하게 피어오르는 물안개 사이로 태양이 얼굴을 내미는 이른 아침부터 낚싯대를 드리웠다. 그렇게 낚시에 열중해 있는 두 낚시꾼의 등 위로 봄볕이 사정없이 쏟아지는 정오 무렵이면 모리소 씨는 생각난 듯이 옆자리에 앉은 사람에게 말을 건넸다. "기분이 참 좋군요. 당신은 어떻소?" 그러면 소바주 씨도 "이보다 더 행복할 수는 없지요." 하고 맞장구를 치는 것이었다. 이처럼 별로 대수롭지 않게 주고받는 대화만으로도 이들 두 사람은 서로를 이해하고 믿기에 충분했다.

또한 피를 쏟아부은 것처럼 붉게 노을진 저녁 하늘이 강물마저 온통 붉게 물들이는 가을날의 해질 무렵이면, 머잖아 다가올 겨울의 기척에 떨고 있는 단풍든 나무들과 더불어 두 친구의 얼굴도 노을빛에 물들곤 했다. 소바주 씨는 즐거운 듯이 미소를 지으며 모리소 씨에게 이렇게 말을 건네곤 했다. "이 얼마나 아름다운 광경입니까!" 그러면 한시도 찌에서 눈을 떼지 않고 있던 모리소 씨 또한 감탄하면서 이렇게 대답하곤 했다. "그래요. 시내에 있는 사람들은 결코 이런 기분을 맛볼 수 없을 거예요."

두 사람은 서로를 알아보자마자 힘껏 악수를 나누었다. 전시(戰時)라는 특별한 상황인데다가 강가가 아닌 뜻밖의 장소에서 우연히 만났다는 것에 무척 감격했던 것이다.

잠시 후 소바주 씨는 한숨을 내쉬며 나지막이 중얼거렸다.

"요즘은 무엇 하나도 생각할 수 없게 되어 버렸습니다그려."

모리소 씨도 몹시 침울한 얼굴로 한탄하듯 말했다.

"게다가 요새는 날씨까지 왜 그 모양인지…… 어쨌든 오늘은 올해 들어 처음으로 화창한 날씨군요."

정말이지 하늘은 파랗고 맑게 개어 있었다.

그들은 깊은 생각에 잠긴 채 어깨를 나란히 하고 걷기 시작했다. 모리소 씨가 먼저 말을 건네왔다.

"함께 낚시질하던 때 생각납니까? 그때가 참으로 좋았지요!"

소바주 씨도 그 시절을 회상했다.

"그래요. 언제쯤이나 그곳에 가서 다시 낚시를 할 수 있을는지……."

그들은 어느 자그마한 카페로 들어가서 함께 압생트 한 잔을 마신 뒤 다시 거리를 거닐기 시작했다.

모리소 씨가 불현듯 걸음을 멈추었다.

"한 잔 더 할까요?"

소바주 씨도 동의했다.

"좋습니다."

그들은 다른 술집으로 들어갔다.

제법 얼큰하게 취기가 오른 탓인지 그곳을 나올 때쯤 해서는 두 사람 모두 기분이 풀려 있었으며, 빈속에 술을 마신 사람들답게 비틀거리고 있었다. 거리로 나오자 산들바람이 그들의 얼굴을 간지럽혔다. 부드러운 바람을 쏘이자 더욱 기분이 좋아진 소바주 씨가 걸음을 멈추더니 불쑥 한마디 건넸다.

"한번 가 볼까요?"

"어디 말입니까?"

"낚시질하러요."

"하지만 어디로 가죠?"

"물론 우리들이 매주 일요일마다 가던 그 섬이지요. 콜롱브 근처에 프랑스 군의 전초(前哨)가 있는데, 내가 마침 그곳의 책임자로 있는 육군 대령 한 사람을 잘 알고 있으니까 통과하는 데 큰 어려움은 없을 겁니다."

낚시라는 말을 듣자 모리소 씨도 더 이상 참을 수가 없었다.

"좋소. 갑시다!"

낚시도구를 챙겨오기 위해 잠시 헤어졌던 두 사람은 한 시간 뒤에 나란히 도로를 걷고 있었다. 드디어 그들은 대령이 숙사로 쓰고 있는 별장에 도착했다. 두 사람의 다소 엉뚱한 부탁을 듣고 난 대령은 빙긋이 웃음을 띠며 그들의 부탁을 들어주었다. 통행 허가증을 받아들고서 그들은 다시 걷기 시작했다. 이윽고 전초선을 넘어선 그들 두 사람은 현재 아무도 살지 않는 콜롱브 거리를 지나 센 강 쪽으로 펼쳐져 있는 작은 포도밭에 이르렀다. 어느새 11시를 넘어서고 있었다.

눈앞에 보이는 아르장퇴이유 마을은 죽은 듯이 고요했다. 오르즈몽과 사누아의 고원이 근처 일대를 내려다보고 있었고, 낭테르까지 이어진 광활한 평야는 벌거벗은 벚나무 몇 그루를 제외하고는 텅 비어 있는 잿빛의 나신을 그대로 드러내고 있었다.

소바주 씨는 산꼭대기를 가리키면서 중얼거렸다.

"아마도 프러시아 군은 저 높은 곳에 있겠지요."

그러자 이 황량한 지역에서 뿜어져 나오는 알 수 없는 불안한 기운이 두 친구를 움츠러들게 했다.

프러시아 병사! 두 사람은 아직 그들을 본 적은 없었으나, 몇 달 전부터 파리 근처에 머물면서 약탈과 학살을 서슴없이 자행함으로써 프랑스를 파괴하고 굶주림 속으로 몰아넣는 그 보이지 않는 강력한 힘을 느낄 수는 있었다. 프랑스 인들이 저 미지의 승리한 국민에 대하여 품고 있는 증오심에는 일종의 미신적인 공포도 더해져 있었다.

모리소 씨가 약간 긴장된 목소리로 말했다.

"놈들과 갑자기 마주치기라도 한다면 그때는 어떻게 해야 할까요?"

소바주 씨는 이런 질문에도 파리 사람 특유의 여유를 가지고서 대답했다.

"그러면 그들에게 생선튀김이라도 만들어 주죠."

그러나 지평선 일대를 덮고 있는 기분 나쁜 침묵에 겁을 먹은 그들은 선뜻 들판으로 내려가지 못하고 있었다.

드디어 소바주 씨가 결심한 듯 말했다.

"이제 그만 출발합시다! 조심하기만 하면 별 문제 없을 거예요."

두 사람은 군데군데 있는 덤불을 이용해 몸을 숨기며 포도밭을 향해 걸음을 옮겼다. 눈과 귀를 바짝 곤두세운 채 몸을 낮춘 자세로 거의 기어가다시피 포도밭을 지난 그들 앞에는 또다시 벌판이 펼쳐져 있었다.

강가에 다다르려면 이 풀 한 포기 없는 벌판을 가로질러야만 했다. 그들은 뛰기 시작했다. 그리고 무사히 강가에 도착하자마자 얼른 마른 갈대 속에 웅크리고 앉았다.

모리소 씨는 조심스럽게 땅바닥에 뺨을 댄 채 귀를 기울였다. 사람이 다가오는 발자국 소리가 들리는지 가늠해 보려는 심산에서였다. 아무 소리도 들려오지 않았다. 두 사람 이외에는 아무도 없는 것이 확실했다.

그들은 떨리는 가슴을 진정시킨 뒤 낚시질을 시작했다.

설사 강가 저편에 사람들이 있다 해도 그들의 모습이 눈에 띌 염려는 없을 것이다. 아무도 살고 있지 않은 마랑트 섬이 그들 앞에 버티고 서서 다른쪽 제방으로부터 교묘하게 그들을 가려주고 있었기 때문이었다. 그 작은 섬의 음식점들은 문이 닫혀 있었다. 아마 몇 년 전부터 비워둔 것 같았다.

소바주 씨가 먼저 모래무지를 낚아올리자 옆에 있던 모리소 씨도 곧바로 물고기를 낚아올렸다. 그것을 시작으로 해서 두 사람 모두 쉴새없이 낚싯대를 들어올려야 했다. 낚싯대 끝에 매달려 있는 작은 물고기들은 은빛 비늘을 반짝이면서 펄쩍펄쩍 뛰고 있었다.

그들은 촘촘하게 엮은 작은 어망을 근처 얕은 물 속에 담가 놓았는데, 그 안에다가 낚아올린 물고기들을 한 마리씩 조심스럽게 집어넣을 때면 이루 말할 수 없는 기쁨이 그들의 마음속으로 스며들곤 했다. 그것은 오랫동안 금지되어 있던 즐거움을 다시 찾았을 때만 느낄 수 있는 그런 기쁨이었다.

한낮의 태양이 두 사람의 등 위로 따스한 온기를 흘려보내고 있었다. 그들의 귀엔 이제 그 어떤 소리도 들려 오지 않았다. 그들 두 사람은 어지러운 세상일 같은 건 모두 잊은 채 무념무상의 상태에서 오로지 낚시질에만 열중하고 있었다.

그때 갑자기 땅 밑에서 울려오는 듯한 둔탁한 진동이 느껴지더니 대포

소리가 요란하게 울리기 시작했다.
　모리소 씨는 뒤를 돌아보았다. 제방 너머 멀리 왼쪽에 위치한 발레리앙 산의 윤곽이 희미하게 보임과 동시에, 방금 전에 토해낸 화약의 연기가 하얀 깃털 장식처럼 그 산의 전면을 덮고 있었다. 요새 꼭대기에서 다시 연기와 함께 불길이 솟아오른 지 2, 3초 지나자 포성이 들려 왔다. 그 다음부터 연이어서 포성이 울리기 시작했고, 산은 쉴새없이 죽음의 숨결을 내뿜으며 우윳빛 연무(煙霧)를 토해냈다. 그 연기는 푸르고 조용한 하늘로 천천히 올라가 산 위에 한 무더기의 구름을 형성했다.
　소바주 씨는 어깨를 으쓱해 보이며 말했다.
　"또 시작이군."
　걱정스러운 얼굴로 낚시찌의 움직임을 응시하고 있던 모리소 씨는 갑자기 분노가 치밀었다. 그것은 서로 미친 듯이 싸우고 있는 저 광인들에 대한 선량한 인간의 노여움이었다. 그는 불만에 가득 찬 목소리로 중얼거렸다.
　"저렇듯 서로 죽이려고만 하고 있으니 참으로 바보스럽지 않소!"
　소바주 씨가 대답했다.
　"짐승만도 못하지요."
　모리소 씨는 때마침 걸려든 잉어 한 마리를 낚아올리며 큰 소리로 분명하게 말했다.
　"요컨대 정부가 존재하는 한 전쟁은 사라지지 않을 겁니다."
　그의 말이 끝나기가 무섭게 소바주 씨가 말을 이었다.
　"공화국이라면 무모하게 전쟁을 선포하지는 않았을 텐데……."
　그러자 모리소 씨가 다시 그의 말을 받았다.
　"왕이 다스릴 때에는 외국과 전쟁을 하고, 공화국일 때에는 내분이 끊이질 않지요."
　그들은 단순하고 선량한 사람들에게서 찾아볼 수 있는 지극히 건전한 양식으로 정치적인 문제에 대해 각자의 의견을 개진해 나갔으며, 결국 이 땅에 발 붙이고 살아 있는 한 인간은 자유로워질 수 없는 존재라는 결론에 이르러 의견의 일치를 보았다. 그러는 사이에도 발레리앙 산은 쉴새없이 포성을 울려대면서 프랑스의 집들을 파괴하고, 많은 생명들을 앗아가고 있었으며, 인권을 유린하고 사람들의 꿈과 기쁨과 행복을 산산조각내면서 아득히 먼 고향에 있는 아내와, 딸과, 어머니의 가슴에 평생토록 아물 수 없는 상처를 입히고 있었다.

"이것이 삶이지요."

소바주 씨가 말하자 모리소 씨가 웃으면서 대꾸했다.

"차라리 이것이 죽음이라고 말하고 싶은데요."

그러나 순간 그들은 깜짝 놀라서 굳어버리고 말았다. 누군지는 모르겠지만 지금 그들 뒤에서 이쪽을 향해 다가오는 기척을 분명히 느꼈기 때문이다. 조심스럽게 고개를 돌려보니 그들의 등 너머로 네 명의 사내들이 버티고 서 있는 것이 보였다. 하인 같은 옷차림에 납작한 군모를 쓰고 있었으며, 수염을 덥수룩하게 기른 사내들이 자신들을 향해 총부리를 겨누고 있는 것이 아닌가!

낚싯대가 동시에 두 사람의 손에서 미끄러지더니 강물을 따라 내려갔다.

체포당한 두 사람은 온몸을 결박당한 채 조그만 배에 실려 섬으로 이송되었다. 그들이 빈집이라고 생각했던 그 음식점 건물 뒤로 스무 명 가량의 프러시아 병사들이 있었던 것이다.

털북숭이에 기골이 장대한 사내가 마치 말을 타듯 의자에 걸터앉아서 사기로 된 커다란 파이프를 빨아대고 있다가 두 사람을 보더니 말을 건넸다. 그는 아주 유창하게 프랑스 어를 구사하고 있었다.

"어떻소 선생들, 고기는 많이 잡았습니까?"

그러자 병사 하나가 물고기가 가득 들어 있는 작은 어망을 장교의 발밑에 내려놓았다. 프러시아 장교는 씩 웃었다.

"오, 이거 정말 굉장한데! 그건 그렇고, 당황하지 말고 이제부터 내가 하는 말을 잘 들으시오. 내가 보기에 당신들 두 사람은 이쪽을 염탐하려고 온 스파이들임에 틀림없소. 당신들이 낚시꾼으로 위장한 건 아마도 계획을 교묘하게 은폐하기 위해서겠지. 안 그렇소? 당신들 입장에서 보자면 대단히 불행한 일이겠지만, 당신들이 우리 손 안에 들어온 이상 우리는 당신들을 총살형에 처해야만 하오. 이것이 전쟁이라는 것이지. 그런데 말이오, 여기서 살아나갈 수 있는 방법이 아주 없는 건 아니오. 그 기회를 당신들에게 주겠소. 이쪽까지 넘어온 걸 보면 전초선을 통과했다는 얘기가 되는데, 그러면 돌아갈 때의 암호 또한 당신들은 분명히 알고 있을 것이오. 그 암호를 나에게 가르쳐 주면 당신들을 살려 주겠소."

두 친구는 나란히 선 채 잠자코 있었다. 그러나 얼굴은 이미 하얗게 질려 있었고, 두 손은 신경질적으로 떨리고 있었다.

장교가 다시 말했다.

"아무도 그 사실을 알지 못할 것이고, 당신들은 무사히 돌아갈 수 있소. 비밀은 당신들과 함께 사라져 버리는 거요. 그러나 만약 거절한다면 이 자리에서 총살될 것이오. 자, 어느 쪽을 선택할 것인지 5분 안에 결정하시오."

그래도 그들은 입을 꼭 다문 채 꼼짝 않고 서 있을 뿐이었다. 프러시아 장교는 손가락으로 강 쪽을 가리키면서 다시 한번 냉정하게 말했다.

"잘 생각하시오. 앞으로 5분이 지나면 당신들은 저 물밑에 가라앉아 있을 거요. 5분이 지나면! 당신들에겐 가족들이 있을 게 아니오?"

발레리앙 산에선 여전히 포성이 들려 왔다.

5분이 다 지나도록 두 낚시꾼들이 묵묵히 버티고 서 있자, 프러시아 장교는 자기 나라 말로 무엇인가 지시를 내렸다. 그리고는 의자를 약간 뒤로 밀더니 두 사람의 포로와 떨어져 앉았다. 총을 들고 있던 열두 명의 병사들이 20보 떨어진 곳에 정렬하기 시작했다.

장교가 다시 말했다.

"마지막으로 1분의 여유를 주겠소. 하지만 거기서 단 1초도 더 기다리지 않을 거요!"

그러더니 갑자기 일어나서 두 프랑스 인 옆으로 가까이 다가왔다. 그는 모리소 씨의 팔을 잡고 조금 떨어진 곳으로 끌고 가더니 아주 작은 목소리로 구슬리기 시작했다.

"자, 빨리 말하시오. 암호는? 당신의 동료가 눈치챌지 모른다는 걱정은 안 해도 돼. 당신들이 가여워져서 용서해준 것으로 해둘 테니까."

모리소 씨는 여전히 굳게 입을 다물고 있었다.

그러자 이번에는 소바주 씨를 끌고 가더니 똑같은 방법으로 구슬리기 시작했다. 소바주 씨 역시 대답하지 않았다.

그들은 다시 나란히 세워졌다.

장교가 명령을 내리자 병사들이 총을 들어올렸다.

그때 문득 모리소 씨의 시선이 두세 걸음 떨어진 풀 위로 천천히 옮겨지더니 모래무지가 들어 있는 작은 어망에 멈추었다. 아직도 살아 움직이고 있는 물고기들이 햇빛을 받아 반짝거리고 있었다. 순간 정신이 멍해지면서 온몸에서 기운이 빠져나갔다. 참으려고 안간힘을 썼지만 흐르는 눈물을 막을 수가 없었다. 그는 떨리는 목소리로 말했다.

"소바주 씨, 잘 가시오."

소바주 씨도 마지막으로 인사를 건넸다.

"잘 가시오, 모리소 씨"

그들은 서로의 손을 굳게 움켜쥐었으나 죽음에 대한 공포로 인해 머리부터 발끝까지 떨려 왔다.

"발사!"

장교의 명령이 떨어지자마자 열두 발의 총알이 동시에 날아갔다.

소바주 씨는 땅에 코를 박은 채 그 자리에서 쓰러졌고, 키가 큰 모리소 씨는 잠시 비틀거리며 한 바퀴 돌더니 친구 위에 모로 쓰러졌다. 그들의 가슴과 목덜미에서는 검붉은 피가 세차게 뿜어져 나왔다.

프러시아 장교가 또 무언가 지시를 내리기가 무섭게 병사들이 사방으로 흩어지더니, 잠시 후에 밧줄과 돌을 가지고 와서는 두 시신의 발목에 돌을 매단 뒤 강가로 옮겨갔다.

발레리앙 산에서는 계속해서 포성이 들려 왔고, 이제는 산 전체가 연기에 휩싸여가고 있었다.

두 병사가 각각 모리소 씨의 팔과 다리를 잡더니 번쩍 들어 올렸다. 다른 두 병사도 똑같은 방법으로 소바주 씨를 들어 올렸다. 두 친구의 시신은 잠시 좌우로 흔들리더니 곡선을 그리면서 멀리 던져졌다. 발에 묶인 돌의 무게 때문인지 그들은 선 채로 물 속에 가라앉아 버렸다. 거품과 함께 물이 솟구치면서 수면이 일렁거렸으나 얼마 안 가서 다시 잠잠해졌다. 그러는 사이 차디찬 물결이 강기슭까지 밀려왔으며 약간의 핏물이 물 위로 번져 올랐다.

장교는 여전히 침착한 목소리로 중얼거렸다.

"자, 이제부터는 물고기들에게 맡겨야겠군."

숙사로 돌아온 장교의 눈에 문득 풀 위에 뒹굴고 있던 작은 어망이 들어왔다. 그 속엔 모래무지들이 가득 담겨 있었다. 그는 어망을 집어 올려 안을 자세히 들여다보더니 미소를 지으며 소리쳤다.

"빌헬름!"

하얀 앞치마를 두른 병사 하나가 뛰어왔다. 그러자 프러시아 장교는 총살당한 두 낚시꾼이 잡은 물고기를 그 병사에게 던져 주며 이렇게 명령했다.

"아직 살아 있을 때 이 물고기들을 기름에 튀겨서 가져오게. 틀림없이 맛이 좋을 거야."

그는 다시 파이프를 입에 물더니 태연한 얼굴로 담배를 피우기 시작했다.

달 빛

줄리 루베르 부인은 스위스 여행에서 돌아오는 언니 앙리에트 레토레 부인을 기다리고 있는 중이었다. 약 오 주일 전에 여행길에 오른 레토레 부부는 돌아오는 길에 앙리에트의 여동생 집에 들르기로 했던 것이다. 그러나 여행이 끝나갈 무렵 남편이 사업상 중요한 일을 처리하기 위해 칼바도스에 있는 집으로 급히 떠나는 바람에 앙리에트는 하는 수 없이 혼자서 동생 집을 방문하게 되었다.

저녁이 되었다. 루베르 부인은 석양빛에 물들어 한층 아늑한 느낌을 주는 중류 가정의 아담한 거실에 앉아서 책을 읽고 있었다.

이윽고 초인종이 울렸고, 문을 열자 굉장한 여장(旅裝)에 둘러싸인 채 언니가 서 있었다. 서로의 얼굴을 알아보기가 무섭게 두 자매는 반가움의 포옹을 나누었다. 잠시 입을 맞추려고 떨어졌다가는 몇 번이고 거듭 껴안곤 하였다.

앙리에트가 베일이 달린 모자를 벗으며 의자에 앉자마자 두 사람은 누가 먼저랄 것도 없이 이야기를 시작하였다. 우선 서로의 건강에 대해 물은 뒤, 가족들의 안부와 그 밖에 여러 가지 소소하고 자질구레한 일들에 대해 때로는 묻고 때로는 대답하면서 끊임없이 대화를 이어갔다. 그들은 그렇게 정겹게 앉아 시간이 가는 줄도 모르고 이야기꽃을 피웠다.

날이 어두워지자 루베르 부인은 종을 울리더니 하인에게 남포를 가져오라 일렀다. 불빛으로 거실이 환해지자 그녀는 언니의 얼굴을 좀더 찬찬히 들여다보면서 다시 한번 입을 맞추려고 하였다. 순간 그녀는 깜짝 놀랐다. 너무 놀란 나머지 말문이 막혀 버렸다. 레토레 부인의 관자놀이 부근에 두 가닥의 흰 머리카락이 확연하게 보이는 것이 아닌가! 그 두 줄기의 은빛 강물은 길게 뻗어 나가다가 윤기 도는 까만 머리카락 속에 섞여들어 슬그머니 자취를 감추어 버렸다. 맙소사, 흰 머리카락이라니! 이제 겨우 스물네 살에 불과한 앙리에트에게는 가당치 않은 일이었으며, 또한 그녀가 스위스로 여행을 떠나기 전까지는 볼 수 없었던 것이었다. 충격을 받은 루베르 부인은 아연실색한 표정으로 한참 동안 언니를 바라보고만 있었다. 마치 무슨 불가해하고 엄청난 불행이 덮치기라도 한 듯 금방이라도 울음이 터져나올 것 같았다.

"대체 무슨 일이에요, 언니?"

앙리에트는 병자와 같은 서글픈 미소를 지으면서 대답하였다.

"내 흰 머리카락을 보고 그러는 거니? 너무 걱정할 거 없어. 별일 아니니까."

그러나 루베르 부인은 언니의 어깨를 꼭 붙들더니 머리부터 발끝까지 찬찬히 그녀의 몸을 훑어보면서 거듭 물었다.

"무슨 일인지 얘기해 줘요. 난 꼭 알아야겠어요. 만일 언니가 숨긴다 해도 무슨 수를 써서라도 꼭 알아내고 말 거예요."

두 여인은 서로의 얼굴을 빤히 들여다보았다. 그러자 레토레 부인은 기절할 듯이 얼굴빛이 창백해지더니 내리깐 두 눈 가장자리에 어느새 눈물이 번졌다.

동생이 재차 다그치며 물었다.

"여행하는 동안 무슨 일 있었어요? 대답해 봐요, 언니."

그러자 앙리에트는 모든 걸 단념한 듯한 목소리로 띄엄띄엄 말했다.

"내게…… 내게 애인이 생겼어."

앙리에트는 동생의 어깨 위로 얼굴을 파묻더니 끝내 울음을 터뜨렸다.

어깨까지 들썩거리던 격렬한 울음이 차츰 흐느낌으로 잦아들면서 진정을 되찾은 앙리에트는 이야기를 시작하였다. 비밀을 털어놓음으로써 자신을 괴롭히던 마음속의 고통을 남김없이 쏟아버리려는 것처럼 보였다.

　루베르 부인은 언니의 목에 팔을 둘러 그녀의 얼굴을 자신의 가슴 위에 올려놓은 뒤, 손을 꼭 잡고서 그녀의 이야기에 귀를 기울였다.

　아! 그 어떤 변명의 여지도 없다는 건 잘 알지만 어떻게 된 일인지 나 자신도 정말 모르겠어. 다만 그날부터 내가 미쳐버린 것 같아. 줄리, 너도 조심해. 세상에서 제일 약하고 쉽게 굴복하는 게 바로 여자의 마음이란다. 그리고 얼마나 쉽게 사랑에 빠져들고 마는지…… 욕망이란 누구의 마음속에나 아주 갑작스럽게 찾아들 수 있는 것임을 그날 나는 깨달았어. 손을 뻗어 만지고 껴안고 싶은, 사람이라면 누구에게나 내재되어 있는 그 욕망 말야.
　내가 얼마나 내 남편을 사랑하는지는 너도 잘 알고 있을 거야. 그렇지? 그런데 그이는 너무도 합리적이고 근엄한 성격의 소유자인지라, 연약하고 섬세해서 언제나 세심한 주의를 기울여야 하는 여자들만의 그 예민한 감성 따위는 전혀 이해를 못 하는 사람이거든. 그인 언제 어디서든 한결같은 모습뿐이야. 그이는 항상 순진한 표정으로 즐겁게 웃으며, 어떤 상황에서도 신사로서의 품위를 지키려고 하지. 그렇지만 난 이따금씩 이런 생각이 들곤 했어. 저이가 어느 순간 불쑥 두 생명을 하나로 합치듯 나를 힘껏 품에 안고서 마치 무언의 밀담과도 같은 그 부드러운 입맞춤을 오래도록 해주면 얼마나 좋을까, 하고 말야. 또 약점 없이 완벽하게만 보이는 저이에게도 나의 눈물에 마음이 흔들리는 약한 면이나, 나의 애무를 바라는 욕망에서 비롯된 충동적인 행동이 존재한다면 얼마나 좋을까, 하고 말이야!
　하지만 그이는 원래 그런 사람이 아니야. 모두 나만의 부질없는 생각에 불과할 뿐이지.
　그런 그이를 속일 생각은 절대로 없었어. 나도 모르는 사이에 그만 일이 그렇게 흘러가버린 거야. 그 어떤 조짐도, 이유도 없이 내게 찾아들었던 거지. 단지 루세르느 호수 위로 달빛이 영롱하게 반짝이고 있었을 뿐이었는데 말야.

　우리 둘이 함께 여행을 하던 그 한 달 내내, 내 기분은 남편의 무관심으로 인해 망가져버렸고 모든 감흥은 일어남과 동시에 즉시 깨져버리곤 했단다. 어느 날인가 아침 해가 떠오를 무렵이었어. 네 필의 말이 이끄는 마차를 타고서 언덕을 내려가던 길에, 뽀얀 아침 안개에 덮여 있는 계곡 속으로 마을이 보이자 나는 기쁜 마음에 손뼉까지 치면서 그이에게 말했어. "참으로 아름다운 풍경이에요! 여보, 날 좀 꼭 안아줄래요?" 하고 말야. 그런데 그이는 멋쩍다는 듯이 어깨를 약간 으쓱해 보이더니 이렇게 대답하는 게 아니겠니. "경치가 마음에 든다는 거와 포옹이 무슨 상관이 있소?"
　그 말을 듣는 순간 나는 찬물을 뒤집어쓴 듯 가슴속까지 싸늘하게 얼어붙었단다. 그때까지 나는 두 사람이 서로 깊이 사랑하고 있는 사이라면 감동을 주는 풍경을 함께 마주했을 때 사랑의 감정이 한층 고양되는 게 당연하다고 생각하고 있었거든. 그뿐이 아냐. 머릿속에 떠오른 시상(詩想)조차 그이의 그 말 한마디로 인해 산산조각 나 버리고 말았단다. 그때의 기분을 어떻게 표현하면 좋을까? 마치 수증기로 꽉 찬 보일러실에 갇혀 있는 듯한 기분이었다고나 할까.
　하여튼 이곳에 오기 나흘 전쯤에 우리는 풀룬랜이라는 곳에 도착했지. 그 지방의 호텔에 머물고 있던 어느 날이었어. 로베르가 편도선이 조금 아프다면서 저녁식사를 마치자마자 방으로 올라가 버리는 바람에 나는 하는 수 없이 혼자서 호숫가로 산책을 나가야 했어.
　그날은 마치 옛날이야기 속의 선녀가 금방이라도 나올 법한 아름다운 밤이었단다. 멀리 보이는 산들은 마치 모자라도 되는 듯 흰 눈을 뒤집어쓴 채 높이 솟아 있었으며, 탐스러운 보름달은 하늘 한복판에서 빛나고 있었어. 호수는 그 달빛을 받아 반짝였고, 대기는 한없이 부드러운 입김을 뿜어대고 있었지. 그런데 온몸으로 스며드는 그 훈훈한 밤공기를 쐬자 갑자기 정신이 혼미해지며 나도 모르게 가슴속에서 사랑의 감정이 솟아나는 게 아니겠니? 그런 순간엔 어쩌면 그렇게도 모든 감각들이 민감해지며 감정에 쉽게 흔들리게 되는 걸까?

한참을 그렇게 풀밭 위에 앉아서 아름다운 호수를 바라보고 있자니 어떤 알 수 없는 이상한 감정이 가슴속을 스치고 지나가는 것이 느껴졌어. 어쩔 수 없는 사랑의 욕망이 샘솟기 시작했지. 아마도 따분하고 평범하기만 한 내 생활에 대한 일종의 반발이었을 거야. 사랑하는 사람들을 위해서 하늘이 마련해 놓은 듯한 이 아름다운 밤에 홀로 있자니, 지금까지 살아오면서 난 단 한 번도 사랑하는 사람의 품안에 안겨서 저 달빛 어린 목장길을 거닐어 본 적이 없다는 데 생각이 미쳤어. 그와 동시에 숨막힐 듯 열정적이면서도 부드러운 입맞춤 또한 한 번도 경험해 보지 못했다는 아쉬움이 밀려왔단다. 이제 죽을 때까지 나에게는 격정적인 사랑을 경험할 기회가 없을 거라는 생각이 들자 갑자기 울음이 터져나오더구나. 달 밝은 여름 밤 아래서 난 마치 미친 여자처럼 울고 있었단다.

그때 뒤에서 무슨 소리가 들려서 돌아보았더니 어떤 남자가 서서 나를 바라보고 있는 게 아니겠니. 그 사람은 내 곁으로 다가오더니 이렇게 묻더구나.

"부인, 왜 우십니까?"

그 사람은 우리와도 몇 번 마주친 적이 있는 젊은 변호사였어. 그는 어머니와 함께 여행중이었지. 그의 시선이 내게 자주 머물곤 했다는 걸 느끼고 있었던 터라 난 뭐라고 대답해야 할지를 몰랐어. 어떻게 해야 좋을지 당황스럽기만 했지. 적당한 말을 찾다가 몸이 조금 아프다면서 서둘러 자리에서 일어서자 그 사람이 점잖은 태도로 내 옆에 다가왔고, 그래서 우리는 함께 걷기 시작했단다. 아주 자연스럽게 말야. 천천히 걸음을 옮기면서 그는 여행중에 자신이 느꼈던 것들을 내게 얘기해 주었는데, 놀랍게도 내가 느낀 것을 그이도 똑같이 느끼고 있었어. 내게 커다란 감동과 전율을 전해준 그 모든 것들을 그이는 나보다도 더 잘 이해하고 있었던 거야. 그러더니 별안간 뮈세의 시를 들려주는 게 아니겠니? 순간 나는 형언할 수 없는 감격에 휩쓸려 숨이 막혀왔단다. 그가 들려주는 시와 더불어 산과 호수와 달빛마저도 무한히 아름다운 노래를 불러주는 듯 느껴졌어…….

그 다음엔 어떻게 그리 되었는지 모르겠지만 하여간 일종의 환각에 빠져

들고 말았어. 마치 어렴풋이 떠오르는 지난밤의 꿈처럼 말야……

다음날 우리가 그곳을 떠나오면서 그와 잠시 마주쳤을 때 그는 내게 자신의 명함을 건네주더구나!

모든 얘기를 마치자 레토레 부인은 동생의 품안으로 힘없이 쓰러지면서 거의 울부짖음과도 같은 탄식을 토했다. 주의깊게 언니의 얘기를 듣고 난 루베르 부인은 깊은 생각에서 깨어난 듯 엄숙하면서도 아주 부드러운 어조로 앙리에트에게 말했다.

"언니, 우리는 사람을 사랑한다고 하지만 그것은 때때로 사랑일 경우가 있지요. 언니의 얘기를 들으니 그날 밤, 언니의 진정한 애인은 달빛이었던 것 같군요."

모파상의 단편 중 〈달빛〉이라는 제목의 작품은 두 작품이 있는데 이 책에 수록된 자매의 이야기는 1882년 7월에 발표된 작품이고, 마리냥 신부의 이야기는 1883년에 발표된 작품이다.

죽은 연인

　나는 그녀를 미칠 듯이 사랑하였다. 왜 그토록 사랑했던 것일까? 이유는 알 수 없었지만, 참으로 신기한 것은 이 세상에 존재하는 그 많은 사람들 중에서 내 마음을 사로잡는 건 오직 그녀뿐이었으며, 그녀를 사랑하는 동안 머릿속에는 한 가지 욕망밖에 없었고 입 속에는 하나의 이름밖에 없었다는 사실이었다. 언제나 생각나는 이름, 영혼 깊은 곳에서부터 길어올린 샘물처럼 입술 위로 솟아오르는 그 이름을 나는 불러보고 또 불러본다. 마치 기도라도 드리듯이 언제 어디서든 중얼거린다.
　나는 우리의 사랑을 남들 앞에 떠벌리는 경솔한 짓 따위는 결코 하고 싶지 않았다. 한 남자가 한 여자를 만나 사랑에 빠졌다. 그 외에 무슨 말이 더 필요한가! 그녀와 함께 보낸 일 년 동안 나는 그녀와의 사랑 속에서만 살아왔다. 그녀의 품속에서, 그녀의 애무 속에서, 그녀의 눈동자 안에서, 그녀의 체취 속에서, 그녀의 이야기 속에서…… 그녀에게서 비롯되는 것들과 관계를 맺고, 그것들에 둘러싸인 채 살아온 지난 일 년간은 내 인생에 있어 얼마나 충만한 시간이었던가! 언제 해가 뜨고 언제 밤이 오는지, 밤낮을 구별하는 건 내게 더 이상 큰 의미가 없었다. 나는 내가 정말 이 세상에 살고 있는 건지, 아니면 어느 다른 세상에 살고 있는지조차 알 수 없었으며, 심지어는 내가 죽었는지 살았는지조차도 모를 지경에까지 빠져 있었다.

그런데 그토록 사랑하던 그녀가 죽은 것이다. 무슨 이유로, 어떻게 죽었는지는 알 수 없었다. 이제 더 이상 그녀가 이 세상에 존재하지 않는다는 사실 외에는 아무것도 생각할 수 없었다.

어느 날 저녁이었다. 비에 흠뻑 젖은 채 집으로 돌아온 그녀는 이튿날부터 기침을 하기 시작했다. 그렇게 약 일 주일쯤 기침이 지속되더니 아주 자리에 누워버리고 말았던 것이다.

그후에 어떤 일이 일어났는지 나는 모른다. 그녀를 진찰하고 간 여러 명의 의사들은 한결같이 비슷비슷한 처방을 적은 종이조각 하나만을 내 손에 쥐어줄 뿐이었다. 나는 약을 먹이기 위해 그녀의 두 손을 잡았다. 손이 무척이나 뜨거웠다. 이마도 불덩이처럼 달아올랐으며, 온몸은 땀으로 흠뻑 젖어 있었다. 아직 윤기를 잃지 않은 그녀의 눈빛이 너무도 슬퍼보였.

그녀는 내가 먼저 말을 건네면 그제서야 겨우 대답할 수 있을 정도로 기력이 떨어져갔다. 그때 우리가 무슨 이야기를 나누었는지 지금은 그것마저 잊어버렸다. 그렇다! 모두 잊어버린 것이다.

끝내 그녀는 숨을 거두고 말았다. 나는 그녀가 내쉬던 그 연약하고 가느다란 한숨을 분명히 기억하고 있다. 하지만 그 한숨이 그녀의 마지막 숨결이 될 거라는 사실은 꿈에도 짐작하지 못했다. 간호원이 살며시 귀띔해 주어서야 나는 곧 임종의 순간이 닥쳐오리라는 것을 알 수 있었다. 그러나 나는 더 이상은 모른다. 아무것도 모른다. 잠시 후에 목사 한 사람이 나타났고 그는 호기심어린 목소리로 말했다.

"이 여자는 당신의 연인이었던 모양이군요?"

목사의 그 말은 마치 내 연인을 모욕하는 말로 들렸다. 그녀는 이미 죽은 사람이다. 그런 것까지 알아야 할 권리는 그 누구에게도 없는 것이 아닐까?

나는 목사를 내쫓았다. 이번에는 선량하고 온순해 보이는 목사가 왔다. 그가 그녀를 위해 마지막 기도를 올릴 때 나는 그 자리에서 목놓아 울었다.

사람들이 장례 절차에 대해 여러 가지로 나에게 의논해 왔지만, 그에 대해서는 지금까지도 기억나는 것이 한 가지도 없다. 내가 또렷이 기억하고 있는 것은 단지 그녀가 누워 있던 관과 관뚜껑 위에 못질을 할 때 들렸던 그 망치소리뿐이었다.

　장례식에는 그녀의 몇몇 친구들도 참석했다. 그들이 지켜보는 가운데 그녀는 매장되었다. 매장! 그 차가운 흙구덩이 속으로 그녀가 사라진 것이다! 나는 장례식 도중에 그곳에서 도망쳐 나왔다. 나는 거리 이곳저곳을 오랫동안 헤매다니다가 겨우 집으로 돌아왔다. 다음날 나는 여행을 떠났다가 어제 비로소 파리로 돌아온 것이다.

　방에 들어서자, 제일 먼저 침대가 눈에 들어왔다. 나는 이 방에 놓여 있는 가구들을 천천히 훑어보기 시작했다. 이 물건들 하나하나에는 그녀와 함께 보냈던 시간과 추억들이 살아 숨쉬고 있었다. 비록 그녀는 이곳에 없지만, 한 생명의 역사가 남기고 간 자취들을 고스란히 간직하고 있는 이 방에 홀로 서 있자니 문득 커다란 슬픔이 전신에 엄습해 왔다. 어찌나 맹렬했던지 하마터면 나는 창문을 열고 거리로 몸을 내던질 뻔하였다. 아직도 그녀의 체취와 입김이 떠돌고 있는 듯이 느껴지는 방 한복판에 더는 앉아 있을 수가 없어서 나는 모자를 집어들고 문 쪽으로 걸어갔다. 밖으로 나가려면 옷장 옆에 걸려 있는 커다란 거울 앞을 지나야 했다. 내 연인이 외출할 때면 언제나 머리끝에서 발끝까지 비춰보며 자신의 옷매무새를 가다듬었던 거울이다.

　나는 발길을 멈추고 거울 앞에 마주섰다. 생전에 그녀가 그토록 자주 비춰보았으니 이 거울 또한 틀림없이 그녀의 이미지를 간직하고 있을 거라는 생각이 들었다.

　나는 부들부들 떨리는 몸을 가까스로 진정시킨 뒤, 거울 속에 두 눈을 고정시켰다. 이토록 반들반들하고 텅 비어 있는 형태로 그녀의 사랑스러운 모습 전체를 담고 있었으며, 나와 마찬가지로 그녀의 전부를 차지했었던 이 거울! 내가 사랑한 것이 마치 그 거울이기나 한 듯이 나는 손을 뻗어 부드럽게 어루만져 보았다. 그러나 거울은 차가움만을 전해줄 뿐이었다. 아, 그리움이여! 내게 커다란 슬픔과 괴로움만을 전해주는 거울이여! 비춰보기를 멈추는 순간부터 그 속에 담겨 있던 모습을 가차없이 지워버리는 거울처럼, 이별하는 순간 마음속 깊이 간직되어 있는 사랑하는 사람의 모습과 사랑했던 모든 기억을 한꺼번에 깨끗이 잊어버릴 수 있는 자는 얼마나 행복할까?
 나는 밖으로 나갔다. 부지불식간에 내 발길은 공동묘지로 향하고 있었다. 나는 소박한 그녀의 무덤 앞에 앉았다. 무덤 앞에는 대리석으로 된 십자가가 서 있었고, 그 십자가에는 다음과 같은 묘비명이 적혀 있었다.
 '생전에 오직 사랑만을 간직했던 한 여인이 이제 이곳에 영원히 잠들었노라.'
 지금 이 순간에도 그녀는 어두운 땅속에서 썩어가고 있을 것이다. 이 얼마나 끔찍한 일인가! 나는 땅바닥에 이마를 댄 채 흐느껴 울었다.
 나는 오랫동안 그렇게 눈물을 흘리며 슬퍼하고 있었다. 이윽고 저녁이 되고 날이 차츰 어두워졌다. 그러자 죽은 연인을 다시 한번 꼭 안아보고 싶다는 야릇하고도 허무맹랑한 욕망이 불현듯 솟아올랐다. 나는 죽은 연인을 추억하며 그녀의 무덤 곁에서 그날 밤을 지새우기로 결심했다. 그러나 묘지 관리인이 쫓아낼 것이 분명했으므로 들키지 않을 방법을 궁리해야만 했다. 어떻게 하면 좋을까 곰곰이 생각하던 중 하나의 묘안이 떠올랐다.
 나는 그 즉시 일어나서 죽은 사람들의 마을인 이 공동묘지를 거닐기 시작했다. 걷고 또 걸었다. 걸으면서 보니 이 끝에서 저 끝까지 한눈에 들어왔다. 전에는 공동묘지가 이토록 비좁은 공간인 줄 미처 몰랐었다. 나는 내가 살고 있는 곳을 생각해 보았다. 이곳보다 몇십 배는 넓고, 이곳에 묻혀 있는 사람들보다 그 수효가 훨씬 적지만, 살아 있는 사람들에게는 층층이 높게 쌓아올려진 집들과 복잡한 거리와 넓은 공간이 필요하다는 사실을 새삼 느낄 수 있었다. 또한 나를 비롯해서 살아 있는 사람 모두는 샘에서 나오는 맑은 물을 마셔야 하고, 포도로 빚은 술을 마셔야 하며, 밭에서 나오는 밀로 빵을 만들어 먹어야 하는 것이다.
 하지만 이 죽은 사람들에게는 그 어떤 것도 필요치 않았다. 먼 옛날부터 현재에 이르는 그 많은 세대들이 이토록 비좁은 곳에 함께 모여 있어도 이들에게는 불편한 점이 아무것도 없었다. 그저 넉넉한 대지가 팔 벌려 그들을 다시 받아주고, 망각이 그들의 기억을 깨끗이 지워 버리면 그만이었다.
 임자가 있는 무덤들을 지나자 다음에는 버림받은 무덤들이 모여 있는 곳이 나타났다. 십자가마저 썩어 없어질 정도로 오래된 시체들이 완전히 흙과 한 덩어리가 되어 버린 곳이었으며, 연고자가 없거나, 신원을 알 수 없는 시체들이 언제 어느 때 운반되어 오더라도 그 자리에서 당장 장례를 치를 수 있는 고장이었다. 또한 그곳은 멋대로 가지를 뻗기는 했지만 탐스러운 꽃송이를 매달고 있는 장미와 검은 사이프러스 나무로 뒤덮인 아름다운 정원이기도 했다. 다소 서글프기는 하지만 인간의 살과 뼈에서 양분을 섭취한 그곳의 초목들은 하나같이 푸르고 성성했다.

그곳에서 나는 완전히 외톨이였다. 그러나 나는 나뭇가지에 매달린 무성한 잎사귀들로 몸을 가리고서, 마치 널빤지 조각 하나에 몸을 의지한 난파선의 조난자처럼 나무 밑동에 바짝 달라붙은 자세로 밤이 될 때까지 기다리기로 했다. 이윽고 밤이 오고 사방이 아주 캄캄해졌을 때 나는 이 피난처에서 나와 천천히 죽은 사람들로 가득 찬 땅 위를 걷기 시작하였다.

나는 아주 오랫동안 공동묘지 안을 헤매고 다녔지만 내 연인의 무덤을 찾아내지 못했다. 나는 흡사 길을 더듬는 장님처럼 그 많은 무덤들과, 십자가들과, 그 앞에 놓인 시들어버린 꽃다발까지도 하나하나 만져보고 쓰다듬어 보았다. 그리고 손가락 끝으로 더듬어 십자가에 새겨진 이름들을 읽어보았다. 이렇듯 이 무덤과 저 무덤에 몸을 부딪쳐 가면서까지 찾아보았지만 허사였다. 나는 끝내 내 연인의 무덤을 찾아내지 못하였다.

달조차 없는 밤이었다. 나는 갑자기 무서운 생각이 들었다. 저 무시무시한 무덤들! 자꾸만 눈에 밟히는 저 무덤들! 사방 어디를 둘러봐도 눈에 들어오는 건 무덤들뿐이었다. 나는 할 수 없이 그 중의 한 무덤 위에 주저앉았다. 무릎이 떨려서 더 이상 걸을 수 없었기 때문이었다.

순간 아주 거세게 두근거리는 심장 박동소리에 섞여 어떤 소리가 희미하게 들려 왔다. 말로 표현할 수 없는 아주 묘한 소리였다. 대체 무슨 소리였을까? 거의 미칠 지경에 이른 내 머릿속에서 난 소리였을까? 아니면 무엇 하나 분간할 수 없도록 어둡기만 한 밤이 내는 소리였을까? 그것도 아니면 무수한 사람들의 시체를 품고 있는 이 대지가 내는 소리였을까? 나는 두려움이 담긴 시선으로 사방을 둘러보았다.

몇 시간 동안이나 그러고 있었는지 가늠할 수 없었다. 두려움에 마비되고 공포에 짓눌려 있던 나는 당장이라도 죽을 것만 같았다.

그때 갑자기 내가 앉아 있는 대리석 바닥에서 어떤 움직임이 느껴졌다. 그렇다. 그것은 분명히 움직였던 것이다. 마치 누가 손으로 들어올리는 것 같았다. 나는 벌떡 일어나 옆으로 옮겨 앉았다. 그리고 나는 분명히 보았다. 방금 전까지 내가 앉아 있던 그 대리석이 똑바로 일어서더니 그 안에서 죽은 사람이 나타나는 것을! 그것은 이미 뼈만 앙상하게 남아 있는 해골이었다. 무덤에서 나온 해골은 가느다란 손가락으로 똑바로 서 있는 대리석을 다시 넘어뜨렸다. 어두운 밤이었지만 나는 대리석 위에 새겨진 글씨를 똑똑히 읽을 수 있었다. 대리석 위에는 이런 글이 새겨져 있었다.

'51세에 세상을 떠난 자크 올리방, 이곳에 잠들다. 생전에 자신의 것을 사랑하였으며, 정직하고 선량하였던 그가 이제는 하나님의 평화로운 품 속으로 돌아가 영원히 잠들었도다.'

그 죽은 사나이도 자신의 비석에 새겨진 글을 읽어나갔다. 그러더니 길가에서 뾰족한 작은 돌멩이 하나를 집어들고 와서는 조심스럽게 그 글을 지워버리기 시작했다. 어떤 글씨도 남아 있지 않은 상태로 깨끗이 지워버리더니, 타다 남은 성냥개비 같은 손가락 끝으로 다음과 같은 새로운 내용의 글을 새기는 것이었다.

'51세에 세상을 떠난 자크 올리방, 이곳에 잠들다. 생전에 그는 하루라도 빨리 유산을 상속받을 욕심에 자신의 아버지를 괴롭혀 그의 죽음을 재촉하였다. 또한 그는 자신의 아내를 괄시하고, 자식들을 학대하고, 이웃 사람들을 기만했으며, 끝내는 도둑질까지 하다가 비참하게 생을 마감했노라.'

그 죽은 사나이는 말없이 자신의 작품을 유심히 들여다보았다. 이것을 시작으로 해서 사방에 흩어져 있던 무덤들이 하나 둘 열리고 시체들이 무덤 속에서 나오더니, 가족과 친척들이 자신의 묘비에 새겨놓은 허위로 가득 찬 비문을 말끔하게 지워버리고는 있는 그대로의 사실만을 새롭게 써내려 가는 것이었다.

그제서야 나는 죽은 사람들이 그들을 기억하는 살아 있는 사람들에 대해 무척이나 냉정하다는 사실을 알게 되었다. 또한 그들 대개가 가증스러운 자들로서 불성실하고, 편견에 사로잡혀 있었으며, 악랄한 중상모략을 일삼았고, 질투심이 강한 거짓말쟁이였음을 알게 되었다. 그들은 저마다 훔치고, 속였으며, 그 밖에 온갖 파렴치한 행위와, 여러 가지 지탄받아 마땅한 잘못을 저지른 자들이었던 것이다. 이 착한 아버지들과 정숙한 아내들, 효성이 지극한 자식들, 순결한 젊은 아가씨들, 성실한 상인들, 그리고 전혀 나무랄 데 없다고 쓰여 있는 이 신사 숙녀들 모두가 그러하였다.

그런 그들이 한밤중에 깨어나서는 자신이 영원히 잠들어 있는 집의 문턱 위에다 그 두렵고도 자명한 진실을 기록하고 있는 것이다. 지상의 모든 사람들이 전혀 모르고 있거나 혹은 모른 척하는 그 진실을 말이다.

그러자 나는 내 연인도 역시 자신의 묘비 위에 진실을 새겨 놓았을 것이라는 데 생각이 미쳤다. 이제 무서움 따위는 멀리 사라졌다. 나는 벙긋이 열려 있는 관들과 많은 시체들 사이를 가로질러 연인의 무덤을 향해 뛰어갔다. 그녀의 얼굴을 보지 않고도 능히 그녀의 무덤을 찾아낼 수 있다는 자신이 생겼던 것이다.

나는 드디어 저만치 서 있는 그녀의 모습을 발견했다. 그곳을 찾아가자 그녀 무덤 앞 대리석 십자가 위에는 다음과 같은 글이 새로 새겨져 있었다.

　'나는 어느 날 남편을 속이고 부정한 행위를 하러 나갔다가, 그날 맞은 비로 인해 감기가 들어 끝내는 죽음을 맞게 되었노라.'

눈을 뜨니 내 방 침대였다. 아마도 해뜰 무렵, 무덤 옆에 쓰러져 있던 나를 누군가가 발견해서는 이곳으로 데려다 주었나 보다.

후 회

쓸쓸한 가을날이었다. 망트에서 '싸발 할아버지'라고 불리고 있는 싸발 씨가 갑자기 자리에서 일어났다. 밖에는 비가 내리고 있었고, 낙엽들이 마치 또 하나의 빗방울처럼 빗발에 섞여 하나 둘 떨어져 내리고 있었다. 싸발 씨는 잔뜩 흐린 안색으로 벽난로와 창문 사이를 오가며 서성거리고 있었다. 살아가노라면 간혹 우울한 날들이 있게 마련이지만, 올해로 예순두 살이 된 그에게 있어 인생은 온통 우울한 날들의 연속일 뿐이었다. 아마도 주위에 아무도 없이 독신의 몸으로 외롭게 늙어가고 있기 때문이리라. 이렇게 혼자서, 따뜻한 사랑 한번 받아보지 못한 채 죽어간다는 것은 얼마나 서글픈 일인가!

그는 그처럼 허망하고 공허하기만 한 자신의 인생에 대해 다시 한번 되짚어보기 시작했다. 그는 이제는 먼 옛일이 되어버린 자신의 어린 시절과 부모님과 함께 지내던 고향집을 머릿속에 그려 보았다. 그러자 중학교를 졸업한 뒤 파리에서 법학을 공부하던 학창시절과 뒤이어 찾아온 부친의 병환과 죽음이 차례로 떠올랐다.

파리에서 돌아온 그날부터 그는 어머니와 단둘이 살게 되었다. 젊은 아들과 늙은 어머니, 이들 두 사람은 그 이상 어떤 것에도 욕심내지 않았으며 그저 평화롭게 하루하루를 살아갔다. 하지만 인생이란 얼마나 가혹한 것인가! 그는 얼마 전 어머니마저 여의고 말았던 것이다.
　이제 그는 혼자 남게 되었다. 그리고 머지 않아 자신 또한 죽을 것이다. 자신의 목숨이 끊어짐과 동시에 폴 싸발이라는 자신의 이름 또한 이제 더 이상 이 지상에 존재하지 않게 될 것이다. 자신이 죽어도 다른 사람들은 여전히 살아남아 서로 사랑할 것이고, 웃음꽃을 피우며 인생을 즐길 것이라는 사실 앞에서 싸발 씨는 절망적인 심정이 되었다. 그렇다! 그때가 되면 사람들의 웃음 속에 자신은 결코 존재할 수 없을 것이다. 그러자 죽음이라는 이 영원한 진리 앞에서 웃고, 떠들고, 즐거워할 수 있다는 사실이 무척이나 이상한 일로만 여겨졌다. 만일 죽음이 그저 있을 법한 일이라면 아직은 희망을 가질 수도 있으련만…… 그러나 죽음은 거부할 수 없는 진리였다. 태양이 지고 나면 어김없이 밤이 오는 것처럼 피할 수 없는 진리인 것이다.
　만약 그의 인생이 어떤 모험이나 쾌락, 성공 등 다양한 종류의 만족들로 가득 채워진 충만한 인생이었다면……. 그러나 불행히도 그렇지 못했다. 그는 결코 어떠한 일도 시도해 본 적이 없었다. 같은 시간에 일어나고, 밥 먹고, 또 같은 시간에 잠자리에 든 것 말고는 아무것도 한 일이 없다. 그런 생활을 반복하는 가운데 그는 어느덧 예순두 살이라는 나이에 이르러 있었던 것이다.
　무슨 이유에서인지는 모르겠지만 그는 결혼조차 하지 않았다. 왜 결혼하지 않았을까? 어느 정도의 재산이 있었으므로 하고자 마음만 먹었다면 그는 결혼할 수도 있었다. 기회가 없었던 것일까? 어쩌면 그랬을지도 모른다. 그러나 기회 또한 이루고자 하는 의지가 있을 때 찾아오는 것이 아닌가! 굳이 이유를 대자면 아마도 그의 무관심 때문이었을 것이다. 그렇게밖에는 달리 설명할 길이 없다. 무관심은 그의 큰 병이었고, 결점이었으며, 악습이었다. 얼마나 많은 사람들이 무관심으로 인해 자신들의 인생을 망치고 있는가! 그러나 어떤 부류의 사람들에게는 육신을 움직여 스스로 방법을 강구하고, 다른 사람들과 다양한 의견을 주고받으면서 문제들을 해결해 나가는 것이 그리 쉬운 일이 아닐 수도 있다. 특히나 싸발 씨처럼 무관심한 성격을 타고난 사람들에게는 말이다.

일찍이 그는 단 한 번도 사랑을 받아본 적이 없었으며, 사랑의 충만을 느끼며 그의 가슴에 안겨 잠이 들었던 여자 또한 없었다. 그러기에 그는 기다림의 감미로운 고뇌도, 꼭 잡은 손에서 전해지는 짜릿한 떨림도, 사랑의 도취에서 오는 황홀한 감정도 알 길이 없었다.

처음으로 입술과 입술을 맞대고 두 팔로 서로를 뜨겁게 부둥켜안은 채, 두 마음과 몸이 하나의 존재로 불타오르는 순간 찾아드는 행복이야말로 지상에서 누릴 수 있는 최상의 복이 아니던가!

싸발 씨는 실내복을 입은 채 난롯가에 앉아 있었다.

그의 인생은 실패작이었다. 분명한 실패작이었다. 그러나 그런 그에게도 사랑은 있었다. 비록 다른 일과 마찬가지로 안일하고 미온적인 자세이기는 했지만 남 몰래 괴로워하며 사랑을 바친 대상이 있었다. 아주 오래 전, 그는 옛 친구인 쌍드르의 아내를 사랑했었다. 아, 그녀를 조금 더 일찍 만났더라면! 그러나 그녀를 처음 만났을 때 그에게 기회라는 것은 이미 존재하지 않았다. 그녀는 이미 결혼한 여자였던 것이다. 그렇지 않았던들 그는 틀림없이 그녀에게 청혼을 했을 것이다. 처음 그녀를 만난 순간부터 그의 마음속에는 그녀를 향한 변함없는 사랑의 감정이 자리잡게 되었으니까.

그는 그 시절을 회상하기 시작했다. 그녀를 만나는 순간 느꼈던 기쁨과 그녀와 헤어지면서 느꼈던 슬픔, 그녀에 대한 생각으로 인해 잠 못 이루던 젊은 날의 밤들이 두서없이 떠올랐다. 하지만 그녀에 대한 그리움으로 밤을 지샌 다음날 아침에는 왠지 약간은 시들해진 감정으로 잠자리에서 일어나곤 했다. 왜 그랬을까?

그 시절 그녀는 참으로 아름다웠었다. 금발머리는 부드럽게 물결치고 있었으며 얼굴엔 항상 상냥한 미소가 어려 있었다. 한마디로 쌍드르에게는 너무나 과분한 여자였다. 그녀는 올해로 쉰여덟 살이 되었지만 여전히 행복해 보였다. 아, 지난날 그녀도 자신을 사랑했더라면! 자신이 그토록 쌍드르 부인을 사랑했음에도 불구하고 그녀는 왜 이 폴 싸발을 사랑하지 않았을까? 만일 그녀가 자신의 그런 마음을 조금이라도 알아차렸더라면…… 정말로 그녀는 아무것도 눈치채지 못했을까? 아무것도 보지 못했으며, 아무것도 느끼지 못했던 것일까? 그 당시 그녀는 나에 대해 어떤 감정을 품고 있었을까? 그때 내가 만약 그녀에 대한 사랑을 고백했었다면 그녀는 어떤 대답을 했을까?

싸발 씨는 그밖에도 여러 가지 일들에 대해 자문해 보았다. 다시금 자신의 과거를 떠올리며, 사소한 일까지도 낱낱이 따져보기 시작했다.

쌍드르 부인이 그처럼 젊고 매력적이었던 그 시절, 군청 직원이었던 쌍드르 집에 모여서 카드놀이를 하던 밤들과, 그녀만의 독특한 어조로 건넸던 다정한 말들과, 많은 의미를 내포하며 잔잔히 미소짓던 그녀의 얼굴을 떠올렸다.

또한 쌍드르 부부와 함께 일요일마다 센 강을 따라 산책하던 일이며, 풀밭에서 점심을 먹던 순간들을 회상했다. 그러자 문득 강가에 있는 작은 숲 속에서 그녀와 같이 보낸 어느 오후의 추억이 선명하게 떠올랐다.

그날 그들은 바구니 가득 먹을 것을 챙겨 넣은 다음, 아침 일찍부터 산책길에 올랐다. 취할 정도로 맑고 생기가 도는 봄날이었다. 대기는 푸른 초목과 만개한 꽃에서 뿜어져 나온 향기로 가득했으며, 모든 것이 행복해 보였다. 새들은 즐겁게 지저귀며 분주하게 날아다녔다. 그들은 강 옆 버드나무 아래 펼쳐진 풀밭에 자리를 잡은 뒤, 따스한 봄볕을 받아 마치 졸고 있는 듯 나른하게 흘러가는 강물을 바라보며 점심을 먹었다. 그들의 가슴속으로 따스하고 싱그러운 봄기운이 밀려들었다. 그날의 날씨는 너무도 화창했었다.

점심을 먹고 나자 풀밭 위에 벌렁 눕더니 그대로 잠이 들어버린 쌍드르는 한참 뒤 이토록 잘 자본 적은 없다고 말하며 잠에서 깨어났다.

쌍드르가 잠들었을 때 싸발 씨는 쌍드르 부인과 단둘이 강줄기를 따라 거닐기 시작하였다. 쌍드르 부인은 싸발 씨의 팔을 잡고 살며시 그에게 기대오더니 미소를 지으면서 말했다.

"나 취했나 봐요."

순간 그의 가슴은 몹시 두근거리기 시작했다. 얼굴마저 창백해진 그는 그녀에게로 향하는 자신의 시선이 너무 대담한 건 아닐까, 혹은 손의 떨림으로 인해 그 동안 마음속에 간직해 온 비밀이 드러나지 않을까 조바심하였다.
 잠시 후 그녀는 커다란 잎사귀와 수련으로 화관을 만들어 쓰고는 이렇게 그에게 물어왔었다.
 "이렇게 하면 저를 사랑하시겠어요?"
 그는 잠자코 있었다. 뭐라고 대답해야 할지 적당한 말을 찾아내지 못했기 때문이었다. 차라리 무릎이라도 꿇고 싶은 심정이었다. 그녀는 웃어대기 시작했다. 무언가 불만을 품은 듯한 웃음이었다. 그러더니 갑자기 정색을 하고는 그에게 말했다.
 "바보로군요! 무슨 말이든 적어도 한 마디쯤은 해줘야 하는 거 아닌가요?"
 그는 여전히 아무 말도 못하고 있었다. 울음이 터져나올 것 같았다.
 지금에 와서야 그날의 일들이 또렷하게 떠올랐다. 그녀는 나에게 왜 '바보!'라고 말했을까?
 이어서 그는 그녀가 얼마나 정답게 자신에게 기대왔던가를 상기하였다. 기울어진 나무 아래를 지날 때였다. 자신의 뺨에 그녀의 귀가 닿는 것이 느껴지자 그는 재빨리 물러섰다. 그녀가 이 접촉을 고의적인 것으로 생각할까봐 두려웠기 때문이었다. 그는 몹시 난감한 표정을 지으며 말을 건넸다.
 "돌아가야 할 시간이 아닌가요?"
 그녀는 야릇한 시선으로 쳐다보았다. 분명 그녀는 이상야릇한 시선으로 그를 바라보았었다. 너무 당황스러운 나머지 그 당시에는 미처 알아차리지 못했지만, 지금 와서 곰곰이 떠올려보니 분명히 어떤 의미가 감추어진 시선이었다는 생각이 들었다.
 "마음대로 하세요. 피곤하시다면 그만 돌아가도록 하죠."
 "제가 피곤해서 그러는 게 아닙니다. 지금쯤이면 쌍드르가 잠에서 깨어났을 것 같아서요."
 그가 이렇게 말하자 그녀는 어깨를 으쓱하면서 대답했다.
 "남편이 깼을까 봐 걱정되어 그러신 거라면 문제가 다르지요. 그럼 돌아갑시다."
 돌아오는 길에 그녀는 아무 말도 하지 않았으며 그의 팔에 기대지도 않았다. 왜 그랬을까? 그는 지금까지 자신에게 이렇게 물어본 적이 없었다. 그는 그 동안 자신이 전혀 모르고 있던 그 무엇을 이제서야 깨닫게 된 것 같았다. 그렇다면……?
 싸발 씨는 갑자기 얼굴이 달아올랐다. 그는 마치 30년 전의 젊은 쌍드르 부인이 자신을 향해 "당신을 사랑해요!"라고 속삭이는 소리를 듣기라도 한 것처럼 깜짝 놀라며 자리에서 일어섰다.
 그런 일이 있을 수 있는 걸까? 방금 그의 영혼 속으로 뛰어들어온 이 의혹이 그를 괴롭히기 시작했다. 그 당시 자신은 왜 그것을 알아차리지 못했으며, 짐작조차 못 했을까? 아아, 만약 그것이 사실이라면…… 자신의 부주의로 인해 그 행복을 붙잡지 못하고 그냥 흘려보낸 것이라면…….
 '이 의혹 속에 이대로 있을 수는 없다. 난 알고 싶다. 꼭 알아내야 한다!'
 그는 허겁지겁 옷을 갈아입으며 생각했다.
 '나는 지금 예순두 살이고 그녀는 쉰여덟 살이다. 그러니 그때의 일에 대해 그녀에게 물어본들 크게 부끄러운 일은 아닐 것이다.'
 그는 집을 나섰다. 쌍드르 부인의 집은 길 건너 그의 집과 거의 마주보는 곳에 위치해 있었기 때문에 도착하는 데 그리 오랜 시간이 걸리지 않았다. 문 두드리는 소리를 듣고는 어린 하녀가 달려나와 문을 열어 주었다. 하녀는 놀란 표정으로 그를 쳐다보았다.
 "이렇게 이른 시간에 오시다니, 무슨 사고라도 생겼나요 선생님?"
 싸발 씨가 대답했다.
 "아니다, 애야. 어서 주인마님께 가서 내가 드릴 말씀이 있으니 좀 뵙자고 말씀드려라."
 "마님은 지금 겨우내 저장해 두고 먹을 잼을 만들고 계세요. 화덕이 있는 부엌에서요. 아직 옷도 갈아입지 않으신걸요."
 "그래? 그렇지만 아주 중요한 일로 찾아왔다고 말씀드려라."
 하녀가 안으로 들어가자 싸발 씨는 초조한 듯 거실 안을 서성거리기 시작했다. 그러나 크게 걱정되지는 않았다. 그저 요리법이라도 묻듯이 가벼운 마음으로 물어보려는 것뿐이니까. 그는 예순두 살이라는 나이가 주는 여유로 인해 약간은 느긋한 마음을 가질 수 있었다.

문이 열리고 그녀가 나왔다. 볼에도 통통하게 살이 올라 있는 그녀는 어느새 크게 소리를 내어 웃어대는 뚱뚱한 여자로 변해 있었다. 그녀는 달콤하고 끈적끈적한 과일즙이 묻어 있는 팔 위로 소맷자락을 걷어붙인 채 휘적휘적 걸어나왔다. 그러고는 걱정스러운 듯이 물었다.

"어쩐 일이세요? 혹시 어디 편찮은 데라도 있으신가요?"

그가 대답했다.

"아니오, 부인. 그러나 저로서는 무척 중요하고 또 제 마음을 괴롭히는 것에 대해 묻고 싶어서, 실례인 줄 알면서도 이렇게 이른 시간에 찾아온 것이오. 그러니 솔직하게 대답해 주겠다고 약속하시겠소?"

그녀가 미소를 지었다.

"전 언제나 솔직하답니다. 어서 말씀해 보세요."

"좋소. 다름이 아니라, 당신도 혹시 그 사실을 알고 있었소? 당신을 처음 본 그 순간부터 내가 당신을 사랑했다는 것을!"

그녀는 웃으면서 그 옛날의 어조로 대답하였다.

"바보! 전 처음부터 알고 있었는걸요."

싸발 씨는 떨기 시작했다.

"그걸…… 알고 있었다구요? 그럼……"

그가 말을 맺지 못한 채 입을 다물어버리자 이번엔 그녀가 물었다.

"그럼이라니요? 그게 무슨 말씀이죠?"

그가 더듬거리며 대답했다.

"그럼…… 어떻게 하실 생각이었소? 뭐라고…… 뭐라고…… 당신은 대답했을까요?"

그녀가 무척 큰 소리로 웃는 바람에 몇 방울의 시럽이 그녀의 손가락 끝에서 흘러내려 마룻바닥 위로 떨어졌다.

"제가요? 하지만 당신은 제게 아무것도 묻지 않았는걸요. 대답을 해야 할 사람은 제가 아니라구요!"
 그러자 그녀를 향해 한 걸음 더 다가서며 그가 말했다.
 "말해 주세요…… 솔직하게 말해 주세요, 부인…… 점심을 먹은 뒤 쌍드르가 풀밭 위에서 잠이 들었던 그날…… 우리 둘이서 함께 강가를 거닐었던 그날을 기억하고 계시겠지요?"
 그녀는 얼굴에서 웃음을 거두더니 그의 눈을 빤히 들여다보며 말했다.
 "물론 생각나고말고요."
 그는 덜덜 떨면서 다시 입을 열었다.
 "그럼…… 그날 만약에…… 제가…… 제가 좀더 대담했더라면 당신은 어떻게 했을까요?"
 그녀는 그 어떤 후회도 없다는 듯 행복한 미소를 짓더니 또렷한 목소리로 대답하였다.
 "당신을 따랐겠지요."
 이 말 한마디를 남기고서 그녀는 잼을 만들던 곳으로 총총히 사라졌다.

 싸발 씨는 다시 거리로 나섰다. 마치 큰 재난이라도 당한 사람처럼 넋나간 표정으로 성큼성큼 빗속을 걸어갔다. 발길은 분명히 강 쪽을 향해 있었지만 정작 그는 자신이 어디로 가고 있는지 알지 못했다. 강둑에 이르자 오른쪽으로 방향을 틀었다. 그저 본능에 두 발을 내맡긴 채 한동안 걸었다.
 옷은 빗물에 완전히 젖었고, 넝마조각처럼 찌그러지고 물렁물렁해진 모자에서는 빗물이 방울져 떨어졌다. 그는 여전히 앞을 향해 걸어가고 있었다. 그리고 드디어 먼 옛날 그들이 점심을 먹던 그 장소에 이르렀다.
 그는 갑자기 벌거벗은 버드나무 밑에 털썩 주저앉았다. 그의 두 볼을 타고 하염없이 흘러내리는 눈물이 빗줄기에 섞여들고 있었다.

어느 여인의 고백

 언젠가 당신은 나에게 내 생애에서 가장 또렷이 기억에 남아 있는 추억을 이야기해 달라고 한 적이 있었지요. 나는 너무나도 고독하고 초라한 늙은이예요. 나에겐 친척도, 자식도 없어요. 그래서 당신에게 내 모든 걸 솔직하게 고백할 수 있다고 생각합니다만, 그래도 이름만은 밝히지 않겠다고 약속해 주신다면 기꺼이 얘기해 드리겠어요.
 당신도 아시겠지만 나는 많은 남자들로부터 사랑을 받았습니다. 나는 무척 아름다웠거든요. 가끔은 나 자신도 그런 내 모습에 반하기도 했었지요. 공기가 육체의 생명인 것처럼 젊은 시절, 사랑은 내 영혼의 생명이었습니다. 사랑받지 못하는 여자로 살아가느니 차라리 죽는 편이 나을 거라는 생각까지 했었으니까요. 여자들은 흔히 자신의 모든 마음을 기울이는 열정적인 사랑이란 일생에 단 한 번뿐이라고 주장하지요. 그러나 내게는 그러한 감정이 너무도 쉽게 찾아들었기 때문에, 사랑에 있어서 종말이란 있을 수 없다고 생각했습니다. 그러나 심지의 기름이 다하면 불꽃이 꺼지는 이치와 마찬가지로 시간이 흐름에 따라 열정 또한 허무하게 꺼져버리곤 했지요. 지금 내가 말할 수 있는 건 이제 내게 남은 것은 아무것도 없다는 사실입니다.
 오늘 나는 당신에게 내가 살아오면서 맞닥뜨린 예기치 않은 일들 중에서 가장 먼저 겪었던 일을 말씀드리려고 합니다. 마침 얼마 전 페크 지방의 어띤 약제사가 저지른 끔찍한 복수는 제가 지금부터 말씀드리려고 하는 참극을 다시 한번 상기시켜 주었답니다. 결국 나의 결백은 증명되었지만, 그 일은 무서운 결과를 초래했지요.

그 당시 나는 에르베 드 케르라는 백작과 결혼식을 올린 뒤였습니다. 비록 부자였고 브르타뉴의 유서깊은 가문의 후손이긴 했지만, 그는 내가 조금도 좋아하지 않는 타입의 사람이었습니다. 물론 그를 사랑하고 있지 않았죠. 진정한 사랑이라면 적어도 자유와 장애가 동시에 존재해야 한다고 그 당시 나는 생각했으니까요. 법으로 인정받고 사제에게 축복받은 강요된 사랑, 그것이 과연 진정한 사랑일까요? 합법적인 키스는 결코 도둑맞은 키스보다 더 나을 것이 없답니다.

내 남편은 키가 크고 품위가 있었으며, 참으로 관대한 사람이었지만 융통성이 부족했습니다. 사람들은 그런 남편을 두고 고루한 정신의 소유자라고 수군거렸죠. 그는 언제 어디서나 그저 생각나는 대로 이야기를 했으며, 의견을 말할 때도 항상 칼로 자르듯이 단호한 태도였습니다. 그의 그러한 태도는 부모님에게서 물려받은 것이고, 또한 그들의 조상이 지니고 있던 것이기도 했지요. 그는 결코 주저하거나 당황하는 법이 없었고, 어떤 일에도 다른 관점이 있을 수 있다는 것을 이해하지도 못했기에, 즉각적이고도 편협한 의견을 곧이곧대로 말하곤 했습니다. 창문이 꼭꼭 닫힌 집 안으로는 시원한 바람이 들어갈 수 없는 이치와 마찬가지로 사람들은 그의 머리가 꽉 막혀 있기 때문에 정신을 환기시켜 주는 새로운 생각들이 그 안으로 들어갈 수 없는 것이라고 생각했습니다.

우리는 황량한 고장 한가운데에 자리잡은 커다란 저택에 살고 있었지요. 음산한 느낌을 주는 그 저택은 거목들로 겹겹이 에워싸여 있었으며, 벽돌 사이사이에 돋아나 있는 이끼는 노인들의 흰 수염을 떠올리게 했습니다. 또한 수심이 깊은 도랑으로 둘러싸여 있는 정원은 마치 숲처럼 울창해서 정원이라는 이름이 도무지 어울리지 않았답니다. 그 정원 끝에는 갈대와 수초로 우거진 두 개의 큰 연못이 있었는데, 남편은 그 두 연못 사이를 이어주는 개울가에다 아담한 오두막집을 짓게 했습니다. 그곳은 이를테면 야생 오리를 잡기 위한 사냥터였지요.

고정된 하인들 이외에 남편은 마치 충직한 사냥개처럼 목숨 바쳐 충성을 다할 듯이 보이는 시종 한 사람을 데리고 있었으며, 내게는 밤낮없이 그림자처럼 붙어다니는 거의 친구 같은 하녀 하나가 있었습니다. 나는 5년 전에 그녀를 스페인에서 데려왔었지요. 그녀는 버려진 아이였어요. 그녀의 까무잡잡한 피부색, 새까만 눈동자, 그리고 숲처럼 항상 이마 둘레를 덮고 있는 숱 많고 탐스러운 머리카락을 본 사람들은 그녀를 집시라고 생각했습니다. 그 당시 그녀의 나이는 열여섯 살이었지만 스무 살이라고 해도 믿을 정도로 성숙했답니다.

가을이 되자 남편은 그 고장 사람들과 함께 사냥을 하기 시작했습니다. 그들은 자주 우리 집에 모여서 그날의 사냥 계획을 세우곤 했는데, 그 중에서 나는 C라는 젊은 남작을 유심히 살펴보았습니다. 이상하게 여겨질 정도로 우리 집을 방문하는 횟수가 잦았거든요. 그러던 어느 날부터인가 그는 발길을 끊었고, 나도 그에 대해서 더 이상 생각하지 않았습니다. 그런데 그 후로 남편의 태도가 달라진 것 같았습니다.

그는 말수가 줄었고, 무엇인가 골똘히 생각하는 것 같았으며, 나를 대하는 태도에서도 예전과 같은 다정함을 찾아볼 수 없었습니다. 혼자만의 시간을 갖고 싶었던 나의 요구로 우리는 각방을 썼었는데 나는 밤마다 내 방문 앞까지 살금살금 왔다가 서서히 멀어지는 발자국 소리를 듣곤 했지요.

그러나 나는 그리 심각하게 생각하지 않았습니다. 내 방이 아래층에 있었기 때문에, 저택을 순찰하는 하인들의 발자국 소리라고 생각했죠. 그 일을 남편에게 이야기했더니 그는 나를 한동안 뚫어지게 쳐다보다가 이렇게 말하더군요.

"그래요. 아무것도 아니오. 당신 말마따나 순찰을 도는 하인의 발자국 소리였을 거요."

그로부터 며칠이 지난 어느 날 저녁이었습니다. 그날따라 유난히 쾌활해 보이는 에르베가 저녁식사를 마치자 의미심장한 미소를 지으며 내게 이런 부탁을 해왔습니다.

"밤마다 우리 집 암탉을 훔치러 오는 여우 한 마리가 있는데, 나는 오늘 그놈이 오는 길목을 지키고 있다가 잡을 생각이오. 당신과 함께 갔으면 좋겠는데 당신 생각은 어떻소?"

그의 갑작스런 제의에 놀라서 나는 얼른 대답할 수 없었지요. 하지만 그는 평소의 그답지 않게 끈질기고 집요하게 요구해 왔고, 나는 할 수 없이 승락하고 말았습니다.

"그렇게 하죠."

내가 남자들처럼 늑대나 멧돼지를 사냥할 수 있다는 사실을 당신께 말씀드리지 않았군요. 어쨌든 남편이 여우 사냥을 가자고 나에게 제의한 것은 그리 이상한 일이 아니었지만, 그 뒤부터 남편은 이상하리만치 신경이 날카롭게 곤두서 있더군요. 그러더니 저녁 내내 열에 들뜬 듯이 일어났다 앉았다 하면서 안절부절못하는 것이었습니다.

열시가 되자 그가 나에게 불쑥 묻더군요.

"준비는 다 되었소?"

나는 일어섰습니다. 남편이 직접 내 총을 가져다 주길래 이렇게 물었지요.

"노루잡이 총알과 보통 총알 중 어느 것을 장전해야 하죠?"

순간 그는 당황하는 듯하더니 잠시 후 이렇게 대답하더군요.

"아, 노루잡이 총알이면 족할 거요. 자신감을 가져요."

그러더니 이런 이상한 말을 덧붙이는 게 아니겠습니까.

"당신은 뛰어난 침착성을 가졌으니까 문제없겠지!"

나는 웃음을 터뜨리고 말았습니다.

"내가요? 그건 왜죠? 여우를 잡으러 가는 데 침착성이라뇨? 당신 대체 무슨 생각을 하고 있는 거예요?"

우리는 조용히 현관문을 빠져나와 정원으로 걸음을 옮겼습니다. 저택을 비롯한 주위의 모든 것들이 곤히 잠들어 있는 한밤중이었어요. 환하게 떠오른 보름달이 음산한 느낌을 주는 우리의 낡은 저택을 노란빛으로 물들이고 있었고, 저택 옆에 세워져 있는 두 개의 망루 꼭대기에 붙어 있는 금속판 또한 달빛을 받아 반짝이고 있었습니다. 그 어떤 소리도 환하면서도 쓸쓸하고, 온화하면서도 무거운, 마치 죽음과도 같은 이 밤의 적막을 깨뜨릴 수 없었습니다. 바람은 잠잠했고, 두꺼비나 올빼미의 울음소리조차 들리지 않는 밤이었습니다. 다만 음산한 정적만이 대기를 짓누르고 있었습니다.

정원의 나무들 아래를 지나자, 갑자기 엄습해 오는 냉기와 함께 낙엽 냄새가 내 후각을 자극했습니다. 남편은 말 한 마디 없었지만, 그의 온몸은 사냥의 흥분에 사로잡힌 채 온갖 주의를 다 기울여 주위를 살피고 있었으며, 사소한 움직임에도 예민하게 반응하였습니다.

우리는 마침내 연못가에 도착했습니다. 아주 희미한 움직임만이 수면 위로 떠올랐으며, 이따금씩 작은 동그라미들이 수면 위에 무수한 원을 그리며 퍼져 나가 달빛에 반짝일 뿐, 그곳 역시 무거운 정적의 지배를 받고 있었습니다.

우리가 오두막집에 다다르자 남편은 내게 먼저 총을 건네준 다음, 천천히 자신의 총에도 총알을 장전했습니다. 그때 덜거덕거리는 냉혹한 소리에 나는 알 수 없는 공포를 느꼈어요. 심하게 몸을 떠는 나를 보더니 그가 말했습니다.

"혹시 이런 고생을 불만스럽게 생각하는 건 아니오? 그렇다면 지금이라도 돌아가구려."

나는 침착하게 대답했습니다.

"절대 그렇게 생각하지 않아요. 중간에 되돌아갈 거라면 애초 오지도 않았을 거예요. 당신 오늘 밤엔 정말 이상하군요?"

그가 중얼거렸다.

"그러면 당신 좋을 대로 하시오."

그 뒤 우리는 입을 다물었습니다. 약 반 시간을 그렇게 꼼짝 않고 기다렸지만 이 가을 밤의 무겁고 투명한 고요를 깨뜨리는 것은 아무것도 없었습니다. 기다림에 진력이 난 나는 아주 낮은 목소리로 남편에게 말했습니다.

"그 여우가 여기로 지나가는 게 틀림없나요?"

그 말을 듣자 남편은 내가 마치 자신을 물어뜯기라도 한 것처럼 몸을 움츠리더니 내 귀에다 입을 갖다대고는 말했습니다.
"틀림없소. 조금만 더 기다려 봐요."
다시 침묵이 흘렀습니다. 남편이 갑자기 내 팔을 흔들면서 속삭이더군요. 아마도 내가 잠깐 잠이 들었었나 봐요.
"저기 나무 아래 좀 봐요!"
나는 그가 가리키는 곳을 보려고 갖은 애를 다 썼지만 칠흑 같은 어둠 속에서 아무것도 분간할 수가 없었습니다. 나의 눈을 뚫어지게 쳐다보던 에르베가 내게서 시선을 거두더니 침착하게 어깨 위로 총을 올려놓았습니다. 나 또한 총을 쏠 준비를 했습니다. 그때 갑자기 우리가 매복해 있는 오두막에서 약 30보쯤 떨어진 곳에 한 남자가 나타났습니다. 그곳은 환했기 때문에 나는 그것을 볼 수 있었어요. 그는 도망치듯이 몸을 구부린 채 빠른 걸음으로 다가왔습니다.
나는 비명을 지르고 말았습니다. 그러나 내가 미처 몸을 움직이기도 전에 불꽃이 내 눈앞을 스쳐갔고, 고요한 어둠을 뒤흔드는 그 커다란 총소리에 나는 그만 아찔해졌습니다. 잠시 후에 나는 총에 맞은 짐승처럼 땅에 뒹구는 한 남자를 보았습니다.
나는 공포에 떨면서 미친 듯이 비명을 질러댔습니다. 그때 에르베의 격노한 손이 내 목을 움켜잡더군요. 내가 땅바닥에 쓰러지자 그는 억센 팔로 나를 들어 올려 어깨에 둘러메고는, 시체가 쓰러져 있는 풀밭 쪽으로 뛰어갔습니다. 그러더니 내 몸이 부서져라 그 시체 위에다 사정없이 내던지는 것이었습니다.
나는 죽음의 공포를 느꼈습니다. 그리고 그가 정말로 나를 죽이려 한다는 사실을 알아챘습니다. 내 몸과 마음은 그 자리에서 얼어붙고 말았습니다. 이미 그는 내 이마 위로 자신의 발뒤꿈치를 쳐들고 있었지요. 그런데 그 순간 그가 힘없이 쓰러지는 게 아니겠습니까. 뭐가 뭔지 도무지 알 수가 없었습니다.
나는 얼른 몸을 일으켰습니다. 그리고 언제부터 이곳에 와 있었는지는 모르지만, 제정신을 잃고서 심하게 떨고 있는 내 하녀 파키타가 미친 듯이 날뛰는 한 마리 고양이처럼 남편에게 달려들어 그의 턱수염과 코밑 수염, 그리고 얼굴을 사정없이 잡아뜯으며 울부짖고 있었습니다.

그러더니 이번에는 그 남자의 시체 위로 몸을 던지더군요. 마치 애무라도 하듯이 두 팔로 그를 꼭 끌어안고서 그의 눈과 입술에 차례로 입을 맞추더니, 죽은 자의 입술을 자신의 입술로 열고 그곳에서 연인의 숨결을 찾으려고 애쓰는 것이었습니다.

이 어이없는 광경을 멍하니 바라보고 있던 남편은 그제서야 내 발밑에 무너지듯 주저앉았답니다.

"아아! 용서하구려, 여보! 당신에 대한 나의 의심이 엉뚱하게도 하녀 아이의 애인을 죽이고 말았구려. 그 몹쓸 시종놈이 나를 속인 거라오."

나는 야릇한 심정이 되어 이 죽은 자와 살아 있는 자의 키스를 바라보고 있었습니다. 그리고 가망이 없는 사랑 앞에서 몸부림치며 울부짖는 그녀의 통곡소리를 들으며, 나는 앞으로 두 번 다시 남편에게 충실한 아내가 되지 못하리라는 사실을 예감했답니다.

보 석

직장 상사의 집에서 열린 저녁 파티에 참석한 랑탱 씨는 그곳에서 그녀를 처음 보는 순간 사랑에 빠지고 말았다.

그녀는 수 년 전에 세상을 떠난 지방 세리(稅吏)의 딸이었다. 아버지가 세상을 떠난 후 그녀는 어머니와 함께 파리로 왔고, 그녀의 어머니는 딸을 좋은 곳에 시집보내려는 생각에서 가까운 구역에 있는 몇몇 중류 가정을 자주 방문하곤 했다. 모녀는 가난했지만 인품이 좋고 온유했으며, 행동에 있어서도 기품을 잃지 않았다. 딸은 현명하고 성실한 젊은이가 나타난다면 그에게 자신의 인생을 맡기려고 마음먹고 있었다. 그녀의 정숙하고 수수한 아름다움은 천사와 같은 매력으로 그녀를 한층 돋보이게 하였고, 한시도 입가를 떠나지 않는 은은한 미소는 그녀의 마음을 반영하고 있는 듯했다.

모든 사람들이 한결같이 그녀를 칭찬했고, 그녀를 알고 있는 사람들은 누구나 이렇게 말하곤 했다.

"저 아가씨를 데려가는 사람은 정말로 복 받은 사람이야. 저보다 훌륭한 아가씨는 세상 어디에서도 찾을 수 없을 테니까!"

그 당시 랑탱 씨는 내무성의 주사로 근무하면서 겨우 연봉 3천5백 프랑을 받는 하급 공무원에 지나지 않았지만, 그녀에게 청혼을 하였고 마침내 결혼하게 되었다.

그는 그녀와 더불어 상상할 수 없을 만큼 행복한 결혼생활을 누리고 있었다. 그녀가 어찌나 살림을 잘 꾸려나갔던지, 그들은 마치 호화스러운 생활을 누리고 있는 것처럼 보이기까지 했다. 그녀는 언제나 마음을 다해서 상냥함과 애교로 남편을 대했다. 결혼한 지 벌써 6년이 지났지만 그녀의 육체적인 매력은 세월의 흐름 앞에서도 조금도 사그라들지 않았으며, 그녀에 대한 그의 사랑 또한 더욱더 깊어만 갔다. 다만 그가 아내에 대해서 못마땅하게 여기는 점이 두 가지 있었는데, 하나는 그녀가 너무도 자주 극장에 출입하는 것이었으며 다른 하나는 가짜 보석을 수집하는 취미였다.
  그녀가 극장에 자주 드나들기 시작한 것은, 평소에 알고 지내던 몇몇 하급 공무원의 부인들이 수시로 아내에게 연극표를 얻어다 주면서부터였다. 그녀들이 인기 있는 연극이나 심지어 초연(初演)되는 연극의 특등석 티켓을 아내에게 주는 날이면, 아내는 남편의 의사는 아랑곳없이 무조건 그를 극장에 데리고 갔다. 하루 종일 일에 시달려 몹시 피곤한 상태인 랑탱 씨는 연극까지 구경하고 난 다음이면 완전히 녹초가 돼버리고 말았다. 생각다 못한 남편은 아내에게 자기 대신 그녀가 알고 지내는 부인들과 연극 구경을 가는 것이 좋지 않겠느냐고 제의하기에 이르렀다. 아내는 오히려 그것이 부자연스럽다고 생각했는지 오랫동안 응하지 않다가 결국엔 남편의 의견에 따르기로 했다. 남편의 뜻을 더 이상 거역하고 싶지 않다는 생각에서였다. 그는 아내의 결정에 한없이 고마워했다.
  그런데 극장에 즐겨 드나드는 취미로 인해 그녀는 외모에 신경을 쓰게 되었으며, 차츰차츰 몸치장에 대한 욕구가 커져갔다. 그전까지 그녀의 옷차림은 아주 소박했다. 하지만 언제 보아도 그녀의 자태는 우아하고 멋스러웠다. 그녀의 이 검소하면서도 부드럽고 매혹적인 우아함은 바로 이 소박한 옷차림에 의해 한결 돋보였기 때문이다. 그런데 어느 날인가 다이아몬드처럼 보이는 두 개의 커다란 수정이 그녀의 귀에서 반짝이는가 싶더니 그 다음에는 가짜 진주목걸이와 가짜 금팔찌로 치장하기 시작했으며, 가지각색의 유리 세공품으로 장식된 핀을 머리에 꽂고 다니는 등, 어느새 그녀에게는 온갖 모조 보석으로 치장하는 습관이 생겨버리고 말았던 것이다.

그런 싸구려 장식을 좋아하는 것에 약간 기분이 언짢아진 남편은 아내에게 가끔 이렇게 말하곤 했다.

"여보, 진짜 보석을 살 능력이 없는 게 사실이긴 하지만, 꼭 보석으로 꾸미지 않더라도 당신의 그 내적인 아름다움과 타고난 우아함만으로도 당신은 충분히 아름다워 보인다오. 이것이야말로 가장 진귀한 보석이 아니겠소?"

그러면 그녀는 부드러운 미소를 지으면서 이렇게 대답했다.

"당신 말이 맞아요. 저도 저의 이 취미가 나쁜 습관이라는 것을 잘 알고 있어요. 당신이 옳다는 것을요. 하지만 고치기가 어렵군요. 전 보석이 참 좋아요."

그러고는 손바닥 위에 진주목걸이를 올려놓은 뒤 정성이 담긴 손길로 진주알을 하나하나 쓰다듬으면서 이렇게 말하는 것이었다.

"자 보세요, 이것이 얼마나 정교하게 만들어졌는지 말예요. 모두들 틀림없이 진짜라고 믿을 거예요."

그제서야 남편은 하는 수 없다는 표정으로 빙긋이 웃으면서 말했다.

"당신은 집시의 취미를 가졌군그래."

이따금 그들이 한가롭게 마주앉아 있는 저녁 시간이면 그녀는 가죽 가방 하나를 가지고 나왔다. 그 속엔 랑탱 씨의 말을 빌리자면 온갖 '싸구려'들이 들어 있었다. 그녀는 탁자 위에 올려놓은 그 가죽 가방 속에서 모조 보석들을 하나씩 꺼내 들고는 넋을 잃은 표정으로 바라보곤 했다. 그 순간만큼은 세상 무엇과도 바꿀 수 없는 은밀하고도 심오한 기쁨을 맛보고 있는 듯했다. 그리고는 억지로 남편의 목에다 목걸이를 걸어준 뒤 마음껏 웃어대면서 말했다.

"아이 우스워라! 너무 재미있군요."

그렇게 깔깔거리다가 남편의 품으로 뛰어들어 미친 듯이 키스를 퍼붓는 것이었다.

그러던 어느 겨울 밤의 일이다. 오페라를 보러 갔던 그녀는 추위에 오들오들 떨면서 돌아왔다. 이튿날부터 기침을 하기 시작하더니 일 주일 후에 그녀는 결국 폐렴으로 세상을 떠나고 말았다.

랑탱 씨는 그녀를 따라 무덤 속까지라도 들어가고 싶은 심정이었다. 한시도 그의 머릿속을 떠나지 않는 죽은 아내의 모습이 그를 견딜 수 없는 고통 속으로 몰아넣었고, 너무나도 깊은 절망에 빠진 나머지 그의 머리카락은 한 달 사이에 하얗게 세어 버렸다. 그는 그녀와의 행복했던 추억에 사로잡혀 눈물로 세월을 보냈다.

시간이 흘러도 그의 슬픔은 좀처럼 사그라지지 않았다. 사무실에서 일하고 있을 때 그의 자리로 이따금씩 동료들이 찾아와서 위로의 말이라도 건넬라치면, 그는 금세 눈물을 글썽거리다가 끝내는 얼굴을 일그러뜨리며 흐느껴 우는 것이었다. 그는 예전 그대로 보존해둔 침실에 틀어박힌 채 날마다 아내만을 생각했다. 그 방의 모든 가구는 물론 그녀가 입던 옷가지와 그녀의 손때가 묻은 물건들 또한 그녀가 세상을 떠나던 마지막 날에 있었던 그 모습 그대로 놓여 있었다.

아내가 죽었다는 사실을 제외하고는 달라진 점이 하나도 없었지만 그는 생활하기가 힘에 부쳤다. 그의 봉급이 아내의 손에 있을 때는 모든 살림살이가 그토록 넉넉했었는데 지금은 홀몸인데도 불구하고 턱없이 부족했다. 그는 어떻게 해서 자신이 그 동안 고급 포도주를 마시고 맛좋은 음식을 먹을 수 있었는지 그저 어리둥절할 뿐이었다. 그런 것들은 자신의 보잘것없는 봉급으로는 엄두조차 낼 수 없는 것들임을 알게 되었던 것이다.

생활에 쪼들린 그는 궁여지책으로 돈을 꾸러 다니기 시작했고, 얼마 안 가 큰 빚을 지기에 이르렀다. 그러던 어느 날 아침, 봉급날을 일 주일 남겨 놓고서 드디어 몇 푼 남아 있던 돈마저 다 떨어지고 말았다. 그는 봉급날까지 어떻게든 생활을 꾸려가기 위해 무엇이라도 처분해야겠다고 생각했다. 그러자 마치 그 순간을 기다렸다는 듯이 아내의 '싸구려' 보석이 떠올랐다. 어쩌면 자주 그를 언짢게 했던 그 겉치레에 대한 일종의 적의(敵意) 같은 것이 그의 마음 한구석에 자리잡고 있었는지도 몰랐다. 그 가짜 보석들을 볼 때마다, 아니 단순히 보는 것만으로도 사랑했던 아내에 대한 아름다운 추억을 손상시키는 것처럼 여겨지곤 했으니까.

그는 아내가 남기고 간 가짜 귀금속들을 오랜 시간에 걸쳐 뒤적거려야 했다. 살아 있는 마지막 날까지 그녀는 거의 매일 저녁마다 새로운 물건을 한 가지씩 사들고 왔기 때문이었다. 그는 생전에 그녀가 제일 좋아하던 커다란 목걸이를 집어들었다. 그것은 아내 말마따나 가짜치고는 매우 정교하게 만들어져 있어서 6프랑에서 7프랑은 족히 나갈 것 같았다. 그는 그것을 주머니에 넣고 큰길로 나와 회사가 있는 방향으로 걸음을 옮겼다. 그는 믿을 만한 보석상을 찾으려고 이리저리 두리번거리면서 걸어갔다.

이윽고 한 보석 가게가 눈에 띄어 안으로 들어갔다. 하지만 막상 값도 안 나가는 가짜 보석을 팔려고 하니, 자신의 가난을 여지없이 드러내 보이는 것만 같아 그는 무척이나 자존심이 상했다. 그는 수치심을 무릅쓰고 주인에게 말을 건넸다.

"이 목걸이의 값이 얼마쯤이나 되는지 알고 싶은데요."

그 남자는 목걸이를 받아들더니 이리저리 살펴보고, 돌려보고, 손으로 무게를 재고, 확대경으로 들여다보는 등 꼼꼼하게 감정했다. 그러고는 점원을 불러 아주 낮은 소리로 주의를 주고는 다시 그 목걸이를 판매대 위에 올려놓고 멀찍이서 바라보았다. 아마도 감정에 좀더 정확성을 기하기 위해서인 듯했다.

랑탱 씨는 이런 의례적인 과정들이 왠지 거북하게 생각되어서 한마디했다.

"뭐, 이 목걸이가 그리 값진 물건이 아니란 것은 저도 잘 알고 있습니다."

그러자 보석상이 말했다.

"1만2천 프랑에서 1만5천 프랑 정도 나갈 것 같습니다만, 정확한 출처를 알려 주셔야만 살 수 있겠는데요?"

랑탱 씨는 눈이 휘둥그래져서는 한동안 멍하니 서 있었다. 이해가 가지 않았던 것이다. 그는 마침내 더듬거리며 말했다.

"뭐라구요? 그게…… 정말입니까?"

그가 놀라는 이유에 대해 오해를 했는지 보석 가게 주인은 퉁명스러운 어조로 말했다.

"더 받고 싶으시다면 다른 데를 찾아보시죠. 저로서는 1만5천 프랑 이상은 드릴 수가 없으니까요. 만일 더 많이 받을 수 있는 곳을 찾지 못하시면 그때 저희 가게로 다시 오십시오."

랑탱 씨는 목걸이를 다시 집어들고는 완전히 얼이 빠진 표정으로 그곳을 나왔다. 혼란스러운 상황에 직면한 그는 찬찬히 생각을 가다듬어야 할 필요를 느꼈다.

그러나 거리로 나오자 웃음이 터져나왔다.

'바보 같으니라구! 그 따위 말을 곧이곧대로 믿으라고? 진짜인지 가짜인지도 식별할 줄 모르는 보석상도 다 있군그래!'

이런 생각을 하며 그는 패 가(街) 입구에 있는 다른 보석 가게 안으로 들어갔다. 보석을 보자 주인이 큰 소리로 말했다.

"아, 이런! 이 목걸이를 잘 알고 있지요. 바로 저희 집에서 사 가신 물건이거든요."

랑탱 씨는 너무도 어리둥절하여 이렇게 물었다.

"얼마나 나가겠습니까?"

"2만5천 프랑에 팔았다고 기억됩니다. 이 목걸이를 어떻게 소지하게 되셨는지 경위를 말씀해 주신다면 1만8천 프랑에 다시 살 용의가 있습니다. 법률상의 규칙은 지켜야 하니까요."

랑탱 씨는 너무 놀란 나머지 의자에 털썩 주저앉고 말았다. 잠시 안정을 취하고 나서 그가 말했다.

"하지만…… 하지만 다시 한번 주의를 기울여 감정해 보십시오. 지금까지 전 그것을 가짜라고만 믿고 있었는걸요……."

그러자 보석 가게 주인이 말했다.

"성함을 말씀해 주시겠습니까?"

"그러지요. 저는 랑탱이라고 합니다. 내무성에 근무하고 있으며, 마르티르 가 16번지에 살고 있지요."

주인은 장부를 펼치고 찾아보더니 이렇게 말했다.

"분명히 이 목걸이는 마르티르 가 16번지, 랑탱 부인에게 보냈던 것이군요. 날짜는 1876년 7월 20일로 되어 있습니다."

두 사람은 서로 마주보았다. 랑탱 씨는 이 엄청난 일로 인해 얼이 빠져 있었고, 보석상은 그가 도둑이 아닐까 의심하는 눈치였다.

주인이 다시 입을 열었다.

"보관증을 써드릴 테니 안심하시고, 이 물건을 스물네 시간만 제게 맡겨 주시겠습니까?"

랑탱 씨는 더듬거리며 말했다.

"그렇게 하지요."

그는 보관증을 접어 주머니 속에 넣고는 밖으로 나왔다. 그는 거리를 가로질러 계속 올라가다가 길을 잘못 들어선 것을 알자 튀일르리로 다시 내려와 센 강을 지났다. 그러나 또 길을 잘못 접어들자 이번에는 아무 생각도 없이 무작정 샹젤리제 거리로 다시 나왔다. 그는 생각을 가다듬고서 지금 자신에게 닥친 이 엄청난 일을 이해해 보려고 애썼다.

아내에게는 그런 값진 보석을 살 능력이 없다. 절대로 없다! 그렇다면 그것은 선물일 것이다, 선물! 그럼 도대체 누구로부터, 무슨 이유로 받은 선물이란 말인가?

그는 걸음을 멈추고 길 한복판에 한참 동안 서 있었다. 무서운 의혹들이 그의 머릿속을 스쳐 지나갔다. 설마 아내가? 그렇다면 다른 보석들도 역시 선물이었단 말인가! 갑자기 땅이 흔들리고, 앞에 서 있던 나무가 자신을 향해 쓰러지는 것 같았다. 순간 그는 의식을 잃고 길가에 쓰러지고 말았다.

마침 그곳을 지나가던 행인들 덕분에 그는 어느 약국에서 의식을 회복할 수 있었다. 그는 겨우겨우 집으로 돌아와서는 마치 자신을 가두어 버리려는 듯이 문을 꼭꼭 걸어 잠근 뒤 오랫동안 목놓아 울었다. 소리를 내지 않으려고 손수건을 입에 물고서 울기도 했다. 한참 동안을 그렇게 괴로워하며 울던 그는 피로와 슬픔으로 기진맥진해져서 어느새 잠이 들고 말았다.

눈부시게 쏟아져 들어오는 아침 햇살이 그의 잠을 깨웠다. 출근을 하기 위해 일어나긴 했지만, 막상 이런 기분으로 회사에 나가 근무를 해야 한다고 생각하니 참으로 힘겹게 여겨졌다. 그는 상사 앞으로 양해를 구하는 내

용의 편지를 썼다. 그러고 나서 생각해 보니 아무래도 보석상에 다시 가 봐야겠다는 생각이 들었다. 그러자 수치심으로 얼굴이 붉어졌다. 그는 오랫동안 생각하고 또 생각한 끝에 결국 옷을 입고 밖으로 나갔다. 목걸이를 그 보석상에 그대로 둘 수는 없는 노릇이었다.

날씨는 화창했다. 도시 위에 펼쳐진 푸른 하늘이 마치 미소를 짓고 있는 듯 했다. 사람들은 주머니에 양손을 찔러넣은 채 저마다 제 갈 길로 바삐 걸어가고 있었다.

랑탱 씨는 지나가는 사람들을 바라보며 생각했다.

'재산이 있다는 것은 얼마나 행복한가! 돈은 슬픔까지도 떨쳐버릴 수 있지. 가고 싶었던 곳으로 여행도 떠나고, 해보고 싶은 일도 마음껏 하면서 얼마든지 인생을 즐길 수 있을 것이다! 아, 내게도 돈이 있다면!'

그는 허기를 느꼈다. 생각해 보니 어제 아침부터 아무것도 먹지 못했던 것이다. 그러나 그의 주머니는 비어 있었다. 그는 다시금 목걸이를 떠올렸다. 1만8천 프랑이라! 1만8천 프랑! 그것은 거액이었다.

그는 1만8천 프랑을 생각하며 일단 패 가로 들어섰다. 그러나 상점 앞 보도 위를 이리저리 거닐며 스무 번도 더 들어갈까 말까 망설였다. 막상 용기를 내서 들어가려고 하는 순간 수치심이 그의 발목을 잡는 것이었다.

그는 배가 몹시도 고팠다. 허기로 인해 거의 쓰러질 지경이었다. 그는 갑자기 결심을 굳히고는 달리기 시작했다. 생각할 여유를 주지 않기 위해서였다. 단숨에 보석 가게 앞에 다다른 그는 부리나케 안으로 들어섰다.

그를 알아본 보석 가게 주인은 상냥한 미소를 지으면서 서둘러 의자를 내놓았다. 점원들도 모두 나오더니 뭔가 재미있는 것을 구경한다는 표정으로 랑탱 씨를 곁눈질하며 쳐다보았다.

가게 주인이 말했다.

"조회를 해 보았습니다. 손님의 생각이 변하지 않았다면 제가 제의했던 금액을 지불하겠습니다."

그는 더듬거리며 말했다.

"물론, 좋습니다."

주인은 서랍에서 1천 프랑짜리 지폐 열여덟 장을 꺼내어 세어 보고는 랑탱 씨에게 내주었다. 영수증에 짤막하게 서명을 마친 랑탱 씨는 떨리는 손으로 그 돈을 받아 주머니 속에 넣었다.

랑탱 씨는 밖으로 나가려다 말고 여전히 미소를 짓고 있는 주인에게로 몸을 돌렸다. 그러고는 시선을 떨군 채 말했다.

"저…… 다른 보석들도 있는데…… 그것들 역시 상속된 것입니다. 괜찮으시다면…… 그것들도 사시겠습니까?"

가게 주인은 고개를 끄덕거리며 말했다.

"물론 좋습니다."

터져나오는 웃음을 참지 못한 점원 하나가 밖으로 나갔고, 다른 점원 하나는 힘껏 코를 풀었다.

랑탱 씨는 얼굴이 붉어졌으나 애써 태연한 척하며 말했다.

"그러면 그것들을 가져오겠소."

그는 마차를 타고 집으로 향했다.

한 시간 뒤에 보석상에 다시 도착했을 때도 그는 여전히 아무것도 먹지 못한 상태였다. 주인은 물건들을 하나하나 꼼꼼하게 살펴보면서 신중하게 값을 매겨나갔다. 거의 모두가 이 집에서 구입한 것들이었다.

랑탱도 이제는 제법 감정에 이의를 제기하기도 하고, 화를 내며 판매장부를 보여 달라고 요구하기도 했다. 금액이 올라감에 따라 그의 목소리 또한 점점 더 높이 올라갔다. 커다란 다이아몬드 귀고리는 2만 프랑의 값이 매겨졌고, 팔찌는 3만5천 프랑, 브로치, 반지, 메달은 각각 1만6천 프랑, 에메랄드와 사파이어 장신구는 1만4천 프랑, 금줄에 달린 외알박이 다이아몬드 목걸이는 4만 프랑의 값이 매겨졌으며, 그밖에 작은 것들까지 모두 합해 보니 자그마치 19만6천 프랑에 달했다.

보석가게 주인은 악의 없는 농담조로 이렇게 말했다.

"오로지 보석에만 투자를 하셨군요."

그러자 랑탱 씨가 목소리에 무게를 실어 대답했다.

"이것 역시 돈을 저축하는 한 방법이지요."

그러고는 내일 구매자와 함께 재감정을 하기로 약속하고 가게에서 나왔다. 거리로 나서자 그는 보물따먹기 게임이라도 하듯이 눈앞에 보이는 돔 원주(圓柱)를 타고 기어오르고 싶은 충동을 느꼈다. 아니 높은 곳에 앉아서 땅 아래를 굽어보고 있는 저 황제의 동상 꼭대기에 올라앉아 개구리처럼 팔짝팔짝 뛰고 싶다는 경박한 생각까지 드는 것이었다.

그는 브와쟁이라는 음식점에 들어가서는 식사와 함께 한 병에 20프랑이나 하는 고급 포도주를 곁들여 마시며 느긋하게 주린 배를 채웠다.

그러고 나서 마차를 타고 블로뉴 숲을 한 바퀴 돌았다. 그는 마차 밖에 있는 모든 사람들을 일종의 경멸이 담긴 시선으로 바라보았으며, 지나가는 사람들에게 이렇게 소리치고 싶은 욕망에 사로잡혔다.

'나는 부자다. 나에겐 이제 20만 프랑이 있단 말이다!'

그는 갑자기 회사 쪽으로 마차의 방향을 돌렸다. 상사의 방으로 들어간 그는 단호하게 말했다.

"사표를 제출하려고 왔습니다. 30만 프랑의 유산을 상속받았거든요."

그는 옛 동료들과 악수를 나눈 뒤, 그들에게 앞으로 자신의 새로운 계획을 들려 주었다.

그는 회사를 나와 고급 레스토랑인 앙글레에서 저녁을 먹었다. 한껏 위엄을 부리고 있는 신사 옆에 자리를 잡게 되자, 그는 어떡해서든지 그 신사에게 자신이 방금 40만 프랑을 상속받은 사람임을 알리고 싶은 충동을 참을 수가 없었다.

그토록 가기 싫어했던 극장에 앉아 있었는데도 그는 생전 처음으로 지루함을 느끼지 않았다. 뿐만 아니라 그날 밤 그는 처음으로 아내가 아닌 다른 여자들과 함께 보냈다.

여섯 달 후에 그는 재혼했다. 그의 두 번째 부인은 매우 정숙한 여자였지만, 그 대신 무척이나 까다로운 성격이어서 그는 그녀에게 수시로 시달림을 당해야 했다.

술 통

에프르빌르에서 여관을 경영하고 있는 쉬코는 마글루아르 할머니 집 앞에 이르자 이륜마차를 세웠다. 사십줄에 접어든 그는 혈색이 유난히 붉고 배가 불룩 나온, 건장한 체구의 사나이였다. 또한 그 고장 일대에서는 좀처럼 속지 않는 사람이라는 평판을 듣고 있었다.

그는 울타리의 말뚝에 말을 매어놓은 뒤 마당 가운데로 성큼성큼 걸어 들어갔다. 그가 할머니의 집을 자주 방문하는 속셈은 할머니의 집을 자신의 소유로 만드는 데 있었다. 자신의 땅 바로 옆에 붙어 있는 할머니의 집까지 사들이게 되면 훨씬 넓은 땅을 소유할 수 있었기 때문이었다. 그 동안 그는 할머니의 집을 사들이려고 여러 번 시도하였으나, 그때마다 마글루아르 할머니의 완강한 반대에 부딪쳐 번번이 실패로 돌아갔다.

"난 여기서 태어났으니까 죽을 때도 여기서 죽을 거라우."

이것이 평소 할머니의 주장이었다.

그가 집 안으로 들어섰을 때 마침 할머니는 마루에 앉아 감자 껍질을 벗기고 있었다. 일흔두 살의 그 할머니는 여느 노파들처럼 잔뜩 주름진 얼굴에 허리도 구부러져 있었으나, 건강하기로는 젊은 처녀들 못지 않았다.

쉬코는 마치 할머니와 친한 사이인 것처럼 할머니의 등을 살짝 두드리고는 마루에 걸터앉았다.

"요즘 건강은 어떠세요, 할머니? 항상 좋아보이기는 합니다만."
"그만저만하지 뭐. 그래 자네는 어떤가?"
"그게 말입니다, 가끔 가다 통증이 일어나서요. 그것만 아니라면 좋은데 말입니다."
"그만 하면 괜찮은 편이구먼."
그 말을 끝으로 할머니가 입을 다물자 쉬코 또한 할머니가 일하고 있는 모습을 그저 잠자코 바라볼 수밖에 없었다. 그녀는 게 발톱처럼 구부러지고 마디가 굵게 선 손가락을 마치 핀셋처럼 움직여 광주리 속에서 감자를 집어낸 뒤에, 다른 손에 쥐고 있던 낡은 칼로 재빠르게 감자를 돌려가면서 쓱쓱 껍질을 벗겨갔다. 노르스름한 속살이 매끈하게 드러난 감자가 물통 속에 수북이 쌓여가는 사이, 마당에서 놀고 있던 세 마리의 암탉들이 번갈아가며 할머니의 치맛자락에 떨어져 있는 부스러기를 입에 물고는 부리나케 달아나버리곤 했다.
한동안 이렇게 멋쩍게 앉아 있자니 쉬코는 갑자기 마음이 급해지면서 안절부절못했다. 뭔가 꼭 하고 싶은 말이 있지만, 이런 어색한 분위기에서는 좀처럼 말을 꺼내기가 어렵다는 눈치였다. 그렇지만 마침내 결심을 굳히고 말했다.
"그건 그렇고, 저 마글루아르 할머니……."
"왜 그러나?"
"이 집 정말 파실 생각이 없으십니까?"
"그 말이라면 이제 이쯤에서 그만두게. 기대하지 않는 게 좋아. 한번 안 판다면 안 파는 거니까."
"사실은 할머니와 저, 두 사람 모두에게 좋을 듯한 기막힌 묘안이 떠올랐거든요."
"그래? 그게 어떤 건데?"
"이렇습니다. 할머니가 이 집을 제게 팔더라도 역시 내내 할머니 집이란 말입니다. 이 말로는 아직 잘 모르시겠죠? 그러면 이제부터 제가 하는 말을 잘 들어 보세요."

그의 제안에 귀가 솔깃해진 할머니는 감자 벗기던 일손을 잠시 멈추고는, 몹시 궁금하다는 듯 눈동자를 반짝반짝 빛내면서 여관 주인의 다음 말을 기다리고 있었다.

쉬코는 말을 이었다.

"그러니까 제가 할머니에게 매달 150프랑을 드리는 겁니다. 오늘처럼 제가 이륜마차를 타고 와서 할머니에게 그 돈을 갖다 드리는 거예요. 아시겠어요? 매달 5프랑짜리 금화를 서른 닢씩 말입니다. 그렇지만 지금과는 조금도 달라지는 게 없다니까요. 요만큼도 변하는 게 없으니까 할머니는 그것에 대해서는 걱정하지 않으셔도 돼요. 지금처럼 할머니는 그저 이 집에서 생활하시던 대로 생활하시면 되는 겁니다. 그리고 저에 대해서라면 특별히 마음을 쓰신다거나 불편하게 생각하지 않으셔도 됩니다. 물론 고마워할 필요도 없구요. 할머니는 그저 잠자코 제 돈을 받아주시기만 하면 되는 겁니다. 어떻습니까, 제 생각이?"

이렇게 속시원하게 자신의 생각을 말한 쉬코는 한결 마음이 가벼워진 표정으로 할머니를 바라보았고, 할머니는 혹시 무슨 함정이라도 숨어 있는 게 아닐까 하는 의심스러운 눈초리로 상대방의 의중을 살피고 있었다.

잠시 후 그녀가 물었다.

"내 쪽은 그래서 좋다고 치세. 그럼 자네에게는 대체 어떤 이득이 있는 건가? 내가 이 집에 있는 한 이 집은 자네 것이 될 수 없을 텐데?"

쉬코는 다시 말을 이었다.

"그런 일이라면 조금도 걱정하실 필요가 없습니다. 할머니는 하나님께서 부르시기 전까지는 언제까지라도 이 집에서 사시면 됩니다. 할머니가 살아 계시는 동안 이 집의 소유인은 어디까지나 할머니니까요. 다만 공증인에게 할머니가 돌아가신 뒤에는 제것이 된다고 해 주시면 됩니다. 할머니에겐 이 집을 물려줄 자식들도 없고, 친척이라고 해야 조카들뿐인데 그들도 이 집에 대해선 별로 관심이 없잖습니까? 어떠세요? 살아 계시는 동안은 할머니 것이고, 게다가 다달이 5프랑짜리 금화를 서른 닢씩이나 받을 수 있어요. 할머니 입장에서 생각해 보면 대단히 유리한 조건이지요."

그의 말을 다 듣고 난 할머니는 구미가 당기는 그 제의에 적잖이 마음이 쏠렸다. 그러나 한편으로는 찜찜한 생각이 들었기에 이렇게 대답했다.

"아주 거절하겠다는 건 아니지만 시간을 두고 깊이 한번 생각해 봐야겠는걸? 다음 주에라도 다시 와 보게나. 그때 가서 내 결정을 알려줌세."

그 말을 듣자 쉬코는 한 나라를 정복한 왕자처럼 의기양양해서 돌아갔다.

마글루아르 할머니는 고민했다. 그날 밤은 잠도 제대로 자지 못했다. 나흘 동안을 고민했지만 할머니는 결정할 수가 없었다. 조금 치사하다는 생각이 들었지만 자리에 가만히 앉아만 있어도 하늘에서 빗방울이 떨어지듯이 그 짤랑거리는 돈이 다달이 서른 닢이나 자신에게 떨어진다고 생각하니, 욕심이 나지 않을 수 없었다.

할머니는 공증인에게 가서 그 사실을 털어놓고 그의 의견을 들어보기로 했다. 공증인은 쉬코의 제안을 받아들일 것을 권했으나, 5프랑씩 서른 닢으로 하지 말고 쉰 닢을 요구하라고 일러주었다. 집 값은 아무리 싸게 치더라도 6만 프랑은 나가기 때문이었다.

"가령 할머니가 지금부터 15년을 더 산다고 해도 저쪽은 겨우 4만5천 프랑밖에는 지불하지 않는 게 됩니다."

공증인의 말대로 다달이 5프랑짜리 금화를 쉰 닢이나 받을 수 있다고 생각하니 할머니는 몸까지 떨려왔다. 그러나 여전히 그 속에 어떤 흉계라도 있는 것이나 아닐까, 하는 의심은 쉽게 거두어지지 않았다. 그리고 좀처럼 일어설 마음이 들지 않아서 이것저것 꼬치꼬치 물어보면서 저녁때까지 미적거리고 있었다. 겨우 증서를 작성하기로 결정을 내리고 나자 할머니는 그동안 온몸을 옥죄던 긴장이 풀리면서 마치 사과주를 네 병이나 마셔버린 사람처럼 비틀거리면서 집으로 돌아왔다.

그리고 쉬코가 다시 방문했을 때 할머니는 팔 생각이 없다면서 선뜻 승낙하지 않았다. 좀더 유리한 조건으로 흥정을 해볼 요량에서 배짱을 부려본 것이었다. 그러나 마음 한편으로는 5프랑짜리 금화 쉰 닢을 그리 쉽사리 내놓지 않을 것이라는 생각에 불안하기도 했다. 여관 주인 쪽에서 자꾸 졸라대자 할머니는 기회를 놓치지 않고 이쪽의 요구를 내놓았다. 그러자 쉬코는 일언지하에 거절하며 실망한 표정으로 일어섰다.
  일이 이렇게 되자 할머니는 어떻게 해서든지 상대방을 설득시켜 보려고 일흔둘이라는 자신의 나이를 끌어다가 구실을 늘어놓았다.
  "남들 보기엔 이렇게 건강해 보이지만 내 나이 벌써 일흔둘이라네. 앞으로 살아봐야 겨우 5, 6년일 테지. 거기에다 요즘은 어찌된 일인지 몸도 그전 같지 않다네. 지난 밤에는 이제 영 틀렸구나 하는 생각이 덜컥 들더라니까. 몸에 기운이라곤 하나도 없어서 이웃 사람의 부축을 받고서야 겨우 잠자리에 들 수 있었다네."
  그러나 좀처럼 속지 않는다는 평판을 듣고 있는 사람답게 쉬코는 그런 수단에 걸려들지 않았다.
  "웬걸요. 말씀은 그렇게 하시지만 할머닌 교회에 있는 종루처럼 튼튼하지 않습니까. 어림잡아도 백 살까지는 사실 겝니다. 틀림없이 제가 먼저 할머니에게 전송을 받으며 눈을 감을 것 같은데요."
  이렇듯 서로 한 치의 양보도 없이 온종일 밀고 당기며 실랑이를 벌였지만 결정을 짓지 못한 채 날이 저물고 말았다. 그러나 할머니가 끝끝내 한 걸음도 물러서지 않는 바람에 여관 주인 쪽에서 결국 쉰 닢을 내주는 것으로 결정을 내리게 되었다.
  다음 날 두 사람은 계약증서에 서명했다. 마글루아르 할머니는 서명을 끝내자마자 계약이 성사된 것을 축하하는 의미에서 50프랑을 달라고 졸라댔다.
  그로부터 3년이 지났다. 그러나 할머니는 여전히 건강했다. 일흔다섯 살이라고는 믿어지지 않을 정도로 3년 전과 다름없는 모습이었으므로 쉬코는 몹시 낙심했다. 그의 입장에서 보면 3년이 아니라 마치 반 세기 동안이나 다달이 돈을 지불하고 있는 것처럼 여겨졌으며, 단단히 사기당한 것 같은 기분이 들었다. 또한 잘 속지 않는 사람이라는 자신의 평판에도 흠집을 낸 것 같다는 생각에 견딜 수가 없었다.
  쉬코는 이따금씩 할머니의 집에 가 보았다. 그럴 때면 왠지 추수를 할 때가 되었나 살피러 보리밭에 나가보는 농부의 심정이 되곤 했다. 마글루아르 할머니는 가시 돋친 눈빛으로 그를 맞았다. 그것 보라지, 하고 내심 무척 고소해하며 그를 조롱하고 있는 것처럼 보이기까지 했다. 그러면 그는 급히 마차 위에 올라앉아서 중얼거리는 것이었다.

"대체 저런 해골바가지 꼴을 해가지고 언제까지 살아 있을 작정인지…… 끈질긴 노파 같으니라구!"

그는 어떻게 해야 좋을지 몰랐다. 할머니가 미워서 견딜 수가 없었다. 할머니의 얼굴을 보는 순간, 목이라도 졸라 죽이고 싶은 충동이 자신도 모르게 고개를 쳐드는 것이었다. 그가 느끼는 것은 참으로 흉포하고 심술궂은 것이었으며, 농작물을 도둑맞은 농부의 분노 같은 것이었다.

결국 그는 한 가지 방안을 고안해 내기에 이르렀다.

어느 날 그는 맨 처음 거래를 제안했을 당시의 그 공손한 태도로 할머니를 만나러 왔다.

얼마 동안 이런저런 세상 돌아가는 얘기를 주고받은 뒤에 그는 한껏 다정한 목소리로 할머니에게 말을 건넸다.

"헌데 저 할머니, 저번에 에프르빌에 오셨을 때 어째서 저의 집에서 식사를 하시지 않으셨어요? 세상 사람들이 뭐라고 수군대는지 아세요? 우리 사이가 벌써 틀어졌다고 말들이 아주 많아요. 듣기에 참 고약하지요? 제게는 이 사실이 무엇보다도 괴롭답니다. 그리고 행여 저의 집에 오신다고 해서 무언가를 꼭 사들고 와야 한다는 그런 생각은 절대로 하지 마십시오. 그까짓 점심식사쯤 대접해 드리는 게 뭐 그리 어려운 일이겠습니까? 그러니 부담일랑 갖지 마시고 언제든지 저희 집에 들러 주세요. 그래야 제 마음도 편해질 것 같습니다."

그러자 두 번 다시 권할 필요도 없이 마글루아르 할머니는 이틀 후에 심부름꾼 셀레스탱과 함께 시장에 가는 길에 쉬코의 집앞을 지나게 되자 이륜마차를 세웠다. 그러고는 그의 마구간에 말을 매놓고는 태연한 얼굴로 점심을 청했다.

주인은 대단히 기뻐하며 귀부인처럼 환대했다. 식탁 위에는 닭요리와, 양의 넓적다리살, 싱싱한 야채 샐러드 등 각종 맛깔스럽고 고급스러운 요리들로 가득했다. 그러나 할머니는 그 음식들에는 거의 손을 대지 않았다. 어렸을 적부터 소식(小食)을 해오던 습관이 몸에 배어 있던 터라 소량의 수프와 토스트 한 쪽 정도면 족했던 것이다.

쉬코의 기대는 빗나갔지만 그래도 억지로 권해 보았다. 그러나 할머니는 마실 것도 마다했으며 커피도 사양했다.

쉬코는 인내심을 발휘하여 물어보았다.

"그럼 잘 익은 포도주를 드시겠습니까? 한 잔 정도라면 괜찮을 텐데요."

"아, 그거라면 나쁘지 않지. 그럼 조금만 마셔 볼까?"

그러자 그는 집안이 울릴 만큼 큰 소리로 하녀를 불렀다.

"로잘리, 포도주 한 병 가져오너라. 잘 저장해 두었던 특급으로 말이다."

잠시 후 하녀는 종이로 만든 포도 잎사귀가 장식으로 붙어 있는 가늘고 길쭉한 병을 들고 나타났다.

주인은 잔이 넘치도록 술을 따랐다.

"할머니, 쭉 드셔 보세요. 술맛이 기가 막히게 좋답니다."

할머니는 처음에 그저 맛만 보겠다는 듯이 입술만 적시더니 차츰 한 모금, 두 모금씩 천천히 마시기 시작했다. 그러더니 나중에는 한 방울도 남기지 않고 잔을 비우고 나서 이렇게 말하는 것이었다.

"자네 말마따나 이거 정말 특주로군그래."

그 말이 채 끝나기도 전에 쉬코는 할머니의 잔에 또다시 술을 따르기 시작했다. 사양하려고 하였으나 이미 잔이 채워진 뒤였다. 할머니는 하는 수 없다는 표정으로 천천히 들이켰다.

쉬코가 세 번째 잔을 권하려고 하자 할머니는 완강하게 거절했다. 그러나 그는 계속 고집을 부리며 술을 권했다.

"뭘 그러세요. 꼭 우유 같잖습니까. 저는 열두 잔까지 마셔도 끄떡없답니다. 설탕물처럼 술술 넘어가거든요. 게다가 아무리 마셔도 탈이 날 염려가 없을 뿐만 아니라 정신이 조금도 흐려지지 않는다구요. 결국 혓바닥 위에서 살살 녹는 거죠. 이 이상 몸에 좋은 게 어디 있겠습니까?"

더 마시고 싶은 충동을 누를 수 없었던 할머니는 결국 그가 권하는 대로 입에 댔으나 이번에는 반쯤 마시고는 잔을 내려놓았다. 그러자 쉬코는 호기를 부리며 큰 소리로 떠들었다.
"어이구, 퍽 맛있어하시는 것 같은데 할머니께 한 통 드리도록 하지요. 그렇다고 뭐 고마워하거나 부담스러워하실 필요는 없습니다. 이렇게 하는 것도 다 우리들이 이렇게 사이가 좋다는 것을 남들이 알아주기를 바라는 마음에서니까요. 아시죠?"
할머니는 굳이 사양하지 않았으며, 기분 좋게 취한 채 집으로 돌아왔다.
이튿날 그는 마글루아르 할머니댁 마당 한가운데까지 말을 몰고 들어와서는 마차 속에서 쇠로 테를 두른 자그마한 술통을 꺼냈다. 그리고 이것이 어제와 똑같은 특주라는 것을 증명하기 위해 할머니로 하여금 직접 맛보게 했다. 서로 석 잔씩 마시고 나서 그는 할머니에게 말했다.
"아셨습니까, 할머니. 이것을 다 드시고 나면 제게 또 부탁하십시오. 술이라면 저희 집에 얼마든지 있으니까요. 어려워하실 것 없습니다. 저는 인색한 사람이 아니니까요. 할머니께서 빨리 드시면 저는 그만큼 기쁘답니다."
그렇게 말한 뒤 그는 마차에 올라탔다.
나흘이 지나서 그가 다시 찾아왔을 때, 할머니는 부엌에서 빵을 자르고 있었다. 쉬코는 할머니에게 인사를 건네고는 얼굴이라도 맞닿을 것처럼 할머니 곁으로 바싹 다가섰다. 술을 마셨는지 냄새를 맡아보기 위해서였다. 할머니의 입에서 알코올 냄새가 확 풍겼다. 그러자 옳커니, 하는 심정으로 그의 얼굴이 환하게 밝아졌다.
"저도 한 잔 주시지 않겠습니까, 할머니?"
두 사람은 두서너 번 건배했다.
그로부터 얼마 지나지 않아 마글루아르 할머니가 알코올 중독자가 됐다는 소문이 마을에 퍼졌다. 정말로 그녀는 부엌이든, 마당이든, 근처 한길이든 장소를 가리지 않고 술에 곯아떨어졌으며 그 모습이 자주 사람들의 눈에 띄었다. 그때마다 사람들이 정신을 잃고 몸도 제대로 가누지 못하는 그녀를 일으켜 집까지 데려다주지 않으면 안 되었다.
그 소문을 들은 이후로 쉬코는 할머니의 집에 들르지 않았다. 그리고 할머니에 관한 좋지 않은 이야기라도 듣는 날이면 그는 언제나 사람들 앞에 서 침울한 표정을 지으며 이렇게 중얼거리는 것이었다.

"그 늙은 나이에 술 마시는 버릇이 생기다니 참으로 가엾은 일이군그래. 젊었을 때 술독에 빠져 있던 사람도 나이가 들면서는 점점 고쳐나가게 마련인데 말이야. 그나저나 큰일이나 일어나지 말아야 할 텐데……."

그러나 큰일은 일어나고야 말았다. 그해 겨울 크리스마스가 가까워올 무렵, 할머니는 술에 흠뻑 취한 채 눈 속에 쓰러져 죽고 말았다.

드디어 마글루아르 할머니의 집을 인계받게 된 쉬코는 지나가는 말로 한마디했다.

"그 할머니가 술만 마시지 않았으면 앞으로 10년은 더 살 수 있었을 텐데 말야……."

후원자

장 마랭은 지방 집달관의 아들에 불과한 자신에게 그토록 커다란 행운이 찾아오리라고는 꿈에도 생각해 본 적이 없었다. 법학을 공부하러 라탱 구(區)로 온 그는 다른 사람들처럼 자주 술집에 드나들면서 그곳에서 만난 정치학도들과 친분을 맺게 되었다. 그는 정치에 대해 자신의 의견을 피력하며 열띤 토론을 벌이는 정치학도들의 이야기에 열심히 귀를 기울였다. 차츰 그들의 열정적인 분위기에 감동을 받은 그는 이 술집에서 저 술집으로 그들이 가는 곳마다 따라다녔으며, 돈이 있을 때는 기꺼운 마음으로 그들의 술값을 내주기도 했다.

학교를 졸업한 그는 변호사로 일하게 되었지만 어찌된 일인지 맡은 사건마다 번번이 패소하기만 했다. 그러던 어느 날 아침 그는 신문을 읽다가 놀라운 사실을 알게 되었다. 학창시절 함께 어울려 술을 마시던 옛 친구 중 하나가 하원의원이 되었던 것이다.

그는 다시 그 친구의 충실한 개가 되었다. 이를테면 언제 어느 장소에서 부르더라도 그 즉시 달려와 자질구레한 일을 처리해 주었으며, 함께 있어도 조금도 불편하지 않도록 비위를 맞추어 주었다. 운이 따랐는지 그 하원의원은 마침내 장관의 자리에까지 올랐고, 여섯 달 뒤에 장 마랭은 참의회 의원으로 임명되기에 이르렀다.

의원이 되자마자 장 마랭은 무척이나 거만해졌다. 그는 사람들이 자신의 지위 앞에 고개 숙여 경의를 표하는 모습을 보는 기쁨으로 거리를 활보했으며, 자신이 들르는 가게의 점원이나, 신문 판매원 혹은 삯마차의 마부에게도 자신의 지위를 알리고 싶어 안달이었다. 결국 그가 생각해 낸 방법은 말하는 중간중간에 별로 대수로운 게 아니라는 듯 은근슬쩍 "참의회 의원인 내가……"라는 말을 집어넣음으로써 자연스럽게 자신의 지위를 알리는 것이었다.

시간이 지나자 어려운 처지에 놓인 사람들을 후원하고 싶다는 교만한 욕구가 그의 마음속에 끓어올랐다. 직업적인 필요에 의한 것이긴 하지만, 권세 있고 관대한 사람으로서의 의무를 다하면서도 한편으로는 자신의 위엄 또한 한층 더 높일 수 있는 기회라는 생각에서였다. 그는 기회가 있을 때마다 사람들에게 다가가서는 자신이 도와줄 테니 무슨 일이든 어려워하지 말고 얘기하라고 말하곤 했다.

길을 걷다가 아는 사람을 만나기라도 하면 그는 매우 반갑다는 표정으로 다가가서는 악수를 청하며 안부를 물었다. 그러고는 누가 묻지도 않았건만 이렇게 말하는 것이었다.

"난 참의회 의원이오. 만일 어떤 일에 내가 필요하다면 서슴지 마시고 날 찾아주세요. 무엇이든지 도와드리지요. 사실 내 지위쯤 되면 영향력이 크거든요."

그러고는 길에서 만난 사람과 함께 가까운 곳에 있는 카페로 들어가는 것이다. 단지 종업원에게 펜과 잉크와, 편지지 한 장을 얻기 위해서 말이다.

"한 장이면 되네. 소개장을 쓰려는 것이니까."

그는 그렇게 하루에도 열 통, 아니 쉰 통 가까이 소개장을 쓰는 것이었다. 그는 카페 '아메리캥', '비뇽', '토르토니', '메종 도레', '카페리쉬', '엘데르', '카페 앙글레', '나폴리탱' 등 장소에 상관없이 어디에서나 소개장을 써댔으며, 치안판사에서부터 장관에 이르기까지 지위 고하를 막론하고 공화국의 모든 관리들 앞으로 자신이 쓴 소개장을 보내기에 바빴다. 그는 그러한 일에 만족을 느꼈으며, 무척이나 행복해했다.

어느 날 아침, 그날도 여느 날과 다름없이 집에서 나와 참의회 당사를 향해 걸어가고 있었는데 갑자기 빗방울이 떨어지기 시작했다. 그는 마차를 탈까 잠시 망설였지만 그냥 걸어서 가기로 했다.

금방 지나가는 소나기려니 했는데, 빗줄기는 더욱 굵어지더니 급기야는 인도와 차도 모두 물에 잠겨버리고 말았다. 장 마랭은 비를 피해 어느 집 현관 아래로 들어서지 않을 수 없었다.

그곳엔 이미 사제 한 사람이 먼저 와서 자리를 잡고 있었다. 백발의 노사제였다. 마랭 씨는 참의원이 되기 전에는 성직자들을 별로 좋아하지 않았지만, 어느 추기경 하나가 그에게 어떤 어려운 일에 관해서 공손하게 의논을 해온 이후로는 존경심을 가지고 성직자들을 대하게 되었다. 빗줄기가 더욱 거세져서 그곳까지 빗물이 들이치자, 두 사람은 수위실이 있는 곳까지 들어오지 않을 수 없었다. 이런 상황에서도 자신을 드러내고 싶어 안달을 하던 장 마랭은 신부에게 말을 건넸다.

"참으로 고약한 날씨로군요, 신부님."

노사제가 머리를 숙였다.

"그렇군요. 파리에 며칠 머물러야 하는데 공교롭게도 비가 내리는군요."

"시골에서 올라오셨나요?"

"네, 선생님."

"아닌게아니라 먼곳에서 이곳 파리까지 오셨는데, 이렇게 비가 오니 굉장히 속상하실 것 같군요. 우리 같은 관리들은 파리를 떠나 있을 기회가 드물어서인지 이런 날씨에 대해서는 이제 이력이 났답니다."

신부는 아무 말 없이 빗줄기가 다소 가늘어진 거리를 쳐다보고 있었다. 그러다가 갑자기 결심을 한 듯 여자들이 개울을 건널 때 옷을 들어올리는 것처럼 법의를 걷어올렸다.

장 마랭이 떠나려는 그를 보고 소리쳤다.

"지금 나가시면 홀딱 젖게 되지요, 신부님. 조금만 더 기다려 보세요. 곧 멎을 겁니다."

그러자 선한 인상의 그 신부는 잠시 발걸음을 멈추고서 말했다.

"실은 제가 굉장히 바빠서 그래요. 중요한 약속이 있거든요."

장 마랭은 매우 애석하다는 표정을 지었다.

"분명 젖으실 텐데요. 어느 쪽으로 가시는지 여쭈어 봐도 될까요?"

신부는 망설이다가 이렇게 대답했다.

"참의회 당사가 있는 팔레 르와이얄 쪽으로 갑니다."

"그래요? 저도 그쪽으로 가는 길입니다. 전 참의회 의원이거든요. 괜찮으시다면 신부님, 제 우산을 함께 쓰시지요."

노사제는 고개를 들어 곁에 있는 사람을 바라보더니 이렇게 말했다.

"고맙습니다, 선생님. 그럼 기꺼운 마음으로 호의를 받아들이죠."

장 마랭은 그와 함께 우산을 쓰고 걸어가기 시작했다. 신부를 배려하는 마음에서 그는 주의의 말을 아끼지 않았다.

"이 도랑을 조심하세요, 신부님. 특히 마차가 지나갈 때를 주의하세요. 잘못하다가는 마차 바퀴에서 튕겨나오는 흙탕물을 온몸에 뒤집어쓸 수도 있거든요. 지나치는 사람들의 우산도 조심하세요. 우산살 끝처럼 눈에 위험한 것은 없지요. 특히 여자들은 어떤 상황에서도 조심하는 법이 없어서 그들의 작은 양산이나 우산의 뾰족한 끝이 가끔 얼굴에 꽂히곤 하지요. 그녀들은 절대로 다른 사람을 신경쓰지 않습니다. 도시 전체가 온통 자신들의 것인 양 행동하지요. 저는 거리에서나 어디에서나 군림하려고 하는 여자들을 보면 일단 그녀들의 교양부터 의심해 본답니다."

장 마랭은 말끝에 가볍게 웃었다.

신부는 약간 허리를 구부린 채 구두나 법의가 더러워지지 않도록 조심스럽게 발을 디딜 뿐 아무 말이 없었다.

장 마랭이 다시 말했다.

"일종의 기분전환을 위해서 파리에 오신 건가요, 신부님?"

선한 인상의 그 신부가 대답했다.

"아닙니다. 일이 있어서요."

"그래요? 중요한 일인가요? 실례가 안 된다면 무슨 일로 오시게 되었는지 여쭈어 봐도 될까요? 제가 도움이 될 수 있다면 신부님을 도와드리고 싶습니다만……."

신부는 말하기 곤란한 문제인 듯 얼버무리며 말했다.

"개인적인 일입니다. 주교와의 사소한 갈등이지요. 선생에게는 흥미가 없을 겁니다. 그건…… 교회와 관계된 일로 내부적인 규율 문제거든요."

신부의 말이 끝나기가 무섭게 장 마랭이 말했다.

"그런 일들을 해결하는 곳이 바로 참의회입니다. 그렇다면 저에게 맡겨 두세요."

"선생님은 무척 친절하시군요. 제가 가려는 곳도 바로 참의회 당사입니다. 저는 르르페르 씨와 사봉 씨, 그리고 프티파 씨를 꼭 만나봐야 하거든요."

장 마랭이 갑자기 걸음을 멈추었다.

"그 사람들은 모두 제 친구예요, 신부님. 저의 가장 좋은 친구들이자 훌륭한 동료들이며, 넉넉한 성품을 지닌 사람들이지요. 세 사람 모두에게 신부님을 소개해 드리겠습니다. 확실하게 말입니다. 저만 믿으십시오."

그제서야 사제는 구구하게 변명을 늘어 놓으며 감사의 인사를 되풀이했다. 장 마랭은 무척 기뻤다.

"이런 좋은 행운을 얻게 된 것을 자랑스럽게 생각하셔도 됩니다, 신부님. 제가 도와드린다면 신부님의 일은 틀림없이 잘 풀려갈 테니까요."

그들은 참의회 당사에 도착했다. 장 마랭은 사제를 자신의 집무실로 안내한 뒤에, 의자를 내주며 난로 곁에 앉게 했다. 그리고 자신은 책상 앞에 자리를 잡고서 친구들 앞으로 소개장을 쓰기 시작했다.

> 아래의 사람을 당신에게 진심으로 소개하는 바입니다. 가장 훌륭하며, 존경과 찬양을 받을만한 성직자인……

그는 잠시 쓰는 것을 멈추고서 신부에게 물었다.

"성함이 어떻게 되시지요?"

"생튀르입니다."

장 마랭은 계속해서 써내려가기 시작했다.

   생튀르 신부님은 어떤 일을 해결하는 데 있어서 당신의 도움이 필요합니다. 어떤 일인지는 당신을 만나서 직접 이야기할 것입니다. 친애하는 동료에게 이런 사정으로 감히 부탁드리면서……

   그러고는 상투적인 인사말로 끝을 맺었다.
   그는 한결같이 상투적인 인사말로 끝을 맺은 소개장 세 통을 사제에게 넘겨주었고, 사제는 거듭 고마움을 표시하면서 그곳을 떠났다.
   장 마랭은 그날의 일을 끝마치자 집으로 돌아가 남은 시간을 조용히 보낸 뒤 평화롭게 잠자리에 들었다. 다음 날 아침 상쾌한 기분으로 잠자리에서 일어난 그는 신문부터 집어들었다.
   그날은 '우리의 성직자와 관리들'이라는 제목의 기사가 1면을 장식하고 있었다. 그는 찬찬히 읽어 내려가기 시작했다.

   그 동안 있었던 성직자의 범죄를 열거하자면 한이 없을 것이다. 현재 생튀르라고 불리는 사제는 현정부에 대해서 음모를 꾸민 것으로 확인되었다. 그는 우리가 보도할 수 없을 정도로 파렴치한 행동을 자행했으며, 전 예수회 신도들을 사주했다는 혐의를 받고 있다. 그는 또한 차마 말하기 어렵다고 단언을 내린 여러 가지 이유로 해서 주교에게 질책을 당했으며, 그의 행동에 대해서 해명을 하도록 파리로 호출을 당한 입장임에도 불구하고 장 마랭이라는 참의회 의원을 열렬한 지지자로 구하는 파렴치한 행동을 보이기도 했다. 그 의원 또한 법의를 입은 이 악한을 위해 그의 동료인 공화국의 모든 관리들 앞으로 아주 간절한 소개장을 써 주는 데 있어 조금도 주저하지 않았다. 이에 우리는 이 참의원의 언어도단적인 태도에 대해 장관의 주의를 환기시키는 바이며……

장 마랭은 기사를 읽다 말고 벌떡 일어나더니 대충 옷을 갈아입고는 동료인 프티파에게로 급히 달려갔다. 그를 보자마자 동료는 이렇게 말했다.
"이거 봐, 그런 위험한 음모를 꾸민 위인을 내게 소개하다니 자네 미쳤군."
장 마랭은 말까지 더듬으며 어쩔 줄 몰라했다.
"천만에…… 난 속은 거라구. 알겠나? 아주 착한 사람처럼 보이길래…… 그런데 내가 그만 그에게 농락당하고 만 것일세…… 그 비열한 신부가 나를 속인 거란 말일세. 제발 그 작자에게 엄하게, 아주 엄하게 형을 내려주게나. 아니 내가 직접 편지를 쓰겠어. 그에게 유죄를 선고받게 하려면 누구에게 편지를 보내야 하는지 일러주게. 검찰 총장인가? 아니면 파리의 대주교인가? ……그래, 직접 대주교를 만나봐야겠어!"
그러고는 갑자기 프티파 씨의 책상 앞에 앉아서 편지를 쓰기 시작했다.

대주교님, 우선 대주교님께 편지를 올리게 되어 무한한 영광으로 생각합니다. 제가 이렇게 대주교님께 편지를 올리는 이유는 다름이 아니라, 저 또한 생튀르라는 신부의 간사한 거짓말에 희생된 사람임을 대주교님께 알리고자 함에서입니다. 그 사람은 제 선의를 농락했습니다. 그 비열한 성직자의 말에 속아서 제가 그만……

마지막으로 사인을 하고 편지를 봉인한 그는 자신의 동료에게 몸을 돌리더니 분명한 어조로 말했다.
"이보게, 똑똑히 봐 두게나. 이 일이 자네에게도 교훈이 될걸세. 그리고 절대로 누군가의 소개장을 쓰는 일은 하지 말게나."

의자 고치는 여자

수렵 해금(解禁)을 축하하기 위해 베르트랑 후작 집에서 베풀어진 만찬이 끝나갈 무렵이었다. 온갖 과일들이 놓여 있고 향기로운 꽃들로 장식된 커다란 식탁 둘레에는 열한 명의 신사와 여덟 명의 젊은 부인, 그리고 그 지방의 의사가 각자 자리를 잡고 앉아 있었다.

이들은 사랑을 화제로 올려놓고서 열띤 논쟁을 벌이고 있었다. 그것은 어느 시대에나 항상 뜨거운 논란을 불러일으키는 문제로, 사람이 일생 동안 진실한 사랑을 할 수 있는 건 단 한 번뿐인가 아니면 몇 번이라도 할 수 있는가에 관한 논쟁이었다. 진지한 사랑을 단 한 번밖에 경험하지 못한 사람들과 여러 번 뜨겁게 사랑했던 사람들 모두, 그들 나름의 연애 경험과 알고 있는 이야기들을 예로 들어가며 논쟁을 이어갔다.

남자들은 대체로 사랑의 감정은 질병과도 같아서 한 사람에게 몇 번이라도 침범할 수 있으며, 더구나 어떤 장애가 사랑에 빠진 사람 앞을 가로막을 때는 한층 더 열정적으로 타올라 그로 인해 죽을 수도 있는 것이라는 주장을 펼쳤다. 이론의 여지가 없는 견해이긴 하지만 여자들의 견해는 관찰보다는 시적 감정에 더욱 기울어지게 마련이어서, 그 자리에 있던 여자들은 진실하고 위대한 사랑은 평생에 단 한 번밖에 할 수 없는 것이라고 단언을 내렸다. 왜냐하면 사랑이란 벼락과도 같아서 일단 사랑의 감정이 마음속을 휩쓸고 지나간 뒤에는 마치 불이 난 자리처럼 모든 것이 타 버리고 완전히 황폐해지기 때문에 아무리 강력한 감정이라 해도, 아니 꿈조차도 그곳에선 새롭게 싹틀 수 없게 되는 것이라고 그녀들은 주장하였다.

여러 번의 연애 경험이 있는 후작은 여자들의 이러한 신념을 맹렬하게 반박하고 나섰다.

"내가 분명히 말씀드릴 수 있는 건, 사람은 몇 번이라도 전력을 기울이고 온 영혼을 다 바쳐 사랑할 수 있다는 것입니다. 여러분들은 두 번째의 열렬한 사랑이 불가능하다는 증거로서 사랑 때문에 자살한 사람의 경우를 예로 들었습니다. 그러나 그것에 대한 내 생각은 이렇습니다. 그 사람들이 만일 자살이라는 어리석은 잘못을 저지르지 않았더라면, 즉 새로운 사랑이 다시 싹틀 수 있는 기회를 그들 스스로 제거해 버리지 않았더라면 사랑의 상처도 아물었을 것이라고 말입니다. 그리고 그 후에 그들은 틀림없이 몇 번이고 되풀이해서 사랑했을 것입니다. 하늘의 부름을 받게 되는 그날까지 말입니다. 사랑에 빠진 사람들은 주정뱅이나 마찬가지죠. 술맛을 아는 사람이 계속해서 술을 마시게 되듯이, 한번 사랑을 해본 사람은 또 사랑을 하게 마련입니다. 기질과도 관련이 있는 문제라서 사람에 따라 약간의 차이가 있을 수는 있겠지만요."

사람들은 늙은 의사를 중재자로 내세웠다. 파리에서 병원을 운영하다가 은퇴 후 이곳에 머물고 있던 그에게 사람들이 의견을 청했다. 하지만 그 문제에 관해서라면 그는 자신만의 견해를 가지고 있지 않았다.

"후작께서 방금 말씀하셨듯이 그것은 기질과 관계된 문제입니다. 제가 직접 경험한 것은 아니지만 얼마 전에 저는 무려 55년 동안 단 한 사람만을 향해 타올랐던 사랑이 비로소 죽음에 의해 끝을 맺는 모습을 가까이에서 지켜본 적이 있었습니다."

후작 부인은 손뼉을 치며 기뻐했다.

"어머, 어쩌면 그렇게도 아름다울까요! 정말 꿈 같은 얘기예요! 55년이라는 그 긴 세월 동안 그처럼 변함없는 사랑을 쏟아부었던 여자는 얼마나 행복했을 것이며, 바위라도 뚫을 듯한 그 열정적인 애정을 받으며 살았던 그는 또 얼마나 행복했을까요! 그런 숭배를 받았던 그 남자는 분명히 행복했을 거예요. 참으로 축복받은 인생이라고 말할 수 있죠."
 의사는 미소를 지었다.
 "그렇습니다, 후작 부인. 사랑을 받은 사람이 남자였다는 점에서는 후작 부인의 추측이 틀리지 않았습니다. 그 사람은 바로 여러분들도 잘 아시는 이 마을의 약제사인 슈케 씨랍니다. 그리고 그를 사랑했던 여자 역시 여러분들이 잘 알고 있는 사람이죠. 바로 해마다 이 마을에 찾아와 의자를 고치는 할머니랍니다. 그러면 이제부터 그녀의 사랑에 대해 이야기해 드리죠."
 그 순간 부인들의 얼굴에 어려 있던 열렬한 공감은 사라져 버렸다. 흥이 깨진 그녀들은 경멸의 눈초리를 보내며 불편한 심기를 그대로 드러내고 있었다. 마치 사랑이란 세련되고 훌륭한 사람들만의 전유물이거나 한 것처럼, 품위 있는 상류사회의 사람들에게만 어울리는 것이라고 생각하는 듯했다. 그들이 관심을 갖는 것은 오로지 상류사회 사람들의 사랑 이야기였다
 하지만 의사는 이에 개의치 않고 이야기를 들려 주었다.

 석 달 전에 나는 그 노파의 임종에 불려 갔습니다. 노파는 그 전날, 그녀에게는 집이나 마찬가지인 마차를 타고 이곳에 와 있었습니다. 여러분께서도 보신 적이 있는 그 비쩍 마른 말이 끄는 마차 말입니다. 노파에게는 또한 친구와도 같은 개 두 마리도 있었는데, 그들은 사납게 짖어대며 노파를 보호해 주었더군요. 제가 그곳에 도착했을 때 신부는 먼저 와 있었습니다. 노파는 우리 두 사람을 자신의 유언 집행인으로 정한 뒤에 유언의 의미를 우리들에게 알리기 위해 자신의 지나온 생애에 대하여 이야기하기 시작했습니다. 나는 그보다 더 기구하고, 그보다 더 가슴아픈 얘기는 들어본 적이 없습니다.
 노파의 아버지와 어머니도 돌아다니며 의자를 고치는 사람이었기에, 그녀는 자신의 집에서는 한 번도 살아본 적이 없었습니다.
 아주 어렸을 때부터 이가 들끓는 누더기를 걸친 채, 냄새가 나는 더러운 거지의 행색으로 각 지방을 떠돌아다녔습니다. 마을 어귀에 이르면 그들은

우선 도랑가 같은 데에 마차를 세우고는 말을 마차에서 풀어 놓았습니다. 그러면 말은 한가롭게 풀을 뜯기 시작하고, 개는 앞발 위에 주둥이를 얹어 놓은 채 잠을 잤지요. 그리고 어린 소녀는 아버지와 어머니가 길가의 느릅나무 밑에서 마을의 헌 의자를 수선하는 동안 풀 위에서 뒹구는 것이었습니다.

식구들은 이동숙소인 마차 안에서는 좀처럼 말을 하지 않았습니다. 누가 마을로 들어가 '의자 고치세요!' 하고 외치면서 집집마다 돌아다닐 것인가를 정하기 위해 두세 마디의 말을 하고 나면, 마주 앉거나 나란히 앉은 자세로 새끼를 꼬기 시작하는 것이었습니다. 그러나 아이가 너무 멀리 가거나 마을의 개구쟁이들과 사귀려고 하면 아버지는 성난 목소리로 불러들이곤 했습니다.

"어서 이리 오지 못해, 이 몹쓸 것아!"

이것이 그녀가 부모에게서 들었던 유일한 애정의 말이었습니다.

그녀가 자라자 부모는 그녀에게 망가진 의자의 뼈대를 모아오게 했습니다. 그래서 그녀는 여기저기서 몇몇의 아이들과 사귀게 되었지요. 그러자 이번에는 새로 사귄 친구들의 부모가 자기 자식을 불러들이는 것이었어요. 그것도 아주 사나운 목소리로,

"이 녀석, 어서 이리 오지 못해! 거지하고 사귀면 못쓴다고 했지!" 하고 말하는 것이었어요.

종종 사내아이들이 그녀에게 돌을 던지는 일도 있었으며, 마을의 부인들이 동전 몇 닢을 던져주기도 했습니다. 그녀는 그 돈을 소중히 간직해 두었습니다.

하루는—그때 그녀는 열한 살이었습니다—이 지방을 지나가다가 그녀는 친구한테 동전 두 닢을 빼앗기고서 묘지 뒤에서 울고 있던 슈케 소년을 만났습니다. 그 어린 부잣집 소년의 눈물은 그녀의 마음을 뒤흔들어 놓기에 충분했습니다. 숙명적으로 불우한 운명을 타고난 이 소녀는 부잣집 아이들은 언제나 즐겁고 행복할 것이라고만 생각했거든요. 소녀는 소년의 곁으로 다가갔습니다. 그리고 소년이 슬퍼하는 이유를 알게 되자, 그녀는 자기가

모은 돈의 전부인 7수를 소년의 손에 쥐어 주었습니다. 물론 소년은 눈물을 닦으면서 그 돈을 받았죠. 그러자 그녀는 너무 기쁜 나머지 그만 대담하게 소년을 껴안고 입을 맞추었고, 소년은 얻은 돈을 세어보는 데 정신이 팔려 그녀가 하는 대로 내버려 두었습니다. 자신을 떼밀지도 않고 뿌리치지도 않는 것을 보자 소녀는 또 한 번 입을 맞추었습니다. 두 팔로 꼭 껴안고 마음껏 입을 맞춘 뒤 정신없이 달아나 버렸던 것입니다.

그후 이 가련한 소녀의 마음속에는 어떤 변화가 일어났답니다. 그 어린 소년에게 사랑을 느끼게 되었던 거죠. 유랑하며 푼푼이 모은 자신의 전재산을 그 코흘리개에게 모두 주어버렸기 때문일까요? 아니면 난생 처음으로 애정어린 키스를 경험했기 때문일까요? 어쨌든 이 얼마나 신비로운 일인가요! 이것은 어른이나 아이나 다 마찬가지죠.

몇 달 동안 그녀는 그 구석진 묘지와 소년에 대한 꿈을 꾸었습니다. 다시 한번 소년을 만나고 싶은 마음에서 그녀는 부모의 지갑에서 돈을 훔치기도 했고, 찬거리를 사오는 데서 얼마간의 돈을 떼기도 하면서, 한푼 두푼 열심히 모았습니다.

그리하여 이 지방에 다시 찾아왔을 때, 소녀의 주머니에는 2프랑이라는 돈이 들어 있었습니다. 그러나 그녀는 말쑥한 차림의 이 소년을 그의 아버지가 운영하는 약국 유리창 너머로밖에는 볼 수 없었습니다.

그녀의 그리움은 점점 더해갈 뿐이었습니다. 그날 그 가게에 진열되어 있었던 울긋불긋한 약물들과 반짝반짝 빛나는 유리병 사이로 보이던 소년의 모습은, 그것들이 발하는 아름다운 광채로 인해 그녀에게 한층 매력적으로 비쳐졌고, 그로 인해 그에 대한 소녀의 사랑은 한결 더 깊어졌습니다.

결국 영원히 지워지지 않는 기억으로 그녀의 가슴속에 새겨지고 말았습니다. 이듬해 학교 뒤에서 친구들과 함께 구슬치기를 하고 있는 소년을 보자 그녀는 그에게 달려들어 두 팔로 꼭 껴안고는 미친 듯이 키스를 퍼부었습니다. 그러자 겁이 난 소년은 큰 소리로 울음을 터뜨렸고, 당황한 그녀는 그를 달래기 위해 자신이 갖고 있던 돈을 소년에게 주었습니다. 3프랑 20수나 되는 큰 돈이었지요. 그 돈을 받아든 소년은 잠자코 소녀의 애무에 몸을 맡겼습니다.

  그후 4년 동안 소녀는 소년의 손에 자기가 모은 돈을 전부 쥐어 주었습니다. 소년은 자신이 키스에 응해준 대가라고 생각했으므로 별 양심의 가책 없이 그 돈을 주머니 속에 넣었던 것이지요. 어떤 때는 30수, 어떤 때는 2프랑, 또 어떤 때는 12수를 주었습니다. 12수를 건네줄 때 그녀는 눈물을 흘렸습니다. 적은 돈을 건네준다는 사실이 괴롭고 부끄러웠던 것이지요. 하지만 그해는 돈벌이가 좋지 않아서 어쩔 수가 없었답니다. 그리고 마지막으로 5프랑을 건네 주었습니다. 둥글고 큰 은화였지요. 소년의 얼굴엔 만족의 미소가 떠올랐습니다.

  그녀는 이제 그 소년 이외에는 아무것도 생각하지 않게 되었습니다. 그리고 소년 또한 그녀를 은근히 기다렸습니다. 그녀가 이 마을에 나타나면 소년은 달려와서 맞이했고, 그럴 때면 소녀의 가슴은 기쁨으로 뛰었지요.

  그러나 언제부턴가 소년의 모습이 보이지 않았습니다. 중학교에 들어갔던 거죠. 용케 이 사실을 알아낸 그녀는 온갖 수단을 다 동원한 끝에, 방학 때에 맞춰 이곳을 지날 수 있도록 부모의 행선지를 바꾸는 데 성공하였습니다. 무려 1년 동안이나 노력한 끝에 이루어진 것이었습니다. 그러니 2년 동안이나 소년을 보지 못했던 셈이죠.

  그녀가 가까스로 소년을 만났을 때, 그녀는 거의 거의 딴사람처럼 변해 있는 그의 모습을 얼른 알아보지 못했답니다. 키가 훌쩍 자란 소년은 금단추가 달린 교복을 입고 있었지요. 그래서인지 소녀의 눈엔 더욱 매력적이고 의젓해 보였습니다. 하지만 그는 거만한 표정을 지으며 소녀 앞을 지나쳐 갔습니다.

  그녀는 이틀 동안이나 울었습니다. 그리고 그 이후 그녀의 슬픔과 괴로움은 점점 커져만 갔지요.

  그녀는 한 번도 거르지 않고 해마다 이 마을을 찾아왔습니다. 그러나 감히 인사를 할 용기가 없던 소녀는 아무 말 없이 소년 앞을 그냥 지나쳐 갔고, 소년 또한 그녀 쪽으로는 눈길조차 돌리지 않았습니다. 그러나 그녀는 여전히 미칠 듯이 소년을 사랑했답니다.

임종의 자리에서 그녀가 나에게 이렇게 말하더군요.

"선생님, 그는 제가 이 세상에서 보았던 유일한 남자입니다. 저는 그 사람말고는 다른 남자가 있다는 것조차 몰랐답니다."

이윽고 그녀의 부모님 모두 세상을 떠나고 말았습니다. 그녀는 부모님이 하시던 일을 물려받았지요. 모든 게 그대로였습니다. 달라진 점이라고는 단지 개가 한 마리에서 두 마리로 늘었다는 것뿐이었습니다. 어찌나 사나운 개들이었는지 누구도 감히 손 하나 댈 수 없었지요.

어느 날 그녀가 꿈에도 그리던 이 마을을 다시 찾았을 때, 그녀는 자신이 한시도 잊어본 적이 없는 그 남자가 어떤 젊은 여자와 다정하게 팔짱을 낀 채 약국에서 나오는 모습을 보았습니다. 남자는 결혼을 했던 것이죠.

그날 밤 그녀는 면사무소 앞에 있는 연못에 몸을 던지고 말았습니다. 밤 늦게 그곳을 지나가던 술 취한 행인이 그녀를 구해 약국으로 데리고 갔습니다. 치료를 하기 위해 슈케가 잠옷 차림으로 내려왔습니다만, 그는 그녀를 모르는 척했습니다. 단지 마른 수건으로 젖은 몸을 닦아주며 무뚝뚝한 목소리로 이렇게 한마디했을 뿐이었죠.

"다시는 이런 바보 같은 짓 하지 말아요! 이건 어리석은 사람이나 하는 짓이오."

그녀를 회복시키는 데는 이 몇 마디 말로 충분했습니다. 남자가 말을 걸어주었던 것입니다. 그녀는 금세 행복한 마음이 되어 치료비를 지불하려고 했습니다. 그러나 웬일인지 남자는 한사코 거절하며 한 푼도 받지 않았습니다.

그녀의 생애는 이렇게 흘러간 것입니다. 그녀는 오직 그 남자만을 생각하면서 의자를 고쳤습니다. 그리고 해마다 약국 유리창 너머로 그의 모습을 바라보았습니다. 언제부턴가 그의 약국에서 자질구레한 의약품을 사는 것이 그녀의 새로운 습관이 되어 버렸지요. 이렇게 하여 그녀는 가까이에서 그의 얼굴을 볼 수 있었을 뿐만 아니라, 그에게 말을 건넬 수도 있었으며 돈도 줄 수 있었답니다.

처음에 말씀드렸듯이 그녀는 올봄에 죽었습니다. 나에게 이 애절한 이야기를 모두 들려준 뒤에, 그녀는 자신의 온 생애를 바쳐 그토록 사랑했던 그 남자에게 평생 동안 모은 자신의 돈을 전해달라고 부탁했습니다. 그녀는 오직 그만을 생각하면서 일했던 것입니다. 그녀가 그러더군요. 자신이 죽고 난 후 그가 적어도 한 번은 자신을 기억해 주리라는 생각에서 끼니를 걸러가며 모은 돈이라고요.

그녀는 나에게 2,327프랑을 주었습니다. 나는 장례 비용으로 신부에게 27프랑을 주고 나머지는 그녀가 마지막 숨을 거두고 난 뒤, 집으로 가지고 돌아왔습니다.

이튿날 나는 슈케 씨를 찾아갔습니다. 식탁에 마주앉아 있던 그들 부부는 마침 식사를 끝낸 참이었습니다. 혈색이 좋고 뚱뚱하게 살이 찐 그들 내외는 약냄새를 풍기면서 거만하게 앉아 있었습니다.

두 내외는 나에게 자리를 권하고는 앵두주를 한 잔 따라주더군요. 나는 한 모금 들이켜고 나서 나직한 목소리로 이야기를 시작했습니다. 그들이 감동하여 눈물을 흘릴 것이라고 확신하면서 말이죠.

그런데 자신이 한낱 의자나 고치는 떠돌이 노파한테 사랑을 받아왔다는 사실을 알자 슈케 씨는 격분한 나머지 펄쩍 뛰었습니다. 자신이 그 동안 쌓아올린 명성과 신사로서의 품위, 세상 사람들로부터 받고 있는 존경 등 그에게는 목숨보다 소중한 그 무엇을 마치 그녀가 훔치기라도 한 것처럼 노발대발했습니다.

부인도 남편 못지않게 화를 내며 이렇게 말하더군요.

"아니 그 거지가! 그 거지가……."

그 이상의 말은 생각이 나지 않았던 것이지요.

슈케 씨는 벌떡 일어나더니 모자가 한쪽으로 미끄러져 내려온 것도 아랑곳하지 않고 식탁 주위를 서성거리기 시작했습니다. 그러더니 몹시 분하다는 투로 이렇게 말했습니다.

"선생님, 이런 날벼락 같은 일이 어디 있습니까? 생각해 보십시오. 이 얼마나 끔찍한 일입니까? 나 원 참, 기가 막혀서! 어떻게 하면 좋을까요? 그 여자가 살아 있었을 때 이런 사실을 알았더라면 순경에게 넘겨 감옥에라도 처넣었을 텐데…… 평생 거기에서 나오지 못하게 했을 텐데…… 암, 그렇게 하고말고요."

경건한 마음에서 행한 일이 이처럼 어이없는 결과를 초래하자 나는 한동안 멍할 뿐이었습니다. 무슨 말을 해야 할지, 이 일을 어떻게 수습해야 할지 몰랐습니다. 그러나 아무튼 내게 맡겨진 임무는 완수해야만 했으므로 나는 입을 열었습니다.

"마지막으로 그 노파는 자신이 한평생 모은 2천3백 프랑이라는 돈을 당신에게 전해 달라고 나에게 부탁했습니다. 하지만 방금 알려드린 사실이 당신의 심기를 매우 불쾌하게 만든 모양인데, 그렇다면 이 돈은 가난한 사람들에게 적선하는 편이 좋을 것 같군요."

그 말을 듣자 두 내외는 놀란 눈으로 내 얼굴을 빤히 쳐다보았습니다.

나는 주머니에서 돈을 꺼냈습니다. 여러 지방을 떠돌아다닌 탓에 각양각색의 금화와 은화가 뒤섞여 있는, 그야말로 눈물겨운 돈이었죠. 나는 그들에게 물었습니다.

"어떻게 하시겠습니까?"

슈케의 부인이 먼저 입을 열었습니다.

"그것이 그 여자의 마지막 소원이라고 하니…… 거절하기가 어려울 것 같군요."

슈케 씨는 약간 멋쩍어하면서 이렇게 말했습니다.

"글쎄, 어쨌든 그것으로 우리 애들에게 뭔가 사줄 수는 있으니까요."

나는 냉정한 어조로 말했습니다.

"마음대로 하십시오."

슈케 씨가 다시 말했습니다.

"어쨌든 제게 주십시오. 그 여자가 당신한테 그렇게 부탁한 것이니까요. 우리가 유익한 일에 쓸 수 있는 방법을 생각해 보겠습니다."

나는 돈을 주고 인사를 한 다음 밖으로 나왔습니다.

이튿날 슈케 씨가 나를 찾아오더니 다짜고짜 이렇게 말하더군요.

"여기 어디 그 여자가 쓰던 마차가 한 대 있을 텐데…… 그 마차는 어떻게 하실 겁니까, 선생님?"
"그대로 있으니 원하신다면 가져가십시오."
"마침 잘됐습니다. 그것으로 채소밭에다 오두막집이나 만들어야겠어요."
나는 저편으로 가고 있는 슈케 씨를 불러 세웠습니다.
"늙은 말과 개 두 마리도 있는데, 그것도 가져가시겠습니까?"
슈케 씨는 깜짝 놀라며 멈춰 섰습니다.
"천만에요! 그런 것을 어디다 쓰겠습니까? 선생님 마음대로 처분하십시오."

이렇게 말하고 그는 활짝 웃더군요. 그리고 나에게 손을 내밀었으므로 나는 악수를 했습니다. 그렇게 하는 수밖에 도리가 없지 않겠습니까? 한 고장에서 의사와 약제사가 적이 된다는 것은 좋은 일이 아니니까요.

나는 개를 기르기로 하고, 넓은 뒤뜰이 있는 신부는 말을 맡았습니다. 마차는 슈케 씨의 오두막집이 되었지요. 그리고 그녀에게서 받은 그 돈으로 슈케 씨는 철도 주식을 다섯 주 샀다고 합니다.

이것이 내가 지금껏 살아오면서 목격한 유일하고도 심오한 사랑이지요.

의사는 말을 마치고는 조용히 앉아 있었다. 그러자 눈에 눈물이 글썽해 있던 후작 부인이 감동이 실린 어조로 이렇게 말했다.

"이것으로 분명해졌어요. 이 세상에서 진실한 사랑을 할 수 있는 사람은 여자뿐이라니까요!"

귀 향

 사납게 몰아치던 파도는 바위에 부딪친 뒤 잔잔하고 단조로운 물결이 되어 해변으로 밀려들고 있었고, 간혹 질풍에 몰린 하얀 조각구름이 푸른 하늘을 가로질러 날아가는 새떼처럼 빠르게 지나갔다. 그 바닷가 작은 마을은 바다로 완만히 뻗어내려간 계곡 속에 아늑하게 자리잡고서 따뜻한 햇살을 한껏 받아들이고 있었다.
 마을 맨 끄트머리 길가에는 마르탱 레베스크의 집이 외따로 떨어져 있었다. 비록 진흙 벽돌로 지은 초라한 어부의 집이었지만, 초가 지붕 꼭대기에는 파란 붓꽃이 피어 있었고, 낮은 울타리 안으로 보이는 작은 마당에는 양파, 양배추, 파슬리, 사양채 같은 채소들로 가득했다.
 남편은 고기잡이를 나갔고, 어부의 아내는 벽에다 갈색 어망을 걸어놓고 뚫어진 어망의 코를 깁고 있었다. 어망은 마치 거대한 거미줄처럼 벽 전체를 감싸고 있었다. 마당에 나와 있던 열네 살 난 계집아이는 짚으로 만든 의자에 앉더니, 벌써 몇 번이나 깁고 기워서 보기에도 딱한 속옷을 또다시 깁고 있었고, 그보다 한 살 아래인 계집애는 재롱은커녕 아직 말도 제대로 못하는 갓난애를 안고서 어르고 있었다. 그 곁에서는 두 살에서 세 살쯤 돼 보이는 어린애 둘이 코와 코를 맞대고 땅바닥에 주저앉아 서투른 손짓으로 흙장난을 하고 있었다. 그 아이들은 간혹 흙을 그러모아 상대방의 얼굴에 끼었곤 했다.

 갓난아이만이 졸린 듯 가는 목소리로 칭얼대고 있을 뿐, 아무도 입을 여는 사람이 없었다. 고양이 한 마리가 창가에 앉아 한가롭게 졸고 있었고, 담장 밑에서 짙은 꽃향기를 뿜어대는 대왐풀 위로 꿀벌들이 붕붕거리는 소리를 내며 떼지어 모여들었다.

 그때 갑자기 문앞에서 옷을 깁고 있던 계집애가 큰 소리로 말했다.
 "엄마!"
 "왜?"
 "저 사람 또 왔어."

 아침부터 이들 모녀는 불안에 싸여 있었다. 부랑자 같은 초라한 행색을 한 늙은 남자가 이 집 주위를 서성거리고 있었기 때문이었다.

 그녀들은 고기잡이를 나가는 마르탱 레베스크를 배웅하기 위해 아침 일찍 바닷가에 나갔다가 처음으로 그 남자를 보았다. 그 남자는 이 집 대문에서 정면으로 마주보이는 언덕에 앉아 있었다. 그녀들이 바닷가에서 돌아올 때도 역시 그 남자는 그곳에 꼼짝 않고 앉아서 이 집을 유심히 쳐다보고 있었던 것이다.

 언뜻 보기에도 병색이 짙은 얼굴을 한 그는, 한 시간 이상이나 그 자리에서 움직이지 않고 있다가 사람들이 수상하게 여기는 듯하자 슬그머니 일어나더니 무겁게 걸음을 옮기며 어딘가로 사라졌다.

 하지만 얼마간의 시간이 흐르자 아까의 그 무겁고 지친 걸음걸이로 다시 돌아오더니 이번에는 전에 앉아 있던 곳에서 조금 떨어진 곳에 자리를 잡고 앉는 것이었다. 마치 이 집 식구들의 동정을 살피는 듯한 태도였다.

 어머니와 딸들은 점점 무서워졌다. 특히 어머니는 겁에 질려 온몸을 바들바들 떨고 있었다. 본래 무서움을 잘 타는 성격인 데다가 남편인 레베스크는 해가 떨어진 뒤에나 집으로 돌아올 것이기 때문이었다.

 마을 사람들은 그들 부부를 부를 때, 남편의 성인 레베스크와 부인의 성인 마르탱을 합쳐서 마르탱 레베스크라고 불렀다. 거기에는 이런 내력이 있었다.

그녀의 첫남편은 해마다 여름이 되면 뉴 파운드랜드까지 대구잡이를 나가는 마르탱이라는 이름의 선원이었다. 그들이 결혼한 지 2년째 되던 해, 남편 마르탱을 태우고 디에프 항을 출발한 범선 '자매호'가 행방불명이 된 사건이 일어났다. 그 당시 그녀는 임신 여섯 달째에 접어들고 있었으며, 남편과의 사이에서 태어난 여자아이 하나가 있었다.

그후로도 배와 남편의 소식은 전혀 들을 수 없었으며, 함께 타고 있던 선원 중에서 한 사람도 살아 돌아온 사람이 없었다. 결국 그녀와 마을 사람들은 배고 사람이고 몽땅 바닷속으로 가라앉은 거라고 생각하지 않을 수 없었다.

고생이 이만저만이 아니었지만, 그래도 마르탱의 아내는 10년 동안이나 남편이 돌아오기를 기다리며 억척스럽게 두 아이를 키웠다. 그러는 동안에 이 여자의 강직한 성격과 선량한 마음씨를 눈여겨 본 레베스크라는 이름의 어부가 그녀에게 청혼을 해왔고, 그녀는 아들이 하나 딸린 그 남자와 함께 살게 되었다. 그리고 재혼한 지 3년이 지난 지금 그들 사이에는 두 명의 아이들이 새로 태어났다.

그들은 부지런히 일했지만, 가난한 생활에서 좀처럼 벗어날 수 없었다. 빵은 비쌌고, 고기는 구경조차 하기 힘들었으며, 겨울처럼 고기가 많이 잡히지 않는 계절에는 빵집에 빚을 지는 일도 많았다. 그래도 아이들은 무럭무럭 잘 자랐다. 마을 사람들은 이들을 두고 이렇게 말하곤 했다.

"저 마르탱 레베스크는 정말 훌륭해. 마르탱 부인은 어떠한 고생이 닥쳐도 인내할 줄 알고, 레베스크는 고기잡이에서 따를 사람이 없으니 말야."

대문 앞에 앉아 있던 계집애가 다시 말했다.

"엄마, 아무래도 저 사람은 우리를 잘 알고 있는 것처럼 보여요. 어쩌면 에프르빌르나 오즈보스크의 거지인지도 모르겠어요."

그러자 어머니는 이렇게 말했다.

"아니다. 저 사람은 결코 이 지방 사람이 아냐. 그럴 리가 없어."

그 남자가 막대기처럼 꼼짝 않고 자신의 집만을 뚫어지게 쳐다보자 마르탱 부인은 화가 머리 꼭대기까지 치밀었다. 무서움이 극에 달하면 오히려 대담해지듯이 그녀는 삽자루를 집어들고서 밖으로 뛰어나갔다.
"이봐요, 당신 거기서 뭘 하고 있는 거죠?"
그녀는 나그네를 보고 크게 소리쳤다.
"바람 좀 쏘이고 있는 거요. 뭐 잘못된 거라도 있습니까?"
다시 그녀가 말했다.
"그럼 왜 우리 집을 기웃거리고 그러는 거요?"
남자가 대답했다.
"그저 길에 앉아 쉬는 것뿐입니다. 누구에게도 폐를 주지는 않아요."
그녀는 할말이 없었고 그냥 집으로 돌아올 수밖에 없었다.
하루가 무척 길게만 느껴졌다. 정오쯤 되자 남자는 사라졌다. 그러나 다섯시쯤 돼서 다시 나타나더니 밤이 되어서야 다시 사라졌다.
한밤중이 되자 레베스크가 돌아왔다. 아내는 남편이 돌아오자마자 그를 붙들고는 오늘 있었던 일에 대해 자세히 얘기했지만, 그는 별로 마음에 두지 않는 듯했다.
"좀 별난 놈이거나, 장난을 좋아하는 놈인가 보지 뭐."
이렇게 단정짓고는 어느새 잠들어 버렸다. 그러나 마르탱 부인은 자신을 바라보던 나그네의 그 눈초리가 머릿속에서 떠나지 않아 잠을 이룰 수 없었다.
날이 밝았다. 그날은 바람이 몹시 불었기에 레베스크는 바다에 나가는 대신, 아내 곁에서 그물 깁는 일을 거들어 주었다.
아홉시경에 빵을 사러 갔던 큰딸이 힐레벌떡 대문 안으로 뛰어 들어오더니 파랗게 질린 얼굴로 소리쳤다.
"엄마, 그 사람이 또 왔어."
마르탱 부인은 깜짝 놀랐다. 그녀 역시 파랗게 질린 얼굴이 되어 남편에게 말했다.
"여보, 가서 한마디 해주고 오세요. 남의 집을 들여다보는 그런 짓은 이제 그만 하라구요. 정말이지 불안해서 못 견디겠어요."
레베스크는 아내의 성화에 못 이겨 밖으로 나왔다. 붉은 수염으로 뒤덮인 구릿빛의 그을린 얼굴에, 거친 바닷바람을 막기 위해 언제나 털옷을 걸치고 다니는 이 파란 눈동자의 건장한 사나이는 그 나그네를 향해 터벅터벅 다가갔다.

부인과 딸들은 조마조마한 심정으로 멀찍이 떨어져서 그들을 바라보고 있었다.

몇 마디 주고받는 듯하더니 갑자기 그 낯선 남자가 일어섰다. 그러더니 레베스크와 함께 집 쪽을 향해 걸어오기 시작했다. 깜짝 놀란 마르탱 부인은 자신도 모르게 한 걸음 물러섰다. 남편이 그녀에게 말했다.

"우선 빵 한 조각과 사과주 한 잔을 이 사람에게 주지. 그저께부터 아무것도 먹지 못한 모양이야."

두 사람이 집 안으로 들어가자, 부인과 아이들도 그 뒤를 따라 들어갔다. 나그네는 자리에 앉더니 식구들이 지켜보는 가운데 약간 고개를 숙이고서 음식을 먹기 시작했다.

부인은 선 채로 그를 훑어보았으며, 제일 위의 큰딸과 갓난아이를 안고 있는 둘째딸은 방문에 기대서 호기심에 가득 찬 눈초리로 그 남자를 유심히 바라보고 있었다. 벽난로의 잿더미 속에 앉아 찌그러진 냄비를 가지고 놀던 두 아이들도 잠시 놀이를 멈추고 그 낯선 남자를 쳐다보았다.

레베스크는 의자에 앉으며 그 남자에게 물었다.

"그럼 당신은 꽤 먼 데서 왔겠구려?"

"세트에서 왔소."

"걸어서 왔나요?"

"그렇소. 다른 방법이 나에겐 없었소."

"목적지는 어디요?"

"여기 이렇게 왔잖소."

"그럼 이곳에 누구 아는 사람이라도 있소?"

"있을지도 모르죠."

두 남자는 입을 다물었다. 배가 꽤 고팠을 텐데도 그 남자는 빵 조각을 한 입 베어문 뒤에는 꼭 사과주 한 모금을 곁들여 마시는 식으로 아주 천천히, 여유 있게 먹었다. 너무 고생을 해서 그런지 그의 얼굴은 바싹 여위었고 온통 주름투성이였다.

레베스크가 불쑥 물었다.

"이름이 뭐요?"

그는 여전히 고개를 숙인 채 대답했다.

"마르탱."

그 말을 듣는 순간 부인의 몸은 떨렸다. 그녀는 자신도 모르게 한 걸음 앞으로 다가갔다. 그 나그네를 좀더 자세히 보기 위해서였다. 그녀는 두 팔을 축 늘어뜨리고 입을 벌린 채 멍하니 그 남자 앞에 서 있었다. 아무도 입을 열지 않았다. 이윽고 레베스크가 말했다.

"당신, 이 고장 사람이오?"

남자가 고개를 들며 대답했다.

"그렇소."

순간 그 남자의 눈과 마르탱 부인의 눈이 마주쳤다. 그러자 두 사람의 시선은 그 자리에 못박힌 채 움직일 줄 몰랐다. 두 개의 시선이 하나로 뒤엉켜버린 듯했다.

여자가 먼저 입을 열었다. 목소리가 낮게 떨려왔다.

"그럼…… 다, 당신이군요!"

남자는 천천히 대답했다.

"그렇소. 나요."

남자는 여전히 빵을 먹고 있었다. 레베스크는 너무나 충격을 받은 나머지 말까지 더듬었다.

"그, 그럼 당신이 바로…… 바로 그 마르탱인가요?"

남자가 대답했다.

"그렇소."

레베스크가 다시 물었다.

"그래 대체 어디서 온 거요?"

"아프리카의 해안에서 오는 길이오. 우리를 태운 그 배가 암초에 걸리는 바람에 그만 모두 바닷속으로 가라앉아 버렸고, 거기서 살아남은 사람은 피카르와 바티넬, 그리고 나, 이렇게 세 사람뿐이었소. 우리는 12년 동안이나 그곳의 원주민들에게 붙잡혀 있었다오. 결국 피카르하고 바티넬은 그곳에서 죽었고, 나는 다행히 근처를 지나가던 영국 여행자에게 구조되었지요. 그 사람이 세트까지 데려다 주어서 이렇게 나는 돌아올 수 있었던 거요."

마르탱 부인은 앞치마에 얼굴을 파묻더니 흐느껴 울기 시작했다.

레베스크가 말했다.

"그럼 이제 앞으로 어떻게 해야 할지……."

마르탱이 물었다.

"당신이 저 여자의 남편이오?"

레베스크가 대답했다.

"그렇소."

두 사람은 말문이 막혀 그저 서로의 얼굴만 빤히 쳐다볼 뿐이었다. 마르탱은 주위에 둘러선 아이들을 바라보다가, 그중 두 계집애들을 가리키며 물었다.

"저 애들이 내 딸들이오?"

레베스크가 대답했다.

"그렇소."

하지만 마르탱은 자리에서 일어나지도 않았으며, 아이들에게 입을 맞추려고 하지도 않았다. 그는 다만 알아보았으면 됐다는 듯이 이렇게 한마디 던질 뿐이었다.

"많이 자랐군!"

레베스크는 다시 한번 말했다.

"이제 어떻게 하면 좋겠소?"

마르탱도 난처하기는 마찬가지인지라 어떻게 해야 좋을지를 몰랐다. 잠시 후 무슨 용단을 내린 듯 그가 말했다.

"난 당신이 원하는 대로 하겠소. 조금도 폐를 끼치고 싶은 생각은 없소. 나는 내 자식을 키우면 되고 당신은 당신의 아이를 데려가 키우면 되는 거요. 조금 골치 아픈 문제라면 아내일 텐데, 그건 당신의 뜻에 따를 생각이오. 하지만 이 집으로 말하면, 아버지께 물려받은 것이고 내가 태어난 곳이니만큼 내가 가져야 하지 않을까 생각하오. 공증인 문서에도 내 이름으로 기록되어 있을 거요."

마르탱 부인은 여전히 푸른 앞치마 속에 얼굴을 파묻고는 나지막한 소리로 흐느껴 울고 있었다. 두 딸들은 좀더 가까이 다가오더니 머뭇거리는 태도로 자신들의 친아버지를 바라보고 있었다.

식사를 마치자 마르탱이 말했다.

"내 제안이 어떻소?"

레베스크가 대답했다.

"같이 신부님께 갑시다. 틀림없이 좋은 결정을 내려줄 거요."

마르탱이 자리에서 일어나 아내 앞으로 다가가자, 마르탱 부인은 그 남자의 가슴에 얼굴을 묻더니 큰 소리로 흐느껴 울었다.

"아, 마르탱! 당신이 돌아왔군요. 가엾은 마르탱! 당신이 정말로 돌아왔어요."

그녀는 두 팔로 그 남자를 꼭 껴안았다. 그러자 문득 지난날 그와 함께 행복했던 순간들과, 그의 실종으로 인해 겪어야 했던 고통과 서러움이 한꺼번에 복받쳐올라 설명할 길 없는 복잡한 심정이 되었다.

마르탱도 같은 심정이 되어 그녀의 머릿수건 위에 살며시 입을 맞췄다. 벽난로의 잿더미 속에서 놀던 두 아이는 엄마가 우는 것을 보자 갑자기 울음을 터뜨렸고, 마르탱의 둘째딸이 안고 있던 갓난아기도 보통때와 다른 목소리로 울어대기 시작했다.

그 모습을 지켜보던 레베스크가 말했다.

"어서 나갑시다. 빨리 매듭을 지어야지요."

마르탱은 아내를 떼어놓은 뒤 자신의 두 딸을 바라보았다. 그러자 마르탱 부인이 딸들에게 말했다.

"아빠에게 키스라도 해 드리려무나."

두 딸이 나란히 다가왔다. 그러나 그녀들의 눈가에서 눈물의 흔적은 찾아볼 수 없었다. 마르탱은 약간 겁을 집어먹은 듯 두 눈을 동그랗게 뜨고 있는 두 딸들의 뺨에 차례로 입을 맞추었다. 이 낯선 남자가 가까이 다가오자 갓난아기는 불에 덴 듯 울어댔다.

이윽고 두 남자는 어깨를 나란히 하고서 밖으로 나갔다. 카페 '코르메스' 앞을 지날 때 레베스크가 물었다.

"어때요, 한잔 하겠소?"

"그거 좋지요."

마르탱이 말했다. 두 사람은 안으로 들어가 자리에 앉았다. 카페 안은 텅 비어 있었다.

"어이 쉬코, 블랑 두 잔만 주게. 아주 좋은 걸로. 마르탱이 돌아왔거든. 왜 있잖아, 우리 집사람의 남편 말일세. 자네도 알고 있지? 그 행방불명된 '자매호'에 타고 있던 마르탱 말이야."

그러자 혈색이 붉고 배가 불룩하게 나온 주인이 컵 세 개와 술병을 들고서 두 사람이 앉아 있는 곳으로 다가왔다. 그리고 별로 놀라는 기색도 없이 차분한 어조로 말했다.

"아, 마르탱! 드디어 자네가 돌아왔군그래!"

마르탱이 대답했다.

"그래 돌아왔어……!"

올리브나무 숲

1

　마르세유와 툴롱 사이에 위치한 피스카 만(灣)에는 가랑두라고 하는 조그만 어촌이 자리하고 있었다. 낚시질에서 돌아오는 빌브와 신부의 조그만 배를 보자 그 마을 어부 몇 사람이 물가로 내려갔다. 배를 끌어올리는 신부를 돕기 위해서였다.
　배 안에는 신부 한 사람뿐이었다. 그는 올해로 쉰여덟 살이 되었지만, 노를 젓는 모습은 아직도 뱃사람 못지않게 힘찼다. 윗단추 몇 개를 풀어 목을 시원하게 드러낸 그는 신부복을 무릎 사이에 끼워넣은 채 삼각모자 대신 하얀 천을 씌운 코르크 헬멧을 쓰고 있었으며, 걷어올린 소매 아래로는 우람한 근육이 드러나 있었다. 남부 지방에서 흔히 볼 수 있는 근육질 타입의 이 성직자는, 아무리 보아도 미사를 올리기보다는 오히려 모험을 즐기는 것이 더 잘 어울릴 듯한 풍채를 지녔다.
　신부는 배 댈 곳을 찾느라 가끔씩 뒤를 돌아보면서 다시 노를 젓기 시작했다. 규칙적으로 힘차게 노를 젓는 모습은 마치 이 남부의 서투른 뱃사람들에게 북부 사람이 얼마나 배를 잘 타는가를 새삼스레 알려주는 듯했다.
　해변에 가까워지자 배는 마치 앞머리로 모래밭 전체를 휩쓸 듯 기세를 몰아 모래사장 위로 올라왔다. 배가 멈춰서자 신부를 배웅 나온 다섯 명의 어부들이 신부 앞으로 다가왔다. 모두 상냥하고 흐뭇한 표정이었고, 신부를 존경하는 빛이 얼굴에 가득했다.

"신부님, 많이 잡으셨습니까?"

그들 중 한 사나이가 짙은 프로방스 사투리로 물었다.

빌브와 신부는 노를 거두어 넣은 뒤 헬멧을 벗고서 삼각모자를 썼다. 그리고 걷어올렸던 소매를 내리고 신부복의 단추를 채우고는 이 마을의 주임 신부로서의 위엄을 갖추고 나서 무척 만족스럽다는 듯이 대답했다.

"네, 아주 많이 잡았습니다. 루가 세 마리, 뮤레엔이 두 마리, 그리고 지렐도 몇 마리 됩니다."

다섯 명의 뱃사람은 배 가까이 다가가 뱃전 너머로 허리를 굽히더니 감정이라도 하듯이 물고기들을 자세히 살펴보았다. 그 안엔 탐스럽게 살이 오른 루와 머리가 넓적하고 바다뱀처럼 징그럽게 생긴 뮤리엔, 그리고 남색 바탕에 오렌지와 같은 금빛 띠를 두른 지렐이 들어 있었다.

다른 사나이가 말했다.

"제가 댁까지 들어다 드리겠습니다, 신부님."

"고맙소."

그들 모두와 악수를 하고 나서 신부는 발길을 옮겼다. 한 어부만이 신부의 뒤를 따랐고, 나머지 네 명의 어부들은 신부가 두고 간 배를 끌어올렸다.

신부는 보폭을 넓게 하면서 천천히 걸었다. 위엄이 느껴지는 힘찬 걸음걸이였다. 힘들여 노를 저은 뒤라 아직도 몸에 후끈거리는 열기가 남아 있던 신부는 올리브 나무 그늘 아래서 가끔씩 삼각모자를 벗어들고는 자신의 이마에 저녁 공기를 쐬어 주었다. 아직은 후텁지근한 기운이 남아 있었지만, 저녁 무렵이면 바닷바람이 불어와 한결 선선했다. 흰 머리카락에 덮인 그의 각진 이마는 신부의 이마라기보다는 오히려 장군의 이마에 가까웠다.

멀리 올망졸망 솟아 있는 톱날 모양의 산봉우리 위로 7월의 석양이 눈부신 빛을 뿌리며 내려앉고 있었으며, 먼지를 흠뻑 뒤집어쓴 뿌연 길 위로는 신부의 그림자가 길게 드리워져 있었다. 마치 누군가가 장난을 치고 있는 듯, 그림자는 부딪치는 나무마다 재빨리 타고 올라갔다가 다시 땅바닥으로 떨어져서는 나무와 나무 사이를 기어가곤 했다. 걸음을 옮길 때마다 발 밑에서 피어오르는 희뿌연 먼지로 인해 신부의 옷자락은 차츰 회색빛을 띠어 갔다. 이곳 프로방스 지방에서는 여름철만 되면 어디고 할 것 없이 먼지가 연기처럼 피어올랐다.

이제는 땀도 어느 정도 식었으므로 신부는 양손을 주머니에 찌르고서 힘찬 발걸음으로 언덕길을 올랐다. 바다를 향해 완만하게 뻗어내려온 골짜기 한가운데에 조그만 언덕이 있었고, 그 언덕 위로 마을이 보였다. 그는 지난 30년 동안 자신이 주임 신부로 있었던 그 마을을 고요한 눈빛으로 바라보았다. 스스로 원했으며 동시에 하늘의 은총으로 머물 수 있었던 이 마을에서 그는 앞으로 다가올 임종까지 맞이하리라 마음먹고 있었다. 옹기종기 모여 있는 마을의 지붕들 위로는 높이가 다른 두 개의 자줏빛 탑이 하늘을 찌를 듯이 서 있었는데, 이것은 바로 그가 주임신부로 있는 성당의 종루였다. 남부 지방의 아름다운 계곡을 배경으로 고풍스러운 멋을 자랑하는 이 탑은 성당의 종루라기보다는 마치 요새를 지키는 보루와 같은 느낌을 주고 있었다.

신부는 오늘 낚시에 대단히 만족해했다. 루 세 마리, 뮤레엔 두 마리, 그리고 지렐까지 몇 마리 낚아올렸으니 교구 사람들에게 들려줄 자랑거리가 하나 더 늘었기 때문이었다. 신부는 자신이 이 마을 사람들로부터 존경을 받는 이유 중 하나가 자신의 건장한 체격 때문임을 잘 알고 있었다. 이 순진한 허영심은 또한 신부의 가장 큰 기쁨이기도 했다. 그는 권총으로 꽃나무 가지를 맞출 수 있을 만큼 사격 솜씨가 뛰어났으며, 예전에 군대에서 검술 조교까지 지냈던 옆집 담뱃가게 주인과 종종 검술시합을 벌이기도 했다. 게다가 이 마을에서 그 누구도 신부보다 수영을 잘하는 사람은 없었다.

신부는 바로 지난날 사교계에서 이름을 날리던 빌브와 남작이었다. 하지만 가슴 아픈 사랑을 경험한 뒤 그는 서른두 살의 나이에 성직자의 길로 들어섰던 것이다.

그는 충성심과 신앙심이 돈독하기로 이름 높은 피카르드 집안에서 태어났다. 지난 몇 세기 동안 이 유서 깊은 집안의 자손들은 군인이나 법관 또는 성직자가 되었다. 빌브와 신부도 처음에는 어머니의 권유에 따라 성직자가 되려고 하였으나, 아버지의 반대로 진로를 바꾸게 되었다. 그는 파리에서 법률 공부를 한 다음 법관이 되기로 마음을 정했다.

그러나 공부를 마칠 무렵, 그에게 청천벽력 같은 소식이 전해졌다. 사냥을 나갔던 부친이 폐렴을 얻어 세상을 떠났으며, 얼마 후에는 느닷없이 불어닥친 불행으로 인해 모친마저 세상을 떠나고 말았던 것이다. 갑자기 엄청난 재산을 상속받게 된 그는 법관이 되겠다는 계획을 버렸다. 자신이 상속받은 돈이면 평생을 부족함 없이 부유하게 살아갈 수 있으리라는 생각에서였다.

조상으로부터 물려받았으며, 어려서부터 몸에 배어 있는 신앙과 계율의 전통으로 인해 그다지 자유분방하게 행동하지는 못했지만, 귀족다운 풍모와 총명함으로 인해 그는 사교계에서 많은 사람들로부터 호감과 인기를 얻을 수 있었다. 그렇게 사람들로부터 사랑을 받으며, 절제 있고 윤택하게 인생을 즐기던 그에게 어느 날 갑자기 사랑이 찾아들었다. 우연히 어떤 친구의 집에서 몇 번 만나게 된 어떤 젊은 여배우에게 마음을 온통 빼앗기게 된 것이다. 그녀는 아직 예술학교의 학생이었지만 오데옹 극단에 데뷔하여 찬란한 명성을 얻고 있었다.

그는 모든 정열과 정성을 다해 그 여자를 사랑했다. 그녀가 무대에 처음 나서서 큰 성공을 거두던 날, 그 눈부신 영광에 에워싸인 그녀의 모습에 매혹되어 마침내 헤어날 수 없는 사랑에 빠지고 말았던 것이다.

비록 얼굴은 아름다웠지만 무척이나 변덕스러웠으며, 어린애처럼 철이 없는 그녀를 그는 천사라고 부르며 온갖 사랑을 쏟아부었다. 남자의 마음을 완전히 사로잡아버릴 수 있는 방법을 이미 터득하고 있던 그녀는 자신의 타고난 능력을 발휘하여 빌브와 남작을 마치 몽유병 환자처럼 한시도 자신에게서 떠나지 못하도록 만들었다. 그리하여 그는 그녀의 사소한 눈길이나 치맛자락의 작은 움직임 하나에도 목숨을 던질 정도로 정열의 불길 속에 휩싸인 채 스스로를 소진시켜 버리는 황홀경에 도취되기에 이르렀다. 한마디로 그녀에게 미쳐버리고 말았던 것이다.

그는 그녀를 정부로 삼은 뒤 무대 출연을 그만두게 했다. 그후 4년이 지나도록 그의 열정은 사그라들 줄 몰랐다. 아니 시간이 지날수록 그녀에 대한 사랑은 한층 뜨거워질 뿐이었다.

그러던 어느 날 그는 그녀가 오랫동안 자신을 속이고서 그녀를 자신에게 소개해 준 친구와 부정한 관계를 맺고 있었다는 사실을 알게 되었다.

그것은 엄청난 비극이었다. 더구나 여자는 임신중이었고, 그녀가 출산한 뒤에는 자신의 명성이나 가문의 전통을 저버리고서라도 그녀를 아내로 맞아들이리라 마음먹고 있던 터라, 그에게는 너무나도 감당하기 어려운 비극이 아닐 수 없었다.

그는 그녀의 서랍 속에서 발견한 몇 통의 편지를 그 증거로 삼아 그녀를 다그치기 시작했다. 자신에게 충실하지 않은 점과 자신을 속인 점, 그리고 그녀의 부도덕한 양심에 대해 크게 질책했다.

그러나 그녀는 파리 태생의 여자로서 염치나 자존심 따위는 전혀 몰랐다. 모든 사내들에게 자신이 있다는 태도였다. 그녀는 마치 으스대기 위해서 성 꼭대기까지 올라가 보이는 빈민굴의 여자들과 마찬가지로 무서움을 몰랐고 오히려 그에게 대들면서 비웃기까지 하는 것이었다. 화가 머리 끝까지 치밀어 오른 그가 주먹을 들어올리자 여자는 재빨리 자신의 배를 가리켰다.

그는 갑자기 얼굴이 파랗게 질리면서 기가 한풀 꺾였다. 그러나 자신의 핏줄이 저 썩은 살 속에, 저 더러운 몸뚱이 안에 들어 있다고 생각되자 다시 그녀에게 달려들었다. 둘 다 모두 죽여버림으로써 이 이중의 치욕을 한꺼번에 없애버리고 싶은 충동이 들었던 것이다. 여자는 갑자기 두려움을 느꼈다. 그가 정말로 자신을 죽이려 함은 물론, 지금 이 순간 무슨 일이라도 충분히 저지르고도 남을 만큼 흥분해 있다는 걸 느낄 수 있었기 때문이었다. 그녀는 그의 발 아래 힘없이 나동그라졌다. 그리고 생명의 태동이 느껴지기 시작하는 자신의 배 위로 사나이가 발을 들어올리자 다급해진 그녀는 그것만은 기필코 막고자 양손을 들어올리면서 소리를 질렀다.

"날 죽이지 마! 당신의 아이가 아냐. 그이의 아이란 말야!"

순간 그는 주춤했다. 너무나 어처구니가 없고 놀란 나머지 그녀를 향한 분노도, 그녀를 짓밟으려던 발길도 공중에서 딱 멎어 버렸다. 그는 중얼거리듯 말했다.

"뭐…… 뭐라구?"

여자는 이 사내의 눈초리와 몸짓 속에서 살의를 충분히 느낄 수 있었다. 여자는 갑자기 미칠 것 같은 공포가 밀려왔다.

"당신의 아이가 아니야. 그이의 아이야!"

그는 이를 악물고 꺼질 듯한 음성으로 물었다.

"정말?"

"정말이에요."

"거짓말이지?"

그는 누구든지 죽여버려야 직성이 풀리겠다는 기세로 잠시 멈췄던 발길을 움직이기 시작했다. 그러자 그때까지 무릎을 꿇고 있던 그녀는 일어나 뒤로 물러나려고 애쓰면서 이렇게 말했다.

"그이의 아이라니까요…… 당신의 아이라면 태어났어도 벌써 예전에 태어났을 게 아녜요?"

이 청천벽력과도 같은 말 한마디로 모든 진실이 밝혀진 셈이었다. 그리고 그 순간 그는 이 더러운 계집의 뱃속에 들어 있는 가련한 아이의 아비는 결코 자신이 아니라는 확신을 갖게 되었다. 그러자 자신의 몸을 꽁꽁 묶고 있던 사슬이 풀리기라도 한 듯 순식간에 분노가 가라앉으면서, 이 더러운 여인을 짓밟아 죽이고자 했던 생각에서 놓여날 수 있었다.

이성을 되찾은 그는 한결 침착한 목소리로 말했다.

"다시는 너를 보지 않을 테다! 그러니 어서 여기서 나가 버려!"

그녀는 그의 말에 순순히 따랐다. 그는 그후로 두 번 다시 이 여자를 보지 못했다.

그는 길을 떠났다. 그리고 태양이 가까운 남쪽을 향해 가던 중 지중해에 면한 골짜기 한복판에 자리잡은 어떤 마을에 이르러 발길을 멈추었다. 바다를 마주하고 서 있는 호텔이 마음에 들어 당분간 그곳에 머물기로 했다. 그곳에서 그는 비탄과 절망과 완전한 고독에 잠긴 채 18개월을 보냈다. 그러나 그의 기억 속의 그녀는 자신을 배반하고 자신에게 괴로움을 안겨 주었음에도 불구하고 여전히 아름답고 매력적인 모습으로 남아 있었다. 그 사실에 더욱 절망을 느낀 그는 그녀에 대한 원망으로 하루하루를 보냈다.

그는 그 지방의 골짜기를 미친 듯이 헤매 다녔다. 올리브 나무 잎사귀 사이로 새어나오는 햇빛이 사랑의 상처로 인해 병들어 버린 그의 마음을 따뜻하게 어루만져 주었고, 그는 매일같이 머리 위로 햇빛을 듬뿍 받으며 끝없이 거닐었다.

이 견디기 힘든 괴로움과 싸우는 동안 그의 마음속엔 어느 새 예전의 신앙심이 되살아나기 시작했다. 어린 시절의 그 순수한 열정은 아니었지만 아무튼 신앙심이 고요히 머리를 들었다. 일찍이 미지의 생에 대한 피난처로 생각되었던 종교가 이제는 허위와 고뇌에 가득 찬 인생에 대한 피난처로 그에게 나타났던 것이다. 다행히 기도하는 습관만은 버리지 않고 있었기에 그는 깊은 번민에 시달리는 가운데 점점 더 기도에 의지하게 되었다. 땅거미가 내려앉을 무렵이면 그는 신께서 계시다는 표시인 듯 촛불이 구석에 쌓인 어둠을 몰아내는 성당 안으로 들어갔다.

그는 하나님 앞에 무릎을 꿇고서 자신의 번민과 모든 괴로움을 호소함과 동시에 하나님께 용서를 구하고 동정과 구원과 보호와 위안을 청했다. 날이 갈수록 그는 더욱 간절한 마음으로 기도를 올렸으며, 마음 밑바닥에 고여 있던 것들까지도 남김없이 쏟아 놓았다.

한 여자에 대한 사랑으로 말미암아 상처를 입은 그의 가슴은 떨리는 마음으로 더욱 크게 입을 벌리고서 신에 대한 사랑을 갈구하게 되었다. 계속되는 기도로 인해 신앙이 깊어진 그는 마치 세상을 등진 수도사처럼 생활하였다. 믿음이 깊어진 그는 번민하는 자를 품안으로 끌어들여 위로해 주는 하나님에게 몸을 맡겼고, 그러는 가운데 하나님에 대한 신비로운 사랑이 차츰 그의 영혼 속으로 스며들더니 마침내는 그의 마음을 괴롭히던 지난날의 사랑을 정복하고야 말았다.

그는 다시 어린 시절의 마음으로 돌아가 처녀성을 바칠 기회를 잃은 반쪽짜리 생애나마 교회에 바치기로 결심했다.

그는 마침내 신부가 되었고, 여러 친척의 도움으로 이 마을의 주임 신부로 임명받을 수 있었다. 그는 구원의 손길을 기다리는 가난한 사람들을 도와줄 생각으로 약간의 돈만을 남겨둔 채 재산의 대부분을 자선사업에 기부해 버렸다. 경건한 예배를 통해 인류에 대한 헌신만을 생각하는 고요한 생활 속으로 은거해 버린 것이다.

비록 시야는 넓지 못하였지만 선량한 신부이자 군인의 기질을 가진 그는 충실한 신앙의 안내인이었다. 본능과 헛된 욕망으로 말미암아 길을 잃곤 하는 인생의 숲속에서 사람들이 옳은 길로 갈 수 있도록 인도해 주는 종교의 안내인이 된 것이다. 하지만 한편으로는 예전의 기질들이 여전히 몸에 배어 있었기에 그는 아직도 격렬한 운동과 귀족적인 스포츠, 검술 따위를 좋아하였으며, 무엇보다도 여자를, 모든 여자를 혐오하고 있었다. 그것은 정체를 알 수 없는 위험 앞에서 어린아이들이 느끼는 공포심과도 일맥상통하는 점이 있었다.

2

신부의 뒤를 따라오던 어부는 남부 지방 사람답게 말하기를 좋아하였다. 지금도 하고 싶은 이야기가 목구멍까지 올라와 있었지만, 신도들 앞에서 위엄을 지키는 신부 앞인지라 차마 입을 열기가 어려웠다. 머뭇거리던 사나이는 마침내 용기를 내어 말을 꺼냈다.

"어떻습니까, 신부님? 별장은 지내기 좋으십니까?"

이 별장이라고 불리는 집은 아주 작은 집으로 해마다 여름이 되면 이 지방에 사는 사람들 대부분이 더위를 피해 이곳으로 향하곤 했다. 신부는 자신의 사택에서 5분 정도 소요되는 거리에 있는 이 오두막집을 빌렸다. 올리브 나무 숲속에 자리하고 있는 이 아담한 오두막은 교구의 한복판 성당 옆에 지어진 신부의 사택보다는 한결 시원한 느낌을 주고 있었다. 하지만 그가 여름 내내 이곳에 머무는 것은 아니었다. 다만 그 푸르고 울창한 숲속에서 맑은 공기를 마시며 사격을 즐기기 위해 때때로 며칠씩 묵곤 할 뿐이었다.

"좋소. 대단히 좋아요."

신부는 그렇게 대답하였다.

장밋빛 벽이 온통 올리브 나무 잎사귀 그림자들로 채워져 있는 이 별장은, 그 그림자들이 만들어내는 갖가지 모양으로 인해 마치 이 지방에서 자라는 버섯 하나가 솟아 있는 듯이 보이기도 했다.

키가 큰 여자 하나가 간소한 저녁상을 차리기 위해 문앞을 왔다갔다 하는 모습이 보였다. 그녀는 느릿느릿한 걸음으로 무엇인가 한 가지씩 들고 와선 식탁 위에 올려 놓았다. 처음에는 식탁보를, 다음에는 접시를, 그 다음에는 빵 한 조각을…… 이런 식으로 꼭 하나씩 일정한 간격을 두고서 가져 오는 것이었다. 그녀는 아를르 지방의 여인들처럼 조그만 보닛 모자를 쓰고 있었다. 검은 비단과 벨벳으로 만든 이 모자는 끝이 뾰족하게 솟아 있었으며, 꼭대기에는 하얀 버섯같이 생긴 장식이 꽃처럼 달려 있었다.

말소리가 들릴 정도로 거리가 가까워지자 신부는 큰 소리로 여자를 불렀다.

"마르그리트!"

여자는 걸음을 멈추고 자신의 주인을 바라보았다.

"아, 신부님이시군요!"

"그래, 내가 잡은 이 물고기들 보이지? 우선 루 한 마리 구워 오렴. 버터를 듬뿍 발라서 말이야. 다른 재료는 전혀 쓰지 말고 버터로만 구워야 해, 알겠지?"

그들 앞으로 다가온 하녀는 마을 어부가 들고 온 물고기를 살펴보더니 이렇게 말했다.

"그런데 신부님, 저녁식사로 이미 닭 요리를 준비해 놓았는걸요."

"그래? 하지만 하루 지난 물고기와 갓 잡아올린 물고기는 그 맛을 비교도 할 수 없지. 좀 무리를 해서라도 오늘 중으로 조그만 연회를 베풀어야겠는걸. 이런 일은 그리 자주 있는 일은 아니니까 그다지 큰 죄가 되지는 않겠지."

하녀는 루만을 골라서 저쪽으로 가려다가 다시 돌아서더니 말했다.

"아 참, 신부님! 어떤 남자가 신부님을 뵙겠다고 세 번이나 왔었어요."

신부는 무심한 태도로 물었다.

"남자가? 어떤 남잔데?"

"예, 뭐 행색이 그리 훌륭해 보이지는 않았어요."

"그럼 걸인이란 말이냐?"

"확실히는 잘 모르겠지만 그런 것도 같아요. 아니 제가 보기에 거지라기보다는 오히려 마우파탕 같더군요."

이 말을 들은 빌브와 신부는 웃음을 터뜨렸다. '마우파탕'이란 길을 방황하는 악한을 가리키는 이 지방 사투리이기 때문이었다. 마르그리트가 겁이 많은 여자임을 익히 알고 있던 신부는 과장 섞인 이 말 또한 그녀의 성격에서 비롯된 것이려니 생각하며 웃어넘겼다. 이곳 숲속 별장에 와 있을 때면 이 하녀는 매일 밤낮으로 어떤 악한이 와서 자신의 주인을 죽이지나 않을까 하는 공상을 끊임없이 하는 여자였던 것이다. 특히 밤이면 그 증세가 더욱 심해졌다.

어부는 신부에게서 동전 몇 푼을 받은 뒤 돌아갔다. 그러자 옛날 사교계에 출입할 당시 몸치장을 하던 습관이 여전히 남아 있던 신부는 자신도 모르게 이렇게 중얼거리며 돌아섰다.

"얼른 얼굴과 손을 좀 씻어야겠군."

바로 그때 부엌에서 생선의 비늘을 긁고 있던 마르그리트가 갑자기 큰 소리로 말했다.

"신부님, 저 사람이에요!"

그녀가 소리친 쪽으로 고개를 돌리자 정말로 이곳을 향해 성큼성큼 걸어오는 한 사나이의 모습이 신부의 눈에 들어왔다. 멀리서 보아도 그 초라한 행색을 한눈에 알아볼 수 있었다. 그 사나이가 가까이 오기를 기다리는 동안 신부는 아까 하녀가 무서워하던 모습을 떠올리며 속으로 생각했다.

"정말이군. 하녀의 말대로 저 사나이는 분명히 마우파탕 꼴인걸."

두 손을 바지주머니 속에 찔러넣은 낯선 사나이는 한순간도 신부에게서 시선을 떼지 않은 채 침착한 걸음걸이로 다가왔다. 아직 젊어보이는 그 사나이의 귀밑으로는 은빛의 구레나룻이 길게 나 있었으며, 털모자 밑으로 삐져나온 머리카락은 제멋대로 헝클어져 있었다. 모자가 어찌나 더럽고 낡았는지 원래의 빛깔과 형태를 알아볼 수가 없을 정도였다. 또한 밤색의 긴 외투 아래로 드러난 바짓단은 톱니 모양처럼 너덜너덜해져서 발 뒤축을 덮고 있었다. 되도록 남의 눈에 띄지 않으려고 애쓰는 부랑자의 걸음걸이였는데, 소리가 나지 않는 구두를 신은 탓인지 걸음걸이가 더욱 불안해 보였다.

신부가 서 있는 바로 앞까지 오자 사나이는 이마를 가리고 있던 그 헌 모자를 마치 연극배우와 같은 폼으로 벗어 들었다. 생기가 없음에도 불구하고 어딘가 아름다움이 느껴지는 얼굴이었다. 한데 스물다섯 이상은 돼 보이지 않는 이 젊은이의 정수리에는 머리카락이 없었다. 과로 때문이 아니라면 필시 나이에 어울리지 않는 방탕의 표시였다.

신부는 이 사나이가 그저 평범한 부랑자가 아님을 알아차리고는 얼른 모자를 벗었다. 적어도 실직한 노동자라든가, 죄수들이 쓰는 저속한 말을 지껄이며 감옥을 들락거린 전과자가 아닌 것만은 분명했다.

"안녕하십니까, 신부님!"

사나이가 먼저 입을 열었다.

"안녕하시오!"

신부는 이 누더기를 걸친 정체불명의 사나이에게 경어를 사용하기가 약간 어색해서 다만 이렇게 짧게 대꾸했다. 두 사람은 서로에게 시선을 고정시킨 채 한참 동안 마주보고 있었다. 그러자 빌브와 신부는 이 부랑자의 시선에 차츰 이상한 마음의 동요를 느끼기 시작했다. 초면의 적과 마주했을 때와 같이 가슴이 설레었으며, 온몸에 소름이 오싹 끼쳐옴과 동시에 이상한 불안이 그의 전신을 엄습해 왔다.

마침내 부랑자가 다시 입을 열었다.
"저를 알아보시겠습니까?"
신부가 어리둥절해하면서 대답했다.
"내가 당신을? 천만에! 오늘 처음 보는 당신을 내가 어떻게 알겠소?"
"아, 그래요! 절 전혀 못 알아보시겠다구요? 그럼 좀더 자세히 보시죠!'
"아무리 보아도 모르겠군요."
그러자 사나이는 빈정거림이 섞인 어조로 말했다.
"하긴 그러실 테죠. 그러면 신부님이 좀더 잘 아실 만한 사람을 하나 보여 드리죠."
그는 다시 모자를 쓰고 외투의 단추를 풀었다. 그러자 맨살과 함께 여윈 아랫배를 감싸고 있는 빨간 혁대가 드러났다. 청년은 바지 주머니 속에서 봉투 한 장을 꺼냈다. 그것은 가지각색의 얼룩으로 번져 있어서 도저히 봉투라고 볼 수 없는 물건이었다. 그 봉투 속에는 여러 가지 서류가 들어 있는 듯했다. 그 가운데에는 진짜건 가짜건, 훔친 것이건 정당한 것이건, 하여간 헌병을 만났을 때 자신의 신분을 보장해 줄 수 있는 귀중한 변호인 노릇을 해줄 서류가 하나쯤은 들어 있을 것이다.
그는 봉투 속에서 옛날에 흔히 볼 수 있었던 엽서 모양의 사진 한 장을 꺼냈다. 이미 누렇고 꼬깃꼬깃해진 사진이었는데, 아마도 오랫동안 품속에 품고 다니는 동안 사나이의 살에 닳고 그 체온에 색이 바랜 모양이었다.
"이 사람은 아시겠습니까?"
신부는 좀더 자세히 보려고 두어 걸음 가까이 다가갔다. 순간 신부는 얼굴이 파랗게 질리고 정신이 아찔하여 꼼짝할 수 없었다. 그것은 바로 자신의 사진이었다. '그 여자'를 사랑하던 아득한 옛날에 바로 그 여자에게 주려고 찍은 사진이었던 것이다.
신부는 도무지 영문을 알 수 없었고, 어떻게 대답해야 할지 어안이 벙벙할 뿐이었다.
부랑자가 다시 한번 물었다.
"이 사진 속의 사람을 아시겠습니까?"

신부는 나직하게 말했다.
"물론이오."
"누구죠?"
"나요."
"분명히 신부님이신가요?"
"그렇소, 분명하오."
"그렇다면 이제 한번 비교해 보시죠. 신부님의 사진과 제 얼굴을……."
아아 가엾은 사나이! 신부는 이미 알고 있었다. 사진 속의 얼굴과 지금 옆에서 비웃고 있는 청년의 얼굴이 마치 형제처럼 닮아 있다는 것을. 그러나 여전히 사나이의 심중을 헤아릴 수 없었기 때문에 이렇게 물었다.
"그래서 말하고 싶은 게 도대체 뭐요?"
사나이는 심술궂은 말투로 말했다.
"우선은 저를 알아주십사 하는 것이지요."
"당신이 누구요?"
"제가 누구냐구요? 거리를 지나가는 사람들 중에 아무라도 붙잡고 물어 보십시오. 그럴 것 없이 우선 저 하녀에게 이 사진을 보이면서 물어 보십시오. 그러면 아마 큰 소리로 웃을 겁니다. 제가 보증하죠, 하하. 제가 당신의 아들이라는 사실을 인정하실 수 없다는 건가요, 신부 아버지?"
신부는 성서의 한 장면처럼 두 팔을 앞으로 내밀면서 절망에 찬 목소리로 부르짖었다.
"그럴 리 없소!"
젊은 사나이는 얼굴이 마주 닿을 정도로 가까이 신부에게 다가왔다.
"흥! 그럴 리가 없다구요? 이보세요 신부님, 신부님이 거짓말을 해서야 되겠습니까?"
사나이는 험악한 표정을 지으며 두 주먹을 불끈 쥐었다. 너무나 격렬하고 확신에 찬 어조라 신부는 한 걸음 뒤로 물러서지 않을 수 없었다. 신부는 지금 두 사람의 이야기 중 누구의 이야기가 진실일까, 하고 스스로 자문해 보았다.

어느 정도 진정을 한 신부는 차분한 목소리로 말했다.
"내게는 자식이 없소."
그러자 청년이 대꾸했다.
"여자도 없었나요?"
신부는 조금도 거리낌없이 대답했다.
"있었소."
"그러면 그 여자가 당신에게서 버림받았을 때에 임신중이 아니었습니까?"

그 말을 듣자 별안간 이미 25년 전에 짓밟아 버린, 아니 가슴 밑바닥에 가두어 버린 그 분노가 다시 솟구쳐 올랐으며, 급기야 그 여자 위에 세워 놓았던 신앙의 천장을 뚫고야 말았다.

신부는 자신의 신분도 잊은 채 이렇게 소리쳤다.
"내가 그 여자를 내쫓은 것은 그 여자가 나를 배반했기 때문이야. 그때 그녀의 뱃속에 있던 아이는 다른 사내의 아이였단 말이야. 만일 그게 내 자식이었다면 나는 그 자리에서 그녀를 죽여버렸을 거야. 알겠어? 너도 그 여자도 한꺼번에 말이야."

이번에는 젊은이 쪽에서 신부의 격분에 놀라 당황했지만 잠시 후 좀더 부드러워진 어조로 이렇게 묻는 것이었다.
"누가 그 애를 다른 남자의 자식이라고 그랬나요?"
"그 여자지. 자신의 입으로 한 얘기야. 내게 달려들면서 말이야."

그러나 청년은 이 말에 대해 반박하는 대신 단지 사건의 진상만을 가리려는 냉정한 태도로 이렇게 결론을 내렸다.
"그래요? 그렇다면 어머니가 신부님께 거짓말을 한 것이로군요. 그것뿐이에요."

한 차례의 무서운 분노가 지나간 뒤 다시 평정을 되찾은 신부가 청년에게 물었다.
"그런데 누가 그러던가, 자네가 내 자식이라고?"
"물론 어머니지요. 돌아가시기 바로 전에요. 신부님, 그리고 또 이거

……."
 청년은 신부의 눈앞에 작은 사진을 내밀었다.
 그것을 받아든 신부는 아주 오랫동안 가슴이 미어지는 아픔을 느끼면서 이 낯선 사나이와 자신의 예전 모습을 찬찬히 비교해 보았다. 그러고 보니 의심할 여지가 없었다. 이 청년이 자신의 아들임에 틀림없었다.
 가슴속에서 절망이 소용돌이치기 시작했다. 마치 옛날에 저지른 죄의 상처가 다시 저며오는 듯, 말로 표현할 수 없는 무서운 고통과 격한 감정에 사로잡혔다. 조금은 이해할 수가 있었고, 그 나머지는 짐작으로 알 뿐이었다. 그녀와 헤어질 때의 그 거친 광경이 다시금 눈앞에 떠올랐다.
 '살기 위해서였구나! 한 사나이를 배반한 계집이 또다시 거짓말을 한 것은 위태로워진 제 목숨을 구하기 위해서였구나! 그리고 그 거짓말은 훌륭한 성공을 거두어 자신의 피를 이어받은 자식이 세상에 나왔고, 성장한 뒤에는 이처럼 저주받은 부랑자가 되었구나. 마치 염소 수컷이 고약한 짐승의 냄새를 풍기듯 악덕의 냄새가 코를 찌르는 부랑자가 되고 말았구나!'
 신부는 조용히 말했다.
 "나와 함께 걷지 않겠나? 좀더 자세한 얘기를 듣고 싶군."
 청년은 조소를 머금고 말했다.
 "그러죠. 제가 여기까지 온 것도 오로지 그 이유 때문이니까요."
 두 사람은 어깨를 나란히 하고서 올리브 나무 숲을 향해 걸어갔다. 해는 이미 저문 뒤였다. 황혼녘의 싸늘한 대기가 이 남쪽 지방의 벌판 위로 눈에 보이지 않는 엷은 장막을 펼쳐 놓았다. 신부는 가볍게 몸을 떨었다. 그리고 성직자다운 태도로 문득 고개를 들어 위를 쳐다보았다. 하늘을 배경으로 올리브 나무의 작은 잿빛 잎사귀들이 눈에 들어왔다. 젊은 날, 그리스도의 절망과 맞먹을 정도로 감당하기 어려웠던 자신의 크나큰 번민을 다독여준 적이 있는 그 신성한 나뭇잎이 시선 가득 들어왔다.
 절망으로 가득 찬 신부의 가슴속에서 짤막한 기도가 솟아올랐다. 어려움에 처했을 때 하나님께 구원을 청하는 영혼의 소리였다.
 '주여, 저를 구원해 주옵소서!'

그는 자신의 아들에게로 돌아서며 물었다.
"그래, 어머니는 세상을 떠나셨나?"
막상 그녀의 죽음을 입 밖에 내자 까닭 모를 슬픔이 마음속으로 스며들어와 그의 가슴을 짓눌렀다. 비록 자신에게 상처만을 안겨주긴 했지만, 그녀가 죽어 버린 지금에 와서는 짧은 순간이나마 행복했던 시절에 대한 추억이 떠올랐기 때문인지도 몰랐다. 어쨌든 신부에게 있어 그녀를 다시 추억하는 일은 그 옛날에 겪은 고뇌의 잔혹한 메아리임과 동시에 고통의 부활이었다.
청년이 대답했다.
"예, 신부님. 어머님은 돌아가셨습니다."
"얼마나 됐나?"
"벌써 3년이나 지났습니다."
그때 새로운 의문이 신부의 머릿속에 떠올랐다.
"그럼 왜 진작 날 찾아오지 않았나?"
청년은 잠깐 주저하는 듯하더니 대답했다.
"그럴 수가 없었습니다. 여러 가지 사고가 있어서요…… 그 일에 관해선 나중에 차차 말씀드리지요. 얼마든지 자세하게 말씀드리죠. 그건 그렇고 실은 제가 어제 아침부터 아무것도 먹지를 못했습니다."
순간 가여운 생각이 밀물처럼 밀려와 신부는 갑작스럽게 두 팔을 벌리며 말했다.
"아아! 가엾기도 해라!"
청년은 자신을 향해 뻗은 신부의 두 손을 잡았다. 신부의 커다란 두 손이 가냘프고 열에 들뜬 손가락을 감싸주었다. 그러자 지금까지 입가에서 한 번도 떠나지 않던 비웃는 듯한 어조로 청년이 말했다.
"이제야 우리가 서로 이해할 수 있을 것 같은 기분이 드는군요."
신부는 걷기 시작했다.
"자, 저녁을 먹어야지."
그러자 신부의 머릿속에 불현듯 자신이 잡아온 물고기가 떠올랐다. 그것을 삶은 닭고기와 함께 내놓으면 이 가엾은 아이에게는 더없이 훌륭한 식사가 되어줄 것이라고 생각하자 그의 마음속에 작은 기쁨이 스며들었다. 약간은 의아하고 혼란스러웠지만 그것은 너무나 자연스럽고도 본능적인 기쁨이었다.

신부는 금방이라도 소리를 지를 것처럼 불안한 심정으로 문앞에서 기다리고 있던 하녀에게 큰 소리로 말했다.

"마르그리트! 어서 이 식탁을 치우고, 방안에다 두 사람분의 식사를 새롭게 준비해라. 빨리."

주인이 이런 부랑자와 함께 식사를 하려고 하자 하녀는 난감한 표정으로 잠시 멍하니 서 있었다. 그러자 빌브와 신부는 손수 식탁 위의 그릇을 자신의 방으로 옮기기 시작했다.

5분이 지나자 신부와 그 청년은 양배추 수프가 가득한 냄비를 사이에 두고 앉아 있었다. 냄비에서 뿜어져 나온 뜨거운 김이 조그만 구름송이처럼 두 사람의 얼굴 사이로 피어오르고 있었다.

3

그릇 가득 수프를 덜어놓자마자 부랑자는 허겁지겁 먹어대기 시작했다. 식욕이 떨어진 신부는 단지 양배추 수프만을 천천히 떠먹을 뿐 빵은 입에 대지 않았다.

식사가 끝나갈 무렵 신부는 갑자기 생각났다는 듯 이렇게 물었다.

"자네 이름이 뭔가?"

배가 불러 한결 기분이 좋아진 청년은 웃음 띤 얼굴로 대답했다.

"아버지를 모르는 자식이니 성(姓)은 어머니를 따를 수밖에 없었죠. 어머니의 성이야 기억하고 계시겠지요. 그 대신 이름이 둘 있답니다. 필리프 오귀스트! 얘기가 났으니 말이지만 제게는 별로 어울리지 않는 이름이죠."

신부는 목이 메여서 물었다.

"왜 그런 이름을 갖게 되었나?"

청년은 어깨를 으쓱하면서 이렇게 말했다.

"대충 짐작하실 겁니다. 당신과 헤어지고 나서 어머니는 당신의 사랑의 원수에게 내가 그의 자식이라고 속였죠. 그 사나이도 내가 열다섯 살이 될 때까지는 그렇게 믿고 있었답니다. 그런데 그때부터 나는 너무도 당신을 닮기 시작했거든요. 그러자 그 망할 자식은 내가 자신의 아들이 아니라는 것을 알고는 나를 자식으로 인정하지 않게 되었죠. 그래서 결국 필리프 오귀스트라고 하는 두 개의 이름을 얻게 된 거예요. 만약 내가 운이 좋아 아무도 닮지 않았거나, 혹은 당신의 자식이 아니었다면 지금쯤 그 자의 성과 이름을 버젓이 물려받아 필리프 오귀스트 드 프라발롱 자작이라는 이름을 달고서 상원의원인 프라발롱 백작의 아들로 행세하고 있을 테지요. 그래서 저는 스스로 불운아라고 이름을 지었지요."

"어떻게 자네가 그 모든 것을 소상히 알고 있지?"

"제 앞에서 한바탕 말다툼이 벌어졌었거든요. 아주 노골적이고 대단한 싸움이었죠. 그래서 저는 모든 것을 알게 되었답니다."

신부는 무엇인가가 가슴을 짓누르는 듯한 답답함을 느꼈다. 한 시간 전에 새롭게 알게 된 사실로 인해 느꼈던 절망보다 더 괴로운 감정이 가슴을 누르는 것이었다. 숨이 가빠지기 시작했다. 그것은 점점 심해져 급기야는 숨이 끊어질 것만 같았다. 이러한 고통은 단순히 그 청년의 입을 통해 듣게 된 여러 가지 이야기 때문만은 아니었다. 그것은 그 이야기를 하는 청년의 부랑자와 같은 태도와 말투, 그리고 힘주어 말할 때 언뜻 보이는 자포자기한 표정에서 비롯된 것이었다.

신부는 자신의 아들이기도 한 이 젊은이와 자기 사이에 부도덕하고 한없이 더러운 시궁창이 존재하고 있음을 느끼기 시작했다. 이것은 남다른 정신세계를 가진 사람에게는 목숨을 빼앗는 독약과도 같은 치명적인 것이었다. 이 청년이 정말 자신의 아들이란 말인가? 신부는 아직도 그 사실을 믿을 수가 없었다. 그는 명백한 증거를 원했다. 모든 것을 숨김없이 낱낱이 알고 싶었고, 모든 것에 귀를 기울이면서 고통을 견디고 싶었다.
  그는 다시금 창 밖으로 시선을 돌려 조그만 오두막을 둘러싸고 있는 올리브 나무를 올려다보며 중얼거렸다.
  "오오, 주여! 저를 구원해 주옵소서!"
  그새 빵과 함께 수프를 다 먹은 필리프 오귀스트는 우두커니 앉아 있다가 별안간 물었다.
  "뭐 더 먹을 음식이 없나요, 신부님?"
  그는 가죽으로 만든 방망이를 들더니 등뒤의 벽면에 매달아놓은 둥근 중국제 징을 두들겼다. 별장 옆에 따로 마련된 부엌에서는 신부의 말이 하녀에게 들리지 않았으므로, 알려야 할 일이 있을 땐 이렇게 징을 쳐서 그녀를 부르곤 했다. 처음에 징은 약한 소리에서 출발하지만, 곧 진동하기 시작하면서 점점 날카롭게 울려 퍼졌고, 이 날카로운 소리는 마침내 무서운 비명으로 변했다.
  이윽고 하녀가 나타났다. 그녀는 마치 충실한 개가 본능적으로 자신의 주인에게 닥쳐올 비극을 예감하듯이, 분노에 찬 눈초리로 마우파탕을 노려보았다. 그녀의 양손에는 구운 생선이 들려 있었다. 생선살 속에 녹아 스며든 버터의 고소한 냄새가 물씬물씬 풍겨왔다. 신부는 스푼을 한 손에 들고, 생선을 머리에서 꼬리 끝까지 가르더니 등 부위의 도톰한 살을 제 자식에게 주면서 말했다.
  "아까 내가 잡아온 것이다."
  이것은 고뇌 속에서도 꺼지지 않는 부정(父情)이었다. 아직 물러가지 않고 그 자리에 서 있던 마르그리트를 향해 신부가 다시 말했다.
  "포도주를 가져오너라, 아주 상등품으로. 아, 카프코르스 백포도주가 좋겠군."
  하녀가 이에 항의하려는 듯한 몸짓을 보이자 신부는 엄한 표정을 지으면서 거듭 이르지 않을 수 없었다.
  "어서 두 병만 가져오너라."
  신부는 누구에게든지 포도주를 권할 때면, 실제로 자신은 마실 생각이 없더라도 자신의 몫으로 한 병을 더 가져오게 했다.

필리프 오귀스트는 표정이 밝아지면서 이렇게 중얼거렸다.

"근사해! 아주 좋아. 이런 식사는 참으로 오랜만인걸."

2분쯤 지나서 하녀가 다시 돌아왔다. 신부에게는 이 2분이 마치 영원의 시간처럼 지루하게 느껴졌다. 왜냐하면 내막을 알고 싶은 욕망이 그의 피를 태우고 있었기 때문이었다. 이 욕망이 어찌나 강렬했는지 마치 지옥의 불길처럼 그의 피를 삼키고 있었다.

포도주 병의 마개를 뽑을 때까지도 하녀는 여전히 선 채로 한시도 사나이에게서 시선을 떼지 않고 있었다.

"이제 그만 나가 보거라."

그러나 하녀는 그 소리를 듣지 못한 듯 꼼짝하지 않았다. 신부는 퉁명스러운 목소리로 다시 말했다.

"우리 둘이서 조용히 할 얘기가 있다."

그제서야 하녀는 마지못해 방에서 물러갔다.

필리프 오귀스트가 정신없이 생선을 먹어치우는 동안, 신부는 아버지의 심정으로 그 모습을 잠자코 바라보았다. 그리고 자신과 그렇게 꼭 닮은 얼굴에서 여러 가지 천하고 추한 면모를 발견하고는 점점 더 절망적인 기분에 사로잡혔다.

빌브와 신부의 입 속엔 맛을 보기 위해 조금 베어물었던 생선 조각이 그대로 남아 있었다. 그토록 작은 조각이었건만 목이 메어 그것조차 삼킬 수가 없었다. 그는 머릿속에 떠오르는 많은 질문들 가운데서 자신이 가장 알고 싶은 것이 무엇인지를 생각하며 오랫동안 생선 조각을 씹고 있었다. 이윽고 그는 나지막한 소리로 물었다.

"어머니는 무엇 때문에 죽었지?"

"폐결핵으로요."

"오래 앓았나?"

"한 일년 반요. 대충 그쯤 될 겁니다."

"어쩌다가 그런 병이 들었나?"

"글쎄요……."

잠시 동안 침묵이 흘렀다. 신부는 생각에 잠겨 있었다. 너무나 많은 일들이 한꺼번에 물밀듯이 밀려와 그의 머리를 아프게 했다. 그녀와 헤어지던 그날, 하마터면 그녀를 죽일 뻔한 날로부터 오늘까지 그는 그녀에 관한 어떤 소식도 듣지 못했다. 아니 알고 싶지 않다는 생각이 그의 마음 한켠에 자리하고 있었다. 그렇듯 그녀와 함께 했던 행복한 시간들을 망각의 심연 속으로 결연히 던져버린 지 오래였지만, 뜻밖에도 그녀가 이 세상에 없다는 소식을 접하자 그의 마음속에는 갑자기 그녀에 대한 모든 것을 알고 싶다는 격렬한 욕망이 솟구쳤다. 그것은 흔히 사랑에 빠진 남자들이 갖게 마련인, 질투 섞인 욕망이었다.

신부가 다시 입을 열었다.

"설마 혼자서 살지는 않았겠지?"

"그럼요, 항상 그 사내하고 함께 살았죠."

순간 신부의 몸에는 오싹 소름이 돋았다.

"그 사내하고라니? 프라발롱 말인가?"

"물론이죠."

이 대답을 듣자 신부는 일찍이 자신을 속이고 배반한 여자가 바로 자신의 연적이라고 말할 수도 있는 그 남자와 30년 이상 함께 사는 모습을 상상하며 머릿속으로 그려 보았다. 생각해 볼 겨를도 없이 신부의 입에서는 이런 말이 불쑥 튀어나왔다.

"두 사람은 행복했었나?"

비웃는 듯한 표정으로 청년이 대답했다.

"네. 물론 더할 때와 덜할 때의 차이는 있었지만요. 그리고 저만 없었더라면 아주 행복했을 거예요. 언제나 제가 모든 것에 훼방을 놓았죠. 제가요."

"훼방을 놓다니 그게 무슨 말인가?"

"이미 말씀드리지 않았나요? 제가 열다섯 살이 될 때까지는 저를 자신의 핏줄인 줄 알고 있었다고요. 그러나 그 늙은이도 바보는 아니었죠. 그는 자신의 눈으로 내가 누구를 닮았는지를 똑똑히 깨달았거든요. 그래서 한바탕 소동이 벌어졌고, 그때 저는 방문 뒤에 숨어서 그들이 하는 말을 모두 다 엿들었지요. 그놈은 자신을 속인 것에 대해 어머니를 다그치더군요. 어머니도 가만히 있지는 않았죠. '그게 어디 내 잘못이에요? 당신이 나와 함께 살자고 했을 때 이미 내가 다른 사내의 정부임을 당신도 잘 알고 있었잖아요' 라면서 대들었답니다. 다른 사내란 물론 신부님을 가리킨 말이죠."

"그럼 그 두 사람이 가끔 내 얘길 했었단 말인가?"

"예, 하지만 제 앞에서는 한 번도 신부님의 이름을 입 밖에 낸 적은 없었어요. 어머니가 돌아가시기 전 마지막 며칠 동안을 제외하고요. 그때도 약간은 얘기하길 꺼리더군요."

"그럼 자네는…… 일찍부터 자네 어머니가 그리 정숙한 여자가 아니라는 사실을 알고 있었나?"

"물론이죠! 제가 그렇게 어수룩한 사람으로 보입니까? 전 이미 오래 전부터 알고 있었죠. 그런 것들은 세상에 대해 눈뜨기 시작하면서부터 자연스럽게 알게 되는 일이니까요."

필리프 오귀스트는 포도주병을 기울여 잔이 넘치도록 술을 따르더니 꿀꺽꿀꺽 들이켰다. 두 눈이 반짝반짝 빛나기 시작했다. 오랜만에 마시는 술이라 그런지 빨리 취기가 도는 모양이었다.

그런 그를 말리려고 하다가 문득, 취하면 조심성 없어지고 무슨 말이든지 숨김없이 지껄일 것이라는 생각이 신부의 머리를 스치고 지나갔다. 신부는 청년의 잔에 술을 따라 주었다.

그때 마르그리트가 삶은 닭을 가져왔다. 그녀는 그것을 식탁 위에 놓은 다음 다시 부랑자를 뚫어지게 바라보더니 화가 치민다는 표정으로 신부에게 이렇게 말했다.

"신부님, 저 꼴을 좀 보세요. 술에 취해서 아주 인사불성이 돼 버렸다구요."

"참견하지 말고 나가 있어, 마르그리트."

신부는 퉁명스럽게 말했다.

하녀는 꽝, 소리가 나도록 세게 문을 닫고는 나가 버렸다.
신부는 다시 질문을 계속했다.
"그래 어머니께서는 나에 대해 뭐라고 하시던가?"
"버림받은 여자들이 흔히 하는 그런 얘기죠. 함께 지내기가 어려운 사람이며, 여자에게 까다롭게 구는 사람이었다고요. 그리고 자신의 생각만을 주장하는 고집불통이라서 세상 살아가기 힘들 거라고도 하시더군요."
"그런 얘기를 자주 하셨나?"
"예, 어떤 때는 제가 알아듣지 못하도록 낮은 소리로 중얼거리셨지만 전 모두 짐작할 수 있었죠."
"그럼 그 남자는 자네를 어떻게 대했나?"
"처음에는 매우 사랑해 주었죠. 그러나 나중에는 박대가 이만저만이 아니었어요. 저로 인해 집안이 좀 시끄러워지자 그들은 저를 쫓아내고 말았답니다."
"어떻게 그럴 수가 있지?"
"어떻게 그럴 수가 있느냐구요? 간단한 일이었죠. 열여섯 살이 되었을 때, 젊은 혈기에 제가 그만 실수를 좀 저질렀거든요. 그랬더니 그 망할 것들이 글쎄 저를 감화원에 처넣는 게 아니겠어요? 그 참에 저를 아주 떼어버릴 심산이었죠."
청년은 식탁 위에 팔꿈치를 올려놓고는 두 손으로 턱을 괴었다. 술에 몹시 취해서 머리가 포도주 속을 헤엄치는 중이었다. 그러자 갑자기 자신에 관한 이야기를 지껄이고 싶은 충동에 사로잡혔다. 그것은 주정뱅이들로 하여금 엄청난 허풍을 떨게 만드는, 억제하기 어려운 욕망 중의 하나였다.
그의 입가에는 여자처럼 애교 섞인 부드러운 미소가 감돌고 있었다. 그 미소는 신부도 익히 알고 있는 것이었다. 미덥지 못하면서도 무한히 마음이 끌리는 그 부드러운 웃음은 일찍이 그 옛날 자신을 사로잡은 뒤 파멸로 인도한 그녀의 매력적인 웃음이었던 것이다. 지금 보니 이 청년은 누구보다도 제 어미를 많이 닮았다. 얼굴도 얼굴이지만 그보다는 사람의 마음을 흔들어 놓고야 마는 그 거짓된 시선과, 마음속의 모든 죄악을 향하여 입을 벌리고 있는 듯한 그 속된 웃음이 많이 닮아 있었다.
 필리프 오귀스트는 자신의 이야기를 지껄이기 시작했다.
 "아무튼 감화원에 들어간 이래로 저는 참 기이한 생활을 했죠. 소설가가 저를 만났다면 아마 큰 돈을 치르고서 제가 겪은 일을 소설의 소재로 샀을 겁니다. 뒤마 할아버지가 《몽테크리스토프 백작》을 썼다고는 하지만, 사실 제가 겪은 그 여러 가지 기이한 사건만큼 재미있지는 못하거든요."
 그는 잠시 입을 다물었다. 그것은 주정뱅이가 무슨 생각을 할 때의 심각하고도 엄숙한 태도였다. 그러나 곧 다시 천천히 말을 이었다.
 "자기 자식이 정말로 잘되기를 바라는 부모라면, 자식이 설사 잘못을 저질렀더라도 절대로 감화원 같은 데 보내지는 않을 것입니다. 그 안에서 배우는 것이 무엇인지를 안다면 말이죠. 그럼 이제부터 제가 감화원에 가게 된 경위를 말씀드리지요. 뭐 그저 그 또래의 아이들이 저지를 수 있는 치기 어린 장난으로 끝날 수도 있는 일이었답니다. 처음에 단순한 호기심에서 출발했던 것이 그만 좋지 않은 결과를 초래했을 뿐이지요. 어느 날 밤 아홉시쯤 세 명의 친구와 함께—우리들은 모두 약간씩 취해 있었죠—플라크 나루터 근처의 한길가에서 어정거리며 있으려니까 웬 마차 한 대가 서 있는 것이 눈에 띄었습니다. 마차 안을 들여다보니 그 안에 있는 사람들 모두 잠에 곯아떨어져 있는 게 아니겠어요. 마르티농 집안 사람들이었는데 아마도 시내에 와서 저녁식사를 하고 돌아가는 길이었던가 봐요. 그래 장난기가 발동한 제가 말의 고삐를 잡아끌어서 마차를 나룻배에 태운 다음 그 배를 강 가운데로 살짝 떠밀어 주었죠. 그런데 소리가 나는 바람에 고삐를 쥐고 있던 마부가 잠을 깼고, 앞이 보이지 않는 밤인지라 무조건 말에다 채찍질을 해 버리고 말았어요. 그러자 말이 깜짝 놀라 물속으로 뛰어들었고 마차도 함께 물속에 빠져버렸죠. 정말 그렇게 일이 커질 줄은 꿈에도 생각지 못했는데. 다만 그 사람들이 목욕하는 꼴이나 보고 싶어서 그랬을 뿐이거든요. 장난삼아 말이죠. 그런데 처음엔 제가 하는 장난을 바라보며 재미있어하던 녀석들이 그 일을 일러 바쳤고, 그 덕분에 저는 생전 처음으로 감화원이라는 곳에 가게 되었죠. 그 다음부터 저는 그들에게 복수를 할 생각으로 이보다 더 심한 장난을 치기 시작했죠. 하지만 그런 일도 역시 감화원에 갈 만한 일은 아니었어요. 더 이상은 말씀드리지 않는 게 좋겠군요. 이런 얘기는 신부님께서 들으실 만한 얘기가 못 되니까요. 하지만 맨 마지막 일 하나만은 얘기해 드리지요. 이 일만은 틀림없이 신부님의 마음에 쏙 드실 테니까요. 이를테면 제가 당신의 원수를 갚은 셈이거든요, 아버님."

신부는 뭔가 몹시 두려운 듯한 눈초리로 아들을 바라보았다. 이제는 더 이상 아무것도 먹고 싶지 않았다. 필리프 오귀스트가 다시 이야기를 시작하려고 하자 신부는 그의 말을 막았다.

"아니야. 지금은 안 돼. 조금 있다가!"

신부가 뒤에 있던 커다란 징을 두들기자 기다렸다는 듯 재빨리 마르그리트가 뛰어왔다.

"램프를 가져오너라. 그리고 더 내올 수 있는 음식이 남아 있거든 모두 내오고. 마지막으로 내가 이 징을 치기 전에는 절대로 들어오지 말아라. 알겠지?"

분부를 내리는 주인의 목소리가 어찌나 거칠고 지엄했던지 하녀는 겁을 집어먹고 온순하게 머리 숙여 분부를 이행했다. 그녀는 식탁 위에다 초록빛 갓을 씌운 하얀 사기 램프를 켜놓고, 커다란 치즈 조각 하나와 과일들을 올려놓고는 조용히 물러갔다. 그러자 신부는 결심한 듯이 단호한 어조로 말했다.

"자 이제 자네 얘기를 듣기로 하지."

필리프 오귀스트는 태연하게 자신의 디저트 접시와 포도주 잔을 비워나갔다. 그리하여 신부가 손도 대지 않은 두 번째 포도주병도 거의 바닥이 드러났다.

젊은이는 취한 데다가 음식을 입 안 가득 넣었기 때문에 약간은 더듬거리며 다시 이야기를 시작했다.

"맨 마지막 일이란 바로 이런 일이었죠. 좀 거친 얘기일지도 모르니 참고 들어 주세요. 감화원에서 돌아온 저는 그들이 싫어하든 말든 그 집에 버티고 있었죠. 그들은 저를 퍽 두려워했어요. 저를 잘못 건드리면 재미없었거든요. 저는 저를 해치려는 사람은 가만 놔두지 않으니까요…… 잘 아시겠지만 두 사람도 같이 살다가 떨어져 살다가 하는 식이었어요. 그놈은 거처를 두 군데나 거느리고 있었죠. 하나는 상원의원의 집이고, 또 하나는 어머니의 집이었어요. 그러나 자기 집보다는 어머니의 집에 있을 때가 더 많았죠. 어머니와 떨어져서는 오래 견디지를 못하는 사나이였으니까요. 사실 어머니는 참으로 영리한 여자죠. 보통이 아니에요. 사내를 놓치지 않는 기술을 아주 확실하게 터득하고 있었거든요. 어머니는 그 남자의 몸과 마음을 꼼짝 못 하게 손 안에 쥐고 끝까지 붙들어두었죠. 하긴 사내들이란 어리석기 짝이 없지요. 아무튼 제가 다시 집에 돌아오자 그들은 둘 다 쩔쩔매고 있었답니다. 이래봬도 전 꽤 영리하거든요. 게다가 술책이나 주먹다짐에 있어서는 저를 당해낼 사람이 없었지요. 그런데 어머니가 병이 나자 그는 뫼랑 근처에 있는 넓은 별장으로 어머니의 거처를 옮겼어요. 그곳에서 어머니는 세상을 떠나기 전까지 약 일 년 반 동안 지냈지요. 결국 임종의 날이 가까워졌고, 그 녀석도 그걸 느꼈는지 파리에서 하루가 멀다하고 찾아오더군요. 진심으로 슬퍼하는 눈치였어요. 그러던 어느 날 아침, 둘이서 한 시간 동안이나 소곤소곤 얘기를 하고 있지 않겠어요. 대체 무엇 때문에 저렇게 오랫동안 속닥거리고 있을까 하고 이상하게 생각하고 있는데, 그때 마침 저를 부르더라구요. 그래서 가 보니 어머니가 저를 붙들고는 이런 말을 하는 것이었습니다. '이제 내 목숨은 얼마 남지 않은 것 같구나. 내가 죽기 전에 네게 꼭 알려주어야 할 사실이 있단다. 물론 백작은 반대를 하지만……' 어머니는 그 녀석을 가리킬 때는 언제나 백작이라는 칭호를 사용했지요. 뭐 그건 그렇고 어머니의 이야기는 계속 이어졌습니다. '다름이 아니라, 네 아버지의 이름에 대해서다. 네 아버지는 아직 살아 계시거든……' 저는 그때까지 백 번 이상이나 그것에 관해 물어 봤었죠. 내 아버지의 이름을…… 백 번 이상이나…… 그러나 그때마다 어머니는 한사코 말해 주지 않았답니다. 언젠가 한번은 꼭 알아낼 작정으로 어머니를 심하게 다그친 적도 있었지만 그것도 소용이 없었죠. 그 뒤에도 제가 계속 그 일을 물고 늘어지자 어머니는 아예 제 입을 막아버릴 생각으로, 아버지는 동전 한 푼도 남기지 않고 죽어버렸다고 하더군요. 살아 있다고 해도 별로 보잘것없는 사람이었을 거라는 둥, 그 남자와 잠시 관계를 맺는 실수를 저지른 건 자신이 순진했던 탓이라는 둥 이것저것 끌어다 맞추더군요. 하도 그럴듯해서 저는 아버지가 돌아가셨다는 어머니의 말을 그대로 믿게 되었습니다. 그런데 임종을 맞아서야 어머니는 사실을 얘기해 주려 하셨죠. '네 아버지의 이름에 관한 얘긴데……' 하고 말예요. 그러자 안락의자에 앉아 있던 그 녀석이 '안 돼, 로제트! 안 돼! 안 돼!' 하고 세 번씩이나 안 된다는 말을 반복하면서 반대하고 나섰지요. 침대에 누워 있던 어머니가 갑자기 몸을 일으켜 앉았어요. 당시의 어머니 모습이 지금도 눈앞에 선합니다. 발그레해진 두 볼과 유난히 광채를 발하던 두 눈! 어머니는 그 남자에게 물었습니다. '그럼 이 애를 위해 무언가를 해 주셔야지요, 필리프?' 어머니는 그 남자를 필리프라고 불렀으며, 저를 오귀스트라고 부르곤 했지요. 그 말을 듣자 남자가 미친 사람처럼 소리를 지르더군요. '이런 방탕아에게? 천만에! 아무짝에도 쓸모없는 무용지물에다 전과 기록까지 있는 이런 녀석에게? 이런, 이런……' 그러고는 별의별 말을 다 갖다 붙이더군요. 마치 한평생 그런 욕설을 퍼부을 기회만 노리고 있던 놈처럼 말예요. 어머니가 말리지 않았다면 저는 모두 뒤집어엎었을 겁니다. 어머니는 다시 그 작자에게 말하더군요. 어쨌든 저에 대한 사랑은 끔찍했거든요. '그럼 이 애가 굶어 죽기를 바라는 건가요? 내가 가진 거라곤 아무것도 없으니 당신이 도와 주지 않으면 이 아이가 어떻게 될지는 뻔하잖아요.' 남자도 지지 않고 말하더군요. '로제트, 나는 당신에게 해마다 3만5천 프랑씩 주었소. 30년 동안이나 말이오. 그것만 계산해도 1백만 프랑이 넘겠지. 사실 당신은 내 덕택에 부족함 없이 지낼 수 있었고, 사랑까지 독차지하면서 행복하게 살아오지 않았소! 그러니 나로서는 이 불량배에게 아무런 빚이 없는 셈이오. 더구나 저놈은 요 몇 해 동안 우리 생활을 번번이 망쳐놓기만 했잖소. 다시 한번 말하지만 저 애에게는 한 푼도 줄 수가 없소. 아무리 설득해 보아도 소용없어요. 그 사내의 이름을 알려줄 테면 알려주시오. 유감이지만 난 여기서 손을 떼겠소.' 그러자 어머니는 내게로 돌아앉았죠. 나는 속으로 옳지, 이제는 내 아버지를 찾을 수 있겠구나. 그가 돈이 있는 사람이라면 나도 이제 기 좀 펴고 살겠는걸, 하고 생각했죠. 이윽고 어머니는 모든 사실을 털어놓기 시작했습니다. '네 아버지는 빌브와 남작이시란다. 지금은 툴롱에서 멀지 않은 가랑두 마을의 주임 신부로 있지. 전에는 내 정부였단다. 이 남자를 위해서 내가 그이를 버릴 때까지 말이야.' 어머니는 모든 걸 얘기해 주었습니다. 그러나 딱 한 가지, 임신에 관해서 신부님을 속인 것만은 빼놓았더군요. 여자란 도대체 모든 진실을 얘기하지 않는 법이니까요."

 젊은이는 마음속 깊이 쌓여 있던 온갖 추한 모습들을 무의식중에 그대로 드러내면서 쓴웃음을 지었다. 그는 연거푸 술을 들이켜고는 번들거리는 눈빛으로 말을 이었다.

 "그리고 나서 어머니는 이틀 뒤에 세상을 떠났어요. 그자와 나 둘이서 관을 메고 묘지까지 갔어요. 아니 하인도 한 명 있었군요. 하지만 그뿐이었어요. 참으로 초라한 장례식이었지요. 그 사람은 마치 암소처럼 엉엉 울더군요. 나란히 서 있는 우리의 모습은 아마 누가 보더라도 영락 부자지간으로 보였을 겁니다. 장례식이 끝난 뒤 우리는 집으로 돌아왔죠. 저는 속으로 생각했죠. 한푼도 안 주고 날 내쫓으려 하다니, 순순히 물러날 수야 없지? 그때 제게는 50프랑밖에 없었거든요. 어떻게 하면 복수를 할 수 있을까 궁리하기 시작했죠. 그때 그 사람이 내 팔을 툭 치면서 말하더군요. '자네에게 할 말이 있네.' 그래서 그자의 서재에까지 따라갔지요. 그자는 책상 앞에 앉더니 울먹이는 목소리로 제게 이렇게 말하더군요. 사실은 어머니 앞에서 했던 얘기처럼 날 그렇게까지 모질게 대하고 싶은 생각은 없다구요. 그러니 신부님을 너무 괴롭혀 드리지 말라는 거예요. 자, 잘 들으세요. 이제부터는 신부님과도 관계된 얘기니까요. 그는 제게 1천 프랑짜리 지폐를 한 장 내주더군요. 1천 프랑! 그까짓 1천 프랑 따위를 가지고 제가 뭘 할 수 있겠어요. 저 같은 위인이 말예요. 그때 서랍 안에 지폐가 가득 들어 있는 게 힐끗 보이더군요. 진짜 지폐 뭉치였죠. 그것을 보자 갑자기 그자를 죽여버리고 싶은 충동이 들더군요. 그래서 그놈이 주는 돈을 받으려고 손을 내밀다가 별안간 놈에게 달려들어 마룻바닥에 엎어놓고는 눈동자가 뒤집힐 정도로 목을 졸랐죠. 놈의 숨이 넘어가려고 하기에 그 입을 틀어막고 단단히 결박해 놓고는 옷을 홀랑 벗겨서 떼굴떼굴 굴리다가, 그러다가…… 하하하! 아주 멋지게 당신의 원수를 갚았죠!"
　필리프 오귀스트는 지금 생각해도 몹시 통쾌하다는 듯이 크게 웃다가 기침을 해댔다. 헤 벌어진 채 약간 위로 치켜 올라간 청년의 입술과, 흉악한 빛이 떠도는 입가에서 빌브와 신부는 다시 한번 그 옛날 자신의 정신을 잃게 했던 그 여자의 미소를 보아야 했다.
　신부가 물었다.
　"그 다음은?"
　"그 다음은…… 하하하! 옆을 보니까 난로가 있지 않겠어요. 12월이었으니까요. 그 추위 때문에 결국 어머니도 죽은 거죠…… 하여간 시뻘건 석탄불이었어요. 저는 시뻘겋게 달군 부젓가락으로 놈의 잔등에 십자가를 찍어주었죠. 여덟인지 열인지 그 수는 기억나지 않지만 아무튼 그쯤 되죠. 다음에는 놈의 몸뚱이를 뒤집어놓고 그 배때기에도 그만큼 찍어주었죠. 어때요 아버지, 참 기특한 생각이죠? 옛날에는 죄인들에게 그런 표를 찍어 주었다잖아요. 그자는 마치 뱀장어처럼 꿈틀거리며 이리저리 몸을 뒤틀더군요. 그러나 입을 꽉 틀어막고 있었기 때문에 소리를 지를 수도 없었죠. 그리고 나서 저는 1천 프랑짜리 지폐 뭉치를 한 움큼 집어 주머니에 넣었어요. 아까 받은 것까지 합해서 열세 장 정도 됐지만 그까짓 게 별 도움은 되지 못했죠. 저는 하인들에게 백작께선 잠이 드셨으니까 저녁식사 시간이 되기 전까지는 깨우지 말라고 일러놓고는 달아나 버렸죠. 저는 그자가 상원의원이라는 관직을 가진 자라 추문이 두려워서 아무 소리도 못할 줄로만 알고 있었지요. 그런데 그것은 저의 착각이었어요. 전 정확히 나흘 뒤에 파리의 어떤 술집에서 붙잡혔거든요. 그래서 3년 동안을 감옥에 갇혀 있었죠. 이런 사정 때문에 신부님을 좀더 일찍 찾아뵙지를 못했답니다."
　그는 또 술을 들이켰다. 이제는 혀가 꼬부라질 정도로 완전히 취해 버려서 무슨 말을 하는지 제대로 알아들을 수는 없으나, 아무튼 그는 계속해서 떠들어댔다.
　"이제는 우리 아버지…… 신부 아버지…… 신부를 아버지로 모시다니 기구한 인생이네요. 하하하! 그러니 이 어린 자식에게 친절히 대해 주셔야지요. 아주 친절히요. 이 아이는 보통 아이와 다르거든요. 게다가 원수를 훌륭히…… 그렇지 않아요? 아주 훌륭하게…… 그 늙은이를…….”
 이 추악한 사나이를 보자 신부는 그 옛날 배반한 연인 앞에서 자신을 미치광이로 만들었던 그 분노의 불길이 또다시 자신의 전신에 엄습해 옴을 느꼈다.
 아무리 큰 죄라 해도 성스럽고도 비밀스러운 참회실 속에서 하나님의 이름으로 무수히 용서해 주던 신부였지만 이 순간만은 가련한 생각도, 용서하고 싶은 마음도 들지 않았다. 그리고 이제는 전능하고 자비로운 하나님께 구원을 청하지도 않았다. 그것은 하늘의 구원이든 지상의 구원이든 그 어떤 구원의 손길도 이토록 망가져 버린 이 사나이를 구할 도리가 없다는 것을 깨달았기 때문이었다.
 성직에 봉사함으로써 간신히 억제되어 있던 가슴속의 격정과 젊은날의 그 혈기가 이제는 더 이상 누를 수 없는 분노로 변하기 시작했다. 자신의 피가 흐르는 이 무지막지한 사나이에 대한 분노임과 동시에 저와 똑같은 자식을 낳은 몰염치한 어머니에 대한 분노였다. 또한 죄수의 발목에 매달아 놓은 쇳덩어리처럼 이 부랑자를 아버지와 자식이라는 쇠사슬로 자신의 발목에 꽁꽁 묶어 버린 그 숙명에 대한 분노였다.
 그는 이제 모든 것을 분명히 깨달았다. 지난 25년 동안 키워온 깊은 신앙과 안식 속에 잠들어 있던 분노가 이 뜻밖의 타격으로 말미암아 갑자기 눈을 뜬 것이다. 신부는 이 악한에게 넘어가지 않기 위해서는 좀더 거칠게 나가야 하며, 최초의 일격으로 상대의 만용을 꺾어 놓아야 함을 깨닫고는 이를 악물었다.
 “이제 자네의 이야기는 다 끝났지. 그러면 이제부터 내 얘길 들게. 내일 아침 일어나는 대로 여길 떠나게. 내가 살 곳을 정해줄 테니 거기서 살아야 해. 그리고 내 명령이 없는 한 그곳을 떠나선 안 돼. 생활비는 내가 보내 주지. 하지만 살아가는 데 넉넉하게 줄 수는 없네. 나 같은 성직자에게 무슨 돈이 있겠나. 그리고 끝으로 만일 단 한 번이라도 내 말을 어길 시에는 그게 마지막인 줄 알아야 해. 그땐 정말 큰일이 생길 테니까……."
 술에 취해 정신을 가눌 수 없었다고는 하지만 필리프 오귀스트는 그 제안이 자신에 대한 위협임을 알아차렸다. 그러자 몸 속에 숨어 있던 악귀가 돌연히 고개를 쳐들었다. 딸꾹질을 해 가면서 그는 이렇게 지껄였다.
 "아아, 아버지! 나를 그렇게 대해선 안 돼요. 나한테 그런 수법은 통하지 않죠…… 신부님이라도 내 손아귀 안에선 다른 놈들과 다름없이 얌전해져야지, 암! 다른 놈들처럼 말야."
 신부는 자리에서 벌떡 일어섰다. 단숨에 몽둥이를 부러뜨리듯이 자신의 억센 팔로 이 괴물을 쓰러뜨려 그 못된 생각을 죽여 없애 버리고 싶다는 욕망이 신부의 마음속에서 꿈틀거렸다.
 신부는 젊은이의 가슴 앞으로 식탁을 떠밀면서 벽력같이 소리를 질렀다.
 "말조심하지 못해! 나 또한 무서울 게 없는 사람이야!"
 주정뱅이는 몸의 중심을 잃고 의자 위에서 비틀거렸다. 자신이 몸을 제대로 가눌 수 없고 또 신부를 당해낼 수 없음을 느끼자 그는 살인자의 눈초리로 식탁보 위에 놓인 칼을 집으려고 손을 내밀었다. 빌브와 신부가 눈치를 채고 힘껏 식탁을 밀어던지자 젊은이가 바닥에 나자빠짐과 동시에 램프가 굴러떨어져 불이 꺼져 버렸다.
 유리그릇 깨지는 소리와 함께 사람의 몸뚱이가 꿈틀거리는 기척이 몇 초 동안 어둠 속의 공기를 흔들더니 이윽고 잠잠해졌다.
 램프가 깨지자 갑작스러운 암흑이 두 사내를 덮쳤다. 너무나 캄캄한 밤이라 두 사람 모두 마치 무슨 무서운 일이라도 당한 사람처럼 가슴이 서늘해졌다. 주정뱅이는 벽에 몸을 의지하고 웅크린 채 움직이지 않았고, 신부는 의자에 가만히 앉아서 분노를 가라앉혔다. 지금 자신 위에 덮인 어둠의 장막은 그토록 맹렬하게 타올랐던 분노를 천천히 가라앉혀 주었으며, 동시에 마음속에서 치솟던 성급한 충동을 막아 주었다. 그러자 이 밤의 암흑과도 같이 어둡고 비통한 상념이 그를 사로잡고 말았다.
 침묵이 흘렀다. 살아서 숨쉬고 있는 생물들이 모두 무덤 속으로 사라진 뒤에 남겨진 침묵 같았다. 밖에서 들려 오는 소리 또한 없었다. 길을 지나가는 수레바퀴 소리나 개 짖는 소리도 없었을 뿐더러 나뭇가지나 벽을 스치고 지나가는 바람 소리조차 들려 오지 않았다.

침묵의 시간은 오랫동안 이어졌다. 아마 한 시간 이상 계속되었으리라. 그때 별안간 그 무거운 침묵을 깨며 징 소리가 크게 울려 퍼졌다. 단 한 번의 무겁고 거친 소리였다. 이어서 물체가 떨어지는 듯한 이상한 소리와 함께 의자 넘어지는 소리가 요란하게 들려 왔다.

아까부터 주인의 방에 주의를 기울이고 있던 마르그리트가 그 소리를 듣고는 부리나케 달려왔다. 그러나 방문을 열자마자 어둠과 직면하게 된 그녀는 순간 주춤하며 뒤로 물러섰다. 가슴이 몹시 떨려왔지만 그녀는 간신히 진정시키며 나직하게 신부를 불렀다. 떨림이 묻어오는 목소리였다.

"신부님! 신부님!"

아무런 대답도, 기척도 없자 그녀는 혼잣말처럼 낮게 속삭였다.

"아이구 하나님! 대체 무슨 일이 생긴 걸까?"

하녀는 가까이 다가갈 용기도 없었고, 불을 가지러 갈 엄두도 나지 않았다. 어서 빨리 이 자리를 도망치고 싶은 생각뿐이었지만 모든 기운이 한꺼번에 빠져나가서 한 걸음도 옮길 수가 없었다. 그녀는 다시 한번 불러 보았다.

"신부님! 신부님! 저 마르그리트예요."

순간 모든 위험을 무릅쓰고서라도 자신의 주인을 구해야겠다는 본능적인 감정이 일어났다. 대담해진 하녀는 얼른 부엌으로 뛰어가서 등불을 가지고 왔다.

마르그리트는 방 문턱에서 걸음을 멈추었다. 제일 먼저 눈에 띈 것은 벽 밑에 사지를 뻗고 누운 채 잠이 들어 있는 부랑자였다. 이어 깨어진 램프가 보였고, 식탁 밑으로 검은 양말을 신은 빌브와 신부의 두 다리가 보였다. 아까 그 징소리는 신부가 뒤로 넘어지면서 징에 머리가 부딪쳐서 난 것임에 틀림없었다.

"아이구 하나님! 어떻게 된 일입니까!"

이렇게 중얼거리며 조심조심 발걸음을 옮겨 안으로 들어서려는데 그녀는 하마터면 넘어질 뻔하였다. 발 밑이 풀처럼 끈적거리기에 허리를 굽혀 자세히 보니 마룻바닥이 온통 붉게 물들어 있었고, 이것이 자신의 발 밑까지 퍼졌고 다시 문앞으로 흘러가는 것이 눈에 띄었다. 그것은 분명히 피였다.

하녀는 미칠 것만 같은 두려움에, 들고 있던 등불마저 내동댕이치고는 도망치듯 문 밖으로 뛰쳐나갔다. 그녀는 숲속 길을 달려 무작정 마을로 향했다. 이 나무 저 나무에 부딪치면서도 멀리 보이는 마을의 불빛에서 한순간도 눈을 떼지 않은 채 소리를 지르며 정신없이 달렸다.

그녀의 날카로운 음성이 부엉이 울음소리처럼 불길하게 어두운 밤하늘에 울려 퍼졌다. 그녀는 끊임없이 외쳤다.

"마우파탕…… 마우파탕…… 마우파탕!"

드디어 그녀가 마을 입구에 이르자 깜짝 놀란 마을 사람들이 여기저기서 뛰어나와 그녀를 둘러쌌다. 그러나 그녀는 묻는 말에 제대로 대답도 하지 못한 채 격렬하게 몸을 떨고만 있었다. 정신을 차릴 수 없었던 것이다.

하녀의 태도로 보아 신부의 별장에서 어떤 심상치 않은 일이 일어났음을 직감한 마을 사람들은 신부를 구하고자 저마다 무기를 들고 숲속의 별장으로 향했다.

올리브 나무 숲 한복판에 있는 이 장밋빛의 작은 별장은 어둠 속에 갇혀서 식별하기가 어려웠다. 유일하게 환한 빛을 내던 창가의 불빛마저 마치 눈을 감은 듯 꺼져 버린 후로는 이 별장 또한 그곳에 살고 있는 사람이 아니고는 찾아낼 수 없을 정도로 깊은 어둠에 잠겨 버렸다.

이윽고 몇 개의 등불이 나무 사이를 지나 땅 위를 기듯이 낮게 별장 가까이 다가갔다. 노란 등불이 올리브 나무를 비추자 뒤틀린 가지들이 마치 얼키설키 엉킨 지옥의 뱀처럼 보였다. 어둠 속에서 갑자기 희끄무레한 무엇인가가 등불 아래 드러났고, 이윽고 별장의 나직한 장밋빛 벽이 보이기 시작했다. 등불을 든 몇 사람의 농부가 앞장서서 길을 안내하고 있었고, 총으로 무장한 헌병 두 명과 산림간수, 읍장, 그리고 마르그리트 일행이 그 뒤를 따랐다. 정신을 잃은 마르그리트는 남자들의 부축을 받고 있었다.

열려진 문을 통해 풍겨나오는 왠지 소름이 끼치는 분위기로 인해 한순간 모두 그 안으로 들어가기를 주저하는 듯했으나, 헌병 하나가 커다란 등불을 집어들고 성큼성큼 안으로 들어가자 다른 사람들도 뒤따라 들어갔다.

하녀의 이야기는 거짓이 아니었다. 이미 엉겨붙기 시작한 피는 마치 양탄자처럼 바닥 위에 덮여 있었고, 부랑자가 누워 있는 곳까지 흘러가서는 그의 한쪽 손과 다리를 적시고 있었다.

아버지와 아들은 둘 다 잠이 들어 있었다. 한 사람은 목이 찔린 채 영원히 깰 수 없는 잠에 빠져 있었고, 또 한 사람은 술에 취해 잠들어 있었다. 헌병 두 사람은 젊은 부랑자에게로 다가가 그가 잠에서 깨어나기도 전에 수갑을 채워 버렸다. 눈을 비비면서 부시시 잠에서 깨어나긴 했지만 아직 술기운에서 완전히 깨어나지 못한 채 잠시 멍하니 앉아 있던 그는 신부의 시체를 보자 깜짝 놀랐다. 그도 어찌된 일인지 전혀 영문을 모르겠다는 눈치였다.

"저 녀석이 왜 도망치지 않았을까요?"

읍장의 물음에 헌병이 대답했다.

"워낙 만취된 상태였으니까요."

헌병의 의견에 이 방에 있던 사람들 모두가 동감했다.

빌브와 신부가 어쩌면 스스로 자신의 목을 찔렀을지도 모른다는 생각은 아무도 하지 못한 것이다.

첫 눈

　크르와제트의 긴 산책로는 푸른 물가에서 둥글게 휘어졌다. 그곳의 오른쪽에는 에스트렐 산이 먼 바닷속까지 이어졌다. 에스트렐의 뾰족한 많은 산봉우리들이 남부 지방의 아름다운 환경을 이루면서 수평선과 어우러져 시야를 가리고 있었다. 왼쪽에는 생트 마르그리트의 섬들과 생 오노라의 섬들이 물 속에 누워서 전나무들로 덮인 등을 드러내고 있었다. 그리고 넓은 만과 칸느 지방의 주위를 둘러싼 큰 산들의 곳곳에 자리잡은 흰 별장들은 마치 잠이 들어 있는 듯하였다. 멀리에서 보면 하얀 집들이 산꼭대기에서부터 산의 가장 낮은 곳까지 흩어져 있어서 검푸른 숲 속에 눈처럼 흰 점들이 무수히 뿌려져 있었다.
　바다에서 가까운 집들은 때때로 고요한 물결이 밀려오는 그 넓은 산책로를 향하여 문을 열어 놓았다. 화창하고 깨끗한 겨울 날씨였다. 정원의 담장 너머에는 온통 노란 열매를 가지에 매달고 있는 오렌지 나무와 시트론 나무들이 보였다. 부인들이 산책로를 한가롭게 거닐고 있고, 아이들은 굴렁쇠를 굴리며 뒤를 쫓아가거나 어른들과 이야기를 하면서 가고 있었다.
　젊은 여인 한 사람이 아담한 집에서 나왔다. 그 집 문은 크르와제트 강을 향하고 있었는데 여인은 잠시 집 앞에 서서 산책하는 사람들을 바라보다가 미소를 지었다. 그러더니 힘없이 바다에 면한 빈 의자가 있는 쪽으로 걸어갔다. 스무 걸음 정도밖에 안 걸었는데도 벌써 숨이 가빠져서 의자에 걸터앉는다. 창백한 여인의 얼굴은 마치 이세상 사람이 아닌 것 같았다. 그녀가 기침을 한다. 그리고 그때마다 그녀의 앙상한 손가락을 입으로 가져갔는데 그것은 마치 기침으로 인한 고통을 줄이려는 행동으로 보였다.

그녀는 태양과 하늘을 나는 제비와 에스트렐 산의 뾰족한 봉우리들을 바라본다. 그리곤 다시 눈길을 돌려 푸르고 고요한 아름다운 바다를 바라본다.

그녀는 조용히 미소를 얼굴에 띄우며 중얼거린다.

"아, 난 정말 행복해!"

그러나 그녀는 자신의 생명이 얼마 남지 않았다는 것을 알고 있다. 그녀는 다가오는 봄을 맞이하지 못할 것이다. 그리고 일 년이 지난 뒤에도 지금 자신의 앞을 지나갔던 사람들은 여전히 평화롭고 따스한 공기를 들이마시며 이 산책로를 지나갈 것이다. 그때의 저 아이들은 좀더 키가 자랐을 것이며, 그들의 가슴속에는 항상 희망과 애정과 행복이 가득할 것이다. 그러나 그때 자신은 관 속에 누워 살이 썩어 문드러지고, 다만 몇 개의 뼈만이 비단 수의옷 속에 누워 있을 것이다.

그녀는 이제 곧 존재하지 않을 것이다. 그러나 이 세상은 다른 사람들을 위하여 계속 존재할 것이다. 그녀에게만 마지막일 것이다. 영영 끝이 될 것이다.

그녀는 다시 미소를 지으며 병든 폐로 향기로운 정원의 대기를 힘껏 들이마신다. 그리고 생각한다.

그녀는 지난 일을 돌이켜본다. 그녀는 4년 전에 노르망디의 한 남자와 결혼했다. 그는 쾌활하고 낙천적인 성격으로 수염을 길렀고 혈색이 좋으며 어깨가 넓은 건강한 남자였다.

그 결혼은 재산 때문에 이루어진 것이었다. 그녀는 할 수만 있었다면 그 결혼을 거절했어야 했다. 그러나 그녀는 부모님에게 거역하지 못하고 고개를 끄덕여 승낙했었다. 그녀는 파리 태생으로 명랑한 성격을 가진 행복한 여자였다.

그녀의 남편은 그녀를 노르망디에 있는 자신의 저택으로 데리고 갔다. 그 저택은 아주 오랜 노목들로 둘러싸인 커다란 석조 건물이었다. 높이 솟은 숲이 시야를 가렸다. 오른쪽으로는 작은 길이 하나 있었으며, 그 길로 헐벗은 채 멀리 농가까지 뻗어 있는 벌판이 보였다. 작은 길 하나가 울타리 앞을 지나 3킬로미터나 떨어진 한길에까지 다다랐다.

아아! 지난 일이 모두 그녀의 머릿속에 떠오른다. 그 집에서의 첫날과 그 이후의 격리된 외로운 생활들이.

그녀는 마차에서 내리면서 오래된 건물을 쳐다보았다. 그리고 웃으면서 이렇게 말했다.

"당신은 따분한 분이시군요!"

그러자 남편은 웃으면서 대답하였다.

"천만에! 절대 그렇지 않습니다. 곧 알게 되겠지만 난 절대로 따분한 사람은 아니에요."

그날 두 사람은 서로의 품안에서 하루를 보냈다. 그녀는 그 하루가 그다지 길다고 생각하지 않았다. 다음날도 두 사람은 서로의 품안에서 지냈다. 그리고 한 주일 동안은 서로 사랑을 나누며 보냈다.

그리고 그 이후 그녀는 집 안 단장으로 바빴다. 그 일은 한 달 동안이나 계속되었다. 무의미하면서도 흥미있는 일에 정신을 빼앗기며 하루하루가 지나갔다. 그러는 동안 그녀는 일상 생활의 사소한 일들의 가치를 알게 되었다. 그녀는 계절에 따라 오르락 내리락하는 계란 값에도 관심을 갖게 되었다.

여름이 되자 그녀는 밭에 나가서 곡식을 수확하는 것을 보았다. 태양은 그녀의 기분을 더욱 즐겁게 하였다.

가을이 왔다. 그녀의 남편은 아침이면 메도르와 미르자라는 두 마리의 개를 데리고 사냥을 다녔다. 그러면 그녀는 집에 홀로 남게 되었지만 남편 앙리가 곁에 없다는 것을 결코 슬프게는 여기지 않았다. 그녀는 남편을 대단히 사랑했지만 그렇다고 그녀에게 있어서 남편이 절대적인 존재는 아니었다.

남편이 사냥에서 돌아오면 그녀는 개들에게 온갖 애정을 쏟았다. 그녀는 저녁마다 마치 어머니처럼 두 마리의 개를 돌보면서 끝없는 사랑으로 포옹을 해주었으며, 남편에게는 엄두조차 나지 않던 귀엽고 사랑스러운 이름들로 개들을 불러 주곤 하였다.

남편은 그녀에게 사냥갔던 이야기를 들려 주었다. 그는 자고새를 만난 자리를 가르쳐 주었고, 조제프 르당투네 클로버 밭에 토끼가 한 마리도 없어서 이상했다고 이야기하였다. 또 르 아브르의 르 샤플리에의 사냥 예법에 분격하기도 하였다. 그 작자는 끊임없이 자신의 토지의 경계를 따라가며 그녀의 남편이 잡은 짐승들을 잡곤 한다는 것이다.

그녀는 딴생각을 하면서 대답하였다.

"그건 정말 좋지 못한 행동이군요."

겨울이 왔다. 노르망디의 겨울은 춥고 비가 많이 내렸다. 지겹도록 계속되는 비가 지붕 슬레이트 위로 쏟아졌으며, 도로와 벌판은 진흙탕을 이루었다. 그리고 귀에는 온통 떨어지는 물소리만이 들릴 뿐이고, 눈에는 빙빙 원을 그리며 날아다니는 까마귀 떼의 움직임 외에는 아무것도 보이지 않았다. 까마귀 떼는 마치 구름처럼 퍼져서 밭으로 내려앉았다가는 다시 올라가곤 하였다.

네시쯤 되면 그 검은 무리는 저택 왼쪽의 큰 너도밤나무 가지에 앉아서는 요란스러운 소리를 지른다. 그 무리들은 거의 한 시간 동안이나 이쪽 끝에서 저쪽 끝까지 날아다니다가 마치 서로 싸우기라도 하는 것처럼 까악까악 소리를 질러대면서 회색 나뭇가지들 속에서 날갯짓을 해댔다.

그녀는 저녁이 되면 항상 그 까마귀들을 바라본다. 그러면 어느새 밤의 적막함이 땅 위에 내려앉고 그것은 그녀의 가슴에까지 잦아들어 그녀는 가슴이 죄어드는 것 같은 아픔을 느낀다.

그녀는 마침내 남포등을 가져오라고 종을 울렸다. 그리고 난로 옆으로 가까이 가서 습기가 스며든 넓은 방들을 따뜻하게 덥히기 위해 장작을 난로 속에 집어넣었다.

그녀는 하루 종일 추위에 떨곤 했다. 거실에서도, 식당에서도, 자신의 방에서도, 어디에서나 추웠다. 냉기가 뼛속까지 스며드는 것 같았다. 남편은 저녁식사 시간이 되어야만 돌아왔다. 왜냐하면 그는 쉴새없이 사냥을 다니거나 그렇지 않으면 씨뿌리기나 밭갈이 등의 농사일로 바빴기 때문이었다.

남편은 온통 흙투성이가 되어서 흡족한 얼굴로 들어와서는 두 손을 비비면서 이렇게 말하였다.

"무슨 날씨가 이렇게 심술궂을까!" 또는,

"불이 있으니까 따뜻해서 참 좋군!"

또 가끔은 이렇게 묻기도 했다.

"오늘은 어때? 기분은 괜찮소?"

남편은 행복해했다. 그는 욕심이 없고 단순했으며, 건강하고 평화로운 사람이었다.

12월이 오고 눈이 내리자 얼음처럼 차가운 저택의 공기 때문에 그녀는 무척 고통스러웠다. 지난 몇 세기에 걸쳐 일부러 얼려 놓은 것처럼 저택은 꽁꽁 얼어붙어 있었다. 너무나 고통스러운 나머지 어느 날 저녁 그녀는 남편에게 부탁했다.

"앙리, 아무래도 집에 난로를 설치해야겠어요. 그래서 벽을 말려야겠어요."

남편은 저택에 난로를 설치한다는 것은 터무니없는 낭비라고 생각하였다. 차라리 개들의 식사를 값비싼 접시에 차려 주는 편이 훨씬 더 자연스럽다고 생각하였다. 그는 크게 소리내어 웃으며 말했다.

"여기에다가 난로를 설치한다고! 여기다가 난로를! 아! 아! 아주 웃기는 일이로군!"

그녀는 계속 고집부리듯 말했다.

"몸이 꽁꽁 얼어 붙는 것만 같아요, 여보. 당신은 항상 움직이고 있어서 잘 느끼지 못하는 것 같은데 전 정말이지 몸이 자꾸만 얼어 붙는 것 같다구요."

그는 여전히 웃으면서 대답하였다.

"곧 익숙해질 거야. 모두들 잘 견디잖아. 이게 건강에도 더 좋다구. 당신도 점점 더 건강해질 거야. 우리는 불 속에서 사는 파리 사람들이 아니니까. 그리고 이제 곧 봄이 올 거란 말이오!"

　1월 초순경에 커다란 불행이 그녀를 찾아왔다. 그녀의 아버지와 어머니가 마차 사고로 세상을 떠났던 것이다. 그녀는 장례를 치르기 위해 파리로 왔다. 그리고 슬픔 속에서 여섯 달 동안을 보냈다.

　봄의 따스하고 아름다운 기운이 그녀를 소생시켜 주었지만 그녀는 무기력 속에서 가을까지 지냈다.

　추위가 다시 닥치자 그녀는 다시금 암담한 현실과 대하게 되었다. 어떻게 해야 하나? 아무런 방법도 없다. 앞으로 어떤 일이 일어나려나? 어떤 기대, 어떤 희망이 그녀의 마음을 소생시켜 줄까? 아무 기대도 아무 희망도 그녀에게는 없었다. 의사는 그녀가 아이를 못 낳을 것이라고 단언하였다.

　추위는 지난해보다도 더욱 사나웠고 그녀를 더욱 고통스럽게 하였다. 그녀는 떨리는 두 손을 불길 위에 내밀었다. 흔들거리는 불길이 그녀의 얼굴에 와 닿아 그녀의 얼굴은 붉어졌다. 그래도 얼어붙은 공기가 그녀의 등 속으로 스며들어 그녀의 살결과 옷 사이로 파고들었다. 그리하여 그녀는 머리에서 발끝까지 심하게 떨었다. 마치 적처럼 흉악하고 차가운 기운이 저택 전체에 퍼져 있는 듯했다. 차가운 공기는 끊임없이 그녀를 휘어감았다. 어떤 때는 얼굴을, 어떤 때는 두 손을, 또 어떤 때는 목 위를 쉬지 않고 휘감고 지나갔다.

　그녀는 남편에게 다시 한번 난로에 대해 이야기해 보았다. 그러나 남편은 그 이야기를 마치 철없는 아이가 터무니없는 요구를 하며 떼쓰는 것처럼 들었다. 난로를 설치한다는 것은 파르빌에게는 불가능한 일로 여겨졌던 것이다.

　어느 날 남편은 루앙에 갔다오는 길에 그녀에게 구리로 만든 조그만 난로 하나를 사다 주면서 '들고 다닐 수 있는 난로'라고 했다. 남편은 아내가 이것을 가지고 있으면 추위를 느끼지 않으리라고 생각하였다.

　12월 말쯤 되자 그녀는 영원히 이렇게 살 수는 없다고 생각했다. 그래서 어느 날 저녁식사를 하면서 조심스럽게 남편에게 말했다.

"여보…… 저…… 봄이 올 때까지 한 두 주일 동안만 우리 파리에 가서 지내지 않겠어요?"

남편은 어이가 없는 듯 말했다.

"파리? 파리에서 살자고? 그건 말도 되지 않아! 여기에 이렇게 훌륭한 우리 집이 있는데 말이야. 당신은 가끔 참 이상한 생각을 하는구려!"

그녀는 풀이 죽은 목소리로 말하였다.

"그러면 기분 전환이 될 것 같아서요."

남편은 그녀를 이해할 수 없었다.

"당신에게 기분 전환을 위해서 필요한 게 무엇이오? 극장·파티·만찬회 따위가 당신에게 절실한 건가? 당신이 여기로 왔을 때에는 그런 종류의 기분 전환을 기대해선 안 된다는 것을 알았을 게 아니오!"

그녀는 그 말 속에서 남편이 자신을 비난한다는 것을 느꼈다. 그녀는 입을 다물고 말았다. 그녀는 너무나 여리고 온순하여 남에게 화를 내거나 고집을 부리지 못하는 여자였다.

1월이 되자 추위는 다시 그 사나운 기세를 떨쳤고 눈이 대지를 덮었다.

어느 날 저녁이었다. 나무들 주위를 빙빙 돌고 있는 큰 먹구름 같은 까마귀 떼를 바라보던 그녀는 자기도 모르게 터져나오는 울음을 그만 참지 못하였다.

그때 남편이 돌아와서 깜짝 놀라서는 물었다.

"왜 그러오?"

남편은 그 우울한 고장에서 태어났으며 거기서 자라난 사람이었다. 그는 한 번도 다른 고장을 꿈꾸어 본 적이 없었다. 그는 그 고장이 좋았고 자신의 집이 편했다. 육체적으로, 정신적으로 남편은 그곳에서 가장 행복을 느꼈다. 그는 사람들이 여러 가지 변화가 일어나기를 바라며 즐거움을 갈망하는 것을 이해하지 못했다. 사계절을 한곳에서 머물러 산다는 것이 어떤 사람들에게는 무척 지루하다는 사실을 이해하지 못했다. 많은 사람들에게 있어서 봄·여름·가을·겨울이 새로운 고장에서 각각 전혀 다른 즐거움을 마련해 줄 수 있다는 사실을 남편은 몰랐다.

그녀는 아무런 대답도 할 수 없었다. 그녀는 얼른 눈물을 닦았다. 그리고 어쩔 줄을 몰라 이렇게 중얼거렸다.
"전…… 전…… 좀 우울해요. 아마 권태기가 시작됐나 봐요."
이렇게 말하고 그녀는 스스로 어떤 공포에 사로잡혀 크게 놀랐다. 그래서 그녀는 얼른 이렇게 덧붙였다.
"그리고…… 전…… 너무 추워요."
남편은 그 말을 듣자 짜증스런 얼굴로 말했다.
"아아! 알겠어요…… 당신은 여전히 그 난로 생각을 하고 있구먼. 그러나 당신은 여기 온 뒤로 감기 한번 걸린 적이 없었어."
밤이 되자 그녀는 자신의 방으로 올라갔다. 그녀가 이번에는 강력하게 주장해서 자신의 방을 마련했던 것이다. 그녀는 이불을 덮고 침대에 누웠다. 그러나 여전히 추웠다. 그녀는 생각했다.
'언제나 이럴 거야, 죽는 날까지.'
그리고 그녀는 남편을 생각했다. 어떻게 그런 말을 할 수 있을까.
'당신은 여기 온 뒤로 감기 한번 걸린 적이 없었어.'
그녀가 고통스러워하고 있다는 것을 남편이 알게 하려면 병이 나지 않으면 안 되는 것이다. 기침을 해야 한다. 그녀는 기침을 해야만 했다. 그러면 남편은 자신을 가엾게 여길 것이다. 그렇지! 기침을 하자. 내 기침 소리를 남편의 귀에 들려 주자. 그러면 남편은 아마 의사를 부르겠지. 그러면 남편은 자신을 동정할 것이다. 아픈 모습을 기필코 보여 주자!
그런 생각들이 떠오르자 그녀는 맨발로 일어났다. 그리고 웃음을 지었다.
'난 난로가 갖고 싶어. 꼭 갖고 말 거야. 내가 기침을 심하게 하면 그이는 난로를 놓지 않을 수 없을 거야.'
그녀는 거의 벌거벗은 몸으로 의자 위에 앉았다. 그리고 거의 두 시간 동안이나 꼼짝도 하지 않고 그대로 있었다. 그녀는 온몸을 덜덜 떨었다. 그러나 아직 감기는 걸리지 않았다. 마침내 그녀는 방법을 바꾸기로 마음먹었다.
그녀는 조용히 자신의 방에서 빠져나와 계단을 내려가서 정원으로 나가는 문을 열었다. 대지는 흰 눈을 덮고 죽은 듯 조용하였다. 그녀는 맨발을 차디찬 눈 속에 집어넣었다. 차가움은 마치 살을 칼로 도려내는 듯한 느낌을 심장에까지 전해 주었다.

그녀는 발걸음을 앞으로 내디뎠다. 그녀는 잔디밭을 건너 자꾸만 앞으로 발을 내디디면서 중얼거렸다.

"저 전나무 숲까지만 가야지."

그녀는 숨을 헉헉대며 종종거리며 걸었다. 맨발을 눈 속에 집어넣을 때마다 숨이 탁 막히곤 하였다.

마침내 그녀는 전나무 숲에 도착했고 마치 계획한 일을 끝까지 해냈다는 것을 스스로에게 확인시키기라도 하듯 첫 번째 나무를 손으로 만졌다. 그리고 그녀는 돌아섰다. 돌아오는 길에 어지럽고 감각이 마비되어 두세 번이나 쓰러질 뻔하였다. 그런데도 그녀는 집 안으로 들어가기 전에 눈을 양손에 한 움큼씩 집어서 가슴에 대고 문지르기까지 하였다.

그녀는 자신의 방으로 돌아와 자리에 누웠다. 한 시간쯤 지나자 목구멍 속에서 개미가 기어 다니는 것 같았다. 여러 마리의 개미들이 떼를 지어 온통 기어다니고 있었다. 그러는 사이 그녀는 잠이 들었다.

다음날 그녀는 기침을 하기 시작했고 자리에서 일어나지를 못했다.

그녀는 폐렴을 앓게 된 것이다. 그녀는 헛소리를 하였다. 그 헛소리 속에는 온통 난로에 관한 얘기뿐이었다. 의사는 난로를 놓아야 한다고 남편에게 강력히 충고했다. 앙리는 마침내 고집을 버리고 그녀의 요구를 들어 주었다. 그러나 화를 내면서 마지못해 들어 주었다.

그녀의 병은 낫지 않았다. 깊이 병든 그녀의 폐는 생명을 위협하였다.

"만일 이곳에서 계속 남아 계신다면 부인은 겨울까지도 못 사실 겁니다." 하고 의사가 말하였다.

하는 수 없이 남편은 그녀를 남부 지방으로 보내 주었다. 그녀는 이곳 칸느에 와서 태양을 마음껏 누리고 바다를 사랑하고 오렌지 숲의 향기를 가슴 깊이 들이마셨다. 그리고 봄이 되어 그녀는 다시 북쪽으로 돌아갔다. 그러나 그녀는 병이 나을까 봐 두려워하면서 노르망디의 그 긴 겨울을 두려움 속에서 지냈다. 그래서 병이 좀 나아지는 것 같으면 얼른 밤중에 창문을 열어 젖히곤 하였다. 그리고 저 지중해 연변의 따뜻하고 평화로운 바닷가를 생각하였다.

이제 그녀의 생명은 얼마 남지 않았다. 그것을 그녀도 알고 있다. 그러나 그녀는 행복하였다.

그녀는 이제까지 별로 보지도 않았던 신문 하나를 펴 들었다. '파리의 첫눈'이라는 글자가 크게 눈에 띄었다. 그녀는 몸을 떨면서 미소를 지었다. 그녀는 저무는 햇빛을 받아 장밋빛으로 물든 에스트렐 산을 바라본다. 그리고 너무나도 넓고 푸른 하늘, 또 드넓은 푸른 바다를 바라보다가 천천히 일어선다.

그녀는 천천히 집을 향해 간다. 조금 걷다가는 멈추어 서서 기침을 한다. 너무 오랫동안 바깥에 있었기 때문에 추웠던 것이다.

그녀는 남편에게서 온 편지를 발견했다. 그녀는 여전히 얼굴에 미소를 띤 채 편지를 펼쳐서 읽는다.

　　사랑하는 당신에게
　　당신의 병이 하루 빨리 낫기를 바라오. 그리고 이 아름다운 고장을 보지 못하는 것을 너무 섭섭히 여기지 말기를 바라오. 지난 며칠 동안 이곳은 눈이 오려는지 아침마다 서리가 내렸소. 나는 이런 날씨를 무척 좋아하오. 아마 당신도 잘 알겠지만 나는 당신의 그 빌어먹을 난로에는 불을 피우지 않고 있다오…….

그녀는 더 이상 읽지 않았다. 자신의 난로가 있다는 생각에 그녀는 너무나 행복했던 것이다.

편지를 쥐고 있던 그녀의 오른손이 서서히, 힘없이 무릎 위로 내려온다. 한편 왼손은 그녀의 가슴을 찢어 놓는 듯한 그 끈질긴 기침을 진정시키기 위해서 입에 갖다 대었다.

쓸모없는 아름다움

1

 6월도 다 지난 어느 날 저녁 무렵, 훌륭한 검정 말 두 필이 이끄는 사륜마차 한 대가 저택 계단 앞에 서 있었다. 앞뜰을 빙 두르고 있는 지붕 사이로 보이는 저녁 하늘은 왠지 사람의 마음을 들뜨게 하는 부드러운 온기로 가득 차 있었다.
 마스카레 백작 부인이 외출을 하기 위해 돌층계를 걸어나오고 있을 때, 마침 저택 정문에 도착한 백작은 발길을 멈추고서 한동안 아내를 바라보았다. 아내는 무척이나 아름다운 여자였다. 균형 잡힌 늘씬한 몸매하며, 달걀처럼 갸름한 얼굴에 또렷한 이목구비, 금분을 바른 듯한 상앗빛 살결, 커다란 회색 눈과 탐스러운 머릿결…… 그 모든 것에서 매력이 넘쳐 흘렀다.
 부인은 남편을 무시한 채 그대로 마차 안으로 들어가 버렸다. 으레 그래 왔다는 듯 그 태도에는 조금도 어색함이 없었다. 또다시 질투심을 느낀 백작이 마차 앞으로 다가서며 아내에게 물었다.
 "산책 나가는 길이오?"
 아내는 입가에 경멸의 빛을 띠며 짧게 대꾸할 뿐이었다.
 "보면 아시잖아요!"

"공원에 가오?"
"글쎄요."
"내가 함께 가도 괜찮겠소?"
"마음대로 하세요. 이 마차는 당신 것이니까요."
남편은 아내의 쌀쌀한 태도에도 별로 개의치 않고 마차에 올라 아내와 나란히 앉은 뒤, 마부에게 일렀다.
"공원으로!"
하인이 재빨리 마부 옆자리에 앉았고, 머리를 위아래로 끄덕이면서 걷던 두 필의 말은 거리로 나서자마자 달리기 시작했다.
비록 나란히 앉아 있긴 했지만 그들 두 내외는 입을 굳게 다물고 있었다. 남편은 어떻게든 말을 건넬 기회만을 엿보고 있었지만, 돌처럼 굳은 표정을 한순간도 누그러뜨리지 않는 아내를 보니 차마 말을 건넬 용기가 나지 않았다.
그는 마치 우연인 것처럼 장갑을 끼고 있는 아내의 손 위로 자신의 손을 슬그머니 미끄러뜨려 보았다. 아내는 가차없이 그의 손을 뿌리쳤는데, 그 동작이 어찌나 날쌔고 매서웠는지 평소 남들 앞에서 너그러움과 관용을 내세우던 그도 이번만은 도저히 태연한 척할 수 없었다. 그는 나직하게 아내의 이름을 불렀다.
"가브리엘!"
아내는 고개도 돌리지 않은 채 대답했다.
"왜 그러세요."
"당신은 참으로 아름다운 여자요."
그 말에도 아내는 여전히 여왕과 같은 거만한 표정으로 마차의 움직임에 몸을 맡길 뿐 아무 대꾸도 하지 않았다.
두 내외를 태운 마차는 샹젤리제 거리를 달리고 있는 중이었다. 태양은 지평선 위로 금빛 가루를 뿌리면서 이 거리 끄트머리에 서 있는 거대한 에트왈 개선문을 향해 천천히 몸을 낮추고 있었고, 개선문은 붉게 물든 하늘을 배경으로 커다란 아치를 그리고 있었다.

유리창 위로 석양빛을 받으면서 끊임없이 이어지던 마차의 행렬은 공원과 시내로 접어드는 두 갈래 길에서 나뉘어졌다.
마스카레 백작이 다시 입을 열었다.
"여보, 가브리엘!"
더 이상 참을 수 없었던 부인은 짜증난 목소리로 대답하였다.
"제발 저 좀 가만히 내버려 두세요. 이제는 마차 안에서조차 혼자 있을 자유가 없단 말인가요?"
그러나 백작은 마치 아무 소리도 듣지 못했다는 듯이 시치미를 떼고는 계속해서 말을 이었다.
"여보, 오늘처럼 당신이 아름다워 보인 적은 아마 없었을 거요!"
그러자 아내는 노기 등등한 목소리로 대답했다.
"당신의 그 말이 제 귀에는 하나도 기쁘게 들리지 않는군요. 분명히 말씀드리지만, 전 이제부터 두번 다시 당신의 것이 되진 않을 테니까요."
아내의 뜻밖의 말에 당황한 백작은 그 광포한 성미를 드러내며 거친 목소리로 소리쳤다.
"그게 무슨 말이오?"
아내는 남편의 마음속에 내재돼 있는, 마치 야수와도 같은 거친 일면을 느끼면서 나직한 목소리로 거듭 말해 주었다. 마차 바퀴 소리가 귀청이 떨어져라 요란하게 울렸기 때문에 하인의 귀에는 한 마디도 들리지 않았다.
"소원이시라면 얘기해 드릴까요?"
"해 보시오."
"모두 다 말씀드릴까요? 당신의 그 광포한 행동에 희생된 날부터 오늘에 이르기까지 내 가슴속에 담아 두었던 그 모든 것을요?"
백작의 얼굴은 놀라움과 분노로 인해 통나무처럼 굳어졌다. 그리고 이를 악물고는 낮은 목소리로 중얼거렸다.
"좋소, 얘기해 보시오!"
헌칠한 체격에 얼굴까지 잘생긴 그는, 사람들에게 완벽한 남편이자 훌륭한 아버지로 알려져 있으며 사교계에서도 제법 큰 비중을 차지하는 인물이었다.
 마차에 오른 뒤 처음으로 아내는 남편에게로 몸을 돌리더니 그의 얼굴을 똑바로 쳐다보면서 말했다.
 "당신에게는 별로 즐거운 얘기가 아닐 거예요. 그렇지만 무슨 일이 생기더라도 저는 이미 마음의 각오가 돼 있으니까 당신의 반응 따위는 무시하겠어요. 전 이제 아무것도 두렵지 않아요. 특히나 지금 이 순간 당신에게는 더욱 그러하군요."
 그러자 백작은 아내의 눈을 들여다보았다. 거친 분노가 그의 온몸을 휘어감았다.
 "아주 정신이 나갔군!"
 "천만에요. 다만 저는 모성이라는 이름으로 11년 동안이나 당신한테 매여 있었던 만큼, 앞으로 다시는 그런 진저리쳐지는 희생물이 되고 싶진 않을 뿐이에요! 이제는 저도 사교계의 여자로서 살고 싶어요. 저에게도 그럴 권리는 있으니까요. 아니, 어떤 여자에게나 그럴 권리는 있는 거라구요."
 다시금 얼굴이 창백해지면서 백작이 중얼거렸다.
 "무슨 말인지 도무지 알 수가 없군."
 "그럴 리가 없어요. 당신이 제일 잘 알고 있을 텐데요. 마지막 아이를 낳은 지 겨우 석 달밖에 지나지 않았는데도 제가 벌써 예전의 몸매를 되찾았고, 방금 집을 나설 때 보신 바와 같이 당신이 아무리 애를 써도 저의 아름다움을 망쳐놓을 수는 없으니까, 지금 또 저에게 임신을 강요해야 할 때가 되었다고 생각하시는 거죠?"
 "천만에! 그건 터무니없는 얘기야!"
 "아뇨, 겨우 서른 살밖에 안 됐지만 저는 이미 자식을 일곱이나 낳았어요. 우리가 결혼한 지는 11년이 되었구요. 그런데도 당신은 앞으로도 10년은 더 제가 아이를 낳길 바라고 있어요. 안 그런가요? 그래야 비로소 그 더러운 질투심이 당신의 마음속에서 사라질 테니까요."
 백작은 아내의 팔을 꽉 잡아당기며 말했다.
 "더 이상 그런 식으로 말하지 말아요."

"아뇨, 저는 끝까지 말해 버릴 거예요. 그 동안 당신에게 하고 싶었던 얘기를 모두 해버릴 때까지는 멈추지 않을 거라구요. 만일 당신이 제 얘길 가로막는다면 앞에 앉아 있는 두 하인의 귀에까지 들리도록 언성을 높일 테니 그런 줄 아세요. 이 얘기를 하려고 저는 처음부터 당신을 이 마차 안에 오르도록 했던 거예요. 보시다시피 여기서라면 당신이 아무리 싫더라도 제 얘기를 듣고 있을 수밖에 없고, 또 이렇게 두 증인까지 있으니까요. 이제부터 제가 하는 말을 똑똑히 잘 들어요. 오늘날까지 저는 당신을 한 번도 좋아한 적이 없어요. 그 마음은 언제나 제 태도에도 드러나 있었죠. 저는 언제나 솔직했으니까요. 저는 당신과 억지로 결혼했어요. 치사하게도 당신은 돈 때문에 곤란을 겪고 있던 저희 부모님을 이용해서 강제로 절 데려왔죠. 모든 것이 돈의 힘이었어요. 어머니와 아버지는 제 마음을 돌리기 위해 온갖 방법을 동원하셨고, 저는 결국 눈물을 삼키며 사랑하지도 않는 사람의 청혼을 받아들여야 했던 거예요. 그러니 당신은 돈으로 사랑을 얻은 셈이에요. 저는 당신의 협박에 의해 부부로 맺어졌다는 기억을 잊고서 다만 충실한 아내가 되어 당신을 사랑해야 한다는 사실을 마음속에 새기기 시작했어요. 그러자 제가 당신의 손아귀 안으로 들어왔음을 확신한 당신은 그때부터 제 위에 군림하고 저를 당신의 소유물처럼 여기면서 질투를 하기 시작하셨죠. 그렇게까지 질투가 심한 사나이가 이 세상에 또 있을까, 하고 놀랄 정도로 당신은 마치 스파이와도 같이 비열하게 행동했어요. 그로 인해 제 인격은 참혹하게 짓밟혔고, 저는 참을 수 없는 모욕감을 느껴야 했어요.
　　결혼한 지 여덟 달밖에 안 되었을 때 벌써 당신은 저에 대해 온갖 부정한 상상을 하면서 저를 의심하기 시작했지요. 또 그러한 생각을 저에게 직접 들려 주기까지 하셨죠. 이 얼마나 부끄러운 일입니까! 파리의 살롱들과 신문에서 앞다투어 저에게 파리에서 가장 아름다운 여자라는 찬사를 보내고, 저에게로 향하는 남자들의 시선을 막을 길이 없자, 당신은 별의별 궁리를 다하셨죠. 결국에는 제가 쉴새없이 뱃속에 아기를 가지고 있도록 강제 임신이라는 비열한 생각을 해내기에 이르렀고, 마침내 이 세상의 모든 남자들이 저를 거들떠보지 않게 만들어 놓으셨잖아요. 아닌가요? 부인해도 소용없어요! 당신의 누이동생에게까지 그런 얘길 자랑삼아 하셨다죠? 그분이 저에게 얘기해 주더군요. 물론 저도 짐작은 하고 있었어요. 그분은 저의 처지를 동정하면서 당신의 그 야비한 짓에 대해서 적잖이 분개하고 있었어요.

아아! 우리들의 그 싸움을 당신도 기억하고 있겠지요? 그 부서진 문짝과 망가진 열쇠! 지난 11년 동안 당신이 제게 강요한 생활을 생각해 보세요. 제 생활은 마치 종마소에 갇힌 씨말과 다름이 없었다구요! 게다가 당신은 제 몸이 점점 무거워짐과 동시에 저를 거들떠보지도 않으셨죠. 그렇게 만들어 놓은 장본인이 바로 자신이었으면서 말예요. 임신한 몇 달 동안은 당신을 볼 수도 없었죠. 저를 시골 별장으로 보내 버렸으니까요. 저의 존재는 그저 목장에 갇혀서 풀이나 뜯다가 새끼를 낳는 동물과 다를 게 없었죠.

그러나 저의 몸매가 여전히 건강한 매력을 유지한 채, 이번만은 온 세상의 찬미를 받으며 사교계에 나서 보리라는 희망을 품고 돌아오면 당신은 다시금 질투에 사로잡히곤 했어요. 그 수치스럽고 끈질긴 욕망으로 다시금 저를 쫓아다니기 시작하셨지만 그것은 사랑하는 사람을 독점하고자 하는 욕망이 아니었어요. 사랑의 욕망이었다면 저도 절대로 거절하지는 않았을 테죠. 그것은 다만 제 몸매를 망가뜨리고자 하는 아주 더러운 욕망에 불과했지요.

그것은 참으로 소름끼치고 이해하기 힘든 일이었어요. 그래서 그 정체를 알아내기에 오랜 세월이 걸렸지만 결국은 저도 당신의 심중을 꿰뚫어볼 수 있을 만큼 영리해졌죠. 그리고 당신이 아이들을 귀여워하는 이유도 그 애들이 제 뱃속에 있는 동안만큼은 당신이 마음을 놓을 수 있었기 때문이란 사실도 알아차렸답니다. 당신이 저에게 가졌던 질투심이 고스란히 그 아이들에 대한 애정으로 변한 셈이지요. 요컨대 제가 임신을 해야만 마음을 놓을 수 있다는 당신의 그 천박한 불안심리와 제 배가 점점 불러옴을 바라보는 기쁨이 온통 그 아이들에 대한 애정으로 전이되어 버린 거죠.

그리고 저는 당신이 이 사실에 대해 대단히 만족해하고 있다는 사실을 당신의 눈빛을 통해서 느낄 수 있었답니다. 결국 당신은 자신의 핏줄로서가 아니라 승리의 결과물로서 자식들을 사랑했던 거예요. 저의 젊음과, 아름다움과, 매력에 대한 승리이자 저에게 찬사를 퍼붓던 사람들에 대한 승리였죠. 당신은 그것을 매우 자랑스러워하지만 그건 자식들을 내세워 시위를 하는 것과 마찬가지로 비열한 짓이에요. 당신이 아이들과 함께 극장에 가거나, 마차를 타고 불로뉴 공원으로 산책을 나가거나, 아이들을 노새에 태워가지고 거리를 거닐게 하는 것 모두가 세상 사람들에게 자랑하고, 그들에게서 '참 좋은 아버지야!' 하는 말을 듣기 위해서라는 걸 내가 모를 줄 알았나요? 그 얘기가 세상에 널리 퍼지기를 바라는 마음을요……"

그 말을 듣자 그는 거칠게 쥐고 있던 아내의 손목을 한층 더 힘을 주어 쥐었고, 아내의 말은 짧은 비명과 함께 끊어졌다.

그러자 남편이 나직한 목소리로 말했다.

"나는 나의 아이들을 사랑하오. 알겠소? 당신이 지금 나에게 들려준 얘기로 인해 당신은 어머니로서 부끄러움을 느껴야 할 것이오. 그리고 똑똑히 알아두시오. 당신은 어디까지나 내게 속한 사람이고, 나는 당신의 주인이란 것을! 나는 내가 원하는 일을 언제 어디서라도 당신에게 요구할 권리가 있는 사람이란 말이오. 나의 그 권리는 법이라는 이름으로 보장받고 있거든. 다시 말해 나에게는 나를 변호해 줄 법이 있단 말이오!"

그는 아내의 손목을 쥐고 있던 자신의 손아귀에 다시 한번 힘을 주었다. 아픔으로 인해 하얗게 질린 그녀는 남편의 억센 손아귀에서 손을 뽑아내려고 애를 썼으나 소용이 없었다. 어찌나 아픈지 두 눈에 눈물이 고였다.

남자가 말했다.

"이제는 내가 주인임을 잘 알았겠지. 그것도 힘이 센 주인이란 말이야!"

남편이 손아귀의 힘을 약간 누그러뜨리자 아내가 입을 열었다.

"제가 신앙심이 깊은 여자라는 사실은 당신도 익히 알고 있겠죠?"

그녀의 말에 남편이 약간 어리둥절해하며 대답했다.

"알고 있지."

"지금도 제가 신앙심이 깊은 여자라고 생각하시나요?"

"물론이지."

"하나님을 모셔둔 제단 앞에서 맹세할 때, 제 입에서 거짓말이 나올 수 있으리라 생각하시나요?"

"천만에!"

"그럼 저와 같이 교회에 가 주시겠어요?"

"그건 또 왜지?"

"가 보시면 알게 될 거예요. 가시겠어요?"

"꼭 그래야 한다면 가지."

백작 부인은 큰 소리로 마부를 불렀다.

"필리프!"

마부는 말에서 눈을 떼지 않은 채 부인의 말에 귀를 기울였다.

"드 룰 교회로 가 주게."

볼로뉴 공원 문턱에까지 와 있던 그 마차는 방향을 돌려 파리 시내로 향하였다. 두 내외는 교회에 도착하기까지 한 마디의 말도 주고받지 않았다. 교회 앞에서 마차가 멈추자 마스카레 백작 부인이 먼저 교회 안으로 들어갔고, 백작은 몇 발짝 떨어져서 뒤따라 들어갔다.

부인은 한 번도 걸음을 멈추지 않고 단숨에 제단 앞까지 걸어가더니 의자에 약간 몸을 의지하여 무릎을 꿇고는 두 손으로 얼굴을 가린 채 기도를 올리기 시작했다. 아내가 기도하는 모습을 뒤에서 지켜보고 있던 남편은 이윽고 아내가 울고 있음을 알아차렸다. 그녀는 소리 죽여 울고 있었는데, 마치 파도와 같은 전율이 몸 전체를 휩쓸고 지나간 뒤의 흐느낌처럼 가슴을 도려내는 듯한 커다란 슬픔이 전해지는 울음이었다.

조용히 이를 지켜보던 마스카레 백작은 너무 긴 시간이 지났다고 생각했는지 아내의 어깨에 손을 올렸다.

이 손길이 아내의 의식을 흔들어 깨웠다. 벌떡 일어선 그녀는 남편의 눈을 한동안 뚫어지게 들여다보더니 입을 열었다.

"저는 이제 아무것도 무섭지가 않아요. 그러니 당신 마음대로 하세요. 저를 죽이고 싶다면 죽여도 괜찮아요. 고백하건대 당신의 자식들 가운데 한 아이는 당신의 아이가 아니에요. 지금 제 얘기를 듣고 계시는 하나님 앞에서 맹세할 수 있어요. 오로지 그것만이 제가 당신에게 할 수 있는 유일한 복수였어요. 그 소름 끼치는 남성에 대한 복수! 그리고 당신의 강압에 의한 그 징역살이와 같은 임신과 해산에 대한 복수였죠. 제 정부가 누구냐구요? 영원히 알지 못할 거예요. 당신은 아마 온 세상 남자들을 다 의심해 볼 테지만, 절대로 찾아내진 못할 거예요. 오로지 당신을 배반하려는 목적에서 저는 사랑도, 기쁨도 없이 그 남자에게 몸을 맡겨 버렸답니다. 그랬더니 그 남자 역시 저를 어머니로 만들어 버리더군요. 그 아이가 누구냐구요? 당신은 영원히 알아내지 못할 거예요. 일곱 명의 아이들 가운데에서 어디 한번 찾아보세요. 당신이 만일 강요하지 않았다면 이 말은 얼마 뒤에 가서 할 생각이었어요. 훨씬 뒤에 가서요. 남자를 배반하더라도 그 일을 남자가 알기 전에는 복수가 될 수 없을 테니까요. 하지만 아까 당신이 제게 건넨 말로 인해 저는 어쩔 수 없이 이렇게 고백할 수밖에 없었습니다. 이제 제 얘기는 끝났어요."

이야기를 마친 백작 부인은 도살용 망치 같은 남편의 주먹이 자신의 머리 위로 떨어져 자신이 돌길 위에 쓰러지는 광경을 상상하며, 도망치듯이 빠른 걸음으로 성당을 빠져 나왔다.

그러나 마차가 서 있는 곳에 도착할 때까지 어떤 일도 일어나지 않았고, 그녀는 무사히 마차에 오를 수 있었다. 하지만 어찌나 무서웠는지 부인은 의자에 앉자마자 다급한 목소리로 마부에게 소리쳤다.

"집으로 가!"

두 필의 말이 쏜살같이 달리기 시작했다.

2

집으로 돌아온 마스카레 백작 부인은 자신의 방 안에 틀어박힌 채, 마치 사형수가 마지막 순간을 기다리는 심정으로 저녁식사 시간이 되기를 기다렸다. 남편은 과연 어떤 태도를 취할까? 돌아오기는 돌아온 것일까? 성을 잘 내는 독재자이자 무슨 짓이라도 할 수 있는 그 사나이는 지금쯤 무엇을 생각하고, 무엇을 결심하고 있는 것일까? 그때까지도 집안은 잠잠했다. 부인은 벽에 걸린 시계에서 한순간도 눈을 떼지 않고 있었다. 몸종이 들어와서 저녁 화장 시중을 들어 주고 나갔다. 그때 시계는 여덟시를 가리키고 있었다.

그때 누군가 그녀의 방문을 두드렸다.
"들어오세요."
집사가 문을 열고 들어왔다.
"마님, 저녁식사 준비가 다 되었습니다."
"백작은 돌아오셨나요?"
"예 마님, 나으리께서는 지금 식당에 계십니다."

그녀는 순간 얼마 전에 사 두었던 조그만 권총을 몸에 지니고 갈까 생각해 보았다. 지금 자신에게 닥친 이 비극적인 상황을 고려해서 만일의 경우에 대비하고자 하는 생각에서였다. 그러나 그 자리에는 아이들도 함께 앉아 있을 거라는 데 생각이 미치자 강심 향로병 하나만을 지니기로 했다.

아내가 식당 안으로 들어서자 남편은 자리에서 일어나서 아내를 맞았다. 두 사람이 살짝 고개를 숙여 가벼운 인사를 나눈 뒤 자리에 앉자, 뒤이어 아이들이 각자 자신의 자리에 앉았다. 사내아이 셋은 아베 마랑 선생과 함께 어머니의 오른쪽에 앉았고, 여자아이 셋은 영국인 가정교사인 스미스 양과 함께 왼쪽에 앉았다. 낳은 지 석 달이 지난 갓난애는 유모에게 안긴 채 식탁에서 조금 떨어진 곳에 자리하고 있었다.

세 명의 여자아이들은 하나같이 모두 금발머리에 예쁘고 귀여운 얼굴들이었다. 특히나 하얗고 조그만 레이스 장식이 달린 파란색 드레스를 입은 열 살배기 맏딸의 모습은 아름다운 인형과도 같았다. 작은 아이는 아직 세 살도 채 안 된 아이였다. 세 아이들을 본 사람들은 장차 어머니처럼 빼어난 미인들이 될 것이라고 모두들 입을 모았다.

사내아이 셋 가운데에서 맨 위의 아이는 이제 겨우 아홉 살임에도 불구하고 매우 의젓했으며, 사람들은 이들 모두 훤칠하고 건장한 사내로 성장할 것임을 믿어 의심치 않았다. 이처럼 마스카레 백작의 모든 자식들은 의심할 바 없이 굳세고 활기찬 한 계통의 피를 이어받았음이 틀림없어 보였다.

마스카레 백작 집에서는 오늘처럼 외부 손님을 초청하지 않을 때는 언제나 신부와 가정교사를 비롯해 온 가족이 모여 앉아서 신부의 기도와 함께 식사를 하곤 했다.

백작 부인은 미처 예상치 못했던 감동으로 말미암아 가슴이 죄어드는 듯하여, 두 눈을 내리깐 채 조용히 앉아 있었다. 한편 백작은 몹시 불안한 눈길로 식탁에 둘러앉아 있는 자신의 아이들을 번갈아가며 살펴보았는데, 한 아이의 얼굴에서 다른 아이의 얼굴로 자꾸만 빠르게 옮겨가며 안절부절못하는 그의 태도에서, 현재 그가 겪고 있는 번민과 혼란스러움을 역력히 느낄 수 있었다.

그때 갑자기 백작이 앞에 놓여 있던 유리잔을 살짝 건드리는 바람에 잔이 깨져 버렸고, 식탁보 위로 포도주가 번졌다. 이 조그만 소리에 그녀는 자지러지게 놀라 의자에서 벌떡 일어섰다. 처음으로 부부의 눈이 마주쳤다. 이것을 계기로 그 다음부터 두 내외는 자신들도 모르게 몇 초씩 사이를 두고 빈번히 총알과도 같은 눈빛을 주고받게 되었고, 그 네 개의 눈동자가 마주칠 때마다 두 사람의 가슴속에서는 감당하기 어려울 만큼 극심한 경련이 일어났다.

그 원인이 무엇인지는 모르겠지만 현재 식당 안에 팽팽한 긴장이 떠돌고 있음을 느낀 신부는 매듭의 실마리를 풀어보려고 여러 가지로 말을 건네보았다. 하지만 어떤 이야기로도 이 냉랭한 분위기가 쉽게 누그러질 것 같지 않다는 생각이 들자 곧 입을 다물고 말았다.

백작 부인은 여성 특유의 센스를 발휘해 신부의 말에 두세 마디 응답을 해보려 했지만, 머릿속이 엉망진창이었기 때문에 적당한 대답을 한 마디도 찾을 수가 없었다. 그뿐만 아니라 은그릇과 수저들이 조그맣게 달그락거리는 소리만이 전부일 뿐인 이 커다란 식당 안의 고요 속에서는 자신의 입을 통해 나오는 말소리조차 무섭게 들리는 것이었다.

갑자기 남편이 몸을 수그리면서 아내에게 물었다.

"가족이 모두 모여 있는 이 자리에서, 아까 내게 고백한 그 얘기가 진실임을 다시 한번 맹세할 수 있겠소?"

혈관 속에서 부글부글 끓고 있던 증오가 돌연히 그녀를 잡아 흔들었고, 그녀는 이 문제에 분명하게 쐐기를 박을 결심으로 아까 성당에서의 그 기세대로 두 손을 들어 올렸다. 오른손은 남자 아이들의 이마를 향하고, 왼손은 여자 아이들의 이마를 향하고 있었다. 그녀의 이와 같은 태도에는 결연한 마음이 엿보였으며, 목소리 또한 아주 단호했다.

"아이들의 이름에 대고 맹세하죠. 아까 말씀드린 얘기는 진실입니다."

남편은 자리에서 일어서더니 화가 난 몸짓으로 냅킨을 테이블 위에 던지고 의자를 벽에 밀어 던지더니 홱 돌아서서 한 마디 말도 없이 방을 나가 버렸다.

부인은 크게 한번 숨을 내쉬고는 아이들을 향해 조용히 말했다. 그 어조 속에는 난생 처음으로 승리를 맛본 사람의 희열이 숨어 있었다.

"너희들은 몰라도 되는 일이란다. 그러니 염려하지 않아도 돼. 아빠는 조금 전에 대단히 고통스러운 일을 겪으셨기 때문에 아직도 몹시 마음이 아프시거든. 그렇지만 시간이 지나면 괜찮아지실 거야."

백작 부인은 신부와, 가정교사인 스미스 양과 아이들 모두에게 사랑이 가득 담긴 말을 건넴으로써 식사시간 내내 굳어 있던 그들의 마음을 풀어 주었다. 그녀는 이미 자애로운 어머니의 모습으로 돌아와 있었다.

식사가 끝나자 그녀는 아이들을 데리고 응접실로 들어갔다. 그녀는 아이들과 정겹게 앉아 옛날 이야기를 들려 주었다. 그리고 취침 시간이 되자 아이들 모두에게 긴 입맞춤을 해 주고 각자 방으로 돌려보낸 다음 그녀는 홀로 자신의 방으로 갔다.

오늘 밤에는 틀림없이 남편이 이 방에 들어올 것이기에 그녀는 단단히 마음의 준비를 하고서 방 문이 열리기를 기다리고 있었다. 그녀는 아까 아이들 앞에서 어머니로서의 명예를 지켰듯이 이번에는 여자로서, 혹은 인간으로서의 자신을 지키리라는 결심을 다시 한번 새기며, 며칠 전에 사 두었던 조그만 권총에 총알을 장전한 뒤 주머니 속에 넣었다.

시간은 계속 흘러갔고, 종소리도 여러 번 울렸다. 거리를 지나가는 마차 바퀴 소리만이 창문 틈새로 새어 들어올 뿐, 이 큰 집안은 마치 무덤속처럼 조용했다.

그래도 그녀는 기다리고 있었다. 초조한 가운데서도 끈기 있게 기다렸다. 통쾌한 승리감에 취해서 이제는 남편 따위는 조금도 무섭지 않을 뿐더러 어떠한 일이 일어나도 상관없다는 생각까지 들었다. 바로 자신이 남편의 어깨 위에다 하루 스물네 시간, 아니 죽는 날까지 평생 겪어야 할 고통을 올려 놓았던 것이다.

새벽을 알려주는 여명의 빛이 커튼 틈새로 흘러 들어왔으나, 그때까지 백작은 그녀의 방에 오지 않았다. 그제서야 그녀도 남편이 들어오지 않을 것임을 알아차리고는 적이 놀랐다. 그녀는 방문을 잠그고, 얼마 전에 새로 달아놓은 빗장을 지르고는 침대에 가만히 누워서 여러 가지로 곰곰이 생각해 보았다. 그러나 참으로 알 수 없는 일이었으며, 남편이 앞으로 무슨 짓을 할지에 대해서도 전혀 짐작할 수 없었다.

그날 아침 차를 가지고 들어온 하녀가 남편의 편지 한 장을 전해 주었다. 조금 긴 여행을 떠난다는 사연이었는데, 끝으로 돈 쓸 일이 있으면 공증인에게서 받아 쓰라는 말을 추신으로 남겨 놓았다.

3

'로베르 르 디아블'이라는 오페라의 막간이었다. 무대 아래에 있던 남자들이 일어서더니 금과 보석들로 반짝거리는 조끼의 단추를 풀어 앞자락을 활짝 열어젖힌 채 여자들로 붐비는 특석을 바라보고 있었다. 다이아몬드와 진주 등 온갖 아름다운 보석들로 치장한 이 극장 안의 여인들은, 이 불빛 휘황한 온실 안에서 저마다 더욱 돋보이고 눈부시게 피어나도록 애쓰고 있는 꽃처럼 보였으며, 또한 여인들의 아름다운 얼굴과 빛나는 어깨는 오로지 보는 이의 눈을 즐겁게 해 주려는 한 가지 목적에서 한껏 자태를 뽐내고 있는 듯하였다.
　친구인 듯 보이는 두 사나이가 무대에서 등을 돌린 채, 이 커다란 극장을 반원형으로 둘러싸고 펼쳐져 있는 미인들과 보석과 사치와 허영의 전람회장을 바라보고 있었다.
　이윽고 로제 드 살랭이라는 이름의 사나이가 친구인 베르나르 그랑댕에게 말을 건넸다.
　"여보게, 저 마스카레 백작 부인을 좀 보게. 참으로 아름답지 않은가?"
　그랑댕은 정면에 위치한 특석에 앉아 있던 한 부인에게로 시선을 돌렸다. 아직도 대단히 젊어보이는 그 부인의 눈이 부실 듯한 아름다움은 이 넓은 극장 구석구석에 있는 시선을 모두 불러 모아들이는 듯싶었다. 그 은은한 상앗빛 살결이 꼭 조각을 보고 있는 듯한 느낌을 주었으며, 마치 어두운 밤과 같이 검은 머리에는 다이아몬드로 만든 초생달 모양의 가느다란 장식이 은하수처럼 빛을 내고 있었다.
　이윽고 그녀에게서 시선을 돌린 베르나르 그랑댕이 진정으로 자신있다는 듯 거침없는 어조로 이렇게 대답했다.
　"물론, 대단한 미인이지!"
　"그런데 도무지 나이를 가늠할 수 없군."
　"잠깐 기다리게. 정확한 나이를 알려줄 테니까. 난 저 여자와는 어렸을 때부터 아는 사이였거든. 그녀가 어린 소녀의 모습으로 사교계에 처음 나섰을 때 이미 눈여겨 봐 두었지. 지금 그러니까…… 서른…… 서른여섯일 걸세."
　"아니 이 사람아, 그럴 리가 있나?"
　"아냐, 확실해."
　"기껏 스물다섯쯤 됐을까?"
　"아이를 일곱이나 낳았다네."
　"정말인가? 도저히 믿기지 않는군."
　"그 일곱 명의 아이가 모두 잘 자라고 있지. 저 부인의 집에 가끔씩 드나

들어서 잘 알고 있는데, 그녀는 정말 상냥하고 침착하고 성실한 어머니라네. 그야말로 현모양처라고 말할 수 있지. 게다가 아주 화목한 가정을 이루고 있다네."

"그런데 이상한 일이지? 사교계에서는 저 부인에 대한 소문을 전혀 들을 수 없으니 말이야."

"전혀 없지."

"그러나 내가 알기로 그 남편에 대해서는 많은 소문들이 떠돌고 있다던데?"

"그렇다고도 할 수 있지. 아마도 저 부부 사이에도 어떤 갈등이 있었나봐. 그저 세상에 흔히 있는 그런 일 말일세. 사람들이 한동안 그 문제에 대해서 캐 보기도 하고, 저들 부부 사이를 의심도 해 보았지만 확실히 알 길은 없었다네. 그저 대충 짐작할 뿐이지."

"무슨 일인데?"

"낸들 알겠나. 마스카레란 사내가 지금은 방탕아가 되었지만 그전까지는 아주 완전무결한 남편이었단 말야. 하지만 성격상 의심과 짜증이 많았다네. 그런데 노름을 하기 시작하면서부터 조금씩 대범해지기 시작했지. 하지만 어딘가 모르게 근심과 슬픔을 간직한 사람같아 보이거든. 가슴을 파고드는 어떤 아픔이 있는지 몹시 괴로워하는 얼굴이야. 하여간 저 마스카레 백작도 많이 늙었군."

그러고 나서 두 친구는 얼마 동안 제삼자로서는 도저히 알 수 없는 두 부부의 비밀스런 고민에 대해서 이야기를 주고받았다. 이를테면 부부의 성격 차이나 성적인 불화 등, 처음에는 남의 눈에 뜨일 정도는 아니었지만 결국 부부관계를 좀먹는 그러한 고민에 대한 이야기를 하였다.

마스카레 백작 부인에게서 여전히 시선을 떼지 못하고 있던 로제 드 살랭이 드디어 다시 입을 열었다.

"저토록 아름다운 여자가 아이를 일곱이나 낳았다니 도저히 믿을 수 없는걸!"

"사실이라니까. 그녀는 무려 11년 동안이나 아이만을 낳았다네. 그러더니 서른이라는 늦은 나이에 사교계로 나서자마자 비로소 그녀에게 빛나는 시절이 찾아온 것이란 말일세. 늦게 시작한 만큼 이 새로운 생활을 쉽게 끝낼 것 같지 않아 보이는군."

"가엾은 여자로군!"

"무엇 때문에 가엾다는 말인가?"

"무엇 때문이냐구? 아아, 이 사람아, 생각 좀 해 봐. 저토록 아름다운 여자가 11년 동안이나 뱃속에 아이를 배고 있었다니, 그녀에게는 그 얼마나 지옥 같은 생활이었겠나! 저 젊음, 저 아름다움, 저 빛나는 성공, 저 시(詩)적인 인생에 대한 이상, 이 모든 것이 인류 생식(生殖)의 법칙을 위해 희생되었지 않은가! 건강한 여자로 하여금 사람을 낳는 단순한 기계로 만들어 버리는 그 끔찍한 생식의 법칙에 말일세!"

"그것이 곧 자연의 섭리 아닌가!"

"그럴 수도 있지. 하지만 나는 자연이 바로 인류의 적이라는 생각이 드네. 우리는 언제나 우리를 끊임없이 동물의 상태로 끌어내리려고 하는 그 자연을 상대로 싸워야 하거든. 자네는 이 지상에서 깨끗한 것, 어여쁜 것, 품위 있는 것, 정신적인 것 중에서 하나님이 세상에 내려주신 것이 있다고 생각하나? 그것들은 모두 우리 인간의 두뇌와 손으로 이룬 것들일세. 생식 행위를 아름답게 노래하고, 다양하게 해석하고, 시로 찬미하고, 예술로 형상화하고, 학문적으로 설명하면서(학자들은 항상 잘못을 범하면서도 세상 모든 것들을 대상으로 다양하고도 재미있는 학설들을 만들어 낸다), 그 생식 행위에 약간의 정취와, 아름다움과, 불가해한 매력과, 신비를 불어넣는 주체가 바로 사람이란 말일세.

신이 만든 것이라고는 오직 병균이 우글거리는 추한 인간일 뿐이지. 살아 있는 동안은 마치 동물들처럼 자손을 번창시키는 일에 몰두하다가 결국엔 비참하기 짝이 없는 모습으로 늙어서 죽는 것이 인생이라니, 이 얼마나 추하고 무기력한가. 신께서 인간을 만든 목적이 오로지 그 더러운 생식을 시킨 뒤 죽어 없어지도록 하는 것이라면, 우리의 삶은 저 여름날 저녁 하늘에 떠도는 하루살이와 다를 바 없지. 방금 '더러운 생식'이라는 표현을 썼네만 나는 그 말을 고집할 수밖에 없네. 사실 생식이라는 행위보다 더 추하고 어리석고 불쾌한 일이 또 어디 있겠나? 그렇기에 섬세한 감정을 가진 사람들은 그 행위를 증오하고 있으며, 앞으로도 그러할 걸세.

순박하고 심술궂은 조물주께서 발명하신 신체기관이 모두 생식과 죽음에 관련되어 있고, 조물주께서 만일 생식을 신성한 사명이라고 생각했다면 그 신성한 사명을 맡기는 데 왜 좀더 깨끗하고 쓰임새 있는 기관을 택하지 않았을까? 나는 인간의 신체기관 중에서 생식기관을 제외한 나머지 모두 인간의 정신을 높여주는 사명을 아주 충실하게 이행하고 있다고 생각하네.

우선 우리의 입을 보게나. 입은 영양을 받아들여 육신을 키우는 동시에 언어와 사색을 퍼뜨리는 기관이지. 이 입을 통해 육신은 기력을 회복하며, 인간의 관념은 전달된다네. 코는 신선한 공기를 폐로 보내주는 동시에 이 세상의 냄새를 모두 인간의 뇌 속으로 보내주는 기관이기도 하지. 이 세상의 온갖 냄새를 말일세. 또 귀는 같은 동족들과 교감을 나눌 수 있도록 도와 주기도 하지만, 그 귀로 인해 인간은 음악이라는 것을 발명하지 않았나. 그리하여 꿈과 행복과 영원한 아름다움과, 육체적인 쾌락까지도 음률로 바꾸어 놓았단 말일세.

그러나 타산과 장난을 일삼는 조물주께서는 남녀관계에 있어서만은 고상하고 아름답게 이상화하기를 금한 모양일세. 그래서 사람들은 연애라는 것을 발견했지. 엉큼한 신에 대한 일종의 항의라고도 볼 수 있는데, 나는 그것이 그리 나쁘게 생각되지는 않네. 이 연애는 시라는 것으로 훌륭히 장식되어 있기 때문에 여자는 어떠한 접촉이 강요되더라도 그것이 강요라는 사실을 깨닫지 못하는 것일세. 또한 연애에 도취해서 자아를 잊어버릴 능력이 없는 사내들은 방탕이라는 것을 발명해서는 여자와의 접촉을 한결 세련된 형태로 만들어 놓기도 했다네. 이것 역시 신을 비웃는 하나의 방법이자 아름다움에 대해서 경의를 표하는 방법이 될 수도 있지. 약간은 불순하지만 말일세.

대개의 보통 사람들은 자연의 법칙에 따라 맹목적으로 합쳐지는 짐승과 마찬가지 방법으로 이 세상에다 자손을 퍼뜨릴 뿐이라네.

"그러나 저 부인을 보게! 오로지 아름다움만을 위해서, 온갖 찬사와 귀여움과 사랑을 받기 위해서 태어난 저 보석, 저 진주가 11년이라는 긴 세월을 다만 마스카레 백작에게 후손을 남겨주기 위해서 허송해 버렸다는 사실을 생각하면 나는 견딜 수 없이 화가 치민다네."

베르나르 그랑댕이 웃으면서 말하였다.

"자네의 이야기를 제대로 알아듣고 이해할 사람은 얼마 되지 않겠지만, 자네의 그 이야기 가운데는 많은 진리가 숨어 있는 것 같군."

친구의 말에 더욱 신이 난 살랭이 이렇게 말을 이었다.

"자네는 내가 신이라는 존재에 대해 어떻게 생각하고 있는지 알고 있나? 우리 인간의 지혜로서는 도저히 정체를 알 수 없는 엄청난 기관을 창조한 존재이자 마치 한 마리의 물고기가 바닷속에 무수한 알을 뿌리듯 이 우주에다 수십 억이나 되는 세계를 뿌려 놓은 존재라고 나는 생각하고 있네. 하지만 이와 같은 신의 위대한 창조는 단지 충실한 직무 이행에 따른 결과물일 뿐 신은 자신이 무엇을 만드는지도 모른 채 무조건 만들기만 했지. 어리석게 보일 정도로 많은 것들을 창조했지만 결국 자신이 뿌려놓은 씨에서 무수히 생산되는 종족들의 결합에까지는 생각이 미치지 못했단 말일세.

인간이 지니고 있는 사고능력, 즉 지성은 번식을 거듭하는 과정 가운데 생성된 것으로, 운이 좋았다고도 할 수 있지. 하지만 그것은 국부적이고 일시적이며 전혀 예상치 못한 우연한 결합에 의해 만들어진 것이므로 이 땅덩어리와 함께 없어져야 할 성질의 것일세. 그것은 또한 이 땅덩어리 위에서나 혹은 다른 곳에서 여러 가지 다양한 모습으로 영원히 끝없이 반복되어야 할 운명에 처해 있다고도 할 수 있지. 그 지성이라는 것 때문에 우리는 종종 불쾌하다는 감정을 느껴야 한다네. 마찬가지로 이 세상은 우리를 위하여 생겨나지 않았지. 사색하는 존재를 받아들여 살아가게 해 주고 만족을 줄 수 있도록 준비된 세계가 아니란 말일세. 또한 우리가 이 지성의 덕택으로 참으로 세련되고 문명화된 사람이 된다 해도, 그 순간부터 우리는 이른바 하나님의 섭리라고 불리는 것과의 싸움을 끊임없이 계속해 나가야만 한다네."

살랭이라는 친구가 기이하면서도 엉뚱한 공상을 즐긴다는 사실을 예전부터 익히 잘 알고 있던 그랑댕은 친구의 이야기를 주의깊게 듣고 나더니 이렇게 물었다.

"그럼 자네는 인간의 사고능력을 신의 맹목적인 창조 중에서 그저 자연발생적인 우연의 산물로 생각하고 있나?"

"물론이지. 우리 뇌신경 중추에서 우연히 생기게 된 기능이라네. 마치 여러 가지 새로운 요소가 혼합되는 과정에서 생각지도 않은 화학작용이 일어나는 이치나, 혹은 물체들끼리 우연한 마찰로 인해 전기가 발생하는 이치와 마찬가지지. 요컨대 그것은 살아 있는 생명체들의 다채로운 생리 작용에서 빚어지는 모든 현상과 다를 바가 없다는 얘길세.

우리 주위를 둘러봐도 뚜렷한 증거는 얼마든지 있거든. 만일 인간이 지닌 사고(思考)가 조물주께서 처음부터 의식하고 창조해낸 것이어서 처음부터 이와 같은 모양을 갖추고 있었다면, 동물과는 다른 인류가 살고 있는 이 지구가 오늘날 마치 짐승의 우리와도 같이 불편하고 불쾌한 곳이 되었을 까닭이 없지 않은가! 우리가 동굴 속이나 나무 그늘에서 살고 있는, 형제와 다름없는 동물을 죽여서 그들의 살을 먹고, 태양과 비의 덕택으로 자란 채소를 먹고 살도록 한 것이 바로 조물주의 뜻이란 말인가? 그렇다면 이 얼마나 지각 없는 일인가!

어디 한번 잘 들여다보게. 신께서 선물로 주신 이 자연의 모습을 말일세. 우리 인간들을 위해서 대체 무엇이 마련되어 있는가? 아무것도 없네. 아무리 둘러봐도 모두 동물들을 위한 것들뿐이지. 동굴, 나무와 나뭇잎, 샘, 그밖에 먹을 것, 마실 것 모두가 말일세. 그러니 나처럼 까다로운 인간이 어떻게 이 세상에 만족을 느낄 수 있겠나? 오직 야수의 본능을 지닌 인간들만이 만족을 느끼며 살 수 있을 뿐 그외의 사람들, 예컨대 시인들, 유달리 예민한 사람들, 몽상가들, 탐구가들, 불안을 느끼는 사람들은 어쩔 수 없이 이 세상에서 불행할 수밖에 없는 사람들이라네. 이처럼 이 세계가 인간들을 위해 만들어진 곳이 아님을 이해하려면 그저 약간의 생각만으로도 충분하네. 기적과도 같은 뇌세포의 작용으로 싹이 트고 발전된 이 사고라는 것도 사실은 무기력하고 매우 혼란스러운 것이라네. 우리와 같은 지식인들을 영원히 이 지상의 가련한 추방자로 만들어 버렸거든.

　나도 양배추와 홍당무를 먹고 있네만, 그건 다만 그렇게 길들여졌기 때문이라네. 그런데 이와 같은 채소들은 솔직히 말하면 토끼나 염소의 음식이 아닌가. 풀과 토끼풀이 말이나 소의 음식인 것과 마찬가지지. 또한 누렇게 익은 밀밭과 보리밭의 이삭을 바라보고 있자면 나는 그것이 참새나 종달새의 입으로 들어가기 위해 이 땅에 생겨난 것이지 결코 내 입을 위해서가 아니라는 생각이 들곤 한다네. 그러니 빵을 먹는 행위는 바로 새의 먹이를 훔치는 셈이 아닌가. 마찬가지로 할미새와 비둘기와 멧새는 원래 매의 밥이고, 양이나 사슴이나 소는 큰 맹수들의 양식일 뿐 처음부터 우리들을 위해서 식탁에 오르는 운명을 타고난 것은 아니라네.

　동물들은 아무 일 하지 않고도 이 세상에서 살아갈 수가 있네. 걱정이라는 것이 없는 그들은 그저 본능에 따라 풀을 뜯고 먹을 것을 찾아 배를 채우면 그만이거든. 신께서 동물을 만드실 때 미리 염두에 둔 것은 온순한 마음과 평화로운 습성이 아니라, 오직 서로 죽고 죽이고, 잡아먹고 잡아먹히기에만 급급한 치열한 생존경쟁과 먹이사슬뿐이었다는 생각이 든다네.

　그러나 인간으로 말하면, 신이 인간을 만들 때에는 아마도 노동, 노력, 인내, 발명, 사상, 직업, 재능, 천재 따위가 모두 필요했을 것이네. 나무뿌리와 돌멩이투성이의 이 땅을 꽤 살 만한 곳으로 만드느라고 말일세. 그러나 생각해 보게. 우리는 모든 일을 자연의 뜻과는 딴판으로 자연을 거스르는 극히 속된 방법으로 살아왔네. 어쩌면 그것은 문명이라는 이름으로 불리는 것일 테지.

　인간의 마음속에도 신의 뜻을 대표하는 동물의 본능이 엄연히 존재하는 이상 인간들이 점점 현명해지고 세련되어질수록 인간들은 마음속에서 그것들을 더욱 억제하고 길들인 뒤 그 위에다 문명을 세웠다네. 양말짝에서부터 시작해서 전화 시설에 이르기까지 참으로 복잡다단한 문명을 말일세. 자네가 날마다 목도하고 있듯이 그것들은 여러 가지 방법으로 우리를 섬기고 있지 않은가.

인간들은 자신들이 야수와 다름없는 생명이라는 사실에서 벗어나기 위해 모든 것을 발견하고, 만들어 놓았다네. 우선 주택에서 시작하여 맛있는 음식과 무수한 기계들…… 어디 그뿐인가. 과학과 예술, 문자와 시법 등을 발견했거든. 그 중에서도 특히 시, 음악, 그림 등 관념적인 것들은 모두가 인간의 머릿속에서 나온 것이라네. 또한 여인들의 화장이나 남자의 재능은 인생을 좀더 풍요롭게 꾸며 주는 장식적인 역할을 해 주고 있지. 비록 거룩한 신께서는 오직 번식이라는 목적만으로 인간에게 생명을 주셨지만, 인간들이 만든 이러한 것들로 인해 인간은 단순히 번식만을 아는 존재의 초라함과 비참함에서 벗어날 수 있었다네.

이 극장을 한번 둘러보게. 이 안에는 우리의 손으로 창조된 인간 세계가 있단 말일세. 이것은 신조차도 미리 내다보지 못했으며, 그로서도 알지 못하는 세계이지. 오직 인간의 정신으로밖에 이해할 수 없는 이 세계는 분명히 육감적이고, 지성적이며, 불만에 가득 차서 수시로 마음이 흔들리는 이 인간이라는 조그만 동물을 위하여 인간이 발명한 세계란 말일세.

저기 앉아 있는 마스카레 백작 부인을 좀 보게. 저 여인을 만드실 때 신께서는 분명히 동굴 속에서 벌거벗고 살거나, 혹은 짐승의 가죽이나 걸치고 살도록 만들었거든. 사실 저 여인에게는 그 편이 훨씬 나았을지도 모르겠네. 한데 자네는 야수와 다름없는 그녀의 남편이 저토록 아름다운 자신의 짝을 옆에 두고, 더욱이 과거 일곱 차례나 그녀를 어머니로 만들어 놓을 정도로 그녀에게 정열을 쏟아부었음에도 왜 지금에 와서 별안간 아내 대신 타락한 여자들의 뒤꽁무니를 쫓아다니는지 그 이유를 알겠나?"

그랑댕이 대답했다.

"여보게, 지금 자네의 질문 속에 이미 답이 들어 있지 않은가! 아마도 그 사나이는 그렇게 언제나 자신의 집에서만 잔다면 커다란 대가를 치러야 한다는 사실을 드디어 깨달은 것이 아닐까? 자네는 철학적인 견지에서 방금 얘기한 바와 같은 결론에 도달했지만, 그 사나이는 가정 경제라는 관심에서 자네와 같은 결론에 도달한 것뿐이라네."

새로운 막의 시작을 알리는 세 번의 징이 울리자, 두 친구는 무대 쪽으로 돌아서서 모자를 벗고 자리에 앉았다.

4

　오페라 공연이 끝난 뒤 집으로 돌아가는 마차 안에 나란히 앉은 백작 부부는 한동안 말이 없었다. 이윽고 남편이 다정한 목소리로 아내의 이름을 불렀다.
　"가브리엘!"
　"왜 그러세요?"
　"너무 길다고 생각되지 않소?"
　"무엇이 너무 길다는 말씀이세요?"
　"당신이 내게 6년째 지워 주고 있는 이 견딜 수 없는 고통 말이오."
　"그럼 저더러 어떻게 하란 말씀이세요? 저로서도 어쩔 도리가 없는 문제예요."
　"이제 그만 내게 말해 줄 때도 되지 않았소? 대체 어떤 아이요?"
　"말할 수 없어요!"
　"당신도 생각해 보구려. 난 이제 내 자식을 볼 때마다, 아니 그 애들이 내 옆에 있기만 해도 그 의혹 때문에 가슴이 찢어질 듯 아프다오. 어떤 아이인지 그것만 말해 줘요. 그러면 내 당신을 용서해 주리다. 그리고 그 아이도 다른 아이들과 마찬가지로 귀여워할 것이오. 맹세할 수 있소."
　"저한테는 그럴 권리가 없어요."
　"지금의 내 모습을 두 눈으로 똑똑히 보고도 어찌 그리 매정할 수 있단 말이오? 난 더 이상 이 생활을 감당해낼 자신이 없소. 내 가슴을 쥐어뜯는 듯한 그 의혹과 끊임없이 자문해 보는 그 의문으로 인해, 저 어린것들을 바라볼 때마다 가슴이 터져버릴 것만 같다오. 아! 더 이상은 견딜 수 없소. 미칠 것만 같단 말이오!"

"그토록 고통스러웠나요?"

"엄청난 고통이었지. 하지만 그보다 더 끔찍했던 것은 누군지 모를 그 한 아이로 인해 나는 다른 자식들까지도 사랑할 수 없게 되어 버렸다는 사실이오. 그런 고통에도 불구하고 내가 당신 곁에 있었던 이유는 오직 한 가지뿐이었지."

그러자 그녀는 아까의 물음을 되풀이했다.

"정말 그렇게 고통스러웠단 말이죠?"

"몰라서 묻는 거요? 옆에서 다 지켜 보았으면서 어떻게 모를 수가 있소? 참으로 견딜 수 없는 생활이었지. 하지만 나는 아이들을 사랑한다오. 그렇지 않았다면 무엇 때문에 내가 다시 돌아와 이 집에서 당신과 그 아이들 곁에 살고 있겠소? 아아! 당신은 내게 참으로 말할 수 없이 잔인한 고통을 안겨 주었소. 당신도 잘 알고 있듯이 난 진심으로 자식들을 사랑하오. 아마도 아이들과 당신의 눈에는 나라는 사람이 구시대적인 아버지이자 남편으로 비쳐졌을지도 모르겠소. 그래요, 나는 아직도 본능에 따라 움직이는 인간이라오. 그런데 그런 내 가슴속에 당신의 아름다움은 잔인하고도 안타까운 질투의 불길을 일으켰다오. 그것은 아마도 당신이 여느 여자들과는 다른 운명을 타고난, 독특한 부류의 여자라는 사실에서 비롯된 것일 테지. 아아! 그때 당신으로부터 그 얘기를 듣는 순간 나는 그 자리에서 당신을 죽여 버리고 싶었다오. 하지만 그렇게 하지 않은 이유는 당신이 죽어 버린다면 이 세상에서 우리, 아니 당신의 자식 중에서 누가 내 자식이 아닌지를 알 길이 없어지기 때문이었소. 나는 기다릴 수밖에 없었소. 그러면서도 당신이 상상할 수 없을 만큼 고통스런 나날을 보내야 했지. 첫째와 둘째 아이는 그렇지 않았지만, 그 아래 아이들을 대할 때면 그 애들의 이름을 부르며 끌어안을 용기가 감히 나지 않았소. 그 어린 것들을 무릎 위에 올려놓기만 해도 '혹시 이 아이가 아닐까?' 하는 의심이 내 가슴속을 파고들었기 때문이지. 지난 6년 동안 당신에게만은 정중하고 점잖게 행동해 왔을 뿐만 아니라 애정과 친절도 아끼지 않았다고 나는 자부하고 있소. 앞으로도 계속 그렇게 행동하겠다고 맹세하리다. 그러니 이제 그만 진실을 말해 주시오."

어두운 마차 안이라 그녀의 표정을 살필 수는 없었지만, 아내의 마음이 움직이기 시작했음을 느낀 남편은 마침내 아내로부터 대답을 들을 수 있으리라는 기대를 품고서 이렇게 말했다.

"제발 부탁이오! 내 이렇게 빌겠소."

그러자 부인이 나지막한 목소리로 말했다.

"아마도 전 당신이 생각하시는 것 이상으로 더 큰 죄를 지었는지도 모르겠군요. 그렇지만 저로서는 어쩔 수가 없었답니다. 언제나 뱃속에 갓난아이를 품고 있어야 하는 그 소름끼치는 생활을 저도 더 이상은 견딜 수가 없었거든요. 저에게 언제나 임신만을 강요하는 당신을 제 곁에서 멀리 하는 길은 오직 하나밖에는 없었어요. 그래서 저는 하나님 앞에서 거짓말을 했으며, 자식들의 머리 위에 손을 얹어 맹세를 하면서까지 거짓말을 해야 했습니다. 당신을 배반한 적은 한 번도 없었어요."

덥석 아내의 팔을 잡은 백작은 언젠가 함께 마차를 타고 공원으로 갔던 날처럼 아내의 팔을 세차게 흔들어대면서 이렇게 물었다.

"정말이오?"

"정말이에요."

그러자 백작의 가슴속에서 또다른 의혹이 고개를 들어 백작을 괴롭히기 시작했다.

"아아! 영원히 멈출 수 없는 새로운 의혹 속으로 빠져 들어가는군! 과연 무엇이 진실이란 말이오? 옛날에 한 얘기요, 방금 한 얘기요? 만약 예전의 얘기가 거짓이었다면 지금 한 얘기인들 어찌 진실이라 믿을 수 있겠소? 당신이라면 한번 거짓말을 한 사람의 말을 아무 의심 없이 믿을 수 있겠소? 지금이야말로 어떻게 받아들여야 할지 도무지 모르겠소. 앞으로도 영원히 그러하리다. 차라리 당신이 '자크예요'라거나 '잔느예요'라고 말해 주었다면 이토록 혼란스럽지는 않았을 거요."

마차는 어느새 저택 안뜰로 들어서고 있었다. 마차가 돌층계 앞에 멈추어 서자 백작이 먼저 마차에서 내린 다음 아내에게 팔을 내밀어 팔짱을 끼고는 함께 집 안으로 들어갔다. 2층 복도에 이르자 남편이 물었다.

"잠깐만 더 얘기를 나눌 수 없겠소?"

"그러죠."

두 사람은 아담한 응접실로 들어갔다. 하인 하나가 약간 놀라면서 초에 불을 붙였다. 잠시 후 그곳에 두 사람만 남게 되자 남편이 먼저 입을 열었다.

"어떻게 하면 진실을 알 수 있겠소? 얘기해 달라고 천 번이나 애원을 했어도 당신에게서 대답을 들을 수 없었소. 마치 감정이 없는 돌멩이와도 같이 당신은 끄떡도 안 했지. 그런데 지난 6년 동안 나로 하여금 그 엄청난 얘기를 믿게 해 놓고서는 오늘 별안간 입을 열어 하는 소리가, 그것이 거짓말이었다고? 사실은 오늘 한 얘기가 거짓말이지? 왜 그런 거짓말을 하는 거요. 당신 눈에 내가 그토록 가여워 보였소?"

부인은 성실하고도 확고한 어조로 대답했다.

"그때 제가 거짓말을 하지 않았다면, 지난 6년 동안 저는 적어도 아이 넷은 더 낳아야 했을 테니까요."

"어머니로서 어떻게 그런 말을 입에 담을 수가 있소!"

남편이 소리를 지르자 부인은 이렇게 말했다.

"나는 내가 낳지도 않은 아이의 어머니 노릇까지 할 생각은 조금도 없어요. 내가 낳고 길러서 지금 내 눈앞에 있는 아이들의 어머니가 되는 것만으로도, 또 그 아이들을 진정으로 사랑하는 것만으로도 충분하다고 생각해요. 저는 아니 우리들은 지금 문명화된 사회에 살고 있어요. 그렇지 않은가요, 백작님? 저는 이미 이 땅덩어리 위에 사람의 수효를 늘여놓는 일 외에는 하는 일이 없는 그런 단순한 암컷은 아니랍니다. 그런 거라면 앞으로도 거절하겠어요."

남편은 말을 마치고 일어서는 아내의 팔을 잡았다.

"한 마디만, 꼭 한 마디만 가브리엘, 내게 진실을 얘기해 주겠소?"

"방금 말씀드렸잖아요. 오늘날까지 저는 한 번도 당신을 배반한 적이 없어요."

남편은 아내의 얼굴을 유심히 들여다보았다. 참으로 아름다웠다. 엷은 회색빛을 띤 그녀의 눈동자는 마치 추운 겨울 하늘과도 같았으며, 다이아몬드를 무수히 박은 머리 장식은 어슴푸레한 어둠 속에서도 은하수처럼 빛을 발하였다. 그러자 백작의 가슴속에는 일종의 죄책감 같은 것이 찾아들었다. 자신과 마주하고 있는 이 여자는 겨우 자기 종족을 이어 나가기 위해서만 존재하는 것이 아니라, 여러 세기에 걸쳐 인간의 마음속에 쌓여 왔고, 하늘이 부여한 최초의 목적에서 탈피한 인간의 복잡한 욕망이 낳은 괴상하고 불가해한 산물임과 동시에 희미하게 보일 뿐 붙잡을 수 없는 아름다움이라는 이름의 신비를 향하여 걸음을 옮기고 있는 거룩한 존재임을 느낄 수 있었다. 이런 여인들은 오로지 우리의 꿈 속에서만 피어날 수 있는 꽃이었다. 육욕의 정열과 마찬가지로 비물질적인 욕망으로 빚어진 아름다운 조각과 같은 이 여인들은, 정신의 장식이라고 할 만한 시(詩)와 온갖 요염하고 심미적인 매력으로 장식된 꽃이었다.

아내를 바라보던 남편은 이제야 비로소 그와 같은 사실을 어렴풋이 알게 되었으며, 혼란스러운 와중에서도 지난날 자신이 느낀 질투의 원인을 깨달았다. 하지만 너무나 갑작스럽고도 순간적으로 찾아온 깨달음이라 그것을 받아들이기에 앞서 그의 머릿속은 잠시 공동(空洞) 상태에 머물러 있었다.

이윽고 그가 입을 열었다.

"내 당신의 말을 믿으리다. 이 순간 나는 당신의 말이 진실임을 확신하오. 사실 과거 당신의 그 얘기는 왠지 거짓인 듯 싶었다오."

아내가 손을 내밀면서 말했다.

"그럼 이젠 화해가 됐죠?"

남편이 그녀의 손에다 입을 맞추면서 대답했다.

"화해가 됐소. 고맙소, 가브리엘."

백작은 방을 나서기 전까지 한참 동안이나 아내를 바라보았다. 그는 아내가 아직도 이토록 아름답다는 사실에 놀라는 한편, 지금 자신의 마음속에 어떤 감동이, 어쩌면 그 옛날의 단순한 사랑보다도 더 커다란 감동이 새롭게 탄생하고 있음을 느낄 수 있었다.

테리에 집

1

 매일 밤 열한시경이 되면 카페에라도 가는 것처럼 슬쩍 그곳에 간다.
 거기서 만나는 것은 여섯 사람이나 여덟 사람, 언제나 같은 얼굴들이다. 그것도 무슨 도락자 따위가 아니라 읍내의 명사나 청년들이었다. 그러므로 그들은 샤르트르 주를 마시면서 여인들을 희롱하거나 늘 그들의 얼굴을 대하는 마담과 꽤 진지한 이야기를 하거나 한다. 그런 다음에는 집에 가서 자려고, 밤 열두시 전에는 자리에서 일어선다. 젊은 측들만은 그 뒤로도 자리를 지키고 있을 때도 있다.
 그곳은 황색 페인트 칠을 한 보잘것없는 집으로서 생생테에느 사원 뒷거리 모퉁이에 자리잡고 있었다. 창 밖으로는 한창 짐을 부리고 있는 배들로 가득 찬 선창이 보였다. '저수지'라 불리우는 큰 염전(鹽田)도 보이고, 건너편에는 성모마리아 언덕과 잿빛을 띤 낡은 교회도 보였다.
 마담이란 여인은 루르 지방의 꽤 이름있는 농가 출신이지만 마치 부인 모자 기술자나 디자이너라도 되는 기분으로 지금의 장사를 매우 수월하게 인수받았던 것이다. 매춘부라는 것을 천하고 수치스럽게 생각하는 도회지에서의 그렇게도 끈질긴 편견도 이 노르망디의 시골 구석에서는 존재하지 않았다. 농부들은 말한다. '아주 좋은 장사지'라고. 그래서 농부들은 자기 아들을 도회지로 내보내어 색시집을 경영시킨다. 마치 여학교 기숙사의 감독이라도 시키는 듯한 마음으로 말이다. 하긴 이 집은 전의 주인이었던 숙부로부터 유산으로 받은 것이었다.

무슈와 마담은 이제까지 이브토 근처에서 하숙집을 경영하고 있었지만, 어느 날 아침 페캉 장사 쪽이 유리할 듯하자, 재빨리 집을 청산하고 경영자가 없기 때문에 기울어지려는 사업을 다시 일으켜 보려고 달려왔던 것이다. 부부가 모두 좋은 사람들이었으므로 고용인이나 근처 사람들로부터 곧 호감을 사게 되었다. 무슈 쪽은 그로부터 2년 후에 뇌일혈로 쓰러져 그냥 숨을 거두고 말았다. 새로운 직업이 그에게 운동 부족과 게으른 습관을 길러 주어 어느새 몹시 뚱뚱해졌고 그 덕분에 세상을 떠나게 된 것이었다.

마담은 홀몸이 되자 자기 가게에 놀러 오는 모든 손님들과 친하게 지냈지만 소문은 절대 그 누구와도 놀아나지 않는다고 나 있었다. 한집에서 침식을 같이 하는 여인들까지도 무엇 하나 이상한 낌새를 맡을 수 없을 정도였다. 마담은 후리후리한 키에 살이 적당하게 찐, 매우 애교 있고 사교성 있는 여인이었다. 언제나 집안에 틀어박혀 햇볕을 거의 쬐지 않으므로 안색이 창백하긴 하지만, 마치 니스라도 칠한 듯이 매끈하게 빛나고 있었다. 가발을 사용하여 곱슬거리게 한 엷은 머리칼이 뺨으로 흘러내린 모습은 그녀의 성숙한 자태와는 어울리지 않게 마치 숫처녀 같은 인상을 주고 있었다. 언제나 변함없이 명랑하고 싹싹한 모습에 농담을 좋아하는 듯하면서도 어딘가 모르게 일종의 조심성 같은 것이 그녀에게는 갖추어져 있었다. 그것은 그녀의 새로운 장사로도 지워 버릴 수 없었다. 거친 언동이 지금도 조금 그녀의 마음을 상하게 하지 않을 수는 없었다. 가끔 못되게 자란 젊은이들이 자기가 경영하고 있는 집을 노골적인 이름으로 부르거나 하면 벌떡 일어나 화를 내는 그녀였다. 요컨대 그녀는 고상한 영혼의 소유자였던 것이다. 그래서 자기가 부리고 있는 여인들을 친구처럼 대하고도 있지만, 그녀는 입버릇처럼 말했다.

"저애들과 똑같이 생각한다면 곤란한데요."

가끔 주말에는 그녀가 부리고 있는 여인들을 데리고 마차를 전세내거나 해서 소풍 나가는 일도 있었다. 그리고는 베르몽 계곡을 흐르고 있는 개울가로 가서 잔디 위에서 즐거운 하루를 보내는 것이었다. 요컨대 그것은 기숙사를 빠져나온 여학생들의 소풍이었고, 기분 풀이였고 어린애들 같은 장난이었다. 간덩이가 부은, 조롱 속에 갇힌 새들의 환희였다. 잔디 위에 앉아 햄이나 소시지를 먹고 사과주를 마셨다. 그리고 해가 저물기 시작하면 집으로 돌아왔다. 몸은 기분 좋을 정도로 지치고 마음은 부드러운 감동으로 넘쳐 있다. 그래서 마차 안에서는 모두 서로 다투어 마담에게 키스하려고 한다. 그것은 그녀가 점잖고 친절하고 마음씨 고운 어머니 같은 느낌을 주기 때문이었다.

그 집에는 두 개의 입구가 있는데 거리 모퉁이 쪽은, 말하자면 애매하다고 할 수 있는 카페로서 밤에는 하층 계급 사람이나 뱃사람들을 상대로 술을 팔고 있었다. 그리고 이 집의 독특한 장사를 맡고 있는 여인들 중의 두 사람이 전속되어 그 카페 쪽의 손님을 맡고 있었다. 그 밖에는 프레데릭이라는 보이가 있었다. 황소처럼 고집이 세고, 수염도 나지 않은 갈색 피부의 몸집이 작은 사나이였지만, 그녀들은 이 보이의 손을 빌려 큰 포도주 조끼나 맥주병을 뒤뚱대는 대리석 테이블에 놓고는 손님 목에 양팔을 감고 그 무릎 위에 몸을 누인 채 연거푸 술을 권하는 것이었다. 다른 세 여인들은 (합해서 모두 다섯 사람밖에 없었다) 일종의 귀족 계급을 형성하고 있었다. 원래는 이층 손님에게 전속되어 있었다. 하지만 아래층 방에서 필요할 때나 이층에 손님이 없을 때에는 그렇지만도 않았다.

그 고장의 소위 양반들이 모이게 마련인 이 주피터 축제일 동안에는 이 집도 푸른 벽지로 단장을 하고, 레다가 백조를 안고 잠들어 있는 큰 그림을 걸었다. 이 방까지 오려면 둥근 계단을 올라오기만 하면 그만이었다. 즉, 이 계단은 한길에 면해 있어 보기에는 어설프고 보잘것없는 문으로 통해 있기 때문이다. 그리고 이 문 위의 격자문 뒤에는 작은 등불이 밤새도록 켜져 있었다. 지금도 어떤 거리에 가 보면 오목하게 들어간 벽면에 안치되어 있는 성모 마리아상 밑에 켜져 있는 바로 그런 등불인 것이다.

집은 낡고 습기 차고 어디에서나 곰팡이 냄새가 났다. 문득 복도에서 오드 콜로뉴 냄새가 나는 경우도 있었다. 그런가 하면 아래층 반쯤 열린 문으로부터는 마치 벼락이라도 떨어지는 것처럼 집안을 폭발시키는 듯한 외침 소리가 들려 온다. 그것은 아래층에서 마시고 있는 사나이들의 천한 목소리였지만, 이층의 소위 양반들의 신경을 건드리지 않을 수는 없었다. 마담은 이층 손님들과는 마치 친구 사이처럼 지내는 터였으므로 자리를 뜨려고도 하지 않고 그들이 알려 주는 거리의 소문을 흥겹게 듣고 있었다.

사실 그녀의 진지한 말은 세 여인들의 철없는 지껄임의 청량제와 같은 것이었고, 또한 이들 올챙이 배를 지닌 패들이 나누는 음담패설은 일종의 휴식과 같은 느낌을 주었다. 그것은 어차피 매일 밤마다 매음 상대에게 와서는 딱 한 잔의 리쾨르 잔을 마시는 구두쇠 노릇을 하면서도 우쭐대는 형편의 패거리들이니까 말이다.

이층의 세 여인이란, 페르낭드, 라파엘, 그리고 '왈가닥'이란 별명이 붙은 로자였다. 사람 수가 얼마 안 되었기 때문에 그녀들은 각각 여러 타입의 여자로 일종의 견본이며 요약인 것처럼 수련되어 있었다. 그렇기 때문에 어떤 손님이건 자기가 이상적으로 삼고 있는 여인을, 적어도 조금은 비슷한 여인을 그곳에서 발견할 수 있게끔 되어 있었다.

페르낭드는 '금발 미인'을 대표하고 있었다. 몸집이 매우 크고 약간 뚱뚱하고 피부가 흐늘흐늘한 시골 출신의 처녀로서, 얼굴의 주근깨는 아무리 손을 써도 지워지지 않았다. 빛깔이 엷어 오히려 아무 빛깔도 없는 듯한 머리칼은 끝이 갈라져 볼품없이 흐트러져 삼베실같이 제법 머리통을 덮고 있었다.

라파엘은 마르세유 출신, 이 항구 저 항구를 떠돌아다닌 여인으로서 '유태 미인'이라 불리우는, 없어서는 안 될 일역(一役)을 담당하고 있었다. 그녀는 깡마른 몸매에, 툭 불거진 광대뼈에는 연지를 바르고 쇠기름으로 윤을 낸 새까만 머리는 귀 밑에서 갈고리 모양을 이루고 있다. 눈은 틀림없이 미인이었으리라 생각하지만 안타깝게도 오른쪽 눈동자에 약간의 백태가 끼여 있었다. 활처럼 굽은 코는 모난 위턱에 매부리코로 늘어져 있고 그 위턱에

애써 새로 해 박은 두 개의 의치가 있지만, 아래턱에 박힌 낡고 거무튀튀한 이와 너무나 뚜렷한 대조를 이루고 있음은 어쩔 수 없는 일이었다.

왈가닥 로자는 둥글둥글하게 살이 쪄서 몸 전체가 배만으로 된 듯한 여인으로 거기에 난쟁이처럼 짧은 다리가 붙어 있는 셈이다. 아침부터 밤까지 쉰 목소리로 색정적인 노래를 하거나 감상적인 노래를 부른다. 그러다가는 정신없이 이야기를 지껄이거나 한다. 그녀가 지껄이는 것을 그치는 것은 음식을 먹기 위해서이며, 음식 먹는 것을 그치는 것은 지껄이기 위해서인 것이다. 뚱뚱한 몸집에 다리는 짧으면서도 마치 다람쥐처럼 재빠르게 뛰어다닌다. 거기에 웃음 소리는 마치 금속성의 폭포 소리 같은데, 쉴새없이 폭발한다. 방안에서나 지붕 밑 방에서나 카페 안에서나 때와 장소를 가리지 않고 우습지도 않은 일로 폭발한다.

아래층에 있는 두 여인은 '능구렁이'란 별명을 지닌 루이즈와, 약간 발을 절기 때문에 '그네'라는 별명으로 불리우는 플로라이다. 루이즈는 자유의 여신처럼 언제나 삼색 띠를 두르고 있고, 플로라는 스페인 여인처럼 머리에 동전으로 꾸민 장식을 달고 있는 것까지는 좋지만, 절룩거리면서 걸을 때마다 빨간 머리 속에서 동전이 짤랑짤랑 소리내며 춤추는 꼴이 가관이다. 아무리 보아도 두 여인은 모두 축제일에 모처럼 모양을 낸 부엌데기상이다. 어딜 가나 흔히 볼 수 있는 듯한 천박한 여인이다. 그 이상으로 밉지도 않을 뿐만 아니라, 그 이상으로 예쁘지도 않아 어디로 보나 객주집 하녀이다. 그래서 선창가에서는 그녀들을 두 대의 '펌프'라고 부른다나.

여하튼 서로 질투는 하고 있지만 결코 폭발한 적이 없는 평화가 이 다섯 명의 여인 사이에 깔려 있었다. 그것도 그럴 것이 마담의 현명한 회유책과 언제나 변함없는 명랑성 덕분인 것이다.

이런 종류의 집은 이 작은 마을에는 단 한 채밖에 없었으므로 언제 보아도 흥청대고 있었다. 마담은 이 집에 잘 어울리도록 장식하는 일에도 마음을 쓰고 있었고, 누구에게나 호감이 가게 친절히 대했다. 그녀가 인정이 많다는 것이 주위에 잘 알려졌으므로 사람들은 일종의 존경심을 가지고 그녀를 대할 정도였다. 단골 손님들은 그녀 때문에 돈을 썼고 그녀가 특별한 우정이라도 나타내 보이면 아주 우쭐해져서는 좋아하였다. 그러므로 낮에 그들이 사업상 만나야 할 일이라도 생기면, 으레 서로 '그럼, 오늘 저녁 거기서'라고 말하는 것이었다. 그것은 '그럼 저녁을 먹고 카페에서 다시 만납시다' 하는 말과 같은 것이었다.

요컨대 테리에 집은 이 고장의 대기실 같은 곳이었다. 그러므로 매일 있는 회합에 어느 한 사람도 빠지는 일이 거의 없었다.

그런데 오월도 끝나는 어느 날 저녁, 옛 읍장이며 목재상을 경영하는 푸랑 씨가 맨 처음으로 찾아왔으나 문이 닫혀 있는 것을 발견했다. 창문 앞에 늘 있던 등불도 보이지 않았다. 거기에 부스럭 소리 하나 나지 않고 마치 죽은 집처럼 고요했다. 그는 문을 두들겨 보았다. 처음에는 똑똑, 다음에는 좀더 힘주어 쾅쾅 두들겼다. 하지만 대답이 없었다. 그는 할 수 없이 어슬렁어슬렁 거리로 나와 시장까지 왔다가, 역시 같은 곳에 가려는 무역 중개업자인 뒤베르 씨와 마주쳤다. 두 사람은 함께 되돌아가 보았지만 역시 마찬가지였다. 그런데 갑자기 '와와!' 하는 함성이 바로 옆에서 일어났다. 그래서 집을 한 바퀴 돌아보니 한 패의 영국 뱃사람들이 카페 쪽의 닫혀 있는 덧문을 주먹으로 부서져라고 두들기고 있는 것이었다.

두 신사는 남의 일에 말려들지 않으려고 재빨리 그곳을 빠져 도망치려는데, '여보시오! 여보시오!' 하는 소리에 발을 멈추었다. 뒤돌아보니 건어물상을 경영하는 투르느보 씨가 두 사람의 모습을 보고 불렀던 것이다. 그래서 두 사람이 일의 자초지종을 말하자 건어물상 주인도 놀라 어쩔 줄 몰라했다. 그도 그럴 것이 마누라와 아이들이 있고, 더구나 감시가 엄해서 토요일밖에는 올 수 없기 때문이었다. 친구인 경찰의(警察醫) 불드 박사로부터 정기 검진을 한다는 말을 들은 그는, 위생경찰이 나타난다고 하여 토요일만은 '안전한 날'로 여기고 있었다. 그런데 바로 오늘이 그 토요일 밤인 것이다. 그러므로 오늘 저녁을 허탕치면 앞으로 일 주일을 기다리지 않으면 안 되는 것이었다.

세 사나이는 방향 전환을 하기 위해 천천히 방파제까지 가 보기로 하였다. 도중에 은행가의 아들이며 단골 손님인 필립 군과 징세관(徵稅官)인 팡페스 씨를 만났다. 그래서 그들은 유태인 거리를 거쳐 되돌아가 마지막 시도를 해 보기로 했다. 그런데 화난 뱃사람들이 집을 둘러싸고 돌을 던지고 소리를 지르고 있었다. 그래서 다섯 사람의 이층 손님은 그곳을 물러나 하릴없이 거리를 어슬렁거리기 시작했다. 그러다가 그들은 다시 보험대리점을 경영하는 뒤퓌 씨와 재판소 판사인 바스 씨를 만났다. 그로부터 오랜 산책이 시작된 셈인데 맨 먼저 방파제로 나왔다. 그들은 방파제 돌 위에 나란히 앉아 거품 뿜는 파도를 바라보았다. 파도가 부딪쳐 생기는 흰 거품은 어둠 속에서 반짝 빛났다고 생각하자 곧 사라져 버렸다. 그리고 바위에 부딪쳐 부서지는 바다의 단조로운 외침 소리는 밤의 어둠 속을 방파제 둑을 따라 한없이 울려 퍼져간다. 이들 산책자들이 한없이 깊은 생각에 잠겨 있는 것을 보고, 한참 후에 투르느보 씨가 말을 했다.

"아주 따분하군."
"나도 그래."

하고 팡페스 씨도 응답했다. 그래서 그들은 다시 일어나 슬슬 걷기 시작했다. 언덕 밑을 지나는 '숲 그림자'라고 불리우는 길을 따라 걸은 다음 저수지의 나무 다리를 건너고 철로 옆을 지나 다시 장터 광장에 나왔을 때였다. 갑자기 세무관인 팡페스 씨와 건어물상을 하는 투르느보 씨 사이에 심한 말다툼이 오가기 시작했다. 그것은 하찮은 식용 버섯에 관한 이야기를 하다가 두 사람 중의 누군가가 그 버섯인가 뭔가 하는 것을 이 근방에서 보았다고 큰소리쳤기 때문이었다. 아마 서로가 기분이 울적하여 신경이 날카로워져 있었으므로 다른 사람들이 말리지 않았더라면 어떤 일이 벌어졌을는지 모를 일이었다.

팡페스 씨는 불같이 화를 내고 돌아가 버렸다. 그러자 전 읍장인 푸랑 씨와 보험대리점을 하는 뒤퓌 씨 사이에 세무관의 봉급과 부수입에 관한 일로 입씨름이 시작됐다. 양쪽 모두가 한창 욕지거리를 하고 있을 때 '와아' 하는 큰 함성이 일어났다. 곧 문 닫힌 테리에 집 앞에서 기다리다 지쳐 버린 뱃사람들의 패거리가 광장으로 쏟아져 나왔다. 두 사람씩 팔짱을 끼고 긴 행렬을 지어 소리를 지르며 걸어가는 것이었다. 신사들은 남의 집 대문

간에 몸을 숨겼다. 시끄러운 무리들은 사원 쪽으로 사라져 버렸다. 그 뒤로도 오랫동안 폭풍이 물러가듯 소음은 조금씩 들려 오다가 얼마 후에야 본래의 침묵으로 돌아왔다. 푸랑 씨와 뒤퓌 씨는 으르렁대던 처지였으므로, 서로 인사도 하지 않은 채 각각 제 갈 곳으로 가 버렸다.

나머지 네 사람은 다시 걷기 시작했고 발걸음은 자연히 테리에 집쪽으로 향했다. 건물은 아까와 마찬가지로 문이 닫힌 채 소리도 나지 않고 대답도 없었다. 한 얌전하고 고집이 센 주정꾼만이 남아서 카페 문을 통통 두들기다가는 단념하고, 이번에는 낮은 목소리로 보이인 프레데릭을 부르고 있다. 그래도 대답이 없음을 확인하자, 앞으로 되어 가는 꼴을 보자는 심산인 듯 돌계단 위에 주저앉았다.

신사들이 물러가려고 했을 때, 조금 전에 들었던 시끄러운 뱃사람들의 무리가 앞 길에 나타났다. 프랑스 뱃사람들은 '라 마르세예즈'를, 영국 뱃사람들은 '루르 브리타니아'를 각각 고래고래 소리치며 부르고 있었다. 그들이 벽을 향해 돌진했다고 생각하자 한편의 그 맹수와 같은 무리들은 부두 쪽으로 몰려가더니 두 나라 뱃사람들 사이에 전쟁이 터졌다. 그 싸움으로 영국인 한 사람의 팔이 부러지고 프랑스 인 한 사람의 코가 깨졌다. 조금 전의 그 주정뱅이는 그대로 돌계단 위에 앉은 채 이번에는 훌쩍훌쩍 울고 있었다. 마치 마음이 언짢아진 어린애가 울듯이.

마침내 신사들은 물러갔다. 이 어지럽던 거리에 다시 조금씩 적막이 되돌아왔다. 이곳 저곳에서 가끔씩 사람 소리가 들렸지만 그 소리마저 곧 멀리 사라져 버렸다. 그런데 단 한 사람, 그때까지도 어슬렁어슬렁 다니고 있는 사나이가 있었다. 건어물상을 하는 투르느보 씨였다. 그는 다음 토요일까지 기다리기가 안타까웠기 때문이었다. 그래서 혹시 무슨 재미있는 일이라도 생기지 않을까 하고 막연하게 기다리고 있는 것이었다. 그러다가 그는 경찰을 원망하였다. 첫째, 경찰은 이런 종류의 공익 건물을 단속하며 보호하고 있으면서도 그것을 이와 같이 제멋대로 폐쇄하는 것을 보고만 있다니, 돼먹지 않은 일이라 말하고 싶어졌다. 그는 다시 한 번 되돌아가 벽을 만져 보면서 폐쇄한 까닭을 찾아보려고 했다. 그러자 차양 밑에 무엇인가가 붙어 있는 것 같았다. 급히 성냥불을 그어보니, 서투른 큰 글씨로 이렇게 씌어져 있었다.

'최초의 성체배수(聖體拜受)를 위해 쉬게 됨을 양해해 주십시오.'

어쩔 수 없다는 것을 알게 되자 끈질긴 그도 돌아가 버렸다. 하지만 예의 그 주정꾼은 이 무정한 문간에 다리를 길게 뻗고 자기 집 안방인 양 잠들어 버렸다.
그리고 그 다음날에는 모든 단골 손님이 서로 약속이나 한 듯이, 무슨 구실을 만들어서건 차례로 이 집 앞을 지나갔다. 체면을 차리기 위해서인지 모두가 겨드랑이에 서류 뭉치 따위를 끼고 있었다. 그리고는 모두들 슬쩍 곁눈으로 다음과 같은 묘기만 한 종이 쪽지를 읽는 것이었다.
'최초의 성체배수를 위해 쉬게 됨을 양해해 주십시오.'

2

마담에게는 남동생이 하나 있었다. 그는 고향 루르 지방의 비르빌에서 목수 일을 하고 있었다. 마담이 이브토에서 아직 여인숙을 경영하고 있을 때, 그 동생의 딸의 대모(代母)가 되어 콩스탕스, 즉 콩스탕스 리베라고 이름을 지어 준 일이 있었다. 리베란 그녀의 생가의 이름이었기 때문이다. 목수는 누님이 경기가 좋다는 것을 잘 알고 있었으므로 그녀에게 편지 쓰는 것을 잊지 않고 있었지만, 두 사람 다 장사일에 매여 있는 몸이고 멀리 떨어져 살고 있었기 때문에 얼굴을 맞대는 일은 별로 없었다.
그런데 딸도 열두 살이 되고, 금년에 그 최초의 성체배수식이 행하여지므로 그는 이 누님과 만날 기회를 놓치지 않고 편지를 보내어, 의식에 참석하리라는 것을 예정에 넣었다고 했던 것이다. 나이 먹은 양친은 모두 세상을 떠나셨고, 그녀 자신도 자기가 대모가 된 조카딸에 관한 일이었으므로 거절할 수가 없었던 것이다. 동생인 조제프의 속셈은 누님에게 친절을 베풀어 놓으면 누님에겐 어린애가 없으므로 나중에는 자기 딸, 즉 누님의 조카딸에게 유언장을 써서 유산을 받게 되는지도 모른다는 데 있었다.

누님이 하는 장사가 그에게 어떤 마음의 부담을 주는 일은 결코 없었다. 그것은 고향 사람들이 아무도 모르고 있었기 때문이다. 가끔 그녀의 소식을 듣는다 하더라도 '테리에 부인은 페캉에서 꽤 잘살고 있다'는 것 정도였다. 즉, 그것은 연금으로 살고 있는 몸이라는 뜻으로 해석되는 것이었다.

페캉에서 비르빌까지는 적어도 이백 리는 된다. 그리고 시골 사람에게 육지의 이백 리는 문명인에게 있어서 큰 바다만큼이나 가기가 어려운 것이다. 비르빌 사람들은 루앙보다 멀리 가는 일은 거의 없었다. 또한 이 오백 호밖에 되지 않는, 벌판 한가운데 파묻힌 듯이 다른 현에 소속된 벽촌에 관한 일 따위는 페캉 사람들이 마음 쓸 일도 없었던 것이다. 요컨대 사람들은 아무것도 모르는 것이다.

그런데 성체배수 시기가 가까워짐에 따라 마담에게는 한 가지 곤란한 일이 있었다. 그녀를 대신해 줄 여인이 없었고 더욱이 단 하루라도 남에게 집을 맡기고 있을 수는 없었기 때문이다. 이층 여인들과 아래층 여인들의 평상시의 반목은 반드시 폭발할 것이고, 또 프레데릭도 술취해 주정할 것임이 틀림없다. 술만 취하면 이 사나이는 사소한 일로 따지기를 좋아한다. 결국 그녀는 식구들 전체를 데리고 가기로 결심하였다. 단, 보이인 프레데릭만은 모레까지 휴가를 주기로 했다. 그 뜻을 전해 받은 동생은 군소리 없이 승낙하고 일행을 하룻밤 재워 주기로 했다.

그러므로 토요일 아침 오전 여덟시 발 급행열차는 마담과 그 일행을 이등차에 태우고 출발했던 것이다. 부즈빌까지는 달리 손님이 없었으므로 그녀들은 계속 까치들처럼 종알댔다. 그런데 부즈빌 역에서 한 부부가 탔다. 사내 쪽은 나이많은 농부로서 푸른 작업복을 입고 있었는데, 작업복의 깃은 비비 꼬여 있고 헐렁한 소매는 손목 근처에서 좁혀져 희고 가느다란 수가 놓여져 있었다. 머리에 얹혀 있는 구식의 실크 모자는 햇빛에 바랜 털이 곤두서 있는 듯이 보였다. 한쪽 손에는 어처구니없이 큰 녹색의 우산을 들고 또 한 손에는 세 마리의 오리가 놀란 얼굴을 내밀고 있는 큰 바구니를 들고 있었다. 아내는 코가 곡괭이처럼 뾰족하여, 마치 암탉과 같은 얼굴을 하고 있었는데, 시골 여인처럼 화장을 하고 아주 긴장해서 남편과 마주앉아 있었지만 석고상처럼 꼼짝 않고 앉아 있었다. 아마도 상류사회 사람들 틈에 끼게 되어 기가 죽은 모양이었다.

사실 기차 안은 눈부실 만큼 찬란한 색채가 범람하였다. 마담은 발끝부터 머리끝까지 파란색의 비단옷에 새빨간, 눈부실 정도로 번쩍번쩍 빛나는 프랑스 캐시미어의 숄을 걸치고 있었다. 페르낭드는 체크무늬의 드레스 밑에서 괴로운 듯이 숨쉬고 있었다. 동료들에게 부탁해서 콜셋을 너무 힘껏 조였기 때문에 축 늘어진 유방이 마치 두 개의 둥근 지붕처럼 부풀어 올라 그것이 옷 밑에서 물결처럼 쉬지 않고 움직이고 있는 것이다. 왈가닥 로자는 밑자락에 큰 무늬의 장식이 있는 분홍빛 스커트를 입고 있어서 비만인 어린애나 살찐 난쟁이 꼴이었다. 그리고 두 대의 펌프는 낡은 커튼 한가운데를 잘라서 만든 듯한, 이상한 모양의 옷을 입고 있었다. 설사 그것이 커튼이라 하더라도 왕정복고시대까지 거슬러 올라가야 볼 수 있을 듯한, 나뭇가지와 잎의 무늬가 박힌 케케묵은 것이었다.

차 안에 다른 사람들이 타게 되자 여인들은 갑자기 엄숙한 얼굴을 하고 그럴 듯하게 보이려고 고상한 이야기를 하기 시작했다. 기차가 보르베크에 도착하자 갈색의 구레나룻을 갖춘 한 신사가 올라탔다. 반지를 몇 개씩이나 끼고 금팔찌까지 낀 사나이로서 차 안에 들어오자마자 머리 위 선반에 왁스를 입힌 천으로 싼 짐을 여러 개 올려 놓았다. 얼른 보기에도 익살꾼인 듯한 사람 좋아보이는 사나이였다. 그 사나이는 간단한 인사를 한 다음 빙긋이 웃고는 장난스럽게 물었다.

"부인들께서는 주둔지를 바꾸시는 모양이군요?"

이 질문은 그들을 어쩔 줄 모르게 만들어 버렸다. 마담은 겨우 마음을 가라앉히자 부대의 명예를 회복하기 위해 퉁명스럽게 대답했다.

"말씀 좀 삼가 주십시오!"

사나이는 변명을 했다.

"이것 참 실례했습니다. 수도원이라고 말하려던 것이 그만……."

상대방이 이렇게 나오자 마담은 뭐라 대답해 줘야 좋을지 몰라서인지 아니면 이 사과의 말로 충분하다고 느꼈는지 '흥'하고 입을 다물어 버렸다.

신사는 왈가닥 로자와 농부 사이에 앉아 있었으므로 이번에는 방향을 돌려 바구니 속에서 얼굴을 내밀고 있는 세 마리 오리에게 윙크하기 시작했다. 그러는 사이에 자기가 좌중의 인기를 독차지하고 있다는 것을 알자, 오리의 부리 밑을 간지럽히고는 익살스런 말을 해서 모두를 웃기려고 했다.

"우리는 조그만 연못에 굿바이 하고 왔죠! 꽥, 꽥, 꽥! 조그만 꼬챙이와 친하기 위해, 꽥, 꽥, 꽥!"

가엾은 오리들은 이 장난을 피하려고 목을 이리저리 돌리고 바구니로 된 감옥에서 빠져나오려고 몸부림을 치다가, 얼마 후 갑자기 세 마리가 한꺼번에 외쳐 댔다.

"꽥, 꽥, 꽥! 꽥, 꽥!"

와아, 하고 여인들 사이에서 웃음이 터졌다. 그녀들은 제각기 먼저 보려고 몸을 구부리고 야단들이었다. 오리에게 정신이 팔려 넋을 잃고 말았던 것이다. 신사는 이때를 놓칠 세라 애교와 위트와 야유에 더욱 박차를 가하는 것이었다.

로자도 거기에 끼어들었다. 그래서 자기 옆에 앉은 신사의 정강이 너머로 몸을 구부리며 세 마리의 오리 코 끝에 키스했다. 이것을 계기로 하여 너나 할 것 없이 어느 여인이나 키스하려고 앞을 다투었다.

신사는 이러한 여인들을 자기의 무릎 위에 올려 놓고, 흔들어 주거나 꼬집거나 했다. 그리고 사나이는 무엇을 생각했는지 별안간 여인들을 '애', '쟤' 하고 부르기 시작했다. 농부 부부는 오리 이상으로 혼이 빠져 버려 넋나간 사람처럼 눈을 끔뻑일 뿐 꼼짝도 하지 않았다. 그리고 주름살투성이의 두 사람의 얼굴은 웃지도 놀라지도 않는 듯한 표정이었다. 이 신사는 실은 행상인이었는데, 농담삼아 부인들에게 바지걸이를 선사하겠다고 말하고는 짐짝을 하나 내려서 펼쳤다. 하지만 그 속에는 양말 대님이 들어 있었다. 파랑, 분홍, 빨강, 보라, 주황, 자주 등 갖가지 빛깔의 양말 대님으로서, 고리는 금빛 큐피드가 둘이서 껴안고 있는 모양으로 되어 있었다. 여인들은 자신도 모르게 환성을 질렀지만, 곧 여인들이 화장품이나 장신구 등을 만질 때 자연스럽게 취해지는 그럴듯한 태도로 돌아가 그 견본들을 조심스럽게 살펴보기 시작했다. 그녀들은 눈짓이나 귀엣말로 속삭였다. 마담은 주황색의 양말 대님이 몹시 갖고 싶은지 만지작거리고 있었다. 그것은 다른 것보다 훨씬 크고 무게가 있었으며, 정말로 여주인의 양말 대님으로는 안성마춤이었다.

신사는 마음속으로 생각하며 기다리고 있다가,

"자, 그럼 여러분, 어디 한 번 시험해 봅시다."

하고 말하자마자 갑자기 여인들 사이에서는 '어머나!' 하는 폭풍과 같은 외침 소리가 일었다. 그리고 강간이라도 당할 때처럼, 자기도 모르게 다리를 오므라뜨리고 스커트를 꼭 여미었다. 사나이는 아무렇지도 않은 듯이 때를 보고 있다가 잠시 후 천천히 선고를 내렸다.

"필요치 않으시다면 짐을 챙기겠습니다."

그렇게 말해 놓고는 이번에는 여인들을 꾀는 듯이,

"시험해 본 분에게는 어느 분에게나 좋아하시는 것을 한 켤레 드리겠습니다만."

그러나 그녀들은 조금도 탐나지 않는다는 듯이 조금 전과는 백팔십 도로 달라진 태도였다. 하지만 두 대의 펌프들은 매우 속상해하는 듯이 보였으므로, 사나이는 두 사람에게 다시 한 번 기회를 주어 보았다. 특히 '그네'라는 별명의 플로라는 갖고 싶어 죽겠다는 속마음이 여실히 나타나 있었다. 사나이는 그녀에게 말을 건넸다.

"자 한번 끼어 봐요. 그렇지, 이 연보랏빛이 아가씨에겐 어울릴 거야."

그러자 그녀는 결심한 듯이 스커트를 걷어 올려 한쪽 다리를 내밀었다. 소를 치는 여인과 같은 튼튼한 다리에 헐렁헐렁한 양말을 신고 있었다. 사나이는 몸을 구부려 양말 대님을 우선 그녀의 무릎 밑에 낀 다음에 무릎 위까지 쭉 올렸다. 그리고는 여인을 슬쩍 간질이자 여인은 그 꼴에 몸을 뒤틀며 킥킥 하고 웃음 소리를 냈다. 양쪽 다 끼는 것을 끝내자 사나이는 연보랏빛 대님 한 켤레를 그녀에게 준 다음에 다시 물었다.

"자아, 이번에는 누구 차례인가요?"

여인들은 일제히 외쳤다.

"내 차례예요! 내 차례!"

사나이는 왈가닥 로자부터 시작했다. 로자는 복사뼈도 보이지 않는 호박처럼 살찐 다리를 걷어올려 보였다. 라파엘의 말투처럼 실로 '소시지 다리'였다. 다음 차례였던 페르낭드는 그 무게 있는 원기둥이 행상인을 감격시켰는지 칭찬을 받았다. '유태 미인'의 말라 빠진 다리는 좋은 평을 받지 못했다. '능구렁이'인 루이즈는 장난으로 사나이의 머리 위에 자기의 스커트를 둘러씌웠다.

그래서 마담은 보기 싫은 장난을 못하게 하기 위하여 간섭하지 않으면 안 되었다. 마지막으로 마담 자신의 다리를 내밀었다. 기름기가 있으면서도 튼튼한 노르망디 여인 특유의 아름다운 다리였다. 소위 견문이 넓은 이 행상인도 감격의 눈물을 흘리지 않을 수 없었는지 어물어물 모자를 벗자 프랑스 기사 식으로 뛰어나게 생긴 이 종아리에 대해 경례하는 것이었다. 두 노부부는 다만 놀라 어안이 벙벙한지, 한 눈으로 곁눈질만 하고 있었다. 그 모습이 너무나 병아리를 닮았으므로 갈색 구레나룻 선생은 일어서자마자 두 사람의 코끝에서,

"꼬꼐 꼭꼬오!"

하고 울어 보였다. 이것이 또 여러 사람을 몹시 웃겼다.

노부부는 모트빌에서 내렸다. 바구니와 오리와 우산을 끝까지 무슨 보물단지처럼 들고 있었다. 가는 도중에 아내가 남편에게 말했다.

"저것은 매춘부들이에요. 아마 일당이 모두 파리로 진출하는 모양이에요."

그 이상한 행상인도 실컷 놀아난 다음에 루앙에 오자 아무 일도 없었다는 듯이 내려 버렸다. 무례도 도가 지나치므로 마담은 적당한 기회에 한마디 해 주려던 참이었다. 할 수 없이 마담은 여인들을 향하여 훈시조로 말했

다.

"아무하고나 지껄이면 어떻게 되는지 우리에게 아주 좋은 본보기였어."

오아세르에서 차를 바꿔 타자 그 다음 역에 조제프 리베 씨가 마중 나와 있었다. 의자를 가득 실은 흰 말이 끄는 큰 이륜마차가 대기하고 있었다. 다른 세 여인은 안쪽의 세 다리 의자에 앉고 라파엘, 마담, 마담의 남동생은 앞쪽 의자에 앉았다. 하지만 로자만은 좌석이 없어 덩치가 큰 페르낭드의 무릎 위에 앉았다.

마차가 움직이기 시작하자 말의 불규칙한 속보(速步)가 차체를 심하게 흔들어 의자는 퉁겨지고 승객들은 꼭두각시 인형처럼 공중에 뜨거나 좌우로 비틀거리거나 했다. 그때마다 이상한 표정을 하고 비명을 지르지만 그 소리마저 심한 덜거덕 소리에 지워져 버리고 말았다. 그녀들은 짐짝 옆에 매달리고, 모자는 등에 매달리거나 콧등에서 대롱거리거나 어깨 위에 떨어지거나 했다. 그래도 흰 말은 아랑곳없이 달리고 있었다. 목을 앞으로 길게 빼고 꼬리를 세운 채 달렸다. 마치 보잘것없는 쥐꼬리처럼 털이 없는 꼬리로 가끔 자신의 엉덩이를 두들기거나 했다. 조제프 리베는 한쪽 발을 마차 손잡이에 걸치고 다른 쪽 다리는 구부려 올려 말고삐를 쥐고 있었다. 그리고 목에서는 병아리를 부르는 어미 닭 같은 소리를 계속 내고 있는데, 그 소리를 듣자 흰 말은 귀를 쫑긋 세우고 걸음을 빨리 했다.

한길 양쪽에는 푸른 밭이 펼쳐져 있었다. 그곳에서 건강한 냄새가 풍겨오고 있었다. 아마 멀리서부터 바람에 실려 왔는지 가슴에 스며드는 듯한 달콤한 냄새였다. 이미 꽤 자란 보리 포기 사이에는 도깨비부채꽃이 하늘색의 귀여운 모습을 보이고 있었다. 여인들은 그 꽃을 꺾고 싶었지만 리베 씨는 마차를 멈추지 않았다. 때로는 밭 전체가 온통 피를 흘린 듯이 보일 때도 있었다. 붉은 양귀비꽃이 가득 피어 있었던 것이다. 이 갖가지 꽃으로 아름답게 채색된 들판을 그보다도 더 강렬한 빛깔의 꽃다발을 싣고 있는 듯이 보이는 이륜마차가 흰 말의 경쾌한 빠른 걸음에 흔들리며 지나고 있는 것이었다. 농가의 큰 나무 그늘에 숨었는가 하면, 무성한 나뭇잎 사이로 모습을 나타냈다. 그리고는 빨갛고 파란색이 군데군데 박혀 있는 노랑과 초록의 농작물 속을 누비면서, 이 여인들을 가득 실은 찬란한 수레는 햇빛을 받으며 멀어져 가고 있었다.

　일행이 목수집 문앞에 왔을 때는 시계가 한시를 치고 있었다. 그녀들은 지칠대로 지친 데다가 속이 비어 얼굴이 창백했다. 집을 나선 후 먹은 것이라고는 아무것도 없었기 때문이다. 리베의 아내는 달려나와 한 사람씩 마차에서 내려놓고는 발이 땅에 닿기도 전에 키스하려고 했다. 그중에서도 시누이에게는 키스 공세를 퍼부으며 놓으려고 하지 않았다. 그들은 일하는 방에서 식사를 했다. 내일의 연회를 위해 작업대 등이 정리되어 있었다.

　맛있는 오믈렛에, 다음에는 고급 사과주를 친 돼지고기 구이로 배를 채우자 그들은 겨우 마음이 놓였다. 리베는 건배를 하려고 아까부터 컵을 손에 들고 있었는데, 그의 아내는 잔심부름을 하거나 요리를 만들거나 접시를 나르거나 치우거나 하면서도, 한사람 한사람의 귀에 입을 대고는,

"맘껏 드세요."

하고 속삭였다.

　벽에 세워 놓은 널빤지와 방구석에 쓸어모아 놓은 대팻밥에서는 대패질을 한 목재 냄새, 목수집의 독특한 냄새와 그리고 폐까지 스며드는 듯한 송진 냄새가 풍기고 있었다. 그들은 주인공인 여자 아이를 보고 싶었지만, 아이는 교회에서 저녁때가 되어야 돌아온다는 것이었다. 그래서 그들은 마을 주변을 한 바퀴 돌기로 했다. 보잘것없는 마을이었지만 큰길이 뚫려 있었다. 그 길 양쪽에 즐비한, 열 채쯤 되는 집이 이 고장 상가(商家)의 전부인 것이다. 푸줏간, 식품점, 목수집, 커피집, 구둣방, 빵집 등이었다.

　교회는 이 한길에서 떨어져 좁은 묘지에 둘러싸여 있었다. 그리고 문앞에 있는 네 개의 큰 보리수가 건물 전체를 뒤덮고 있었다. 교회는 특별한 양식이 없는 규석(硅石)으로 지은 집으로 옥상에는 슬레이트 지붕을 한 종루(鐘樓)가 붙어 있었다. 교회 뒤로는 다시 들판이 펼쳐져 있고, 그 안에 드문드문 서있는 나무 그늘에는 농가가 숨어 있었다.

　리베는 공연히 점잔을 뺐다. 자신은 작업복을 입고 있으면서도 누이와 팔짱을 끼고 아주 위엄 있게 구는 것이었다. 그리고 그의 아내는 라파엘의

금실로 수놓은 드레스에 열중하여 라파엘과 페르낭드 사이에 끼어들었다. 뚱뚱보 로자는 그 뒤에서 뒤뚱뒤뚱 따라갔다. 지친데다가 절룩거리는 '그네'라는 별명의 플로라나 '능구렁이' 루이즈도 뒤따르는 패였다. 마을 사람들은 문앞에서 그들을 바라보았고 아이들은 놀던 것을 멈췄다. 커튼 사이로는 사라사 모자를 쓴 머리가 내다보고 있었다. 거의 눈이 보이지 않는 지팡이를 든 노파는 귀하신 분들의 행차를 보는 듯이 공손하게 머리를 숙였다. 누구나 이들 도회지의 아름다운 부인들을 끊임없이 바라보는 것이었다. 저분들은 조제프 리베의 딸의 성채배수식을 위해 멀리서 찾아온 손님들인 것이다. 이러한 이상한 존경심이 목수집에 쏠렸던 것이다.

 교회 앞을 지나자 어린이들의 노랫소리가 들려 왔다. 고개를 들고 목청껏 부르는 어린이들의 성가인 것이다. 하지만 마담은 그 천사들을 방해해서는 안 된다는 생각에 다른 여인들이 안에 들어가는 것을 허락하지 않았다. 들판을 한 바퀴 돌아 주요한 소유지나 논밭의 수확이나 가축의 생산고 등의 설명이 한 차례 끝나자, 조제프 리베는 가축의 무리가 아닌 여인의 무리를 이끌고 자기 집으로 돌아오는 것이었다. 어차피 집이 좁기 때문에 어느 방이나 두 사람씩 자게 되었다. 그 대신 리베는 아내와 누님과 함께 자기로 했다. 그 옆방에는 페르낭드와 라파엘이 함께 자게 되었다. 루이즈와 플로라는 부엌 바닥 위에 새털 이불을 깔고 자기로 했다. 로자는 계단 위의 어둡고 작은 방을 독차지하고, 그 바로 앞 좁은 중간 방에는 세례받을 소녀가 오늘 하룻밤을 자도록 되어 있었다.

 소녀가 집에 돌아오자 소녀에게 키스가 빗발처럼 쏟아졌다. 어느 여인이나 소녀를 껴안고 싶어 견딜 수 없어 했다. 그것은 애정을 쏟고 싶다는 욕구로서 아양을 떨려고 하는 직업적인 습관에 쫓겨 왔기 때문이었다. 아침에 기찻간에서 그녀들이 오리에게 키스한 것도 일종의 그 숨은 욕구의 발산이었을 것이다. 그녀들은 소녀를 차례로 자기 무릎에 앉히고는 부드러운 금발을 만지거나 또는 본능적인 애정으로, 자기도 모르게 꼭 껴안거나 하는 것이었다. 온몸에 믿음이 스며든 소녀는 죄의 사함을 받았기 때문에 바깥 세상의 더러움이 붙지 못하게 된 몸이기라도 한 것처럼 숨을 죽인 채 여인들이 하는 대로 얌전하게 있을 뿐이었다.

  이날은 누구에게나 고달팠던 하루였으므로, 저녁 식사를 끝내자 곧 잠자리에 들어갔다. 전원의 한없이 고요한 분위기는 거의 종교적인 느낌마저 지니고, 이 작은 마을을 감싸고 있었다. 적막한 몸에 스며 퍼질 듯한, 높은 하늘까지 퍼질 듯한 고요함이었다. 오랫동안 색줏집의 시끄러운 밤에만 익숙해 있던 여인들은 이 잠들어 있는 전원의 말없는 휴식에 감동하지 않을 수 없었다. 그녀들은 오히려 몸이 오싹해지는 것 같았다. 추워서가 아니었다. 흔들리는 불안한 영혼에서 오는 쓸쓸한 전율이었던 것이다. 두 사람씩 이불 속에 들어가자 그녀들은 갑자기 시트를 껴안았다. 그것은 대지의 깊고 고요한 잠이 자신들에게 밀어 닥쳐옴을 막으려고 하는 것과 같았다.

  더욱이 왈가닥 로자는 어두운 방에 홀로 있을 뿐만 아니라 혼자만 자는 일은 드물었기 때문에 말할 수 없는 허전한 마음으로 어쩔 줄 몰라 하는 것이었다. 몇 번이나 이불 속에서 뒤척이며 잠 못 이룸을 안타까워하고 있는 터에 베갯맡 미닫이 너머에서 훌쩍훌쩍 어린애 우는 소리가 들려 왔다. 깜짝 놀라 소녀의 이름을 살짝 불러 보았다. 그랬더니 들릴락말락한 소리로 띄엄띄엄 대답 소리가 들렸다. 언제나 엄마 방에서 함께 자다가 좁은 방에서 혼자 자려고 하니 무서웠던 모양이었다. 로자는 기뻐서 어쩔 줄 모르며, 남의 눈에 띄지 않게 일어나서 슬쩍 소녀를 데리고 갔다. 그리고 자기의 따뜻한 이불 속에 뉘고는 가슴에 꼭 껴안고 달콤한 말과 몸짓으로 애정을 표시하는 것이었다. 그러는 사이에 자신의 마음도 차분해져 어느 틈에 잠들어 버렸다. 이렇게 밤이 샐 때까지 성체를 받을 소녀는 뺨을 창녀의 젖가슴에 대고 잠들었던 것이다.

  안제라스의 시각인 다섯시가 되자 교회의 작은 종이 보통 때 같으면 지쳐서 해가 중천에 뜰 때까지 내리 잘 이 여인들을 깨웠던 것이다. 마을 사람들은 벌써부터 깨어 있었다. 아낙네들은 건강한 목소리로 떠들어 대면서 이 문에서 저 문으로 바쁜 듯이 오가고 있었다. 풀을 먹여 마분지처럼 빳빳한 모슬린으로 만든 짧은 옷을 귀중한 듯이 나르거나 한다. 그런가 하면 이번에는 터무니없이 큰 양초를 들고 간다. 그 양초는 한가운데 장식이 있는 비단실로 묶고 손에 쥐는 곳만이 가늘게 되어 있었다. 이미 높이 뜬 태양은 감청색 하늘에 빛나고 있었지만 지평선 근방이 아련히 장밋빛으로 물들어 있는 것은 새벽놀의 희미한 여운인가. 암탉들은 집 앞을 산책하고 있고, 여기저기 수탉들이 볏 달린 머리를 쳐들고 나래치며 목쉰 소리를 내어 때를 가리키면, 바람에 실려 가는 그 노랫소리를 다른 수탉들이 받아서 되풀이했다.

차례로 이륜마차가 근처 마을에서 달려와서는 집집 문앞에 몸집이 큰 노르망디 여인을 내려놓았다. 그녀들은 미리 약속이나 한 듯이 소박한 옷을 입고 숄을 가슴 위에서 마주치게 하여, 그것을 근 삼백 년은 된 듯한 은 브로치로 채우고 있었다. 남자들은 푸른 작업복을 곁에 걸치고 그 안에는 새로 지은 프록 코트나 낡은 녹색 연미복을 입고 있는 것까지는 좋지만, 연미복의 두 가닥 꼬리가 작업복 사이로 삐죽 나와 있었다. 말을 마구간에 맨 뒤에 한길 양쪽에는 시골의 교통기관인 마차들이 두 줄로 나란히 서 있었다. 이륜 짐마차, 말 한 필이 끄는 이륜마차, 가벼운 이륜마차, 의자가 달린 마차 등 갖가지 모양의 모든 시대의 마차가 코를 대고 앞으로 엎드려 있거나 궁둥이를 땅에 댄 채 하늘을 쳐다보고 있었다.

목수집은 마치 벌집처럼 분주했다. 여인들은 속치마에 드로오즈 차림으로, 그것은 너무 오래 입어 색이 바랬고, 갈라졌다고도 할 수 있는 엷고 짧은 머리카락을 등에 늘어뜨린 채 소녀의 옷 입는 시중을 드느라 정신이 없었다. 테리에의 여주인이 자기 유격부대의 활동을 지휘하고 있는 동안에도 소녀는 단 위에 세워진 채 몸을 꼼짝 않고 있었다. 여인들은 소녀를 세수시키고, 머리를 빗겨 주고, 옷을 입혀 주었다. 핀을 충분히 써서 옷의 주름을 고쳐 주거나 넓은 허리를 줄여 주거나 화장을 고쳐 주며 예쁘게 치장시켰다. 겨우 치장이 끝나자 이 작은 수형자(受刑者)를 앉히고는 그대로 움직이면 안 된다고 타일렀다. 그리고 이 떠들썩한 부인 부대는 이번에는 자신들의 화장을 하기 시작했다.

작은 교회에서는 또다시 종을 치기 시작했다. 이 빈약한 종의 연약한 소리는 하늘로 퍼지며 사라져 버렸다. 그것은 푸른 하늘에 흡수되어 버리는 보잘것없는 사람의 목소리 같았다. 성체를 받을 어린이들은 집집의 문을 나와 마을의 건물 쪽으로 급히 가는 것이었다. 그 건물들은 두 개의 초등학교와 마을 사무소 건물로서 마을에서는 가장 구석에 있었다. 그리고 '하느님의 집'은 또 다른 반대쪽 구석에 있었다. 성장을 한 부모들은 공연히 부끄러운 모습으로 평상시의 농삿일로 구부정했던 몸을 거북살스럽게 움직이며 어린애들의 뒤를 따라갔다. 소녀들은 잘 갠 크림을 연상시키는 새하얀 명주 구름 속에 파묻혀 있었다. 사내애들은 카페 종업원의 병아리 같은 모습을 하고, 머리는 포마드로 찰싹 붙이고 검은 바지를 구기지 않으려고 두 다리를 벌린 채 걷고 있었다.

 멀리서 온 친척들이 될 수 있는 대로 많이 어린애의 뒤를 따르면, 그만큼 그 집안의 명예가 되는 것이었다. 그러므로 목수집의 승리는 완벽했다. 테리에 부대는 여주인을 선두로 하여 콩스탕스의 뒤를 따랐던 것이다. 부친은 누님에게 팔을 빌리고, 모친은 라파엘과 나란히 걷고, 페르낭드는 로자와, 그리고 두 대의 펌프는 사이좋게 걷고 있었다. 이렇게 테리에 부대는 마치 훌륭한 예복을 걸친 참모부처럼 위풍 당당하게 행렬을 전개했던 것이다. 테리에 부대가 마을에 준 효과는 실로 청천벽력과 같았다.

 학교에 도착하자 소녀들은 수녀들의 코르네트[角頭巾] 아래 정렬하고 소년들은 상당히 미남인 선생의 앞에 모였다. 소년들이 앞서서 말을 풀어놓은 마차가 양쪽에 놓여져 있는 한길 사이를 두 줄로 행진해 가자 역시 같은 순서로 소녀들이 뒤를 따랐다. 그리고 마을 사람들은 읍내에서 온 그 부인들에게 경의를 표하여 서로 앞에 나서기를 사양하였으므로, 그녀들은 소녀들의 바로 뒤를 따랐다. 그들이 오른쪽에 세 명, 왼쪽에 세 명씩 서서 행렬을 빛낸 모습은 실로 불꽃의 마지막 광경을 연상케 했다. 일행이 교회에 들어가는 모습은 마을 사람들을 열광시켰다. 먼저 보려고 서로 밀고 당기는 소동이 벌어졌다. 그리고 성가대원의 금실로 수놓은 비단 법의(法衣)보다도 아름답게 꾸민 부인들 쪽을 보자 놀란 듯 소리내어 무엇인가 소곤대는 여신도들도 있었다.

 촌장은 자기의 좌석을 양보했다. 즉, 노래가 불려지는 동안에 오른쪽 첫째 줄에는 테리에 집의 여주인과 그녀의 올케, 그리고 페르낭드와 라파엘이 바로 촌장 자리에 앉고 왈가닥 로자와 두 대의 펌프는 목수와 나란히 두 번째 줄에 앉았다. 성가가 불려지는 동안은 무릎 꿇은 어린이들로 가득 차 있었다. 소년들과 소녀들은 양쪽에 나누어져 있었다. 그리고 그들의 손에 들고 있는 긴 양초는 각각 제 나름대로의 방향으로 기울어진 창과 같았다. 악보대 앞에 세 사나이가 나란히 서서 낭랑한 목소리로 노래하고 있었다. 그들은 듣기 좋은 라틴 어의 음절을 함부로 길게 뽑아, '아멘'을 '아──' 하고 무한정 길게 뽑고 있었다. 여기에 박차를 가해 관악기가 그 나름대로의 독특한 단조로운 음을 역시 길게 불어대면, 그것을 구리로 만든 악기가 큰 입을 벌리고 크게 불어 댄다. 그러면 한 어린이의 날카로운 소리가 거기에 응답하고 사각 모자를 쓰고 신부 좌석에 앉은 신부가 가끔 일어서서는 무언가를 빠른 말로 외고는 다시 앉는다. 그 사이에도 세 성가대원은 눈앞에 펼쳐 놓은 두터운 찬송가 책을 바라보면서 계속 노래를 부른다. 그들 앞에 펼쳐져 있는 찬송가는 고정된 악보대 위에 놓여 있었다.

얼마가 지나자 다시 조용해졌다. 사람들은 일제히 무릎을 꿇었다. 사제가 나타난 것이다. 그는 노인이었다. 은빛 머리에 보기만 해도 엄숙하게, 왼손에 들고 있는 성배(聖杯)에 몸을 구부린 듯이 서 있다. 그 앞에 붉은 옷을 입은 두 사람의 미사 수사가 앞서간다. 그 뒤로는 큰 구두를 신은 성가대원들이 나타나 성가를 부르며 양쪽에 정렬했다. 침묵이 흐르는 사이에 종이 울렸다. 미사가 시작되었다. 나이 많은 신부는 금칠을 한 단 앞을 조용하게 돌아 무릎을 꿇은 뒤, 노인다운 떨리는 음성으로 준비 기도를 외웠다. 입을 다물자 성가대원들과 관악기가 동시에 소리를 냈다. 그러자 참석한 사람들도 노래를 불렀다. 예배 드리는 모습에 어울리게 낮고 경건한 목소리였다. 갑자기 '키리에 에레이손' 기도가 모든 가슴과 마음에서 일어나 창공을 향하여 힘차게 울려 퍼졌다. 이 소리의 폭발로 흔들렸는지 거기에 응답하는 듯이 낡은 천장에서는 작은 먼지와 썩은 나무 조각이 떨어져 나왔다. 슬레이트 지붕에 내리쬐는 태양은 이 보잘것없는 교회를 마치 용광로처럼 뜨겁게 만들고 있었다. 그리고 깊은 감동, 불안한 기대, 알 수 없는 신비로움이 어린이들의 가슴을 조이고 어버이들의 목을 메이게 했다. 사제는 잠깐 앉아 있다가는 천천히 일어나 다시 제단에 올라가서 모자를 벗은 채로, 노구(老軀)를 떨며 하느님 말씀이 적힌 성경을 봉독하려고 하는 것이었다.

사제는 신자들 쪽을 향해 서자 손을 뻗쳐 라틴 어로,
"형제들아, 기도하라(Orate, fratres)."
라고 말했다. 신자들은 일제히 기도했다. 늙은 신부는 뜻 깊고 정성 어린 말을 낮은 소리로 중얼거리고 있었다. 종소리는 쉴새없이 울리고 있었다. 모두들 엎드려 머리 숙이고 하느님의 이름을 찬양했고, 어린이들은 불안으로 실신할 정도였다. 바로 그때였다. 양손에 머리를 묻고 있던 로자는 갑자기 어머니와 자기가 태어난 마을의 교회와, 맨 처음 성체배수 때의 일들을 생각했다. 새하얀 옷에 파묻혀 버릴 만큼 어렸을 때의 자기로 돌아온 듯한 마음으로 그녀는 갑자기 울기 시작했다. 처음에는 남모르게 흐느꼈다. 눈물이 아롱지고 그 사이에 갖가지 일들이 생각나 감동은 점점 깊어졌다. 그러자 목이 메이고 가슴이 파동쳐 엎드려 흐느껴 울기 시작했다. 손수건을 꺼내어 눈물과 콧물을 닦고 소리를 내지 않으려 했지만 허사였다. 신음 소리 같은 것이 목에서 계속 나왔기 때문이었다. 옆 자리에 앉은 루이즈와 플로라도 엎드린 채 역시 먼 옛날 추억으로 가슴이 벅차 빗방울과 같은 눈물을 흘리며 마찬가지로 신음하고 있는 것이었다. 더구나 눈물이란 것은 전염되기 쉬운 것이어서 이번에는 마담까지도 눈시울이 젖어 오는 것을 느꼈다. 그래서 올케 쪽을 힐끗 쳐다보자 함께 앉은 사람들은 모두가 울고 있다는 것을 알았다.

신부는 성체를 준비하고 있었다. 어린이들은 일종의 경건한 분위기에 감싸여 돌바닥에 엎드린 채 아무 생각도 하지 않는 듯했다. 또한 교회 안의 이곳 저곳에서는 아내되는 사람이나, 어머니나, 자매도 격렬한 감동의 이상한 공감에 사로잡혔는지, 그 무릎 꿇은 아름다운 부인들이 어깨를 들먹이며 흐느껴 우는 모습을 보자 전기라도 통한 듯이 그녀들 자신도 체크무늬가 있는 손수건에 눈물을 닦고, 미어질 듯한 가슴을 왼손으로 누르는 것이었다. 불길이 마른 들판을 휩쓸어 버리듯이 로자와 그 동료들의 눈물은 교회

안의 모든 사람들을 사로잡고 말았다. 남자나 여자나 또는 노인이나 젊은이나 모두가 흐느끼고 있었다. 그리고 초인적인 그 무엇인가가, 예를 들면 살포된 영혼, 눈에 보이지 않는 전지전능한 영감이 그들의 머리 위를 날고 있는 것처럼 생각되었다.

그때 교회의 성가가 울려 퍼지는 사이에 무엇을 두드리는 듯한 작은 소리가 들려 왔다. 수녀가 기도책을 두드려 세례의식의 신호를 하고 있는 것이었다. 그러자 어린이들은 성스러운 흥분에 가슴 조이면서 성대(聖臺) 쪽으로 가까이 갔다. 모두가 일렬로 무릎을 꿇고 있었다. 나이 많은 신부는 금칠을 한 은으로 만든 세례반을 한 손에 들고, 어린이들 앞을 지나며 그리스도의 육체며 이 세상의 속죄의 제물인 성스런 빵을 두 손가락으로 집어 한 사람씩 그들에게 주었다. 어린이들은 경련을 일으킨 듯한 신경질적으로 찡그린 얼굴로 입을 벌리고 있었다. 눈은 감겨 있고 얼굴은 새파랬다. 그리고 턱 아래 드리운 길다란 수건이 마치 흐르는 물처럼 흔들리고 있었다.

갑자기 교회 안에 일종의 광란이 일어났다. 그것은 흥분한 군중의 웅성거림이었고 소리를 죽인 흐느낌의 폭풍으로 마치 숲 속의 나무를 휩쓸어 버리는 돌풍과 같았다. 신부는 감동한 듯 나무토막처럼 서 있을 뿐이었다. 성찬을 손에 든 채 움직이지도 않고 다만 마음속으로만 중얼거렸다. '이것은 신인 것이다. 신들이 이곳에 내려와 계신 것이다. 모습을 나타내심이다. 그의 음성에 응답하여 무릎 꿇고 있는 그의 아들 딸 위에 내려와 계심이다.' 그 뒤로는 적당한 말이 나오지 않은 채 광기 어린 기도를, 영혼에서 우러나는 기도를 하늘 나라로 보내며 중얼거리는 것이었다.

이와 같이 나이 많은 신부는 세례 의식을 끝내자 신앙의 이상한 흥분으로 다리가 당장에라도 힘없이 주저앉을 듯했다. 그리고 자신의 주님의 보혈을 입에 댔을 때는 말할 수 없이 감격하고 있었다. 배후에 있는 사람들은 차츰 마음이 침착해졌다. 흰 성의를 걸친 성가대원들은 보기에도 엄숙하게 상체를 뒤로 젖힌 채, 아직도 매끄럽고 애매한 소리로 노래부르기 시작했다. 관악기도 흐느껴 울었는지 목쉰 것처럼 들렸다. 그러자 신부가 두 손을 들어 노래를 중단시키고 행복한 희열에 젖어 있는 세례자의 열을 헤치며 다가왔다. 모두가 소리를 내며 의자에 앉자, 이젠 체면불구하고 누구나가 힘껏 코를 푸는 것이었다. 그리고 신부의 모습을 보고는 모두 정숙해졌으므로, 신부는 극히 낮고 조심스러운 음성으로 말하기 시작했다.

"친애하는 형제 자매들이시여, 나는 충심으로 여러분들께 감사를 드리는 바입니다. 여러분들께서는 나의 생애에 있어 가장 큰 기쁨을 조금 전에 주셨습니다. 하느님이 나의 부름 소리에 응답하여, 우리들 위에 내려오신 것을 나는 분명히 느꼈습니다. 하느님이 강림하셔서 눈물을 흘리게 하셨습니다. 나는 우리 교구에서 가장 나이 많은 신부지만 동시에 오늘은 가장 행복한 신부라 말할 수 있습니다. 기적은 방금 우리들 속에서 이루어진 것입니다. 위대하고 숭고하고 진실된 기적인 것입니다. 예수 그리스도가 처음으로 이 어린 육체 속에 머무르려고 하는 사이에 영혼은 하늘 나라의 새가 되고 하느님의 입김이 되어 바람에 날리는 갈대처럼 엎드려 있는 여러분들 위에 다가와, 점령하고 또 사로잡았던 것입니다."

이어서 목수네 집 여자 손님들이 있는 두 번째 줄 쪽을 향해 약간 음성을 높이고는,

"친애하는 여러분, 특히 여러분들께 감사드립니다. 여러분은 먼 곳에서 일부러 와 주셨습니다. 보기에도 믿음이 깊고 경건한 마음가짐은 우리들에게 참으로 좋은 본보기가 되었습니다. 여러분은 우리의 교구를 교화해 주셨습니다. 여러분들의 감동은 사람들의 마음을 따스하게 해 주셨습니다. 여러분들이 와 주시지 않았더라면, 아마 오늘처럼 귀중한 날도 이렇게 참되고 신의 영혼이 넘친 예식이 되진 못하였으리라 믿습니다. 주님을 우리들 백성 위에 맞이하기 위해서는 때로 단 한 사람의 선택된 신자만으로도 충분할 수가 있을 것입니다. 여러분에게 하늘의 은총이 내리시기를. 아멘."

목이 메이고 말았다. 그리고 의식을 끝내기 위해 다시 계단으로 올라갔다. 사람들은 한시바삐 밖으로 나가려고 했다. 어린이들까지도 웅성거리고 있었다. 오랫동안 정신을 긴장시키고 있었으므로 지쳤던 것이다. 거기에 무엇보다도 배가 고팠던 것이다. 그리고 양친들 역시 식사 준비가 걱정이 되는지, 마지막 성경 낭독을 기다리지도 않고 한 사람씩 돌아가기 시작했다.

나가는 문은 매우 혼잡했다. 노르망디 사투리가 쨍쨍 울리고 떠들썩했다. 마을 사람들은 양쪽으로 갈라서서, 어린이들이 모습을 나타내면 각각의 가족은 자기 집 아이를 찾아 앞으로 나서는 것이었다.
　콩스탕스는 집안의 모든 여인들에게 붙잡혀 키스 세례를 받았다. 특히 로자는 콩스탕스를 껴안은 채 놓을 줄을 몰랐다. 겨우 놓아 주었다고 생각했는데 다시 손을 잡았고 테리에 집 주인도 뒤질세라 한쪽 손을 잡았다. 라파엘과 페르낭드는 소녀의 긴 모슬린 스커트가 땅에 끌리지 않도록 높이 말아 올려 주었다. 루이즈와 플로라가 리베의 아내와 행렬의 후미를 이루고 있었다. 소녀는 마치 하느님이 몸에 내려앉은 양, 엄숙하게 그 의장대의 호위를 받으면서 걷기 시작했다. 연회는 목수집의 작업장에서 하기로 되어 있었으므로, 잔치 음식은 횡목으로 받친 긴 널빤지 위에 준비되어 있었다.
　한길 쪽에 열려 있는 문으로는 마을의 즐거운 소리가 들려 왔다. 어느 집에서나 한창 잔치를 벌이고 있는 것이다. 어느 창문으로는 나들이 옷을 입고 음식을 먹는 사람의 모습이 보였다. 흥겹게 먹고 마시는 모든 집에서는 즐거운 웃음 소리가 흘러 나왔다. 농부들은 셔츠 한 장만을 걸친 채 사과주를 큰 잔에 넘치게 따라서는 쭉 들이켜고 있었다. 어느 집 잔치나 윗자리에 앉은 두 어린이의 모습을 볼 수 있었다. 이 집에는 여자 애가 둘인가 하면, 저 집에는 사내애가 둘, 이런 식으로 두 어린이가 두 집안 중 어느 한 집에서 식사하고 있는 것이었다.
　오후의 햇볕을 받으며 가끔 타박타박 하고 늙은 말이 끄는 승용 마차가 마을을 지나갔다. 그리고 말을 부리고 있는 작업복을 입은 사나이는 탐스런 음식을 보고는 부러운 눈초리를 던졌다. 목수집에서는 오전의 감동의 여운인지 흥겨움 속에서도 어딘가 조심스러워하는 느낌이 있었다. 오직 리베만이 신이 나서 흥겨워 지나치게 마시고 있었다.
　테리에 집 여주인은 쉴새없이 시계만 들여다보고 있었다. 이틀간 계속해서 휴업하지 않기 위해서는 3시 55분 기차를 타고 저녁때까지는 페캉에 도착해야만 되었기 때문이다. 목수는 이튿날까지 일행을 붙잡아 두려고, 온갖 노력을 다하는 것이었다. 그러나 마담은 계획을 취소하기는커녕 장사 이야기에 관해서는 농담 한마디 하지 않은 것이었다. 커피 마시기를 끝내자, 그녀는 여인들에게 떠날 준비를 시켰다. 그런 다음에 동생 쪽을 향하여,
"자아, 그럼 너는 곧 마차 준비를 해 줘."
하고 자기 자신도 떠날 준비를 끝내기 위해 일어섰다.

그녀가 이층에서 내려오자, 올케는 딸아이에 대해 의논하려고 기다리고 있었다. 오랫동안 이야기를 나누었지만 별로 뾰족한 수는 나오지 않았다. 이 시골 아낙네는 일부러 가엾게 보여 그녀의 마음을 끌려고 했으나, 조카딸을 무릎 위에 앉혀 놓고 올케의 긴 연설을 듣고 있던 테리에 집 여주인은 무엇 하나 약속하는 일 없이 다만 막연하게 얘기할 뿐으로 '이 아이에 대해서는 나도 생각해 보겠어. 앞으로 세월도 있고, 또 만날 날도 있을 것이니.' 하는 식의 대답을 할 뿐이었다.

그런데 아무리 기다려도 마차는 보이지 않고, 테리에 집의 여인들도 내려오려고 하지 않았다. 뿐만 아니라 이층에서는 시끄러운 웃음 소리와 손뼉을 치는 소리, 거기에 외침 소리, 버둥대는 소리마저 들려 오는 것이었다. 그래서 목수의 아낙네가 마차 준비가 되었는지 밖에 나간 사이에 마담은 참을 수 없어서 이층에 올라가 보았다. 그랬더니 리베는 술에 고주망태가 되어 반나체의 모습으로 로자를 덮치려고 하지만 맘대로 되지 않고, 로자는 로자대로 허리가 끊어질 듯이 웃음을 터뜨리고 있었다. 두 대의 펌프는 사나이의 팔을 잡고 열심히 그를 진정시키려 하고 있었다. 그녀들은 모처럼의 아침 의식이 끝난 뒤에 이런 장면을 보게 되어 분개하고 있는 것이었다. 라파엘과 페르낭드는 재미있어 죽겠다는 듯 몸을 비틀며 양쪽에서 사나이에게 충동질을 하고 있었다. 그리고 취한 사나이의 일거일동에 까르르, 까르르 하면서 성원을 보내고 있었다. 사나이는 흥분하여 상기된 얼굴로 자기를 뜯어말리는 두 여인을 맹렬하게 뿌리치며, 온 힘을 다 짜내어 로자의 스커트 자락을 걷어올리며 이렇게 말했다.

"이봐, 내 말을 안 들을래?"
바로 이때 마담이 분통이 터진 듯 동생의 어깨를 움켜쥐고 사정없이 떼어놓았으므로 사나이는 그대로 굴러 벽에 부딪치고 말았다. 그로부터 일 분

후, 이 사나이가 뜰에서 머리에 찬물을 뒤집어쓰는 소리가 들려 왔다. 그리고 이륜마차에 또다시 모습을 나타냈을 때에는 조금 전의 일은 씻은 듯이 잊은 태도였다. 사람들은 어제와 마찬가지로 출발했다. 보잘것없는 흰 말도 어제처럼 힘차게 춤추는 듯이 달리기 시작했다. 따가운 태양빛을 받자 식사 중에는 고개 숙이고 있던 장난기가 슬슬 머리를 들기 시작했다. 이제 이 털터리 마차가 흔들리는 것조차 재미있었고, 옆 자리의 의자를 밀치거나 아무렇지도 않은 일로 허리가 끊어질 듯이 웃는 것이었다. 아무래도 리베의 조금 전의 행동이 자꾸 생각나 우스워 못 견디겠는 모양이었다.

현기증이 일 듯한 이상한 광선이 들판 가득히 넘쳐 있었다. 수레바퀴가 두 줄기 흙먼지를 내면, 그 먼지는 마차가 지나간 후에도 한길 뒤를 감돌고 있었다. 음악을 좋아하는 페르낭드가 갑자기 로자에게 노래를 부르라고 졸랐다. 그러자 로자는 '무도의 뚱뚱보 신부'라는 노래를 흥겹게 부르기 시작했다. 하지만 마담은 곧 노래를 그치게 했다. 이런 날에 그런 노래는 적합치 않다는 것이었다. 그녀는 덧붙여 말했다.

"그런 것보다는 어딘가 좀 고상한 노래를 부르는 게 좋지 않을까?"

그래서 로자는 잠시 생각하더니 걸쭉한 목소리로 '우리 집 할머니'를 부르기 시작했다.

우리 집 할머니, 생신날 밤에
곤드레만드레 술에 취하여
고개를 흔들며 말하기를
옛날엔 이래봬도 날렸었지!
팔에는 탐스럽게 살이 오르고
다리도 쪽 곧아 보기 좋았지
하지만 그것은 옛날 이야기
모두가 지난날의 꿈이었다네!

그러자 이번에는 마담 자신의 선창으로 여인들이 일제히 제창했다.

팔에는 탐스럽게 살이 오르고
다리도 쭉 곧아 보기 좋았지
하지만 그것은 옛날 이야기
모두가 지난날의 꿈이었다네!

"참 멋진 노래군!"
하고 리베도 흥겨운 듯이 소리쳤다. 그러자 로자가 바로 뒤를 이어받아 노래했다.

바람둥이 아주머니 그럴 수밖에
그도 그럴 테지요 열다섯부터
절로 알게 된 연정 때문에
밤잠도 제대로 못 잤다니까

 모두가 소리 맞춰 후렴을 불렀다. 리베가 한쪽 발로 마차채와 말고삐에 장단을 맞추어 작은 흰말에 채찍질을 하면, 말은 말대로 흥겨운 리듬에 들뜬 듯이 경쾌하게 달리는 것이었다. 마차가 너무 빨리 달렸기 때문에 여인들은 마차 안에서 뒹굴고 있었다. 그녀들은 미친 듯이 깔깔대면서 다시 일어났다. 그래도 노래는 계속 되었다.
 불타는 하늘 아래 잘 익은 농작물로 가득 찬 들판을 가로질러 흰 말의 힘찬 발걸음에 흔들리면서 노랫소리는 한참 커졌다. 흰 말도 이제는 노랫소리에 흥겨워진 듯 후렴이 불려질 때마다 신이 나게 달려 승객들을 즐겁게 했다. 길가 군데군데에서는 석공이 허리를 펴고 철사로 만든 먼지막이 안경너머로, 이 미친 듯이 떠들어 대고 있는 이륜마차가 먼지를 일으키며 달려가는 뒷모습을 바라보고 있었다. 모두 역 앞에서 마차를 내리자, 목수는 차분한 음성으로 말했다.
 "돌아가시겠다니 섭섭하군요. 좀더 재미있게 놀 수 있었는데……."

그러자 마담은 그럴 듯하게 대답하는 것이었다.
"모든 일에는 때라는 게 있어."
그때 별안간 리베의 머릿속에 멋진 생각이 떠올랐다.
"물론입죠. 내달에는 제가 페캉으로 찾아뵙게 될 겁니다."
하고는 번들번들한 눈초리로 로자를 바라보았다.
"하지만 사람은 성실해야 돼. 오는 것은 좋지만 엉뚱한 짓은 안 하는 게 좋을걸."

마담은 이 한마디를 하고 입을 다물었다. 리베는 대답할 말을 잊었다. 그때 기적 소리가 들려 오자 급히 그들에게 키스하기 시작했다. 로자 차례가 되자 그녀의 입술에 키스하려고 애를 태웠지만 그 입술은 웃는 표정으로 굳게 닫힌 채, 재빨리 옆으로 피해 상대방을 당황하게 만들었다. 여인을 두 팔로 붙들고 있으면서도, 그는 최후의 목적을 달성할 수 없었다. 그것도 그럴 것이 오른손에 들고 있는 큰 말채찍이 방해물이 되었기 때문이며, 그녀에게 키스하려고 애쓰는 중에도 그는 정신없이 말채찍을 로자의 등뒤에서 휘두르고 있었기 때문이었다.

"루앙으로 가시는 분은 차를 타 주시기 바랍니다."
하는 역무원의 외침 소리가 들렸다. 그녀들은 차에 올라탔다. 기적 소리가 길게 울리자 '칙칙' 하는 기관차 소리가 시끄럽게 울리고 기차 바퀴도 조금씩 힘있게 움직이기 시작했다. 리베는 역 구내로부터 나오자 개찰구에 서서 다시 한 번 로자의 모습을 보려고 했다. 인간이라는 화물을 실은 기차가 자기 앞을 통과할 때에는 채찍을 울리며 목청껏 노래부르기 시작했다.

> 팔에는 탐스럽게 살이 오르고
> 다리도 쭉 곧아 보기 좋았지
> 하지만 그것은 옛날 이야기
> 모두가 지난날의 꿈이었다네!

그리고는 흰 손수건이 나풀거리며 떨어져 가는 기차를 바라보았다.

3

 그녀들은 기차가 목적지에 도착할 때까지 잠들어 버렸다. 충족한 양심의 평화스런 잠이었다. 그녀들이 실컷 잠자고 기분을 새로이 한 후 이제부터 매일 밤 열심히 일하리라 생각하며 집에 돌아왔을 때 마담은 한마디 하지 않고는 못 배겼다.
 "인간이란 할 수 없어, 이젠 장사도 하고 싶지 않아."
 그녀들은 급히 식사를 끝내자 평상시와 같이 전투복을 갖춰 입고는 낯익은 손님들을 기다렸다. 현관 앞 작은 램프에도 불이 켜졌다. 이 마리아의 등불은 어린 양들이 다시 그 우리 속에 돌아왔다고 지나가는 사람들에게 알리고 있는 것이었다.
 누가 어떤 식으로 전했는지 다시금 이 읍에 소식이 퍼졌다. 은행가의 아들인 필립은 친절하게도 집안에 틀어박혀 있는 투르느보 씨에게 달려와 이 소식을 알려 주는 것이었다. 마침 건어물상 주인은 으레 하는 습관대로 월요 만찬회를 열어 많은 친척들을 초대하여 커피를 마시고 있을 때였다. 어떤 사나이가 편지를 가지고 나타났다. 투르느보 씨는 봉투를 뜯자마자 얼굴이 새파래졌다. 거기에는 연필로 이런 글귀가 씌어 있을 뿐이었다.
 '대구를 가득 실은 배가 입항했음. 장사하기에는 절호의 기회. 즉시 나오십시오.'
 그는 주머니를 뒤져 재빨리 이십 센트의 팁을 주고는 갑자기 귀 밑까지 붉어진 얼굴로,
 "여보, 급히 좀 다녀와야겠소."
하며, 이 간단한 수수께끼 같은 쪽지를 아내에게 보였다. 그리고 초인종을 울려서 하녀가 나타나자,
 "자, 외투하고 모자를 좀 가져와."

하고 서두르는 것이었다. 그는 거리로 나오자 휘파람 소리를 내며 달렸다. 길은 보통 때의 갑절이나 먼 듯하였다. 그만큼 그는 마음이 급했던 것이다.

 테리에 집은 마치 잔칫집 같았다. 아래층은 선창에 있는 패들이 귀가 터질 듯 떠들어 대고 있었다. 루이즈와 플로라는 누구에게나 건성으로 대답하며 여기서 한 잔, 저기서 한 잔 마셔 참으로 '두 대의 펌프'라는 별명에 부끄러움이 없을 만큼 마셔 대고 있었다. 이미 두 손님에게 한시에 부름을 받기로 예약이 된 터이어서 그대로 마셔 대다가는 밤의 사업에 지장이 있지나 않을까 염려될 정도였다.

 이층의 모임은 아홉시에는 이미 만원이었다. 벌써부터 마담에게 플라토닉한 연정으로 가슴 태우고 있던 상업 재판소의 판사 바스 씨는 구석에서 무엇인가 소곤거리고 있었다. 그리고 무엇인가 서로 마음이 통하는지 두 사람 모두 기쁜 듯이 싱글대고 있었다. 전 읍장인 푸랑 씨는 로자를 자기의 무릎 위에 올려 놓고 있었다. 로자는 무릎 위에서 그를 마주보고는 이 사람 좋은 아저씨의 흰 수염 속에 두 손을 넣고 까불어 댔다. 사나이의 검은 나사(羅紗) 바지 비스듬히 여인의 새하얀 허벅지가 말려 올라간 샛노란 비단 스커트 사이로 엿보이고 있었다. 그리고 빨간 스타킹에는 여행길에서 행상인에게 받은 파란 양말 대님이 매어져 있었다. 덩치가 큰 페르낭드는 소파 위에 누운 채, 두 다리를 징세관 팡페스 씨의 배 위에 올려 놓고 몸은 필립 청년의 조끼에 기댄 채, 오른팔로는 상대방의 목을 감고 왼손으로는 담배를 피우고 있었다. 라파엘은 보험대리점을 경영하는 뒤퓌 씨와 교섭 중인 모양이다. 그리고 그녀의 회담은 다음과 같은 말로 끝맺었다.

 "여보 당신, 물론 오케이예요. 오늘 저녁 같은 때는 이쪽에서 부탁하고 싶을 정도인걸요."
하고 재빨리 몸을 일으켜 혼자 춤추며 살롱을 한 바퀴 돌고,
 "오늘 밤에는 여러분이 원하는 대롭니다."
하고 말했다.

 이때 문이 요란하게 열리고, 거기에 투르느보 씨가 나타났다. 열광적인 환성과 함께 모두들,

"투르느보 만세!"

라고 외쳤다. 그리고 계속 살롱에서 돌고 있던 라파엘이 비틀거리며 그의 가슴에 쓰러졌다. 상대방은 기회는 이때다! 하는 생각에 여인을 힘껏 껴안고, 다짜고짜 안아 올리고는 살롱을 가로질러 안쪽의 문을 열고 만장의 갈채를 받으며, 침실 계단 쪽으로 사라져 버렸다. 아까부터 전 읍장 마음을 들뜨게 만들고 있던 로자는 쉴새없이 키스를 퍼붓고, 또 양쪽 구레나룻을 끌어당겨 머리를 똑바로 세우려 하다가, 바로 이때 선례(先例)가 생겼으므로,

"자아, 빨리 우리도 저렇게 해요."

하고 속삭이자 영감도 엉덩이를 일으켰다. 그리고 조끼를 고쳐 입고 여인의 뒤를 따라갔다. 비상금이 들어 있는 주머니 속을 번번이 확인해 보면서.

페르낭드와 마담만이 네 손님과 함께 남겨지자 필립이 소리쳤다.

"내가 샴페인을 내죠. 마담 테리에, 세 병만 가져오게 해요."

그러자 페르낭드는 청년에게 매달리며 귓전에 속삭였다.

"우리들에게 춤 좀 추게 해 줘요, 네? 어서요."

청년이 일어나 한쪽 구석에서 잠자고 있던 낡은 피아노 앞에 앉자, 목쉰 소리와 같은 애런한 왈츠 곡이 연주되었다.

덩치 큰 페르낭드는 징수관과 한짝이 되고 마담은 바스 씨 팔에 안겼다. 그리고 두 쌍의 남녀는 서로 쉴새없이 키스를 나누며 춤을 추었다. 바스 씨는 옛날에 사교계 출입도 많이 해 본 솜씨여서 춤도 멋지게 추었다. 마담은 황홀한 눈초리로, '네'라고 대답이라도 하는 듯 상대방을 쳐다보고 있었다. 그것은 말 이상으로 조심스럽고 달콤한 '네'였다.

프레데릭이 샴페인을 가지고 왔다. 첫 번째 병마개가 튀자 필립은 커드릴 춤곡을 연주했다. 네 사람은 매우 세련되게 춤췄다. 점잖을 빼거나 고개를 숙이거나 인사를 나누거나 하는, 매우 멋진 자태였다. 춤추기를 끝내자 모두들 샴페인을 마시기 시작했다. 그때 투르느보 씨가 나타났다. 매우 만족하고 기분이 가벼워진 듯한 얼굴이었다. 그는 소리쳤다.

"까닭을 모르겠어, 여하튼 오늘의 라파엘은 만점이야."

이어서 누군가가 내민 술잔을 단숨에 들이켜고는 말했다.

"음, 오래 살고 볼 일이야."

재빨리 필립은 흥겨운 폴카를 연주하기 시작했다. 투르느보 씨는 '유태미인'과 짝을 이루자, 상대방의 발이 마루에 닿지 못할 정도로 쉴새없이 공중에 치켜올리며 춤을 추었다. 팡페스 씨와 바스 씨는 조금 전의 춤 상대를 찾아내고는 또다시 춤을 추었다. 그중 한 쌍은 이따금 난로 근처에서 멈추고는 탐스럽게 거품이 이는 샴페인 잔에 입을 대고 재빨리 샴페인을 마셨다. 춤은 언제 끝날지 모를 정도로 그칠 줄 모르는데, 문이 반쯤 열리고 로자가 촛불을 들고 나타났다. 머리는 풀어 흐트러지고, 발에는 헌 구두를 신고 속치마 바람으로 새빨갛게 상기된 얼굴이었다.

"나도 춤추겠어요."
하고 그녀가 소리치자 라파엘이 물었다.
"손님은 어떻게 했니?"
로자는 뱉듯이 말했다.
"그이 말이야? 벌써 꿈나라지, 금세 곯아떨어지지 뭐야."
로자는 소파 위에서 멍해 있는 뒤퐈 씨를 붙들고는 폴카를 추기 시작했다. 그러나 샴페인 병은 벌써 비어 있었다.
"내가 한 병 사지"
하고 투르느보 씨가 호기를 보이자,
"나도 사지!"
하고 뒤퐈 씨도 소리쳤다. 그러자 박수갈채가 터졌다.

이렇게 되자 이제부터는 정식 무도회가 되었다. 간혹 아래층 카페의 루이즈와 플로라까지 급히 빠져나와서는, 아래층에서 손님들이 화내고 있는 것도 아랑곳없이 재빨리 한바탕 춤추고는 다시 뛰어 내려가는 것이었다. 한밤중이 되어도 춤은 계속되었다. 가끔 여인 중에서 하나가 사라져 버렸다. 그것도 모르고 춤 상대로 삼으려고 찾는 사이에, 사나이 중의 하나도 없어진 것을 문득 깨달았다.

"당신 둘이서 도대체 어디 갔다 오는 거요?"
마침 팡페스 씨가 페르낭드와 함께 나타나는 것을 붙들고 필립이 놀림조

로 묻자,

"잠깐 푸랑 씨의 잠자는 얼굴을 보고 왔지."
라고 말하여 이 대답은 굉장한 인기를 끌었다.

그로부터 너도 나도 할 것 없이 여인들 중 누군가를 데리고 푸랑 씨의 잠자는 얼굴을 보러 가는 것이었다.

여인들은 오늘 밤에는 이상할 정도로 솔직했다. 마담은 가만히 눈을 감고 있었다. 그리고 한쪽 구석에서 바스 씨와 시간 가는 줄 모르고 밀담을 나누고 있는 것은 아무래도 기왕에 결정된 사항의 최후 마무리를 하고 있는 모양이었다.

한시가 되자 아내가 있는 투르느보 씨와 팡페스 씨는 집에 가겠다고 말하고는 계산서를 청구했다. 그런데 계산서에는 샴페인 값뿐이고, 그것도 보통 때는 한 병에 십 프랑 하던 것이 육 프랑으로 할인되어 있었다. 그래서 두 사람이 마담의 호의에 놀란 표정을 짓자 마담은 밝은 표정으로 재빨리 대답하는 것이었다.

"매일 잔치가 있는 건 아니니까요."

비계 덩어리

　며칠을 두고 줄곧 패주해 가는 군대의 한 떼가 차례차례 이 거리를 지나 갔다. 그것은 이미 군대가 아니라 산산이 흩어진 오합지졸에 지나지 않았 다. 군인들은 저마다 더부룩한 수염이 자랄 대로 자라 있었고 군복은 찢어 진 채 깃발도 대열도 없이 기진맥진한 걸음걸이로 걷고 있었다. 모두 지쳐 서 녹초가 되어 생각할 힘도 결심할 힘도 없이 다만 타성으로 걷고 있는 데 불과했으며, 발걸음을 멈추기만 하면 틀림없이 쓰러질 것 같이 보였다. 그 중에서도 징발을 당한 사람들이 눈에 띄었다. 온건한 사람들, 안온하게 연 금(年金)으로 살던 사람들이 총의 무게 때문에 등을 구부리고 있었다. 그리 고 청년 유격대들, 민첩하고 재빨리 감격에 불타지만 물새의 퍼덕임 소리에 도 쉽사리 놀라는 패들, 이들은 용감하게 출격하지만 도망질도 빠르다.
　이 패들에 섞여 몇 명인가의 빨간 바지들이 보였다. 어떤 큰 전투에서 분 쇄당한 사단의 패잔병이다. 음울한 얼굴을 한 포병이 이런 잡다한 보병들과 같이 줄지어 가고 있었다. 이따금 무거운 발을 이끌고 한결 발걸음이 가벼 운 포병들을 뒤쫓아 가느라고 고생하는 용기병(龍騎兵)의 철모가 번쩍거렸 다.
　다음에 '패전의 복수자'니 '무덤의 시민'이니 '죽음을 나누는 자'니 하는 씩씩한 부대명을 붙인 위용군들이 산적 같은 모양을 하고 지나갔다. 그들의 대장은 원래는 포목상 또는 고물상들이었거나 기름 장수 또는 비누 장수들이었는데, 군인이 된 것은 우연한 기회에 의해서였고, 장교로 임명된 것은 돈이 많다거나 수염이 긴 덕택이었다. 무기와 견장과 휘장 등으로 몸을 싸고 쩽쩽 울리는 목소리로 지껄이며 작전 계획을 논하고, 빈사 상태에 빠진 프랑스를 자기들만의 힘으로 짊어져 보겠다는 듯이 말하고 있었다. 그러나 그들은 때로 자기 부하를 겁낼 때도 있었다. 아무튼 극악 무도한 무리들이라 가끔 당치도 않은 만용을 부리기도 하지만 약탈과 방탕을 일삼고 있었다.

이윽고 프러시아 군이 루앙으로 진격해 온다는 소문이 떠돌았다.

국민들은 두 달 전부터 부근의 숲 속을 조심스럽게 정찰하다가 때로는 자기네의 보초병을 쏘기도 하고 덤불 밑에서 토끼 새끼라도 움직일라치면 허둥지둥 전투 태세를 취하기도 했지만 지금은 저마다 집으로 돌아가 있었다. 국민군의 무기며 군복, 얼마 전까지 삼십 리 사방 국도에 있는 이정표의 돌을 놀라게 하고 있던 모든 살육 도구는 홀연히 자취를 감추고 말았다.

프랑스 군 맨 뒤에 처진 병사가 때마침 센 강을 다 건넜다. 생 스베르와 부르 아샤르를 거쳐 풍 오드메르로 나가기 위해서이다. 맨 나중에 걸어온 장군은 절망에 잠겨 이와 같은 지리멸렬한 부대로는 아무것도 계획할 수도 없이 늘 이기던 싸움밖에 모르던 국민, 그리고 그 전설적 용맹에도 불구하고 지금 참담한 패배를 맛본 국민의 일대 괴열 가운데서 그 자신 넋을 잃고 두 부관에게 부축을 받으면서 터벅터벅 걸어가는 것이었다.

그리고 깊은 정적이, 공포를 섞은 침묵이 거리에 감돌았다. 장사 때문에 거세당한 많은 배불뚝이 시민은 불안한 심정으로 승리자의 입성을 기다리고 있었다. 고기를 굽는 쇠꼬챙이나 커다란 식칼을 무기로 취급당하지나 않을까 하고 불안했던 것이다.

시민들의 생활은 마치 정지된 것 같았다. 가게마다 문을 닫고 한길은 조용했다. 이따금 주민 하나가 이 침묵에 겁을 먹고 빠른 걸음으로 처마 밑을 달려갔다.

기다리는 동안의 불안이 오히려 적의 도래를 바라게 하는 것이었다. 프랑스 군이 철수한 이튿날 오후, 어디서 나타났는지 네댓 명의 프러시아 창기병(槍騎兵)이 허공을 날 듯이 거리를 가로질러 갔다. 그런 다음 조금 지나 하나의 새까만 무리가 생트 카트린 언덕을 내려왔다 싶자 다른 두 갈래의 침입군의 물결이 다른느탈과 부와기욤 가도를 지나 밀어닥쳤다. 세 부대의 진위 부대는 같은 시각에 시청 광장에서 만났다. 그리고 부근의 거리라는 거리는 모두 메우며 독일군이 딱딱하고 정연한 발걸음으로 포도를 울리면서 당당하게 대열을 펴고 도착했다.

귀에 익지 않은, 어딘지 목구멍에 걸린 듯한 소리로 외치는 구령이 죽은 듯이 잠잠한 집들 밑에서 치솟아 올랐다. 닫아 놓은 덧문 뒤에서 눈이라는 눈이 승리에 기세 등등한 이 사나이들을, '전쟁의 권리'에 의한 거리의 지배자들을, 재산과 생명의 지배자들을 엿보고 있었다. 주민들은 컴컴한 방안에서 어떤 지혜나 힘으로도 대처할 수 없는 대홍수나 대지진을 만난 것처럼 경악 속에서 떨고 있는 것이었다. 대개 이와 같은 감정은 정연하던 질서가 뒤집힐 때마다 안전감이 소실되고, 인간의 법칙과 자연의 법칙에 의해 보호되고 있던 모든 것이 무자각하고 잔인한 폭력의 손아귀에 잡히게 될 때마다 되풀이하여 나타난다.

무너지는 집 밑에 온 주민을 깔아 죽이는 지진, 물에 빠진 농부를 소의 시체와 지붕에서 떨어져 나온 들보와 함께 떠내려 보내는 홍수, 방어하여 싸우는 사람을 살육하고 나머지 사람을 포로로 하여 끌고 가며 칼의 이름 아래 약탈하고 대포를 쏘아 대며 신에 감사하는 승리의 군대, 그들은 다같이 무서운 재앙이며 영원한 정의에 대한 모든 신앙을 뒤집어엎고, 사람이 가르치는 하늘의 가호와 인간 이성에 대한 신뢰를 의심스럽게 한다.

적은 대여섯 명씩 한 덩어리가 되어 집집마다 문을 두드려 열게 하고 집안으로 들어갔다. 침입에 따른 점령이다. 승리자에게 아첨할 의무가 피정복자에게 부과된 것이다.

얼마 정도 시간이 지나자 처음의 공포는 사라지고 새로운 평온이 돌아왔다. 많은 가정에서는 프러시아 장교가 가족들의 식탁에서 식사를 했다. 때로는 교양있게 자란 사람도 있어, 예의로써 프랑스를 딱하게 여기며 본의 아니게 이 전쟁에 참가한 데 대한 것을 화제로 삼았다. 사람들은 그 마음씨에 감사했다. 그리고 언젠가는 이 사람의 보호를 받아야 할지도 모른다고 생각했다. 이 사람을 소중히 다루어 두면 숙박을 할당받은 병사들의 수를 줄여 줄지도 모른다. 게다가 살리고 죽이는 권리를 가진 사람을 무엇 때문에 마음 상하게 할 필요가 있을까? 그런 짓을 하는 것은 용기라기보다 만용이라는 것이다—만용이라는 것은 이미 루앙 시민들이 알 바 없는 결점이다. 옛날, 이 거리가 영웅적인 방어전을 하여 이름을 떨친 시대와 같은 무모한 만용을 이제는 볼 수가 없다—마침내 사람들은 이런 식으로 스스로를 타이르고 있었다—프랑스적 우아함에서 끌어낸 마지막 수단 같은 이유이긴 하지만—공식 장소에서만 친절하게 하지 않는다면 집안에서 정중히 대하는 것쯤 무방하겠지. 그래서 밖에서는 모르는 척하면서도 집안에서는 기꺼이 이야기를 하게 되었다. 거리 그 자체도 조금씩 본래 상태로 돌아가고 있었다. 프랑스 사람은 아직 별로 외출하지 않았지만 프러시아 군은 한길에 우글대고 있었다. 그리고 그들의 큰 살육 도구를 이것보라는 듯이 포도 위로 끌고 다니는 푸른 옷차림의 경기병(輕騎兵) 장교들도, 작년에 같은 카페에서 술을 마시고 있던 프랑스 엽기병(獵騎兵) 장교에 비해 그다지 심하게 일반 시민을 경멸하는 것 같지는 않았다.

그렇다고는 하나 무언지 미묘한 분위기가 감돌고 있었다. 무언지 미묘한 미지의 것, 견딜 수 없는 이질적인 분위기, 주위 가득히 퍼진 어떤 냄새, 점령의 냄새라고 할 수 있는 그런 냄새가 감돌고 있었다. 집집마다를 채우고 광장을 채우고 음식맛을 변하게 하고 사람들에게 고향을 떠나 멀리 객지에 있는 듯한 인상을, 위험한 야만족들 속에 있는 듯한 인상을 주는 것이었다.

정복군은 돈을, 많은 돈을 요구했다. 주민들은 요구할 때마다 주었다. 사실 그들은 부자들이었다. 그러나 노르망디의 큰 상인은 부유할수록 모든 희생을 치르는 것이 고통의 씨가 되고 그들 재산의 최소 부분이라도 남의 손에 넘어가는 것을 보는 것이 괴로워졌다.

그러는 동안 강물 하류를 따라 이삼십 리쯤 되는 곳에 크르와세, 디에프달르, 혹은 비에사르 근처에서 뱃사공이나 어부들이 종종 독일 병사의 시체를 끌어올리는 일이 있었다. 단도에 찔려 죽은 사람, 발길에 채여서 죽은 사람, 돌로 머리가 깨진 사람, 혹은 다리 위에서 떠밀려 떨어져 죽은 사람으로 군복 차림의 몸이 물에 불어 있었다. 강물은 이러한 은밀하고 야만적이며, 더구나 당연한 복수를 아무도 모르는 영웅적 행동을, 대낮의 전투보다도 위험하고 영예의 반향도 없는 무언의 공격을 밑바닥 어둠 속에 파묻어 버렸다.

대개 외국인에 대한 증오는 하나의 사상을 위해서 목숨을 걸고 앞뒤를 가리지 않는 무리들에게 항상 무기를 소지하게끔 하였기 때문이다.

요컨대 침입군은 엄격한 규율 아래 거리를 정복은 했지만 승전의 진군중에 범해 왔다는 소문난 잔학 행위를 여기서는 전혀 하지 않았기 때문에 시민들은 차츰 대담해졌고 장사꾼의 기질이 또다시 이 고장 상인들의 마음속에 머리를 쳐들기 시작했다. 개중에는 프랑스 군이 점령하고 있는 르 아브르에 막대한 이익이 될 거래를 가진 사람도 있었다. 그들은 디에프까지 육로로 가서 거기서 배를 타고 르 아브르 항구까지 가 보려고 생각하게 되었다. 그들이 사귀었던 독일 장교한테 부탁하여 사령관에게서 출발 허가증을 얻었다.

이 여행을 위해 네 필의 말이 끄는 커다란 사두 마차가 마련되고 열 명의 손님이 좌석을 신청했다. 어느 화요일 아침, 몰려드는 사람들을 피하여 새벽이 되기 전에 떠나기로 결정되었다. 얼마 전부터 이미 얼음이 어는 철이 되어서 땅은 꽁꽁 얼어붙어 있었다. 어제 월요일 세시쯤에 북쪽에서 커다란 검은 구름이 움직인다 싶자 눈이 내리기 시작하더니 저녁때부터 밤까지 쉴 새없이 계속 내렸다. 새벽 네시 반, 승객들은 노르망디 호텔 앞마당에 모였다. 거기서 마차를 타기로 되어 있었던 것이다. 모두들 아직 잠이 깨지 않아 무릎 덮개를 뒤집어쓰고 추위에 오들오들 떨고 있었다. 어두워서 서로의 얼굴도 구별할 수가 없었으며 두터운 겨울옷을 여러 겹 껴입었으므로 모두들 길다란 옷을 입은 뚱뚱한 사제(司祭)와 흡사한 몰골이었다. 그러나 그러는 동안 두 사람이 서로 얼굴을 알아보았고, 거기에 세 번째 사람도 다가가서 이야기가 시작되었다.

"아내를 데려갑니다."
하고 한 사람이 말했다.
"나도 그렇습니다."
"나 역시 그래요."
맨 먼저 말한 사람이 덧붙여 말했다.
"우리는 루앙으로는 돌아오지 않겠어요. 프러시아 군이 르 아브르에 접근해 온다면 영국으로 건너가겠어요."
모두들 계획이 같았다. 그들은 비슷한 성질을 가진 사람들이었으니까.
그런데 좀처럼 마차에 말을 매지 않았다. 이따금 마부의 손에 들린 조그만 등불이 컴컴한 이쪽 문에서 나왔다가는 금방 다른 문으로 빨려들어갔다. 말이 바닥을 찼지만 짚이 깔려 있었기 때문에 가벼운 소리밖에 나지 않았다. 말에게 말을 걸거나 욕질하는 남자의 목소리가 건물 안에서 들려 왔다. 가냘픈 방울 소리가 마구(馬具)를 만지고 있다는 기척을 낼 뿐이었다. 그 소리는 곧 연속된 밝은 음색으로 바뀌어 말의 걸음에 따라 주위의 공기를 흔들어 놓았다. 이따금 멎는가 하면 땅을 밟는 둔한 소리와 함께 또 짤랑짤랑 소리를 냈다.
문이 갑자기 닫혔다. 모든 소리가 뚝 끊어졌다. 승객들은 추위에 얼어붙은 듯 입을 다물고 몸을 꼿꼿이 하고 서 있었다.
끝없이 내리는 눈의 장막이 땅에 떨어지면서 줄곧 반짝반짝 빛을 냈다. 모든 것이 형체를 지니고 주위를 얼음 이끼로 감쌌다. 괴괴하게 겨울이라는 옷 밑에 파묻힌 거리의 거대한 침묵 속에서 쏟아지는 눈의 막연하고 형언하기 어려운 흔들거리는 스침 소리밖에 들리지 않았다. 그것은 소리라기보다 느낌이었으며, 공간을 채우고 온 세상을 휘덮을까 싶은 가벼운 분자의 뒤섞임이었다.
마부가 등불을 들고 마지못해 걸어오는 처량한 말의 고삐를 끌고 또다시 나타났다. 그는 말을 마차채에 매고 멍에 줄을 걸고는 오랫동안 돌아다니며 마구를 조사했다. 등불을 들고 있기 때문에 한쪽 손밖에 쓸 수가 없었다.
두 번째 말을 끌러 가려다가 승객들이 눈을 새하얗게 뒤집어쓰고 그 자리에 꼼짝 않고 있는 것을 보자 말을 걸었다.
"왜 마차에 타지 않으세요? 하다 못해 눈만이라도 피할 수 있을 텐데."
승객들은 그런 것은 생각도 하지 못했는데, 그 말을 듣고 보니 과연 그렇다 싶어 얼른 마차에 탔다. 아까 그 세 사람의 남자들은 저마다 아내를 안에 앉히고 뒤따라 올라탔다. 그런 다음 무엇인가를 쓴 몇 명의 사람들이 아무 말 없이 남은 자리에 앉았다.
바닥에는 짚이 깔려 있어, 그 속에 발을 묻도록 되어 있었다. 안쪽에 탄부인들은 가공탄(加工炭)을 피우는 작은 놋난로를 가지고 와서 거기에 불을 붙이고는 얼마 동안 낮은 목소리로 벌써 오래 전부터 알고 있던 난로의 이점에 대해 늘어놓았다.
가끼스로 미치에 말을 매는 작업이 끝났다. 짐이 무겁다는 이유로 네 필이 아니라 여섯 필이 매어졌다. 밖에서 누군가 외치는 소리가 들렸다.
"여러분, 다들 타셨소?"
안에서 대답했다.
"아, 다 탔소."
마차는 떠났다.
말은 잔걸음으로 천천히 나아갔다.
바퀴가 눈 속에 파묻혔다. 차체 전부가 둔중한 소리를 내며 삐걱거렸다. 말들은 미끄러지고 숨을 헐떡거리며 김을 무럭무럭 내뿜고 있었다. 마부의 커다란 채찍이 쉴새없이 울리며 팔방으로 날았고 가느다란 뱀처럼 얽혔다가는 다시 뻗었다. 그리고 불룩하게 솟아오른 어느 놈의 엉덩이를 별안간 후려갈겼다. 그러면 그 엉덩이는 왈칵 힘을 주어 더욱 불룩해졌다.
어느새 사방이 차츰 훤해지기 시작했다. 루앙 토박이인 손님 한 사람이 솜송이 비라고 비유했던 가벼운 눈송이는 이미 멎었다. 뿌연 햇빛이 무겁게 드리워진 어두운 구름 사이로 새어나와 들판의 흰빛을 더욱 눈부시게 만들었다. 들판에는 이따금 상고대를 뒤집어쓴 키 큰 나무들의 줄이 나타났고, 또는 눈으로 두건을 쓴 초가집이 보였다.
마차 안에서 사람들은 이 뿌연 새벽빛으로 서로의 얼굴을 신기한 듯이 보고 있었다.

맨 안쪽의 제일 좋은 자리에는 그랑퐁 거리의 포도주 도매상인 르와조 부부가 마주 앉아 졸고 있었다. 르와조는 전에 점원이었는데 상점 주인이 사업에 실패하자 그 주(株)를 사서 한미천 잡은 인물이었다. 시골 소매업자들에게 아주 나쁜 포도주를 헐값에 팔아, 아는 사람이나 친구들 사이에서는 몹쓸 놈이라고 정평이 나 있었다. 술책에 능하며 장난을 즐기는 전형적인 노르망디 본토박이라는 소리를 듣고 있었다.

속임수가 능하다는 소문은 이미 자자하였는데, 어느 날 밤 지사 관저에서 우화시와 노래 작가이며, 날카로운 야유꾼으로 유명한 투르넬 씨가 부인들의 졸음 오는 듯한 모양을 보고 '르와조 볼르('새가 난다', '르와조가 훔친다'는 두 가지 뜻이 있음)' 놀이를 하자고 제안했더니, 이 말이 곧 지사네 손님들 사이에 퍼져 한 달 동안 이 지방의 모든 사람들을 웃겼을 정도였다.

르와조는 그뿐만 아니라 온갖 종류의 나쁜 장난으로 유명했으며, 악의 없는 농담, 또는 악의 있는 농담을 하는 것이 자랑이었다. 누구나 그의 말을 한 뒤에 곧 이렇게 덧붙이지 않을 수가 없었다.

"정말 재미있는 녀석이야, 르와조는."

몹시 키가 작고 배가 풍선처럼 튀어나온 데다 그 위에 희끗희끗한 구레나룻으로 둘러싸인 붉은 얼굴이 얹혀 있는 꼴이었다. 마누라는 키가 크고 뚱뚱하며, 날쌔고 목소리가 컸으며, 결단력이 빨라서 남편이 유쾌하게 일을 하여 활기를 띤 가게에 질서를 세워 처리를 하고 있었다.

그들 곁에는 더 상류 계급에 속해 있는 카레 라마동 씨가 르와조보다 위엄 있는 태도로 앉아 있었다. 훌륭한 인물로서 면업계(綿業界)의 고참인 데다 세 개의 방직공장을 가졌으며, 레종 도뇌르 훈장까지 받았던 도의원이었다. 그는 제정시대부터 쭉 호의적 야당 우두머리로서 지내왔다. 그것은 오로지 그 자신의 표현에 따른다면 예의바른 무기를 가지고 공격한 주장에 대한 가담을 높이 평가하기 위한 것에 지나지 않았다. 카레 라마동 부인은 남편보다 훨씬 나이가 어렸으며, 루앙 주둔 부대에 파견되어 오는 상류 가정 출신의 장교들에게는 위안이 되는 여인이었다. 그녀가 남편과 마주앉은 모습은 진정 귀엽고 아름다웠다. 그녀는 털옷에 묻혀 안타까운 눈초리로 한심스러운 마차 안을 둘러보고 있었다.

그 옆 자리의 위베르 드 브레빌 백작 부부는 노르망디 제일의 유서 깊은 집안의 주인이었다. 백작은 풍채가 훌륭한 노귀족으로서, 몸치장이 앙리 4세와 닮은 점을 한층 더 두드러지게 하려고 애쓰고 있었다. 이 집안으로서는 영광스럽기 그지없는 어떤 전설에 의하면 앙리 4세가 브레빌 집안의 부인을 임신케 하였는데, 이 일로 하여 남편은 백작의 칭호를 받았으며, 지방총독에 임명되었다고 한다.

도의회에서 카레 라마동 씨의 동료인 위베르 백작은 오를레앙 왕당파를 대표하고 있었다. 낭트의 보잘것없는 선주(船主)의 딸과 백작과의 결혼은 지금껏 수수께끼에 싸여 있었다. 그러나 백작 부인은 인품이 훌륭했고 그 어떤 귀족보다도 손님 접대가 능숙했다. 그뿐만 아니라 루이 필립의 어떤 왕자로부터 사랑을 받은 일까지 있어 온 나라의 귀족이 그녀를 극진하게 대했다. 부인의 살롱은 이 지방에서는 첫손에 꼽혔고 옛날의 범절이 남아 있는 유일한 곳으로서 거기에 출입하기가 매우 어려웠다.

브레빌 집안의 재산은 모두 부동산이며, 연수입은 오십만 프랑에 이른다고들 했다.

이들 여섯 명의 인물이 마차의 맨 안쪽에 앉아 있었다. 이들은 수입이 있고 안온하고 행복하며 권력을 갖는 사회, 종교를 갖고 온후한 도덕심을 갖는 성실한 사람들측을 대표하고 있었다.

그런데 기묘한 우연으로 말미암아 부인들 모두가 같은 쪽에 앉아 있었다. 백작 부인 옆 자리에는 두 명의 수녀가 앉아 있었다. 두 수녀는 '파테르'와 '아베'를 입 속으로 외면서 길다란 묵주를 만지작거리고 있었다. 한 사람은 늙었는데 마치 아주 가까운 거리에서 얼굴 가득히 산탄(霰彈)을 맞은 것처럼 곰보 자국이 있었다. 또 한 사람은 젊었지만 보기만 해도 병든 사람 같았으며, 순교자가 견신자(見神者)를 만들어내는 그 열렬한 신앙에 좀먹힌 가슴 위에 병색이 깃든 예쁜 얼굴을 숙이고 있었다.

이 두 수녀와 마주 보는 자리의 남자와 여자가 모든 이들의 주목을 받고 있었다.

　남자는 잘 알려진 인물로서 '공화주의자'인 코르뉘데라 하며 사회 명사들이 두려워하는 존재였다. 그는 이십 년 전부터 그 검붉은 위대한 수염을 민주주의적 카페의 맥주잔에다 줄곧 적셔왔다. 과자 장수인 아버지에게서 물려받은 상당한 재산을 동지 및 친구들과 함께 마셔 버리고, 이토록 막대한 혁명적 소비에 의해 충분히 받을 자격이 있는 지위를 끝내 손에 넣기 위해 공화국의 도래를 기다리고 있었던 것이다.

　9월 4일의 사건 때 아마 누군가의 나쁜 장난 끝이었겠지만, 그는 지사로 임명된 줄로만 알고 있었다. 그러나 취임하려 했을 때 아무도 남지 않은 관청에서 상사나 된 듯 남아 있던 급사들이 그를 지사로서 인정하기를 거부하였기 때문에 뜻대로 되지 않아 그는 어쩔 수 없이 물러나고 말았다. 게다가 그는 퍽 상냥하고 악의가 없고 남의 일에도 발벗고 나서는 성미였으며, 방어진을 조직하는 데 있어서는 비길 데 없는 열성으로 몰두해 왔다. 들판에 구덩이를 파놓게 하고 근방에 있는 숲들의 어린 나무들을 베어 눕히게 하고 길목마다 덫을 놓게 하고서 적이 접근해 오면 자기가 차려놓은 만반의 준비에 만족해하며 재빨리 시내로 철수했다. 새로운 방어 진지가 곧 필요하게 될 르 아브르에 가는 것이 일하는 보람이 있다고 생각하는 것이었다.

　그런데 여자는 소위 매춘부의 한 사람, 어린 나이부터 뚱뚱했으므로 '불 드 쉬프(비계 덩어리)'라는 별명이 붙어 있었다. 키가 작은 데다 어디나 뭉실뭉실 비계 살이 찌고 포동포동한 손가락들은 마디마디 잘록잘록 맺혀 있어서 소시지를 묶주처럼 달아 놓은 것 같았다. 그건 그렇고 윤기 있고 탄력 있는 피부와 옷 밑에서 큼직하게 부풀어 있는 유방이 근사하게 남자들의 구미를 돋구어 인기가 대단했다. 그 싱싱한 자태는 그만큼 보는 사람의 눈을 즐겁게 했다. 얼굴은 빨간 사과나 금방 피어 오른 듯한 모란꽃 봉오리 같았다. 이 얼굴 위에는 근사한 까만 눈이 뜨여져 있고, 눈동자에 그림자를 떨구는 짙고 긴 속눈썹으로 윤곽이 지어져 있었다. 아래쪽에는 반짝이는 잔잔한 이빨이 가지런하였고 조그맣게 오므린 매혹적인 입술이 키스를 기다리는 듯 젖어 있었다.

여자가 누구라는 것을 알자 곧 숙녀들 사이에 속삭임 소리가 일어났다. 그리고 '매춘부'라느니 '사회의 수치'라는 말이 꽤 크게 들렸으므로 여자는 얼굴을 들었다. 그리고 도전적이고 대담한 시선을 주위에 앉아 있는 사람들에게 보냈으므로 곧 깊은 침묵이 흐르고, 르와조를 빼고는 모두 눈을 내리깔고 말았다. 르와조만은 호기 어린 태도로 여자 쪽을 살피고 있었다.

그러나 곧 세 사람의 부인들 사이에서 끊어졌던 대화가 다시 계속되었다. 이 매춘부의 출현이 갑자기 그녀들을 친밀하게 하여 친한 친구처럼 만들어 버렸다. 그녀들은 파렴치한 매춘부를 보자 유부녀의 위엄으로 뭉쳐야 한다는 생각이 들었던 것이다. 대개 합법적인 사랑은 그 자유방자한 상대방을 언제나 경멸의 눈으로 바라보는 것이니까.

세 남자들도 코르뉘데의 모습을 보자 보수당의 본능으로 적대하며, 가난뱅이를 모욕하는 투로 돈에 대한 이야기를 했다. 위베르 백작은 프러시아 군대로 말미암아 입은 자기의 손해, 도둑맞은 가축과 잡쳐 버린 수확 때문에 일어난 손실을, 이러한 손실이 기껏해야 일 년간 쯤의 타격에 지나지 않는다면서 천만장자와 같은 태연한 어조로 말하는 것이었다. 카레 라마동 씨는 면업계에서 괴로운 경험을 쌓고 있으므로 조심성 있게 영국에다 육십만 프랑을 송금해 두었다. 만일의 경우에 대한 대비를 잊은 적이 없었던 것이다. 르와조는 광 속에 남아 있던 포도주를 몽땅 프랑스 군의 병참부에 팔아 치울 수배를 해 두었기 때문에, 국가가 자신에게 막대한 빚을 지고 있어서 르 아브르에 가기만 하면 이 돈을 받게 된다는 것이었다. 세 사람은 서로 정답고 빠른 시선을 교환했다. 비록 신분은 달랐지만 금전에 의해서 형제 같은 기분이 드는 것이었다. 바지 호주머니에 손을 넣어 금화 소리를 짤랑대는 패들, 돈을 가질 수 있는 자들의 커다란 동료의식 같은 것을 느꼈던 것이다.

마차의 속도가 너무 느려서 오전 열시가 되었는데도 겨우 4마일밖에 달리지 못했다. 남자들은 고갯길을 걸어 올라가기 위해 세 번이나 마차에서 내렸다. 모두들 슬슬 걱정이 되기 시작했다. 토트에서 점심 식사를 할 예정이었는데, 이러다가는 밤이 되기 전에 도착하기는 다 틀렸기 때문이었다. 제각기 길가에 주막이라도 없나 하고 살피는 판인데 마차가 눈더미에 묻혀서 끌어내는 데 두 시간이나 걸렸다.

시장기가 심해져서 모두들 정신을 차리지 못했다. 그러나 싸구려 음식점이나 선술집 하나 없었다. 프러시아 군의 접근과 굶주린 프랑스 군이 지나가는 바람에 장사치들은 모두 겁을 먹고 문을 닫아버린 것이었다. 남자들은 먹을 것을 구하려고 길가에 있는 농가들을 쏘다녀 보았으나 빵 한 조각 구하지 못했다. 닥치는 대로 빼앗아 가는 굶주린 병사들이 두려워서 농부들이 먹을 것을 모조리 숨겨 버렸기 때문이었다.

오후 두시쯤, 르와조가 밥통 속에 커다란 구멍이 뚫린 것 같다고 말했다. 누구나가 다 벌써부터 그와 같은 괴로움을 맛보고 있었다. 무언가 먹고 싶다는 욕망이 시시 각각으로 더해 와서 이야기하는 사람조차 없었다. 이따금 누군가가 하품을 했다. 그러자 곧 다른 사람이 그 뒤를 따랐다. 저마다 번갈아가며 그 성격, 그 처세술, 그 사회적 지위에 따라 염치없는 소리를 내거나, 혹은 얌전하게 입을 벌리고 김을 토하는 허허로운 구멍 앞으로 얼른 손을 가져갔다.

'불 드 쉬프'는 네댓 번 스커트 자락께에서 무엇을 찾는 것처럼 몸을 굽혔다. 잠시 망설이다가 옆의 사람들을 쳐다보고는 조용히 몸을 일으켰다. 모두들 얼굴이 창백하게 질려 있었다. 르와조는 작은 햄 주머니가 있다면 천 프랑을 내도 아깝지 않겠다고 말했다. 아내는 당치도 않은 말을 한다는 듯한 몸짓을 하다가 그대로 입을 다물고 말았다. 돈을 낭비한다는 말만 들어도 이 여자는 질색이라 그런 말은 농담조차도 통하지 않았다.

"사실 나도 과히 기분이 좋지 않은데, 어떻게 먹을 것을 가져올 생각을 못 했을까?"
하고 백작이 말했다. 저마다 똑같은 것을 후회하고 있는 것이었다.

그러나 코르뉘데는 럼주(酒)를 채운 수통을 갖고 있었다. 그는 그것을 사람들에게 권했지만, 모두들 쌀쌀맞게 거절했다. 르와조만이 한 모금 마시고 수통을 돌려주면서 인사를 했다.

"좌우간 술이란 좋은 거로군요. 몸이 더워지고 시장기를 잊게 해 주니까요."

술기가 돌자 기분이 들뜬 그는 노래의 가사에 나오는 작은 배 위에서 하는 것처럼 제일 살찐 손님을 잡아먹는 것이 어떠냐고 말했다. 불 드 쉬프를 간접적으로 가리키는 이 농담은 교양 있는 사람들의 기분을 상하게 하여 아무도 맞장구를 치는 사람이 없었다. 코르뉘데만이 빙그레 웃었다. 두 수녀는 입 속으로 중얼거리던 기도를 그치고 커다란 소매 속에 두 손을 쑤셔 넣고는 꼼짝도 않고 완강히 눈을 내리깔고 있었다. 하늘이 보낸 이 괴로움을 하늘에 도로 바치고 있는 것이 틀림없었다.

드디어 세시쯤 마을 하나 없는 끝없는 평야 가운데에 이르렀을 때, 불 드 쉬프는 문득 몸을 굽혀 의자 밑에서 하얀 보자기를 씌운 커다란 바구니를 꺼냈다.

먼저 조그만 사기 접시와 얄팍한 은잔, 그리고 커다란 사발을 꺼냈다. 사발 안에는 통닭 두 마리가 잘게 칼질되어 젤리로 재어져 있었다. 그 밖에도 바구니 안에는 포장해 넣은 다른 맛있는 음식들이 담겨져 있었다. 파이, 과일, 과자 등 객주집 신세를 지지 않고서도 사흘 동안의 여행을 할 수 있게 준비된 음식들이 눈에 띄었다. 너덧 병의 길다란 술병 모가지가 음식물 봉지 사이로 삐죽이 내다보이고 있었다. 여자는 통닭 날갯죽지 하나를 집어들고 노르망디에서 '레장스'라고 부르는 작은 빵을 곁들여서 먹기 시작했다.

모든 시선이 여자 쪽으로 쏠렸다. 곧 주위에 음식 냄새가 퍼졌다. 승객들의 콧구멍이 큼직하게 벌름거리고 입에 군침이 고였으며, 귀 밑 언저리는 턱이 아플 정도로 당겨졌다. 창부에 대한 부인들의 경멸은 광포하리만큼 높아졌다. 죽여 버리든가, 아니면 잔이고 바구니고 음식물이고 간에 몽땅 한꺼번에 눈 속에 내던져 버리고 싶은 심정이었다.

그러나 르와조는 닭이 담긴 사발을 뚫어지게 바라보고 있었다.

"허 참, 이거 용하시군요. 우리들보다 용의주도하셨소. 만사에 준비성 있는 분들이 있지요."

여자는 르와조 쪽으로 고개를 들었다.

"좀 안 드시겠어요? 아침부터 굶는다는 건 못 견딜 노릇이에요."

그는 허리를 굽실했다.

"이거 솔직히 말해서 사양할 수가 없군요. 이젠 도저히 더 참을 수가 없는걸. 전시에는 전시답게 행동해야지요. 그렇지요, 부인?"

그렇게 말하고 주위를 빙 둘러본 다음 덧붙였다.

"이런 판국에 친절히 말해 주는 사람이 있다는 건 정말 반가운 일이지요."

그는 바지가 더러워지지 않도록 신문지를 펴놓고 늘 호주머니 속에 간직하고 있는 칼 끝으로 젤리가 번지르르 흐르는 닭다리 하나를 꽂아 들고 아주 흡족한 듯이 뜯어 대는 바람에, 누군지 신음하는 듯한 큰 한숨 소리를 흘렸다.

그런데 불 드 쉬프는 겸손하고 상냥한 목소리로 수녀들에게 함께 먹기를 권했다. 수녀들은 이 의견을 둘 다 즉석에서 받아들여 여전히 눈을 내리깐 채 고맙다는 인사를 중얼거리고는 얼른 먹기 시작했다. 코르뉘데도 역시 옆 자리 여인의 권유를 거절하지 않았다. 그리고 수녀들과 함께 옆 자리에 신문지를 펴고 즉석 식탁을 만들었다.

쉴새없이 입이 벌어졌다가는 닫혔다. 맹렬한 기세로 집어넣고 씹어서는 꿀꺽 삼켜 댔다. 한구석에서 부지런히 먹고 있던 르와조는 나직한 목소리로 아내에게도 자기처럼 먹으라고 권했다. 아내는 한참 동안 거부하였으나 창자 속에 경련이 일어나자 굴복하고 말았다. 남편은 정중한 말씨를 쓰려고 애를 쓰면서 '매혹적인 행동자'에게 자기 아내에게도 한 조각 나누어줄 수 없겠느냐고 물었다. 여자는 애교 있는 미소와 함께,

"좋습니다."

하면서 사발을 내밀었다.

그런데 보르도 산 포도주의 첫 번째 병마개를 뽑았을 때 좀 난처한 일이 일어났다. 공교롭게도 잔이 하나밖에 없었던 것이다. 잔을 잘 닦아서 돌리기로 했다. 코르뉘데는 여자에 대한 예절에서 그랬겠지만 불 드 쉬프의 입술이 닿아서 젖은 자리에 자기 입술을 갖다 댔다. 그러자 음식을 먹고 있는

사람들에게 둘러싸여 음식에서 발산되는 냄새에 숨이 막힌 브레빌 백작 부부와 카레 라마동 씨 부부는 탕탈의 이름을 남길 꺼림칙한 기아고에 시달렸다. 갑자기 공장 주인의 젊은 부인이 한숨을 쉬었으므로 모두들 돌아보았다. 그녀의 얼굴은 밖에 내린 눈처럼 창백했다. 눈을 감은 채 고개가 푹 수그러졌다. 정신을 잃었던 것이다. 남편은 당황해서 모두에게 도움을 청했다. 모두들 당황할 뿐이었다. 그때 나이먹은 수녀가 환자의 머리를 받쳐들며 불 드 쉬프의 잔을 입술 새로 들이밀고 포도주 몇 방울을 먹였다. 미인으로 소문난 부인은 곧 몸을 움직이고 눈을 뜨더니 미소지으며 이젠 괜찮다고 다 죽어가는 목소리로 말했다. 그러나 수녀는 재발하지 않도록 포도주 한 잔을 가득히 따라서 억지로 마시게 한 다음 이렇게 덧붙였다.

"시장해서 그래요. 별다른 건 없어요."

그러자 불 드 쉬프는 얼굴이 새빨개져서 굶고 있는 네 명의 환자를 보며 말을 떠듬거렸다.

"저 어른들과 부인들도 같이 잡수시면 좋겠지만⋯⋯."

여자는 실례가 될까 봐 두려워서 입을 다물었다. 그러자 르와조가 이렇게 말했다.

"뭘, 이런 판국에는 다들 동기간이나 다름없지요. 서로 돕는 것이 당연하죠. 자 부인들 사양 마시고 호의를 받으십시오. 상관 있나요. 오늘 밤에 지낼 집도 있을지 없을지 모르는 판국에. 이렇게 가다간 내일 오전까지 토트에 도착하긴 다 틀렸어요."

그래도 모두 주저하며 감히 "그럽시다" 하고 나서는 사람은 없었다.

그러나 백작이 문제를 해결했다. 겁을 먹고 있는 창부 쪽으로 돌아앉아 귀족다운 거만한 태도를 보이면서 이렇게 말했다.

"고맙게 받겠소. 부인."

첫발을 들여놓을 때가 어려웠을 뿐, 일단 뤼비콩 강을 건너고 나니 누구나 다 체면이고 뭐고 없었다. 바구니는 거의 바닥이 나고 말았다. 그러나 아직도 간으로 만든 파이, 종달새 파이, 소 혀를 찐 것, 크라산느의 배, 퐁 레벡의 향료 빵, 작은 과자, 초에 담근 오이와 양파가 가득히 들어 있는 단지

가 남아 있었다. 부인들이 모두 그렇듯이 불 드 쉬프도 날 것을 좋아했던 것이었다.

여자에게서 음식을 얻어먹으면서 말을 건네지 않을 수가 없었다. 그래서 이런저런 이야기를 했다. 처음에는 주저했으나 의외로 여자가 얌전했으므로 좀더 경계심을 풀고 이야기하게 되었다. 처세술에 능란한 브레빌 부인과 카레 라마동 부인은 예의에 벗어나지 않을 정도로 싹싹하게 행동했다. 특히 백작 부인은 어느 누구와 접촉해도 흠잡을 데 없는 퍽 지체 높은 귀부인이 발휘하는 너그러운 태도를 발휘했다. 그러나 체구가 큰 르와조 부인은 헌병 같은 근성을 가진 사람이라 도무지 어울리려 하지 않고, 말을 제대로 하지 않는 대신 먹는 것만은 왕성하게 먹고 있었다.

이야기는 자연히 전쟁에 대한 것으로 돌아갔다. 프러시아 군의 잔학성과 프랑스 군의 용감한 활약이 화제가 되었다. 거리를 도망쳐 나온 이 사람들은 이구동성으로 남의 용기를 칭찬했다. 이윽고 개인의 경험담이 시작되었다. 불 드 쉬프는 진정한 감동을 담고 창부들이 가끔 그녀들의 자연스러운 분격을 표명할 경우에 보이는 열띤 말투로 루앙을 떠나 오게 된 사연을 이야기했다.

"처음에는 그냥 그대로 남아 있을 생각이었지요. 먹을 것도 잔뜩 준비되어 있었고 정처없이 시내를 빠져나가는 것보다는 병정 몇 명을 먹이는 편이 낫겠다고 생각했어요. 그런데 막상 그 프러시아 군인을 눈앞에 보니 정말 어쩔 수 없더군요! 저도 모르게 울컥했지요. 온종일 분에 못이겨 울었답니다. 제가 남자라면 그대로 두었겠습니까! 창문으로 흘겨봤지요. 뾰족한 철모를 쓴 살찐 돼지 같은 놈들을 말이에요. 저희 집 하녀가 제 손을 잡고 있었답니다. 제가 놈들의 등에 방안의 물건을 던질 기세였으므로 그것을 못하게 하려고 말이에요. 그러자 저희 집에도 몇 놈이 묵으려고 왔어요. 다짜고짜 저는 맨 먼저 들어선 놈의 목을 겨누고 덤벼들었지요. 놈들이라 해서 목졸라 죽이는 데 다른 사람보다 더 힘들거야 없지 않겠어요? 누군가 제 머리채를 잡아당기지 않았더라면 틀림없이 그 놈을 죽이고 말았을 거예요. 이런 일 때문에 저는 숨어야 했어요. 마침 기회가 있어서 이렇게 나오게 되었답니다!"
 여자는 모두들에게 크게 칭찬을 받았다. 그만한 용기를 보이지 못했던 승객들의 눈에 갑자기 존경할 만한 여자로 비쳤던 것이다. 코르뉘데는 여자의 말을 들으면서 호의를 보내는 듯한 미소를 띠고 있었다. 마치 사제가 신을 찬양한 신자의 말을 듣고 있는 것처럼 대개 법의를 걸친 인간이 종교를 전매(專賣)하듯이 수염을 길게 기른 공화주의자는 애국심의 전매를 할 작정인 것이다. 그는 자기가 이야기할 차례가 돌아오자 점잖은 투로 매일처럼 나붙는 포고문에서 따온 과장된 문구를 늘어놓으면서 이야기했다. 나중에는 당당한 연설 투가 되어 호들갑스럽게 '바댕게의 방탕자(나폴레옹 3세의 별명)'를 규탄했다. 그런데 갑자기 불 드 쉬프가 화를 냈다. 그녀는 보나파르트 편이었던 것이다. 버찌처럼 새빨개진 얼굴로 떠듬거리면서,
 "그분의 위치에 서서 당신네들이 어떻게 하는가를 보고 싶군요. 아마 훌륭하게 하셨겠지요! 그분을 배반한 건 바로 당신네들이 아닙니까! 당신네들 같은 불한당들이 나라를 다스렸던들 프랑스에 남아 있을 사람이 하나라도 있을 줄 아세요?"
 코르뉘데는 얼굴색 하나 바꾸지 않고 거만하게 경멸적인 미소를 띠고 있었는데, 난폭한 말이 금방이라도 튀어나올 듯한 기세였다. 그 순간 백작이 끼어들어 진지한 의견은 모두 존중해야 한다는 말로 위엄 있게 타일러 격분한 창부를 무난히 진정시켰다. 그러지 않았다면 더욱 심한 언쟁이 벌어졌으리라는 것은 뻔한 일이었다. 그러나 백작 부인과 면업가의 부인은 공화국에 대해서 상류사회의 인사들이 지니고 있는 불합리한 증오와 전체 정부에 대해서 모든 여성들이 본능적으로 느끼고 있는 반감을 마음속에 지니고 있었으므로, 자기네들과 감정이 퍽 비슷하고 위엄에 충만된 이 창부에게 자기들답지 않게 끌리고 있음을 느꼈다.
 바구니는 비었다. 열 명이 덤벼들었으니 먹어치우는 데 문제는 없었다. 바구니가 좀더 크지 못했던 것을 아쉬워하는 심정들이었다. 세상 이야기가 한동안 계속되었지만 음식을 다 먹고 나서부터는 약간 열이 식어 버렸다.
 해가 지고 조금씩 어둠이 짙어졌다. 밥통에 음식이 들어가자 추위는 더

욱 심하게 느껴져서 불 드 쉬프는 살이 쪘으면서도 오들오들 떨기 시작했다. 그러자 브레빌 부인이 아침부터 몇 차례 숯을 갈아 넣은 발난로를 쬐라고 내주었다. 불 드 쉬프는 발이 얼어붙을 듯했던 참이라 사양치 않았다. 카레 라마동 부인과 르와조 부인도 자기네들 것을 수녀들에게 빌려 주었다.

마부는 벌써 네모 초롱에 불을 켰다. 초롱은 마차채에 매어진 땀투성이 말 엉덩이에서 무럭무럭 오르는 김을 비추고 길 양쪽의 눈을 비추었다. 움직이는 빛의 반사로 눈이 마구 뒤로 미끄러져 가는 것처럼 보였다. 마차 안은 그만 아무것도 분간할 수가 없어졌다. 그런데 갑자기 불 드 쉬프와 코르뉘데 사이에서 무언지 움직이는 기척이 났다. 어둠 속을 응시하고 있던 르와조는 수염을 기른 이 사나이가 소리없는 기막힌 따귀라도 맞은 듯이 훌쩍 물러나는 것을 본 성싶었다.

앞길에 점점이 작은 등불이 나타났다. 토트이다. 열한 시간을 왔지만, 말에게 귀리를 먹이고 숨을 돌리게 하느라고 네 차례 쉬었던 두 시간을 합치면 열세 시간 걸린 셈이었다. 마차는 마을로 들어가서 오텔 뒤 코메르스(휴게소)라는 간판이 나붙은 여관 앞에 멎었다. 마차 문이 열렸다. 귀에 익은 소리가 모두를 섬뜩하게 했다. 칼이 땅바닥에 부딪는 소리가 아닌가. 그렇게 생각할 겨를도 없이 독일인 목소리가 무어라고 외쳤다. 마차는 움직이지 않았지만 아무도 내리려 하지 않았다. 마치 내리기만 하면 죽을 것을 각오해야 하는 것처럼.

그러자 마부가 초롱을 들고 나타났다. 마차 안에 활짝 흘러 들어온 초롱불이 겁을 먹고 당황한 두 줄의 얼굴을 갑자기 비추었다. 입은 헤 벌리고 눈은 놀라움과 두려움 때문에 커다랗게 벌어져 있었다. 마부 곁에 한 독일 장교가 온몸에 불빛을 받으며 서 있었다. 몹시 마른 금발머리의 후리후리한 이 젊은 장교는 콜셋을 입은 처녀처럼 꽉 째는 군복을 입고 초를 먹인 납작한 모자를 비스듬히 쓰고 있었다. 이 모자 때문에 그는 영국의 호텔 보이처럼 보였다. 선이 곧고 긴 털로 이루어진 그의 코밑 수염은 분수에 맞지 않았는데, 양쪽으로 한없이 가늘게 뻗어 가다가 마지막에는 단 한 오라기의 금빛 털만으로 끝나고 있었다. 그 끝은 너무 가늘어서 보이지도 않았다. 수염이 볼을 당기며 입가를 무겁게 짓누르는 듯하였으며, 입술 위에 밑으로 처진 한 줄기의 주름살을 그어 놓고 있었다.
　알사스 사투리의 프랑스 말로,
　"여러분 내리십시오."
하고 무뚝뚝하게 말하면서 여행자들에게 내리기를 재촉했다.
　두 수녀가 맨 먼저 모든 복종에 익숙한 동정녀 같은 순종으로써 명령에 따랐다. 잇따라 백작 부부가 내리고 공장 주인과 그 아내가 따라 내렸다. 르와조가 몸집이 큰 아내를 떠밀며 나왔다. 르와조는 땅에 발을 내려놓으면서 예의라기보다 조심성에서 장교에게,
　"안녕하십니까?"
하고 말을 걸었다. 장교는 자못 전능한 사나이처럼 건방지게 흘끔 돌아보았을 뿐 대답은 하지 않았다.
　불 드 쉬프와 코르뉘데는 출입구 가까이에 있었는데도 불구하고 맨 나중에 내렸다. 적을 앞에 두고 어마어마하게 앙연한 태도를 취했던 것이다. 뚱뚱한 불 드 쉬프는 되도록 자신을 억제하고 냉정하려 했다. 민주주의자는 검붉은 턱수염을 약간 비극적인 떨리는 손짓으로 줄곧 훑고 있었다. 이런 경우 그들이 다소나마 나라를 대표하는 사람이라는 심정에서 두 사람은 위엄을 유지하려 하고 있었다. 승객들의 무기력함을 다같이 분개하고는 있었지만, 불 드 쉬프는 주위의 숙녀들보다 한층 더 의연한 태도를 보이려 했고, 한편 코르뉘데 쪽은 모범을 보여야 한다고 느끼면서도 그의 모든 태도에 있어서 도로 파괴를 할 때 시작되었던 항전의 사명을 계속하고 있었다.
　그들은 여관의 널찍한 부엌으로 들어갔다. 독일 장교는 여행자의 성명, 인상과 직업이 기입되어 있는 군사령관의 서명이 있는 출발 허가증을 제출하게 하고 기재된 조항과 본인을 번갈아보면서 오랜 시간에 걸쳐서 그들을 조사했다.
　그리고는,
　"좋소."
하고 무뚝뚝하게 한마디 하고는 어디론지 나가 버렸다.

그제서야 모두들 안도의 숨을 내쉬었다. 여전히 배가 고파서 저녁을 시켰다. 그런데 그 준비를 하는데 삼십 분이 걸린다는 것이었다. 두 하녀가 저녁을 차리는 동안에 사람들은 방을 보러 갔다. 방은 복도 끝에 얼핏 보아 그것이라 알 수 있는 번호(100번·변소)가 표시된 유리문이 달린 복도에 나란히 붙어 있었다.

마침내 식탁에 막 앉으려는 참인데 여관 주인이 나타났다. 그는 전에 말장사를 했던 사나이로, 뚱뚱하고 천식병 환자라 항상 씩씩거리고 목소리가 쉬었으며 목구멍에서는 가래 끓는 소리가 났다. 그는 아버지에게서 포랑비(산 미치광이)라는 묘한 이름을 물려받았다.

주인은 물었다.
"엘리자베스 루세 씨라는 분이 계십니까?"
불 드 쉬프가 찔끔하여 돌아보았다.
"저예요."
"프러시아 장교가 급히 할말이 있답니다."
"저한테요?"
"네, 당신이 틀림없이 엘리자베스 루세 씨라면."
여자는 당황하여 잠시 생각에 잠겼다. 그러다가 딱 잘라 선언하듯이 이렇게 말했다.
"그가 날 불렀을지라도 난 가지 않겠어요."
주위에 웅성거림이 일었다. 제각기 이 명령에 대한 이유를 찾으려 논의가 벌어졌다. 백작이 다가왔다.
"그래선 안 됩니다, 부인. 아시겠습니까? 당신이 거역함으로써 비단 당신뿐만 아니라 동행한 이들까지 크게 곤란을 받을지도 모르니까요. 강한 자에게 항거해서는 안 됩니다. 잠시 얼굴을 보이는 것뿐이라면 아무런 위험도 없을 겁니다. 아마 수속 절차에 빠진 것이라도 있었겠지요."
모두들 백작과 합세해서 그녀를 달래고 타일러서 드디어 설복되고 말았다. 여자의 무모한 행동에서 어떤 말썽이 일어날까 봐 그것을 두려워했기 때문이다. 여자는 드디어 이렇게 말했다.

"그렇다면 여러분들을 위해서 가지요, 그럼 됩니까?"
백작 부인은 여자의 손을 잡았다.
"정말 고마워요."
여자는 나갔다. 모두들 함께 식사를 하려고 여자가 돌아오기를 기다렸다.
사납고 성 잘 내는 이 창부 대신에 자기가 불리지 못한 것을 모두들 분해하면서 자기 차례가 와서 불렸을 경우를 위해 비위 맞출 말들을 속으로 준비하는 것이었다.
그런데 십 분쯤 지나자 여자가 흥분하여 새빨간 얼굴을 하고 숨이 막힐 듯이 씩씩거리며 나타났다.
"망할 녀석! 망할 녀석!"
하고 입속으로 되풀이하고 있었다.
모두들 영문을 알고 싶어했지만 여자는 한마디도 하지 않았다. 백작이 끈덕지게 묻자 여자는 발끈하며 대답했다.
"아니에요, 당신네들하고 관계 있는 일이 아녜요. 말씀드릴 수 없어요."
그래서 모두들 양배추 냄새가 풍기는 우묵한 수프 냄비를 가운데 놓고 둘러앉았다. 간이 서늘해진 이 사건이 있었는데도 불구하고 저녁 식사는 즐거웠다. 사과주도 맛있었다. 르와조 부부와 수녀들은 돈을 아끼느라고 사과주를 청했던 것이다. 다른 사람들은 포도주를 청했다 코르뉘데는 맥주를 청했다. 병마개를 뽑아서 맥주에 거품을 일게 하고 컵을 기울이면서 찬찬히 바라보았다. 그리고는 컵을 쳐들고 램프에 비춰보면서 그 빛깔을 곰곰이 감상하였다. 그런 짓을 하는 데 이 사나이는 독특한 방법을 가지고 있었다. 그가 맥주컵을 기울일 때 그의 수염은 사랑하는 맥주 빛과 비슷한 색깔을 하고 있었는데, 애정에 떨리는 것처럼 보였다. 눈은 잠시도 맥주컵에서 떠나지 않으려고 비스듬히 노려보고 있었다. 그의 태도는 오로지 술을 마시기 위해 태어난 유일한 직책을 수행하고 있는 것 같았다. 그의 전생활을 차지하고 있는 두 가지의 커다란 정열, 맥주와 혁명, 이 두 가지 사이에 연결이 있다면 친화력이라는 것을 마음속에 세우고 있다고밖에 생각할 수가 없었다. 필시 그는 한쪽을 생각하지 않고서는 다른 한쪽을 맛볼 수 없을 것이다.

포랑비 부부는 테이블 끝에서 식사를 하고 있었다. 고장난 기관차처럼 헐떡거리는 포랑비는 먹으면서 말을 하려면 가슴이 답답했지만 그의 아내는 줄곧 지껄여 댔다. 프러시아 군이 들이닥쳤을 때의 인상을 죄다 이야기했다. 그들이 한 것, 그들이 말한 것을 이야기했다. 증오를 담고 이야기를 하는 것이었는데 그것은 첫째로 돈이 들었기 때문이며, 다음에는 두 아들을 군대에 징발당했기 때문이었다. 그녀는 지체 높은 부인과 이야기하는 것이 기뻐서 백작 부인에게 유난히 말을 많이 걸었다.

그리고는 목소리를 낮추어 온갖 미묘한 말을 지껄였다. 남편은 가끔 그것을 가로막고는 이렇게 말했다.

"잠자코 있는 게 좋아, 그런 말은."

그러나 아내는 막무가내로 계속하는 것이었다.

"그렇답니다, 부인. 그 놈들은 감자하고 돼지고기를 먹고 또 먹는 것밖에 몰라요. 지저분하긴 이를 데 없구요. 부인 앞에서 이런 말씀 드리긴 뭣하지만 아무데나 그저 대소변을 본다니까요. 몇 시간이고 거푸 훈련하는 것은 볼만하지요. 모두 들판으로 나간답니다. 그리고 앞으로 갔다 뒤로 갔다, 이리 돌고 저리 도는 꼬락서니란 어처구니없지요. 하다못해 밭이라도 갈고 제 나라로 돌아가서 집이라도 고친다면 오죽이나 좋겠어요! 정말이지 부인, 군인이란 누구한테도 쓸모가 없는 것이랍니다. 고작해야 사람을 죽이는 짓을 가르치기 위해 가난한 백성이 군대를 먹여 살려야 한단 말씀이에요! 저 같은 건 교육도 받지 못한 노파이긴 하지만 아침부터 저녁까지 걷기만 해서 심신을 지치게 하는 그들을 볼 때마다 이런 생각을 한답니다. 사람들을 위해 소용될 많은 발명을 하는 사람들이 있는데, 한편으로는 사람의 재앙이 되기 위해 그토록 애를 써야 할까 하고요! 정말이지 프러시아 사람이건, 영국 사람이건, 폴란드 사람이건, 프랑스 사람이건, 사람을 죽이다니 당치도 않은 일이 아니겠습니까? 나쁜 짓을 한 놈에게 보복을 해도 나쁜 짓으로 되어 있어요. 보복을 하면 죄가 되니까요. 그런데 총으로 우리네 자식들을 짐승처럼 쏘아 죽여도 괜찮은 일일까요? 제일 많이 죽인 놈이 훈장을 받고 있지 않습니까? 그런 일이 있을 수 있을까요? 네, 그렇지 않습니까? 저는 절대 이해가 가지 않아요!"

코르뉘데가 목소리를 높였다.

"전쟁은 평화로운 이웃나라를 공격할 경우에는 야만 행위이지만, 조국을 지킬 경우에는 성스러운 의무랍니다."

노파는 고개를 숙였다.

"옳아요. 자신을 지킨다는 것은 별 문제겠지만, 차라리 자기네들 이익을 위해서 그런 짓을 하는 온 세계의 왕들을 모두 죽여 버리는 것이 어떨까요."

코르뉘데의 눈이 빛났다.

"장하오, 그렇게 나와야지!"

하고 그는 말했다.

카레 라마동 씨는 깊은 생각에 잠겼다. 명성이 혁혁한 장군들의 열렬한 숭배자였다고는 하나, 이 시골 여자의 양식(良識)이 그에게 어떤 일을 생각나게 했다. 만약 완성을 보는데 몇 백 년이고 걸리는 대대적인 산업 공사에 군인들이 헛되이 놀고 있는, 따라서 무위 도식하는 자들의 솜씨가 비생산적인 채로 방치되어 있는 힘을 사용한다면 그것이 한 나라에 얼마만한 번영을 가져올 것인가 하고 생각했던 것이다. 그런데 르와조가 자리에서 일어나 여관 주인한테로 가더니 작은 소리로 이야기를 시작했다. 뚱뚱보 주인은 웃다가 쿨룩거리며 연방 가래를 뱉었다. 그의 불룩한 배는 상대가 농담할 때마다 즐거운 듯이 물결쳤다. 그는 봄에 프러시아 군이 철수하면 여섯 통의 보르도 포도주를 쓰겠다고 약속했다.

모두 녹초가 되어 지쳐 있었으므로 저녁 식사가 끝나자마자 잠자리에 들었다.

그런데 여러 가지 사태를 관찰하고 있던 르와조는 아내가 잠이 들자 열쇠 구멍에 귀를 대 보기도 하고 눈을 대기도 하였다. 그는 '복도의 비밀'을 발견해 내려고 애쓰고 있었던 것이다. 한 시간 가량 지나자 옷자락 스치는 소리가 났으므로 그는 얼른 엿보았다. 불 드 쉬프의 모습이 보였다. 그녀는 하얀 레이스로 가장자리를 꾸민 파란 캐시미어 잠옷을 입었기 때문에 더욱 뚱뚱해 보였다. 불 드 쉬프는 한 손에 촛대를 들고 아까 그 번호가 붙은 문쪽으로 가는 것이었다. 이윽고 옆방 문이 빼죽이 열렸다. 여자가 이삼 분 후에 돌아오자, 멜빵 걸친 코르뉘데가 여자 뒤를 쫓았다. 그들은 작은 목소리로 이야기를 하더니 걸음을 멈추었다. 남자가 방안으로 들어가려는 것을 불 드 쉬프가 한사코 막고 있는 것 같았다. 불행히도 르와조의 귀에 그들의 말이 들리지는 않았지만 나중에 그들의 언성이 높아졌으므로 두세 마디는 알아들을 수가 있었다. 코르뉘데가 무언가 조르고 있는 것이었다. 그는 이렇게 말했다.

"여봐요, 정말 바보로군. 당신한테는 별일 아니잖아."

여자는 화가 난 듯이 이렇게 대꾸했다.

"안 돼요, 이런 짓도 못 할 경우가 있는 법이에요. 그리고 이런 데서 그런 짓을 하다간 창피당해요."

아마 코르뉘데에겐 납득이 가지 않는 모양이다. 그것은 대관절 무엇 때문이냐고 물었다. 그 말을 듣자 여자는 발끈하여 더 거친 목소리로 쏘아붙였다.

"왜냐고요? 왜 그런지 그 이유도 모르시겠다는 말이에요? 프러시아 인이 한지붕 밑에 있는데, 어쩌면 옆방에 있을지도 모른단 말이에요."

그는 입을 다물었다. 적이 가까이 있는 곳에서는 일시적이나마 애무를 용인하지 않으려는 이 창부의 애국적 수치심이 정녕 땅에 떨어지려는 그의 위엄을 틀림없이 그의 마음속에 눈뜨게 했을 것이다. 코르뉘데는 여자에게 키스만 하고 발소리를 죽여 자기 방으로 돌아갔다.

몹시 흥분된 르와조는 열쇠 구멍에서 물러나자, 방안에서 덩실 춤을 한바탕 추고 나서 나이트 캡을 쓰고 그 밑에 과히 신통치 않은 몸을 누이고 있는 아내의 담요를 들치고 키스를 퍼부어서 부인을 깨우고 말았다. "나를 사랑하지?" 하고 속삭이면서.

그러자 온 집안이 조용해졌다. 그러나 곧 지하실에서인지 혹은 다락에서인지 분간하기 어려운 방향에서 세차고 단조롭고 규칙적인 울림 소리가 들리기 시작했다. 압력을 받고 주전자가 들먹이는 듯한 둔하고 여운이 긴 소리였다. 포랑비 씨가 잠을 자고 있는 것이었다.
 이튿날은 여덟 시에 떠나기로 했기 때문에 모두들 일찌감치 부엌으로 모였다. 그러나 포장 위에 눈이 쌓인 마차만이 말도 마부도 없이 마당 한가운데 쓸쓸히 놓여 있었다. 마구간으로, 사료 창고로, 차고로 마부를 찾아다녔으나 허사였다. 그래서 남자들은 온 마을 안을 찾아보기로 하고 밖으로 나갔다. 막바지에 교회가 있는 광장으로 나갔으나 광장 양편에는 나직한 집들이 늘어섰고 거기에는 프러시아 군인들의 모습이 보였다.
 처음에 눈에 뜨인 프러시아 병정은 감자 껍질을 벗기고 있었다. 좀더 가자 어떤 병정은 이발소 가게 바닥을 씻어내고 있었다. 또 얼굴이 온통 수염 투성이인 사나이는 우는 애기를 무릎 위에 올려 놓고 달래며 어르고 있었다. 남편들을 '전쟁 중의 군대'에 징발당한 뚱뚱한 시골 여자들은 몸짓, 손짓으로 유순한 정복자들에게 일을 시키고 있었다. 군인들이 할 수 있는 일들로는 장작을 패거나 수프를 만들거나 커피를 빻는 일 등이었다. 그들 중 하나는 여관집 안주인의 속옷까지 빨아 줄 정도였다. 안주인이라는 사람은 전혀 팔다리를 쓰지 못하는 할머니였기 때문이다.
 백작은 깜짝 놀라 때마침 사제관에서 나온 교회의 소사에게 물어 보았다. 신심 깊은 늙은 소사는 이렇게 대답했다.
 "아니, 저 사람들은 나쁜 사람들이 아닙니다. 말을 들으니 프러시아 사람들이 아니라고들 하더군요. 어딘지는 모르지만 더 먼데서 왔대요. 모두들 고향에 처자를 남겨 놓고 왔다는군요. 그러니 전쟁 같은 것이 즐거울 리가 없지요. 암, 그렇고말고요! 필경 내보낸 군인들을 위해 울고 있는 사람도 있을 겁니다. 우리도 그렇지만 저 사람들 역시 전쟁 덕분에 무척 비참하게 됐겠지요. 여기는 아직은 그렇게 심하지 않지요. 저 사람들은 나쁜 짓을 하지 않고 자기 집에 있는 것처럼 일해 준답니다. 네, 그렇지 않습니까, 가난한 사람끼리 서로 도와야 하지 않겠어요. ……전쟁을 벌이는 것은 높은 양반들이 하는 짓이니까요."
 코르뉘데는 정복자와 피정복자 사이에 성립되어 있는 협조하는 태도를 보고 화를 내며 여관에 처박혀 있는 편이 낫겠다면서 되돌아갔다. 르와조가 언제나처럼 농담을 했다.

"인구가 줄었으니 빈 자리를 채우고 있는 거요."

카레 라마동 씨는 점잖게 말했다.

"속죄를 하고 있는 셈이죠."

그러나 마부는 보이지 않았다. 마침내 이 마을의 술집에서 장교 연락병과 사이좋게 식탁에 마주앉아 있는 그를 찾아냈다. 백작이 힐책하듯이 물었다.

"여덟시에 말을 매라고 지시하지 않았던가?"

"예, 그렇습니다만 그후 또 다른 지시가 내려왔답니다."

"무슨 지시야?"

"절대로 마차에 말을 매지 말라는 것이었어요."

"누가 그 따위 지시를 했나?"

"예! 프러시아 군인이지요."

"어째서지?"

"모르겠습니다. 가서 물어 보십시오. 말을 매지 말라기에 저는 따랐을 뿐이지요."

"대장이 손수 자네한테 지시했나?"

"아니오, 대장님의 명령이라면서 여관 주인이 전달하더군요."

"언제 그랬지?"

"어젯밤에 제가 자려고 할 때였어요."

세 남자들은 몹시 불안한 마음으로 돌아왔다.

포랑비 씨를 만나려고 했으나 하녀가 대답하기를, 주인은 천식 때문에 절대로 열시 전에는 일어나지 않는다는 것이었다. 불이나 나면 모를까, 그 시간 이전에 깨우는 것은 절대로 금하고 있다는 것이었다.

한집에 유숙하고 있다고는 하지만 장교를 만나는 것은 절대로 불가능한 일이었다. 군무 이외의 용건으로 그에게 말하는 것은 포랑비에게만 허락되어 있는 일이었다. 그래서 기다리는 수밖에 없었다. 여자들은 방으로 돌아가서 이것저것 자질구레한 일로 시간을 보냈다.

코르뉘데는 불이 활활 타고 있는 부엌의 높다란 벽난로 앞에 자리잡고 있었다. 그는 그곳에서 봉당에 있는 작은 테이블과 맥주병을 가져오게 하고 파이프를 꺼냈다. 이 파이프를 민주주의자들은 코르뉘데를 존중하는 만큼이나 존중하고 있었다. 마치 이 파이프가 코르뉘데에게 봉사함으로써 조국에 봉사하고 있기나 한 것 같았다. 기막힐 만큼 담배진이 밴 이 해포석(海泡石) 파이프는 주인의 이처럼 까맣게 물들어 있었지만 좋은 냄새, 구부러진 모양, 반지르르한 윤택을 가지고 주인의 손에 익어서 주인 몸의 일부가 되어 있었다. 그는 벽난로에서 타는 불길을 바라보기도 하고 컵 위에 수북이 올라와 있는 맥주 거품을 보기도 하면서 꼼짝도 하지 않았다. 마실 때마다 마르고 길다란 손가락으로 기름때 묻은 긴 머리카락을 만족스레 긁어 올리는 한편 거품이 묻은 입 주위의 수염을 혀로 빠는 것이었다.

르와조는 걸음을 좀 걸어서 저린 발을 낫게 하겠다는 핑계로, 이 공장의 소매상들에게 포도주을 팔러 다녔다. 백작과 공장 주인은 정치 이야기를 시작했다. 그들은 프랑스의 장래를 억측했다. 한 사람은 오를레앙 집안의 복귀를 믿고 있었고, 다른 한 사람은 아무도 알지 못하는 구세주, 모든 것이 절망에 빠졌을 때 나타날 영웅을 믿었다. 이 구원자가 뒤게크랭 같은 사람일지 또는 잔 다르크 같은 사람일지? 아, 황태자가 그렇게 어리석지만 않다면! 코르뉘데는 그 말을 들으면서 운명의 말을 아는 사나이로서 빙그레 웃는 것이었다. 그의 파이프가 온 방을 담배 냄새로 가득히 채웠다.

열시를 치자 포랑비 씨가 나타났다. 그는 곧 질문을 받게 되었다. 하지만 주인은 똑같은 말을 두세 번 되풀이할 수밖에 없었다.

"장교가 나한테 말했지요. '포랑비 씨, 내일 저 손님들의 마차에 말을 매지 못하게 하시오. 내 명령 없이는 떠나지 못하게 할 작정이오. 알았소?'라고 말이오."

그래서 모두들 장교를 만나려고 했다. 백작이 자기 명함을 장교에게 보냈다. 카레 라마동 씨가 거기다 자기 이름과 칭호를 모조리 덧붙여 썼다. 프러시아 장교는 점심을 먹고 나서, 말하자면 한시경에 면담을 허락한다는 회답을 보내 왔다.

방에 들어가 있던 부인네들도 다시 나타나서 모두들 불안스럽기는 했지만 그래도 조금씩 식사를 했다. 불 드 쉬프는 몸이 불편해 보였고 몹시 당황스러워하는 것 같았다.

커피를 마시고 났을 때 연락병이 신사들을 부르러 왔다. 르와조도 그들과 같이 가기로 했다. 그런데 이 진정에 한층 더 무게를 갖추기 위해 코르뉘데도 같이 끌고 가려 했으나 코르뉘데는 독일인과는 어떤 일이 있더라도 단연코 관계를 갖지 않을 작정이라고 분명히 말했다. 그리고 맥주를 또 한 잔 시켜 놓고 난로가로 돌아갔다.

세 사람은 이층으로 올라가 이 여관에서는 제일 좋은 방으로 안내되었다. 그들을 대면한 장교는 안락의자에 길다랗게 누워서 다리를 난로 위에 올려 놓고 사기 파이프로 담배를 피우고 있었다. 화려한 빛깔의 실내복을 걸치고 있었는데 아마 어느 취미가 좋지 못한 부자가 버리고 간 집에서 훔쳐 왔을 것이다. 그는 일어나지도 않고 그들 쪽을 보지도 않았다. 싸움에서 이긴 군대에서 흔히 볼 수 있는 버릇없는 행동의 표본을 유감없이 보여 주고 있는 것이었다.

한참 후 가까스로 그는 이렇게 말했다.

"무슨 일로 왔소?"

백작이 입을 열었다.

"저희들은 출발해야 하겠는데요."

"안 됩니다."

"그 이유를 들려줄 수 없겠습니까?"

"떠나 보내고 싶지 않기 때문이오."

"말대꾸 같아 죄송합니다만 저희들이 디에프까지 가기 위한 출발 허가증을 귀하의 사령관이 발행하셨습니다. 이렇게 엄한 처분을 받을 일은 없다고 생각하는데요."

"떠나 보내고 싶지 않기 때문이오. 그것뿐이오. ……물러들 가시오."

세 사람은 허리를 굽실거리고 물러 나왔다.

오후는 비참했다. 독일 장교의 변덕이 아무래도 이해가 가지 않았다. 더

없이 해괴한 상상이 차례차례 그들의 머리를 어지럽혔다. 모두들 부엌에 모여서 끝없는 논의를 거듭했다. 있을 것 같지도 않은 일을 상상하면서 어쩌면 인질로 묶어 둘 작정인지도 모른다. 하지만 무슨 목적으로? 아니면 포로로 데려가려는 것일까? 그게 아니라면 막대한 액수의 석방금을 요구하려는 것일까? 바로 여기에 생각이 미치자 모두들 도망을 치고 싶은 안타까운 상태가 되었다. 가장 돈 많은 사람이 가장 두려워했다. 목숨을 건지기 위해서 이 건방진 군인들의 손에 황금이 가득 찬 돈자루를 쏟아 주지 않을 수 없는 자신들의 꼴이 벌써부터 눈에 선했다.

그들은 그럴 듯한 거짓말을 꾸며내느라고 머리를 짰다. 재산을 숨기고 지독한 가난뱅이로 행세하려면 어떻게 하면 좋을까 하고 고심했다. 르와조는 시계줄을 풀어서 호주머니 안에 감추었다. 해가 지자 걱정은 깊어질 뿐이었다. 램프에 불이 켜졌지만 저녁 식사까지는 아직도 두 시간이나 남아 있었기에 르와조 부인이 트럼프 놀이를 하자고 했다. 기분 전환이 될지도 모른다고 생각하며 모두들 찬성했다. 코르뉘데까지도 예의를 지켜 파이프의 불을 꺼 버리고 노름에 한몫 끼었다.

백작이 카드를 쳐서 돌렸다. 불 드 쉬프가 단번에 으뜸패를 잡아 버렸다. 잠시 후 노름의 흥미가 그들의 머리를 괴롭히던 의구심을 진정시켜 주었다. 코르뉘데는 르와조 부부가 속임수를 쓰려는 것을 눈치채고 있었다. 식탁에 앉으려는 참에 포랑비 씨가 다시 나타났다. 목에 가래가 끓는 목소리로 이렇게 말했다.

"엘리자베스 루세 씨가 아직도 생각이 달라지지 않았는지 프러시아 장교님이 물어 보라고 하셨습니다."

불 드 쉬프는 새파랗게 질려서 우뚝 서 있었다. 그리고 별안간 새빨개졌다 싶자 격노한 나머지 숨이 막혀 입도 열지 못하고 있었다. 그래도 가까스로 외치듯이 이렇게 말했다.

"그 놈에게 이렇게 말해 주세요. 그 더러운, 돼먹지 못한 부랑자 프러시아 놈에게 이렇게 말해 주세요. 싫다고요!"

뚱뚱한 여관 주인은 나갔다. 그러자 모두들 불 드 쉬프를 둘러싸고 전번에 프러시아 장교를 만났을 때 무슨 일이 있었는지 말해 달라고 졸랐다. 불 드 쉬프는 처음에는 완강히 거절했지만 마침내 분노에 못 이겨 부르짖었다.
 "그 놈이 무엇을 원했느냐고요…… 그 놈이 무엇을 바랐느냐고요? …… 나하고 함께 자자는 거예요!"
 이 노골적인 말에 기분을 상하는 사람은 하나도 없었다. 그만큼 모두들의 격분은 심했다. 코르뉘데는 맥주컵을 거칠게 테이블 위에 놓다가 깨고 말았다. 이 비열한 군인에 대한 비난의 아우성이, 분노의 숨결이, 그녀에게 요구되었던 희생의 일부분을 저마다가 요구받기라도 한 것처럼, 저항을 위한 그들의 단결이 은연중에 불타 올랐다. 백작은 이 놈들의 하는 짓이 옛날의 야만족과 똑같다고 내뱉듯이 말했다. 부인들은 유달리 불 드 쉬프에게 힘찬 애무적인 동정의 뜻을 표명했다. 식사 때만 나타나는 수녀들은 얼굴을 숙이고 한마디도 하지 않았다.
 최초의 분노가 가라앉자 그래도 좌우간 식사만은 했다. 하지만 모두들 말을 줄이고 생각에 잠겨 있었다. 부인들은 일찍 방으로 물러갔다. 남자들은 담배를 피우면서 트럼프판을 벌여 포랑비 씨도 초대했다. 완강하게 출발을 허락하지 않고 있는 고집을 꺾기 위해서는 어떤 수단을 써야 좋을지 그에게 교묘하게 물어볼 생각이었다. 그러나 그는 트럼프장에만 정신이 팔려서 남의 말은 듣지도 않았고 아무 대답도 해 주지 않았다.
 "자, 노름이나 합시다, 여러분. 노름이나 합시다."
하고 되풀이할 뿐이었다. 노름에만 정신이 팔려서 가래를 뱉는 것마저 잊고 있었다. 그래서 가끔 그의 가슴속에서는 걸쭉 끓는 소리가 울려 나왔다. 아무튼 이 사나이의 씩씩거리는 폐는 낮고 깊숙한 소리에서 시작되어 어린 수탉이 억지로 소리를 지르느라고 짜내는 날카롭고 목쉰 소리로 되기까지 천식의 전 음계를 내보이는 것 같았다.
 졸려서 못 견디게 된 마누라가 부르러 와도 그는 이층으로 올라가기를 거절했다. 마누라는 혼자 자러 갔다. 마누라는 언제나 태양과 함께 일어나는 새벽파였고 남편은 언제나 친구들과 함께 기꺼이 밤을 새우려 드는 저녁파였기 때문이다.

"내가 먹을 레 드 플르(달걀을 탄 우유)나 불에 올려 놓아요."

남편은 이렇게 소리치고는 다시 노름을 하기 시작했다. 이 사나이에게서 아무것도 알아낼 수 없다는 것을 알게 되자 모두들 잘 시간이 되었다고 하면서 제각기 잠자리로 돌아갔다. 이튿날도 역시 모두들 상당히 일찍 일어났다. 막연한 희망으로 더욱 강해진 떠나고 싶다는 심정과, 이 지긋지긋한 여관에서 또 하루를 지내야 한다는 두려움이 뒤섞인 그런 심정으로.

아! 말은 여전히 마구간에 매어 있었고 마부는 보이지 않았다. 사람들은 하릴없이 마차 주위를 어정거렸다. 점심 식사는 처량했다. 불 드 쉬프에 대해 일종의 쌀쌀한 공기가 떠돌았다. 하룻밤 자고 나면 좋은 지혜가 떠오른다지만 그 밤이 그들의 판단을 약간 바꾸었던 것이었다. 지금은 이 여자가 밤중에 몰래 프러시아 장교를 만나러 가 주어서, 아침에 일어났을 때 마차 탈 손님들을 위해 깜짝 놀랄 만한 뉴스를 가져다 주지 않는 데 대해 원망에 가까운 감정을 느끼는 것이었다. 참으로 간단한 일이 아닌가! 게다가 아무도 알지 못할 텐데. 모두가 난처해하고 있는 것을 보니 딱해서 왔노라고 장교에게 말한다면 체면도 세울 수 있을 것이다. 이 여자로선 그런 것은 아무 일도 아닐 것 아닌가!

그러나 누구 하나 그런 생각을 입에 담아 말하는 사람은 없었다.

오후엔 지리해서 어쩔 수 없게 되었으므로 백작이 마을 언저리로 산책이나 해 보자고 제안했다. 난로가에 앉아 있는 편이 더 낫다는 코르뉘데와 교회나 신부의 집에서 나날을 보내는 수녀들을 빼놓고는 제각기 몸을 잘 감싸고서 이 작은 단체는 산책을 떠났다. 나날이 혹심해 가는 추위가 코와 귀를 에이는 듯했고 발이 시려서 한걸음 한걸음 옮겨 놓기가 고통스러웠다. 들판이 보이는 데까지 이르자 끝없이 흰눈에 덮인 경치가 너무나 무섭고 기분 나쁘게 보였으므로, 모두들 마음이 얼어붙고 가슴이 조여드는 듯한 심정으로 일찍감치 돌아서고 말았다.

네 명의 부인이 앞장을 서고, 남자 셋이 좀 떨어져서 뒤를 따랐다. 사태를 충분히 인식하고 있는 르와조가 갑자기 저 '화냥년'이 언제까지나 자기들을 이런 곳에 붙들어 둘 작정인가 하고 불쑥 말을 던졌다. 어떤 때, 여성에게 상냥한 백작은 한 여성에게 그와 같은 괴로운 희생을 강요할 수는 없다, 희생은 본인이 자진해서 하는 것이어야만 한다고 말했다. 카레 라마동 씨는 만일 프랑스 군이 자기들이 이야기했던 것처럼 디에프 쪽에서 반격해 온다면 양군의 충돌은 토트 이외에서는 일어나지 않을 것이라고 지적했다. 이 말을 듣자 두 사람은 갑자기 걱정이 되었다.

"걸어서 도망치는 것이 어떨까요?"

하고 르와조가 말해 보았다. 백작은 어깨를 움츠려 보였다.

"당치도 않은 소리, 이 눈 속에 여자들을 데리고? 게다가 달아나 본들 곧 추격당하여 틀림없이 십 분도 못 되어 붙잡힐 겁니다. 포로가 되어 끌려와서 군인 놈들에게 무슨 짓을 당할지 모르지요."

과연 그것은 틀림없는 사실이다. 모두들 입을 다물어 버렸다. 부인들은 옷차림에 대한 이야기를 하고 있었으나 어쩐지 서먹해서 잘 어울리지 않는 것 같았다.

갑자기 길 저쪽에서 아까 그 장교가 나타났다. 눈덮인 대지를 배경으로 하여 키가 크고 허리가 잘록한 군복 차림이 뚜렷이 떠오르고 있었다. 공들여 닦은 장화를 조금이라도 더럽히지 않으려는 군인 특유의 걸음걸이로 무릎 사이를 벌리고 걸어왔다. 그는 여자들 곁을 지나가면서 머리를 숙여 인사했다. 남자들에게는 멸시하는 듯한 눈길을 던졌을 뿐이었다. 하기는 남자들 쪽에서도 모자를 벗지 않을 정도의 위엄은 갖고 있었다. 그러나 르와조만은 약간 모자에 손을 대려는 몸짓을 했다. 불 드 쉬프는 귀 밑까지 새빨개져 있었다. 세 명의 기혼녀들은 이 군인에게 염치없는 취급을 받은 창부와 함께 있는 장면을 그에게 보인 것에 심한 굴욕을 느꼈다.

그래서 그들은 이 장교에 대해서 태도며 생김새의 품평을 하기 시작했다. 많은 장교들을 알고 있으며 훌륭한 감식가로서 그들을 판단하는 카레 라마동 부인은 이 장교가 제법 그럴 듯하다고 했다. 프랑스 사람이 아닌 것이 유감스럽다고까지 말했다. 프랑스 사람이었다면 훌륭한 미남 경기병 장교로서 틀림없이 모든 여자들이 반했을 것이라고 말하는 것이었다.

막상 여관에 돌아오고 보니 할 일이 없었다. 하찮은 일에도 가시 돋친 말이 오고 가는 형편이었다. 저녁 식사는 침묵 속에서 일찍 끝났다. 저마다 방으로 돌아가 잠자리에 들었다. 하다못해 시간을 보내기 위해 잠이라도 자야겠다는 것이다.

다음날은 모두들 지친 얼굴로 짜증스러운 가슴을 안고 내려왔다. 부인들은 불 드 쉬프에게 전혀 말을 건네지 않았다.

종소리가 들려 왔다. 세례식이 있는 것이다. 뚱뚱한 창부에게는 이브토의 농가에서 기르고 있는 아이가 하나 있었다. 일 년에 한 번도 채 만나지 않고, 만나려고 생각한 일도 없었다. 그러나 지금부터 세례를 받는 남의 어린 아이가 이 여자의 마음에 자기 자식에 대한 갑작스러운 애정을 불러일으켰다. 그녀는 세례식에 가 보지 않고서는 견딜 수 없는 심정이 되었다.

이 여자가 나가고 나자 모두들 얼굴을 마주보며 의자를 가까이했다. 드디어 무엇인가를 결정해야 한다는 것을 그들은 느끼고 있었기 때문이었다. 르와조가 갑자기 묘안을 내놓았다. 불 드 쉬프만을 붙잡아 두고 다른 사람들은 떠나게 해 달라고 장교에게 요청해 보자는 의견이었다. 포랑비 씨가 다시 심부름을 맡았다. 그러나 그는 올라가자 곧 내려왔다. 인간의 본성을 잘 알고 있는 독일 장교가 무뚝뚝하게 주인을 쫓아내고 말했던 것이다. 그의 욕망이 채워지지 않는 한 이 사람들을 모두 붙잡아 둘 작정이라는 것이었다.

그래서 르와조 부인의 천덕스러운 성미가 터져 나왔다.

"늙어서 죽을 때까지 이런 데서 기다릴 수야 없잖아요? 그 여자에게는 남자를 상대로 해서 그런 짓을 하는 것이 직업이니까 이 남자는 좋고 저 남자는 싫다고 할 권리는 없다고 생각하는데요. 네, 그렇지 않습니까? 루앙에서는 닥치는 대로 손님을 받았답니다. 마부들까지도요. 정말이에요, 부인. 도청의 마부 말씀이에요. 저는 잘 알고 있어요. 우리 집에 술을 사러 오는 사람이니까요. 그런데 우리들을 궁지에서 빼내 줘야 하는 이 마당에서 점잖을 빼고 있단 말이에요, 그 갈보년이! ……나는 그 장교가 퍽 점잖다고 생각해요. 아마 오랫동안 여자가 아쉬웠던 게죠. 그는 아마 우리 세 여자가 더 마음에 들었을 거예요. 그런데 그렇게 하지 않고 그 계집으로 만족하려는 것이에요. 유부녀를 존중하고 있는 거예요. 생각 좀 해 보세요. 뭐든지 할 수 있는 위치에 있는 사람이에요. '나의 뜻이다' 하면 그만이죠. 병사들을 시켜서 완력으로 우리를 겁탈할 수도 있지 않겠어요?"

듣고 있던 두 부인은 몸서리를 쳤다. 아름다운 카레 라마동 부인의 눈이 반짝 빛나더니 얼굴빛이 약간 창백해졌다. 마치 그 장교에게 완력으로 붙잡히기나 한 것처럼.

떨어진 곳에서 무언가 의논하고 있던 남자들이 가까이 다가왔다. 격한 성격의 르와조는 '그 얄미운 계집'의 손발을 묶어서 적에게 내주자고 말했다. 하지만 아무튼 삼대에 걸쳐서 대사직(大使職)을 지내온 가문의 출신이며, 원래 외교관 소질이 있는 백작은 술책을 쓰자고 제안하였다.

"그 여자에게 결정을 하도록 해야 되겠지요."

그는 그렇게 말했다.

그래서 사람들은 음모를 꾀하기로 하였다.

부인들은 서로 다가서고 낮은 목소리로 말했다. 모두들 저마다 자기 의견을 말했다. 그것은 그야말로 예의바른 의논이었다. 특히 이 부인들은 지극히 음탕한 말을 하는 데 있어서 슬쩍 돌려서 교묘하게 매력적인 표현을 찾아냈다. 이 자리에 관계없는 사람이 들으면 무슨 말을 하는지 통 몰랐을 것이다. 그러나 사교계의 여성들은 누구나 갑옷 대신 자기 몸을 감싸고 있는 수치의 엷은 베일로 표면만을 가리는 것이므로, 그녀들은 이 음란한 모험에 마음이 들떠서 물고기가 물에 놓여진 듯한 심정으로 속으로는 정신없이 열중할 만큼 좋아하고 있었다. 식충이 요리사가 군침을 삼키면서 남의 식사를 차리듯이 정사에 대한 이야기를 주무르는 것이었다.

저절로 명랑한 기분이 되었다. 그만큼 나중에는 이야기가 기막히게 재미있는 것으로 여겨졌던 것이다. 백작까지도 다소 지나칠 정도로 농담을 했으나 모두가 미소지을 만큼 능숙하게 해치웠다. 르와조는 르와조대로 한층 더 노골적인 음란한 말을 했으나 아무도 기분을 상하지는 않았다. 이 사나이의 아내에 의해 난폭하게 진술되었던 그 생각이 모두들의 마음을 지배하고 있었다. "그 여자의 직업이 그런 직업인 이상 이 남자는 좋고 저 남자는 싫다는 권리는 없지 않겠어요?" 하는 표현이.

우아한 카레 라마동 부인은 자기가 불 드 쉬프라면 다른 남자들보다는 오히려 그 장교를 택하겠다는 생각까지도 하고 있는 모양이었다. 그들은 마치 요새라도 공략할 것같이 오랜 시간을 들여서 포위진을 갖추었다. 저마다 자기가 연출할 역할, 들고 나설 논법, 실행해야 할 작전 행동에 대해 양해를 구하게 되었다. 이 살아 있는 성채로 하여금 적군에게 항복하게 하여 적을 맞아들이도록 하기 위한 공격의 계획이, 사용해야 할 계략, 기습할 절차가 결정되었다.

그 동안 코르뉘데만은 혼자 떨어져 앉은 채 이 사건에는 전혀 가담하지 않았다. 사람들은 의논하는 데에 주의를 빼앗기고 있었기 때문에 불 드 쉬프가 들어오는 것도 모를 정도였다. 백작이 나직한 소리로 "쉿!" 하자 비로소 모두들 눈을 들었다. 여자가 바로 옆에 와 있지 않은가. 모두들 황급히 입을 다물었다. 야릇한 어색함에 지배되어 갑자기 말을 걸 수가 없었다. 다른 사람들보다도 표리 부동한 사교 생활에 익숙해 있는 백작 부인이 불 드 쉬프에게 이렇게 물었다.

"재미있었나요, 세례식은?"

아직도 감동이 가시지 않은 뚱뚱한 창부는 처음부터 끝까지 이야기를 했다. 사람들의 얼굴이며 태도에서 교회의 생김새까지 모두 이야기하고 이렇게 덧붙였다.

"가끔 기도를 한다는 것은 정말 기분이 좋군요."

그러나 점심때까지 부인들은, 그녀들의 충고에 대한 이 창부의 신뢰와 순종을 증대시키기 위해 그저 이 여자에 대해 친절하게 행동하는 것으로 그쳤다.

식탁에 앉자마자 곧 행동은 개시되었다. 처음에는 희생에 관한 막연한 대화였다. 옛날에 있었던 많은 전례들을 인용했다. 주디스와 오르페우스, 그리고 아무런 이유도 없이 루크레티우스와 섹스투스의 이름이 튀어나오고, 그리고 적장들을 모조리 자기의 침소로 끌어들여서 노예와 같이 무릎을 꿇게 한 클레오파트라의 이름이 나왔다. 그리고 이런 무지한 백만장자들의 상상 속에 우러나온 황당무계한 이야기가 전개되었다.
로마의 여성들이 카프로 가서 한니발을 그녀들의 품속에 잠들게 하고, 한니발뿐이랴! 그 장수들과 용병들을 잠들게 했다는 것이었다. 승리에 날뛰는 적을 막아내고 자기 육체를 전장으로 하여 지배의 수단으로 삼고 무기로 삼았던 부인들, 영웅적인 애무에 의해 도깨비 같은 사나이와 흉악하고 가증한 남자를 정복하여 복수와 헌신을 위해 정조를 희생시킨 모든 여성이 인용되었다.
영국의 어느 명문의 부인에 대한 애매한 말도 나왔다. 일부러 무서운 전염병에 걸려서 이것을 나폴레옹에게 옮겨 주려 했으나, 나폴레옹은 운명의 밀회 시간에 갑자기 불능(不能)에 빠져 기적적으로 모면했다는 것이었다. 이 모든 사실을 예의와 절도에 벗어나지 않게 조심스러운 말로 이야기하기는 했으나 경쟁심을 자극하기 위해 이따금 의도적으로 열변을 토했다. 이 세상에서 여자가 해야 할 유일한 역할은 끊임없이 자기 몸을 희생하는 일이며, 거친 병사들의 일시적인 욕정에 언제나 몸을 내맡기는 일뿐이라는 것이었다. 나중에는 그렇게라도 생각하는 수밖에 없다는 듯한 말투였다.
두 수녀는 깊은 생각에 잠겨 있어 아무것도 듣고 있는 것 같지 않았다. 불 드 쉬프는 한마디도 말을 하지 않았다. 그날 오후 내내 사람들은 불 드 쉬프가 생각할 시간을 갖도록 내버려두었다. 그러나 지금까지 해왔던 것처럼 '마담'이라고는 부르지 않고 간단하게 '마드므와젤'이라고 불렀다. 그 이유는 누구도 잘 몰랐다. 마치 이 여자가 억지로 기어오른 존경의 위치를 한 단 끌어내려서 그녀의 수치스러운 신분을 자각시키고자 하는 것 같았다. 수프가 나왔을 때 포랑비 씨가 다시 나와서 전날에 하던 말을 되풀이했다.
"엘리자베스 루세 씨의 생각이 아직 달라지지 않았는지 프러시아 장교가 물어 보라고 합니다."
"싫어요."
불 드 쉬프는 무뚝뚝하게 대답했다. 그렇지만 저녁 식사 때에는 공동 작전이 약화되었다. 르와조가 서투른 말을 해 버린 것이었다.
제각기 새로운 전례를 찾아내려고 지혜를 짜 보았으나 통 찾아내지 못했다. 이때 문득 백작 부인이 미리 생각해서 한 말은 아니겠지만 종교에 대해서 경의를 표하고 싶다는 막연한 기분으로 성자(聖者)들의 생애의 위대한 행적에 대해 나이 많은 수녀에게 물었다. 그런데 많은 성자들은 우리들의 눈으로 볼 때 죄악이라고 할 수 있는 행위를 범했다고 했다. 그러나 교회는 신의 영광을 위해 혹은 이웃의 행복을 위해 그것을 행했을 경우, 그러한 악행을 용서한다는 것이었다.

이것은 유력한 논거였고 백작 부인은 이것을 이용했다. 묵계가 있어서였던지, 아니면 법의를 입은 자가 누구나 자랑으로 삼는 베일을 덮은 아첨에서였던지, 또는 단순하게 행복한 무지, 구원이 되는 어리석은 결과인지, 아무튼 나이 먹은 수녀는 이 사람들의 음모에 강력한 뒷받침을 해 주었다. 사람들은 그녀가 수줍어하는 줄만 알았더니 사실은 대담하고 수다스럽고 억센 기질이라는 것을 알았다. 일이 일어나면 일일이 양심에 비추어 종문의 가르침에 대한 조항과 대조하여 결정한다는 식으로 괴로워하는 일이 없으며, 그녀의 교리는 철석같이 굳었고, 그 신앙은 주저할 줄 몰랐다. 양심은 조금의 불안도 몰랐다. 그녀는 아브라함의 희생을 당연한 일이라고 생각하고 있었다. 자기라면 지극히 높은 자리에서 명령이 있다면 아버지건 어머니건 즉석에서 죽여 버릴 수도 있다는 것이었다. 그녀의 의견에 의하면 뜻하는 바만 훌륭하다면 주님이 기뻐하지 않는 일은 하나도 없다는 것이었다.

백작 부인은 뜻밖의 공범자의 성스러운 권위를 능숙하게 이용하여 그 '목적은 수단을 정당화한다'는 도덕률의 해설적 설교를 한차례 하게 했다.

부인은 이렇게 묻는 것이었다.

"그렇다면 수녀님의 생각으로서는 동기만 순진하다면 천주님은 모든 수단을 받아 주시고, 어떤 행위라도 용납해 주신다는 것인가요?"

"누가 그것을 의심할 수 있을까요, 부인? 그 자체는 비난받을 행위일지라도 그것을 행하게 한 생각의 여하에 따라서는 가끔 칭찬할 만한 것으로 된답니다."

그녀들은 이렇게 하여 신의 뜻을 통찰하고 신의 심판을 예측하며, 사실 신과는 아무런 관계도 없는 일에 대해 신을 결부시켜서 이야기를 계속해

갔다.

토론은 모두 노골적인 것을 피하고 교묘하게 신중히 행해졌다. 그러나 두건을 쓴 성스러운 여자의 말 한마디 한마디가 창부의 분연한 항거에 탄환이 되어 구멍을 뚫었다. 그러나 이야기는 약간 방향이 바뀌어서 묵주를 늘어뜨린 이 여인은 그녀가 속해 있는 종파의 수도원에 대한 것, 수도원장에 대한 일, 그녀 자신에 대한 일, 그리고 옆 자리에 앉아 있는 사랑스러운 수녀, 생 니세포르에 대한 이야기를 했다. 이 두 수녀는 천연두에 걸려서 입원해 있는 수백 명의 병사를 간호하기 위해 르 아브르로 불려간다는 것이었다.

그녀는 이 불쌍한 병사들의 상태를 자세히 설명했다. 프러시아 장교의 변덕 때문에 이렇게 붙들려 있는 동안에 자기들 손으로 어쩌면 구할 수 있을지도 모를 수많은 프랑스 병사들이 죽어 가고 있을지도 모른다! 병사들을 간호하는 것이 이 수녀의 전문이었다. 크리미아, 이탈리아, 오스트리아에도 프랑스의 수녀들이 종군했었다. 종군 이야기가 나오자 그녀는 별안간 자기가 그 용감한 종군 수녀의 한 사람임을 밝혔다. 전장을 달리기 위해 태어난 것 같은 종군 수녀, 싸움의 혼란 속에서 부상병을 거두어들이고 규율 없는 떼거리 군인들을 그들의 대장보다도 더 능숙하게 말 한마디로 다루는, 싸움터의 참된 수녀이다. 수없는 구멍이 패여서 만신창이가 된 얼굴은 전쟁이 가져온 황폐함을 상징하고 있는 것 같았다.

이 수녀의 말이 끝나자 좌중에서는 아무도 입을 여는 사람이 없었다. 그만큼 감명을 받은 것이었다. 식사가 끝나자 모두들 급히 자기 방으로 올라갔다.

다음날은 상당히 늦게서야 모두들 내려왔다. 점심 식사는 퍽 조용했다. 그 전날 뿌린 씨가 싹이 터서 열매를 맺을 시간을 주자는 것이었다. 오후가 되자 백작 부인이 산책을 하자고 했다. 그러자 미리 타협했던 대로 백작이 불 드 쉬프의 팔을 잡고 단둘만이 다른 사람들보다 약간 뒤처져서 걸어갔다.

백작은 허물없는 아버지 같은, 그러나 약간 상대를 깔보는 듯한 투로, 성실한 신사가 창부를 상대해서 쓰는 투로 말하면서 그녀를 "여봐요" 하고 부르며, 사회적 지위와 말할 나위 없이 명예스러운 높이에서 상대를 다루었다. 곧 문제의 핵심으로 돌입하여 이렇게 말하였다.

"그럼, 뭔가요, 당신은 지금까지의 생애에서 몇 번이고 경험했을 텐데도 남자를 기쁘게 해 주는 것에 동의하는 것은 싫고, 그보다도 우리를 여기다 붙잡아 두는 편이 좋다는 말인가요? 당신이나 우리나 프러시아 군이 지기라도 한다면 어떤 위험에 처하게 될지 모를 텐데."

불 드 쉬프는 아무 대답도 하지 않았다.

백작은 감언 이설로 꾀고, 도리에 호소하고 감정에 호소했다. 필요에 따라서 은근히 비위를 맞추기도 하고 헛인사도 하고, 요컨대 싹싹하게 행동하고 있었지만 끝까지 '백작 나으리'로서 술책은 잊지 않고 있었다. 그녀가 모두들에게 봉사해 줄 행위의 의의를 강조하고 그들의 감사를 말해 주었다. 그런 다음 갑자기 명랑하고 친숙한 투로,

"그런데 말야, 그 장교 녀석은 자기 나라에서는 좀처럼 볼 수도 없는 예쁜 여자를 맛봤다고 자랑할 것 아냐, 응. 어때?"

불 드 쉬프는 아무 대답도 없이 그들을 따라갔다.

여관으로 돌아오자 곧 여자는 자기 방으로 올라가서 두 번 다시 나타나지 않았다. 불안은 절정에 이르렀다. 어떻게 할 셈일까? 만약 계속 거절한다면 어떤 난처한 일이 생길지도 모른다.

저녁 식사 시간을 알리는 종이 울렸다. 모두들 불안해하며 여자를 기다렸다. 그때 포랑비 씨가 들어왔다. 루세 양은 몸이 불편하니 먼저 식사를 시작하라는 것이었다. 모두들 귀를 쫑긋했다. 백작은 주인 곁으로 다가가서 작은 소리로,

"일이 잘 되었소?"
라고 물었다.

"네."

예의상 백작은 모두들에게 아무 말도 하지 않았다. 그저 고개를 끄덕이며 신호를 했을 뿐이었다. 곧 안도의 한숨이 그들의 가슴에서 토해지고 기

쁜 안색이 나타났다. 르와조가 외쳤다.

"만만세다! 이 여관에 샴페인이 있다면 한턱 낼 텐데."

주인이 네 병의 샴페인을 두 손에 안고 돌아오는 것을 봤을 때 르와조 부인은 질렸다. 모두다 별안간 수다스러워지고 떠들썩해졌다. 음란한 기쁨이 사람들의 가슴을 채우고 있었다. 백작은 카레 라마동 부인의 아름다움이 눈에 뜨인 것 같았고 공장 주인은 줄곧 백작 부인의 비위를 맞추었다. 대화는 활기를 띠고 유쾌했으며 기지에 넘쳐 있었다.

별안간 르와조가 걱정스러운 얼굴이 되더니 두 팔을 들면서,

"조용히!"

하고 외쳤다. 모두들 깜짝 놀라 겁에 질린 듯 입을 꽉 다물었다. 그러자 르와조는 두 손으로,

"쉿!"

하고 모두를 말리는 시늉을 한 다음 귀를 기울이고 천장 쪽을 쳐다보았다. 한 번 더 귀를 기울이더니 평상시의 목소리로 되돌아와서 이렇게 말했다.

"걱정할 것 없습니다. 만사 순조롭습니다."

모두들 그 뜻을 이해하지 못해 어리둥절하더니 이윽고 미소의 그림자가 스쳐갔다.

십오 분쯤 지나자 그는 또 한 번 같은 익살을 부렸다. 초저녁 동안 몇 번이고 그 짓을 되풀이했다. 이층에 있는 누군가를 부르는 듯한 시늉을 해 보였다가 행상꾼 근성을 방불케 하는 두 가지 짓으로 해석되는 말로 충고하는 시늉을 해 보이는 것이었다. 슬픈 듯한 태도로, "허 참, 불쌍도 하지." 하고 한숨을 쉬는가 하면 이번에는 격분한 듯이, "제기랄, 프러시아 놈 불한당 같으니!"라고 중얼거렸다. 그리고 모든 사람들이 잊고 있을 쯤에 목소리를 떨면서 몇 번이고 "이제 그만둬! 그만 해!"라고 했다. 그리고 혼잣말처럼 "한 번 더 그 여자의 얼굴을 볼 수 있었으면 좋겠는데. 망할 녀석, 제발 부탁이니 죽이지나 말아 다오!"라고 덧붙였다.

상스러운 농담이지만 모두들 듣고 좋아했으며, 아무도 기분을 상하지는 않았다. 대개 분노란 역시 다른 모든 것과 마찬가지로 환경에 좌우되는 것

이며, 그들의 주위에 서서히 퍼져 간 분위기는 음란한 상상에 넘친 것이었다. 식사 후에는 부인들까지도 재치 있는 조심스러운 풍자를 하게 되었다. 그들의 눈은 빛나고 있었다. 이미 술도 많이 마신 뒤였다. 떠들어 댄다고는 하나 백작은 역시 위엄 있고 당당한 태도를 잃지 않고, 북극 지방에서 마침내 남쪽으로 항로가 열리는 것을 본 난파선 승무원들의 기쁨에 비겨서 퍽 재미나는 비유를 했다. 르와조는 신바람이 나서 샴페인 잔을 한 손에 들고 일어나,

"우리들의 해방을 축하하며 건배!"

하고 외쳤다. 모두들 일어나서 그에게 갈채를 보냈다.

두 수녀들까지 다른 부인들이 권하는 대로 한 번도 맛본 일이 없는 이 거품이 이는 포도주에 입술을 댔다. 그리고는 레몬 소다와 비슷하긴 하지만 그보다 훨씬 더 맛이 좋다고 했다. 르와조가 그 자리의 분위기를 요약해서 이렇게 말했다.

"피아노가 없다니 유감스럽군. 카트리유(무도곡) 한 곡쯤은 치고 싶은데."

코르뉘데는 그때까지도 말 한마디 하지 않은 채, 몹시 진지한 생각에 잠겨 있는 것처럼 보였다. 그리고 이따금 화난 듯한 손짓으로 긴 수염을 더욱 길게 늘어뜨리려는 듯이 훑었다. 마침내 한밤이 되어 모두들 잠자리에 들어가려 할 때, 르와조가 비틀거리면서 다짜고짜 코르뉘데의 아랫배를 치며 꼬부라진 혀로 이렇게 말했다.

"오늘 저녁에는 재미가 없으신 모양이군요. 어떻게 된 일입니까? 동지 시민이여. 아무 말도 없으시니 어찌된 일인가요?"

그러자 코르뉘데는 갑자기 얼굴을 번쩍 들더니 순간 빛나는 무서운 눈초리로 좌중을 노려보았다.

"여러분, 모두에게 말하는데, 여러분은 치욕적인 행위를 했단 말이오!"

그는 일어나서 문 쪽으로 가더니 다시 한 번,

"치욕적인 짓을 말이오!"

라고 되풀이하고는 나가 버렸다.

좌중은 냉수를 끼얹은 듯이 조용했다. 르와조는 어리둥절하여 멍하니 서 있었다. 그러나 곧 정신을 차리자 갑자기 요절할 듯이 웃어 젖히면서 되풀이해서 말했다.

"손에 닿지 않는 포도는 시지. 그래, 손에 닿지 않는 포도는 너무나 시단 말이야(이솝 우화에 여우가 높아서 따먹을 수 없는 포도를 보기만 하다가 분한 끝에 덜 익어서 시어 못 먹겠다고 투덜댔다는 이야기)!"

모두들 무슨 뜻인지 몰랐기 때문에 그는 '복도의 비밀'을 이야기했다. 그러자 좌중은 한바탕 신이 나서 떠들었다. 부인들은 미친 듯이 재잘거리며 재미있어했다. 백작과 카레 라마동 씨는 너무 웃어서 눈물을 다 흘렸다. 도저히 믿을 수 없다는 것이었다.

"뭐라고요! 정말입니까? 그 선생이……."

"내 눈으로 봤다니까요."

"그래 여자가 거절했다고요……."

"프러시아 장교가 옆방에 있었기 때문이죠."

"설마?"

"정말이오, 맹세코."

백작은 숨도 쉴 수가 없었다. 공장 주인은 두 손으로 옆구리를 눌렀다. 르와조는 여전히 말을 이었다.

"그러니, 아시겠지요. 오늘 밤은 기분이 좋지 않은 거죠. 정말 기분 좋을 턱이 없지."

세 사람은 또 웃어 젖혔다. 병이 날 지경으로 숨이 막혀 콜록거리면서.

그런 다음 모두들 물러갔다. 그러나 천성이 쐐기풀 같은 성품인 르와조 부인은 잠자리에 들어갈 때 남편에게 그 '새침데기'인 카레 라마동 부인이 저녁내 웃고는 있었지만 억지로 웃는 웃음이었다고 주장했다.

"여자란 말이에요, 군복만 입고 있으면 프랑스 군인이건 프러시아 군인이건 상관없단 말이에요. 한심하지 않아요, 네?"

밤새도록 복도의 어둠 속에서 무언가 진동하는 듯한 소리가 났다. 숨소리 같기도 하고, 맨발로 살금살금 걷는 소리 같기도 하고, 어렴풋이 삐걱대는 소리 같기도 한, 분간하기 어려운 가벼운 소리가 스쳐갔다. 확실히 모두들 늦게서야 잠이 들었다. 가느다란 불빛이 오래도록 문틈으로 새어 나오고 있었으니까. 샴페인에는 잠을 방해하는 효과가 있다고 한다.

이튿날은 겨울의 밝은 태양이 눈부시게 흰 눈을 비추고 있었다. 드디어 말이 매어진 마차가 문앞에서 대기하고 있었다. 한 무리의 흰 비둘기가 두터운 날개에 싸여 가슴을 불룩하게 하고 한가운데 까만 점이 있는 장밋빛 눈을 반짝이며 여섯 필의 말 다리 사이로 이리저리 의젓하게 돌아다니면서 김나는 말똥을 파헤치고 먹이를 찾는 중이었다. 마부는 양털 옷을 입고 마부석에 앉아 담뱃대를 빨고 있었다. 손님들은 모두 상쾌한 얼굴로 남은 여행을 위해 부랴부랴 음식물을 챙겨 넣고 있었다. 이젠 불 드 쉬프만 기다리면 되었다.

그녀가 나타났다. 약간 당황해하고 부끄러워하고 있는 것같이 보였다. 조심스럽게 그들 쪽으로 걸어왔으나 그들은 일제히 얼굴을 돌렸다. 마치 그녀를 보지 못한 백작은 위엄을 보이며 아내의 팔을 잡고 불결한 것과의 접촉을 피하게 하려 했다. 뚱뚱한 창부는 어이가 없어 걸음을 멈추었다. 그러나 있는 용기를 다해서 공장 주인의 아내에게 다가서며 얌전하게 속삭이듯이 말했다.

"안녕하세요, 부인."

상대방은 머리만을 약간 숙여서 거만한 답례의 표시를 보였을 뿐 상처받은 미덕에 대해 노여움의 시선을 던졌다. 다른 사람들도 바쁜 것처럼 하며 이 창부에게서 멀리 떨어지려고 했다. 마치 이 여자가 스커트 속에 병균이라도 묻혀 오기나 한 것처럼. 이윽고 모두들 급히 마차에 탔으나 그녀만은 혼자서 맨 나중에 전번에 앉았던 자리에 말없이 앉았다. 아무도 못 본 체했으며 생전 만나 본 적도 없는 얼굴을 했다. 르와조 부인은 멀찍감치서 얄미운 듯이 여자를 보면서 남편에게 작은 소리로 이렇게 말했다.

"저 여자 곁이 아니어서 다행이에요."

육중한 마차가 움직이기 시작하여 여행은 다시 시작되었다. 처음에는 아무도 말을 하지 않았다. 불 드 쉬프도 내리깐 눈을 들려고 하지 않았다. 그와 동시에 이 여자는 자리에 같이 하고 있는 모든 인간들에 대한 노여움과 이들이 선(善)을 가장하고 자기를 몰아넣은, 프러시아 놈의 애무에 몸을 더럽히고 자기의 뜻을 굽히고 말았던 것에 굴욕을 느끼고 있었다. 이윽고 백작 부인이 카레 라마동 부인 쪽으로 돌아앉아 이 어색한 침묵을 깨뜨렸다.

"부인은 데트렐 부인을 아시지요?"

"네, 친구예요."

"정말 좋은 분이지요!"

"아주 멋있는 분이에요! 정말 기막힌 성품에다 교양이 있고 철두철미한 예술가라 황홀할 만큼 노래도 잘 부르고 전문가 뺨칠 만큼 그림도 잘 그린답니다."

공장 주인은 백작을 상대로 이야기했다. 마차 유리창이 덜거덩거리는 가운데 이따금 이런 말이 튀어나왔다.

"배당——기한——기한부."

잘 닦지도 않은 테이블에서 오 년이나 굴러 기름때가 묻은 여관집 트럼프를 훔쳐온 르와조는 아내를 상대로 베지그 놀이를 하기 시작했다. 수녀들은 허리띠에 늘이고 있던 묵주를 집어들고 둘이 함께 십자를 그었다. 그리고는 별안간 입술이 맹렬하게 움직이기 시작하더니, 그것이 차츰 빨라져서 마치 기도드리는 경쟁이라도 하듯이 뜻도 모를 중얼거림이 급속도로 빨라졌다. 이따금 두 사람은 성패(聖牌)에 입을 맞추고는 새로이 십자를 긋고 빠른 말로 연속적인 중얼거림을 다시 시작했다.

코르뉘데는 꼼짝도 하지 않고 생각에 잠겨 있었다.

세 시간쯤 마차가 달리고 난 뒤에 르와조가 트럼프를 긁어 모으며,

"배가 고프군."

하고 말했다.

그러자 아내는 끈으로 묶은 꾸러미를 풀어서 송아지 냉육(冷肉) 한 점을 꺼냈다. 솜씨 좋게 얄팍하게 잘라서 둘이 함께 먹기 시작했다.

"우리도 먹을까요?"

하고 백작 부인이 말했다. 그 말에 동의하자 두 부부를 위해서 준비시킨 식

료품 꾸러미를 풀었다. 토끼고기 파이가 안에 들어 있다는 표시로, 사기로 만든 토끼가 뚜껑 꼭지에 달려 있는 길쭉한 항아리 속에 가공된 고기가 담겨 있었다. 갈색빛 고기 사이로 돼지 비계의 하얀 빛깔이 줄이 되어 섞여 있었고, 잘게 저민 다른 고기도 섞여 있었다. 먹음직한 그뤼예르 치즈의 네모진 토막이 신문지에 싸여 있었는데 번지르르한 그 표면에 '잡보(雜報)'라는 글씨가 찍혀 있었다.

두 수녀는 부추 냄새를 풍기는 동그란 소시지를 펴 놓았다. 코르뉘데는 헐렁한 외투 호주머니에 두 손을 찔러 넣더니 한쪽에서는 삶은 계란을 네 개, 다른 한쪽에서는 빵조각을 꺼냈다. 껍질을 까서 발밑 짚 속에다 던지며 먹기 시작했다. 그는 밝은 빛깔의 노른자 부스러기를 수염 위에 흘리며 먹었다. 그것들은 마치 별들처럼 보였다.

불 드 쉬프는 허둥지둥 일어나 왔기 때문에 아무 준비도 하지 못했다. 그녀는 분노에 숨이 막히고 화가 치밀어서 태연하게 먹고 있는 이들 모두를 노려보고 있었다. 처음에는 미칠 듯한 노여움이 온몸을 경련시켰다. 입술까지 올라온 심한 욕설을 퍼부어 그들이 한 행위를 소리치려고 하였다. 그러나 말을 할 수가 없었다. 하도 분해서 목이 막혔던 것이다. 아무도 그녀 쪽을 보려고도 않고 생각해 주려고도 하지 않았다. 그녀는 이 뻔뻔스러운 점잖은 무리의 경멸 속에 싸여 있다는 것을 느끼고 있었다. 처음에는 그녀를 희생양으로 제공하고 그리고 나서 쓸모 없는 더러운 물건처럼 내던져 버린 놈들.

그녀는 이자들이 굶주린 떼거리처럼 처먹어 버린 맛있는 음식들이 가득히 담겨 있던 커다란 자기 바구니를 생각했다. 젤리에 절인 두 마리의 닭, 파이, 배, 네 병의 보르도 주가 생각났다. 팽팽한 실이 끊어지듯이 갑자기 노여움이 스러지자 그녀는 곧 울음이 터질 것만 같았다. 그녀는 필사적으로 애를 써서 몸을 꼿꼿이 하여 어린아이처럼 오열을 삼켰다. 그러나 눈물이 솟아 나와 눈시울에서 멎더니 곧 커다란 눈물 방울이 두 눈을 떠나 조용히 볼을 타고 흘러내렸다. 잇따라 다른 눈물이 전보다 더 빨리, 바위 사이에서 스며 나오는 물방울처럼 흘러내려 가슴께의 부푼 선 위에 규칙적으로 떨어졌다. 그녀는 눈을 똑바로 뜨고 창백한 얼굴을 굳혀 남이 보지 않았으면 하고 바라면서 똑바로 앉아 있었다.

그러자 백작 부인이 그것을 알아차리고 눈짓으로 남편에게 알렸다.

백작은 어깨를 움츠려 보였다. '할 수 없지, 내 잘못이 아냐'라고나 하는 것처럼.

르와조 부인은 승리에 찬 무언의 미소를 띠우고,

"창피해서 우는 거야."

라고 중얼거렸다.

두 수녀는 남은 소시지를 종이에 싸고 다시 기도하기 시작했다. 그러자 삶은 계란을 다 먹고 난 코르뉘데가 맞은편 의자 밑에까지 그 길다란 다리를 뻗치고 몸을 뒤로 젖혀 팔짱을 꼈다. 그리고 무슨 재미있는 희극이라도 생각난 듯이 빙그레 웃고는 라 마르세예즈(프랑스의 국가)를 휘파람으로 불기 시작했다. 모두들의 얼굴이 흐려졌다. 이 민중의 노래가 그들의 마음에 들지 않았던 것이다. 그들은 신경질이 나고 짜증이 나서, 풍금 소리를 들은 개처럼 금방 짖어 댈 것만 같았다. 코르뉘데는 그것을 눈치채자 더욱 멈추지 않았다. 때로는 휘파람이 아니라 가사를 흥얼거렸다.

성스러운 조국의 사랑이여
이끌어 떠받자 우리의 팔을
복수에 울리는 우리의 팔을
자유, 그리운 자유여!
그대 전사(戰士)들과 함께 싸우라

눈이 다져졌기 때문에 마차는 빨리 달렸다.

디에프에 닿을 때까지의 길고 음산한 여행 동안 내내 울퉁불퉁한 길에 흔들리면서, 처음에는 저물어 가는 침침함 속에서, 이윽고는 마차 안의 짙은 어둠 속에서, 잔인한 집념을 발휘하며 그는 그 단조로운 복수의 휘파람을 계속해서 불었다. 사람들의 마음은 진저리나고 약이 올라 있으면서도 처음부터 끝까지 억지로 노래를 따라가게 되어, 한 박자마다 마음속에서 저절로 떠오르는 노래 가사를 생각하게 되는 것이었다.

불 드 쉬프는 여전히 울고 있었다.

이따금 억누를 수 없는 흐느낌이 노래와 노래 사이에서 어둠 속으로 새어나오는 것이었다.

《모파상 단편집》 바로 읽기

권순긍(세명대 교수)

모파상의 생애와 작품 세계

I. 모파상의 생애

　모파상은 1850년 8월 5일 프랑스의 노르망디 지방의 항구도시 디에프 근처에 있는 미로메스닐 성(城)에서 아버지 귀스타브 드 모파상과 어머니 로르의 맏아들로 태어났다. 이 시기는 서구의 공업혁명으로 기계문명이 발달하였고 사람들의 생활 수준이 향상되었던 때이다. 그리고 프랑스에서는 1848년 노동자들이 주도한 2월 혁명이 실패로 돌아가고 나폴레옹 3세가 제2공화국의 대통령으로 선출되었던 때이기도 하다.
　모파상의 집안은 18세기 중엽 노르망디의 로렌 주의 귀족 후예였다. 그의 할아버지는 고등 관리인 세무서장 출신으로 루앙에서 농장을 경영하였으며, 아버지는 주식 관리인이었다. 어머니도 루앙에서 큰 공장을 경영하는 부유한 부르주아 집안이었다. 그러나 잘 생기고 바람기 있는 아버지와 개성이 강하고 품위있는 미인이었던 어머니는 성격 차이로 인해서 사이가 좋지 않았다. 이러한 부모의 불화는 뒷날 모파상의 인생과 작품 세계에 많은 영향을 남겼다. 그가 사랑하는 여자가 있음에도 평생 독신으로 지낸 것도 결혼에 대한 두려움 때문이었다. 그리고 그의 소설 작품에는, 순진한 여성이 불행한 결혼 생활로 겪게 되는 절망과 비탄을 주제로 한 것이 많다(대표적인 것으로 장편《여자의 일생》, 단편 〈첫눈〉, 〈어느 여인의 고백〉 등). 결국 모파상의 부모는 그가 12세, 동생 에르베가 6세가 되던 해 별거 생활에 들어갔다. 모파상과 동생은 어머니와 함께 바닷가의 에트르타에 있는 별장에서 지냈다. 이곳에서 모파상은 자연과 바다와 순박한 시골 사람들 속에서 자유분방한 소년 시절을 보낼 수 있었다.

　모파상은 교구의 사제로부터 교육을 받은 뒤 13세에 이브토의 신학교에 보내졌다. 이 학교는 근처의 귀족과 부자, 지주의 아이들이 주로 다니고 있었다. 이들은 명목상 사제가 되는 훈련을 받았지만 실제로는 병역 면제를 위해 입학한 것이었다. 자유분방한 성격의 모파상은 학업성적은 우수한 편이었으나 신학교의 엄격한 교육방침에 잘 적응하지 못하였다. 모파상은 장난기가 심했으며 쾌활하게 웃고 떠들며, 남을 비평하고 속이는 것을 즐기는 성격이었다. 그는 신학교의 유폐생활을 비판하는 시를 쓰고 기숙사의 식량 창고에서 술을 훔쳐 마시는 등의 교칙을 위반하여 퇴학당하였다.

　그 뒤 모파상은 2년 반 정도 루앙에 머물렀다. 아들의 교육에 많은 열의를 갖고 있던 어머니는 그를 오빠 알프레드 프와트왱의 절친한 친구였던 플로베르에게 보내 인사를 시켰다. 그리고 루앙에서 라틴 어를 가르치고 있던 시인 루이 부이예를 소개해 주었다. 루이 부이예는 모파상에게 시작(詩作)을 지도하였다. 모파상이 시를 통해 문학에 입문한 것은, 뒷날 그의 단편 소설이 지닌 간결한 문체와 뛰어난 영상미를 형성하는 데 중요한 역할을 하였다. 우리나라에도 뛰어난 단편소설 작가들이 처음에는 시인이었던 경우가 있다(황순원, 김동리 등). 루이 부이예는 모파상에게 "100행의 시 아니 그보다 더 짧더라도 작가의 재능과 독창의 정신을 나타내는 훌륭한 걸작을 썼다면 예술가로서의 명성을 얻기에 충분하다"는 말을 자주 하였다. 이것은 모파상에게, 짧으면서도 독창적인 작품의 중요성을 일깨워 주었다.
 모파상은 루앙에 있는 코르네유 중학교에 다시 입학하였다. 학창시절에는 당시 프랑스의 사상계를 휩쓸었던 쇼펜하우어의 염세철학에 심취하였고, 매우 정열적인 시를 써서 발표하곤 하였다. 1869년 가을에 대학입학자격시험(바칼로레아)에 합격한 그는 아버지가 있는 파리로 옮겨가 법률 공부를 시작하였다. 그러나 1870년 7월에 보불전쟁이 벌어지자 모파상은 스무 살의 나이로 군에 소집되었다. 참전한 그는 프러시아 군이 루앙 시에 진격하는 것을 목격하였고, 그 자신 패잔병들과 함께 퇴각하면서 전쟁의 온갖 참상을 겪었다. 당시의 상황을 어머니에게 이렇게 쓰고 있다.

 "도주하는 아군과 함께 나도 후퇴했습니다. 하마터면 잡힐 뻔했습니다. 경리부의 명령을 장관에게 전하기 위해 나는 전위군에서 후위군으로 이동했습니다. 150리 정도 걸었습니다. 어젯밤은 꼬박 명령 때문에 뛰어다니고, 얼어붙은 돌 위에서 잤습니다. 발이 튼튼하지 않았더라면 적군에게 붙들렸을 거예요."

 이때의 체험은 모파상에게 전쟁에 대한 혐오감과 인간의 위선적인 모습에 대한 비판 의식을 심어 주었다. 이러한 생각은 〈비계 덩어리〉에서 매우 훌륭하게 그려져 있다.
 1871년 7월에 제대한 모파상은 파리로 돌아왔으며, 아버지의 권유로 해군성에 취직하였다. 모파상은 공직 사회의 관료주의를 체질적으로 좋아하지 않았다. 그러나 문학에 뜻을 두었던 그로서는 생계를 유지하기 위한 안정적인 수입이 필요하였다. 당시 그의 집안은 재정 상태가 매우 어려워져 있었기 때문이다. 이 무렵부터 모파상은 매주 일요일마다 플로베르를 찾아가 본격적인 문학 수업을 받기 시작하였다. 플로베르는 모파상이 쓴 작품들(주로 시 작품들)을 꼼꼼하게 읽고 비판해 주었다. 당시의 일을 모파상은 이렇게 기억하고 있다.

종종 플로베르는 만날 때마다 나에게 호의를 베풀어 주었다. 나는 몇 편의 습작을 그에게 보여 주었다. 플로베르는 친절히 그것을 읽고 나서 이렇게 말했다. "자네에게 재능이 있는지는 나도 모르겠네. 자네가 나에게 가지고 온 것을 보면 재능이 있는 것같이는 보이네. 그러나 이것만은 잊지 말게. 뷔퐁의 말이지만 재능이란 긴 인내에 지나지 않으니, 공부하게." 나는 공부했다. 그리고 가끔 그를 찾아갔다. 플로베르의 마음에 든 것을 안 것은, 그가 웃으면서 제자라고 부르기 시작했기 때문이다. 7년 동안 나는 시를 쓰고 콩트를 쓰고 중편소설을 쓰고 심지어는 보잘것없는 희곡까지 썼다.

당시 플로베르의 집에는 세계적인 대 문호들—에밀 졸라, 이반 투르게네프, 에드몽 드 공쿠르, 헨리 제임스, 알퐁스 도데 등이 자주 출입하였다. 플로베르는 이들에게 모파상을 소개해 주었다. 그리고 이들은 뒷날 모파상의 삶과 작품세계를 이해하고 아끼는 좋은 선배이자 동료가 되었다. 에밀 졸라는 이때 만났던 모파상의 모습을 "센 강에서 배를 타고 재미 삼아 하루에 80km나 노를 저을 수 있는 대단한 뱃사람"으로 묘사하였다.

실제로 모파상은 바다와 강을 매우 좋아했다. 퇴근하기 바쁘게 센 강을 헤엄치거나 배를 타면서 시간을 보냈다. 그리고 모파상은 틈나는 대로 기차를 타고 여행하는 것을 즐겼다. 센 강에서의 뱃놀이는 나중에 〈폴의 여인〉, 〈이브토〉, 〈파리〉 등의 작품으로 형상화되었다. 지나치게 뱃놀이에 열중하는 모파상을 염려하여 플로베르는 정열을 낭비한다고 꾸짖기도 하였다. 이것은 플로베르가 얼마나 모파상을 아꼈는지를 잘 보여주는 예이다. 1880년 모파상의 시집을 출판하는 데 도움을 청하기 위해 보낸 한 편지에서 플로베르는 "그는 내 제자이고 나는 그를 친아들처럼 사랑한다"라고 쓰고 있다. 모파상도 부모의 별거 생활로 인해 제대로 받아 보지 못한 아버지에 대한 정을 느끼듯이 플로베르를 대하였다.

플로베르에게 문학 수업을 받는 동안 모파상은 지방 잡지에 가명으로 시와 단편소설, 희곡 작품들을 발표하였으나 크게 주목을 끌지는 못하였다. 그런데 1879년에 기 드 발몽이라는 이름으로 발표한 시 〈물가에서〉가 검찰에 의해 풍속 문란을 이유로 기소처분을 받는 일이 발생하였다. 그리고 이듬해 발표한 단편소설 〈벽〉도 검열에 걸려 소환되어 검사를 받았다. 다행히 플로베르의 도움으로 구속되는 일은 면했으나 이 일로 모파상은 일약 유명해졌다.

1880년 3월에 모파상은 작가로서 자신의 재능을 널리 알릴 수 있는 결정적인 기회를 갖게 되었다. 당시 에밀 졸라는 메당에 있는 자신의 별장에서 신진 작가들을 모아 놓고 문학에 대해 열띤 토론을 벌이곤 하였다. 이른바 '메당 그룹'이라고 불렸던 이들은 보불전쟁에서 취재한 작품을 한 편씩 모아서 책을 출판하기로 계획을 세웠다. 그리하여 에밀 졸라를 포함한 6명의 작가들이 쓴 단편소설이 《메당의 저녁》이라는 제목으로 묶여졌다. 이것은 일종의 '자연주의 선언서'였다. 이때 모파상이 발표한 작품이 〈비계 덩어리〉이다. 플로베르는 이 작품의 초고를 읽고 크게 감동하여 아낌없는 찬사를 보냈다.

〈비계 덩어리〉는 정말 멋지다. 정말 대가의 작품이라 할 수 있다. 구상도 독창적이고 문체도 매우 뛰어나다. 인물 묘사도 명확하게 그려져 있고 심리 묘사도 박력이 있다. 나는 너무 기뻐서 세 번이나 웃었다. 이 작품은 반드시 남을 것이다.

플로베르의 예언처럼 《메당의 저녁》이 출간되자마자 모파상의 작품은 큰 반향을 불러일으켰다. 여러 신문사에서 원고 청탁이 쏟아져 들어왔다. 그는 소원하던 대로 직장을 그만두고 소설에 전념할 수 있게 되었다. 그러나 5월에 플로베르가 갑자기 세상을 떠나자, 모파상은 깊은 슬픔에 잠겼다. 이후 그는 선배인 에밀 졸라를 스승으로 삼아 많은 도움을 청하였다.

유명해진 모파상은 「피가로」지에 저널리스트로 활동하였으며, 「골루아」와 「질 블라스」라는 신문에 연속적으로 단편소설을 발표하기 시작하였다. 에밀 졸라를 중심으로 한 자연주의 문학의 젊은 기수로서 모파상의 작품은 발표될 때마다 평론가들의 관심을 집중시켰다. 그러나 대부분의 평론가들은 그가 자신의 뛰어난 재능을 인간의 비천한 모습을 그리는 데 낭비한다고 비난하였다. 특히 〈비계 덩어리〉와 〈테리에 집〉에서 그려진 창녀들의 삶에 대한 모파상의 관심은 친한 동료들로부터도 심하게 비판받았다. 이러한 비판은 사실상 인간의 위선적인 면과 사회의 밑바닥을 폭로하는 자연주의 문학에 대한 비판이기도 하였다. 그러나 모파상은 이에 대해 '인간에 대한 모든 것에 관심을 가지는 것'이 자신의 신조라는 말로 응대하였다.

1883년에 발표한 그의 첫 장편소설 《여자의 일생》은 평론가들의 비난을 일축하고도 남는 것이었다. 《여자의 일생》은 3만 부 이상이 팔렸으며, 즉시 러시아와 영국과 독일에 번역되었다. 평소 모파상의 단편소설에 불만을 가졌던 톨스토이도 이 작품에 칭찬을 아끼지 않았다고 한다. 이제 모파상은 명실공히 세계적인 작가로서 그의 명성을 확고히 하게 되었다. 우리나라에는 김억이 1919년 「태서문예신보」에 단편소설 〈고독〉을 번역한 것을 시작으로 모파상은 1920년대 가장 인기있던 외국 작가 중의 한 사람이었다.

여러 나라에서 베스트셀러 작가가 된 모파상은 생활도 윤택해졌다. 그는 여러 채의 별장을 갖고 있었으며, 종종 손님들을 초대하여 화려한 파티를 열었다. '벨아미'라고 이름붙인 자신의 요트로 유람을 즐겼고, 알제리와 아프리카와 이탈리아, 영국 등을 여행하였다. 그러나 1877년부터 건강이 나빠지기 시작한 모파상은 격심한 두통과 눈병, 관절염, 위경련, 심장질환과 각종 신경계 질환으로 계속하여 고통을 받았다. 그러면서도 매일 아침마다 쉬지 않고 6장씩 글을 써나갔다고 한다.

모파상은 〈비계 덩어리〉를 발표한 1880년부터 1891년까지 10년 동안 엄청난 양의 작품을 창작하였다. 18권의 단편집에 수록된 단편소설이 약 300여 편에 달했으며, 7권의 장편소설과 3권의 기행문, 1권의 희곡집과 시집을 출판하였다. 대표적인 작품들을 보면, 1881년 단편집 《테리에 집》을 출판하였고 1883년에 장편소설 《여자의 일생》을, 1884년에 장편 《벨아미》를 집필하였으며, 단편집 《달빛》을 출판하였다. 그리고 건강이 악화되었음에도 불구하고 1887년 장편 《피에르와 장》을 집필하였고 1888에 장편 《죽음처럼 강하다》 등을 발표하였다. 그리고 소설 작품 외에 〈귀스타브 플로베르

연구〉, 〈16세기 프랑스 시〉, 〈투르게네프 연구〉, 〈졸라 연구〉, 〈아프리카 여행기〉 등의 평론도 발표하였다.

이처럼 과도한 작품 활동은 그의 몸과 정신을 더욱 쇠약하게 만들었다. 고통을 잊기 위해 마취제를 사용하였던 모파상은 때때로 환각에 사로잡히기도 하였다. 중편 〈로올라〉, 단편 〈산막〉 등에는 이처럼 환각의 경험과 공포감에 사로잡힌 사람의 이야기를 다루고 있다. 1888년에 동생 에르베가 일사병과 뇌막염이 겹쳐서 심한 정신이상을 일으킨 뒤 이듬해 정신병원에서 사망하였다. 모파상은 동생을 매우 사랑하여 언제나 그를 도와 주었다. 동생의 비참한 죽음으로 인해 모파상은 심한 충격을 받았으며, 자신도 동생처럼 미쳐버리지 않을까 하는 두려움에 사로잡혔다. 그리고 그 두려움은 현실로 나타났다. 1891년에 갑작스런 발작의 징후가 나타났으며 이듬해에는 어머니의 집에 머물던 중 자살을 기도하였다. 이 일로 모파상은 파리의 정신병원에 수용되었으며, 1893년 7월에 43세의 나이로 그 병원에서 삶을 마쳤다.

2. 플로베르와 에밀 졸라의 영향

모파상이 플로베르를 만나지 않았다면 아마 정열적인 시를 몇 편 발표하는 것으로 그의 문학 인생을 끝마쳐야 했을지도 모른다. 플로베르와의 만남을 통해 모파상은 소설가로서 중요한 자질과 교훈을 터득했다. 플로베르는 "만약 하나의 독창성을 가지고 있다면, 무엇보다도 먼저 그것을 키워야 한다. 독창성을 가지지 않았을 때는 어떻게 해서든지 그것을 손에 넣어야 한다"라고 말했다. 그러나 독창성은 어느 순간에 획득되는 것이 아니다. 그것은 오랜 인내와 훈련을 통해서 얻어지는 것이다. 플로베르는 모파상에게 독창성을 획득하기 위한 훈련과 노력을 게을리 하지 말 것을 언제나 강조하였다. 플로베르는 이렇게 주문하곤 했다.

문턱에 앉아 있는 잡화상 주인, 파이프를 빨아대는 문지기 앞이나 승합 마차 대합실 앞을 지날 때 본 그 잡화상 주인이나 문지기의 자세나 용모를, 그 성품까지를 포함해서 훌륭히 묘사해 보게. 내가 그것들이 다른 잡화상이나 문지기와 다르다는 것을 느낄 수 있도록 말일세. 그리고 어떤 한 마리 말이 뒤따라오거나 앞서거나 하는 50마리의 말과 어디가 다른지 한마디로 나에게 알려 주게.

50마리의 말 중에서 단 한 마리의 말이 지닌 특징을 잡아내는 것, 그것은 끈질긴 관찰과 날카로운 통찰력을 통해서만 얻어지는 것이다. 모파상은 장편소설 《피에르와 장》의 서문에 부친 〈소설론〉에서 독창성과 훈련의 관계를 이렇게 말하고 있다.

재능이란 오랜 인내인 것이다. 아직 누구에게도 보여지지 않았고 말한 적도 없는 일면을 발견하기 위해서는 충분한 시간과 인내로써 표현하고 싶다고 생각하는 모든 것을 주시해야 한다. 일체의 것 가운데 아직 탐구되지 않은 부분이 있을 것이다. 왜냐하면 우리들은 누구도 생각하지 않은 것을 염두에 두거나 관심을 갖는 것이 습관화되어 있지 않기 때문이다. 어떠한 사소한 것이라도 미지의 부분을 어느 정도는 포함하고 있는 것이다. 불타는 벌판 가운데 한 그루의 나무를 묘사하기 위해서는 그 불이나 나무나 다른 어떠한 불, 어떠한 나무와도 다른 점을 정면에서 맞서 보아야 한다. 이렇게 하여 사람은 독창적으로 되는 것이다.

플로베르는 모파상에게 가장 중요한 독창성은 오랜 인내와 훈련을 통해서 얻어지는 것임을 가르쳐 주었다. 그는 자신의 소설을 위해 모파상에게 노르망디 해안의 에트르타의 풍물을 조사해 줄 것을 부탁하기도 하였다. 그곳은 모파상이 어머니와 동생과 함께 어린 시절을 보낸 곳이었다. 이에 모파상은 해안과 도로, 절벽, 암석의 모양까지를 면밀하게 관찰하여 상세한 스케치를 만들어서 보냈다. 이 스케치는 뒷날 모파상의 단편소설에서도 여러 차례 나타난다.

플로베르에게서 받은 이러한 훈련을 통해, 모파상은 단편소설이 지닌 최대의 생명인 정확성과 간결함의 이치를 터득하게 되었다. 또한 모파상은 플로베르로부터 정확한 단어를 사용하는 것이 얼마나 중요한 것인지를 배웠다. 플로베르는 하나의 사물과 상태를 표현하기 위해서는 오직 하나의 단어만이 존재한다는 '일물일어설(一物一語說)'을 믿었다. 그에 따르면, 표현하고자 하는 사물이나 상황에 적합한 하나의 단어, 하나의 동사, 하나의 형용사를 발견하기까지 소설가는 탐구를 계속해야 한다. 의미가 확실치 않은 명사, 동사, 형용사를 사용하는 것은 옳지 않으며, 단순하고 반복되는 문장을 쓰는 것도 피해야 한다. 모파상도 이러한 스승의 견해를 이어 받았다. 모파상은 〈소설론〉에서 "구문의 변화에 풍부하고 한 구절이 교묘하게 끊어지고 웅장하고 리듬이 풍성한, 다양한 문장을 보다 많이 쓰는 것"이 중요하다고 말한다. 그러나 진정으로 뛰어난 작가는 "희귀한 말의 수집가이기보다는 우수한 문장가가 되기 위해 노력해야" 한다고 덧붙이고 있다.

모파상이 플로베르를 통해 소설가로서의 기본 자질을 훈련받았다면, 에밀 졸라는 그에게 세계와 인간에 대한 작가로서의 태도(세계관)를 형성해 주었다. 잘 알려져 있다시피 에밀 졸라는 자연주의 문학의 창시자이다. 자연주의 문학의 기본 정신은 인간의 생태를 자연 현상으로 보는 것이다. 즉 본능이나 생리의 필연성에 의해 강하게 지배되는 것으로서 인간의 모습을 집중적으로 묘사하는 것이 자연주의 문학이다. "소설은 과학이다"라는 에밀 졸라의 말은 자연주의 문학이 지향하는 바가 무엇인지를 잘 보여준다. 이를 위해 작가도 자연 과학자와 같은 태도를 가질 것이 요구되었다. 그는 자신이 쓴 소설의 서문에서 "두 등장인물의 살아 있는 몸뚱이에 해부 의사가 시체를 해부하듯 분석하였다"는 말로 자연주의 작가로서의 창작 태도를 밝히고 있다. 그리고 자연주의 문학은 '관찰'이 최고의 무기이다. 실제로 에밀 졸라는 장편소설 《목로주점》을 쓰기 위해 몇 년에 걸쳐 세부적인 조사와 관찰을 진행하였다. 이러한 자연주의 문학은 인간과 사회의 추악한 면을 폭로하는 데 집중하였기 때문에 전체적으로 어둡고 염세적인 분위기를 지녔다. 우리나라에서는 1921년에 발표된 염상섭의 〈표본실의 청개구리〉가 자연주의 문학의 효시로 꼽힌다.

모파상도 자연주의 문학의 이상을 지지하였다. 그 역시 냉정하고 객관적인 태도로 대상을 있는 그대로 묘사하기 위해 노력하였다. 소설 작품을 통해 '현실 그 자체보다도 더욱 완전한, 보다 더 절실한, 보다 더 진실한 영상'을 그려내는 것이 그의 목표였다. 그러나 에밀 졸라가 생리학과 과학적 기록에 의존하여 마치 해부 의사처럼 대상을 묘사하였던 것에 비해, 모파상은 직접적인 관찰과 현실 속에서 경험한 것들을 주로 창작하였다. 그리고 에밀 졸라가 사회 전반에 걸친 구조적인 문제를 웅대한 스케일 속에 그려내는 것에 비해, 모파상은 세부적이고 부분적인 면, 풍속의 한 장면 한 장면을 주의 깊고 면밀하게 묘사하고 있는 것이 특징이다. 모파상은 소설을 쓰면서, 사회 제도와 인간 관계 속에서 한 인간이 겪게 되는 내면적인 심리와 이해의 변화에 가장 주목하였다.

이렇게 하여 어떤 때는 인간의 정신이 주위 환경의 영향을 받아서 어떻게 변화하는가, 또 어떤 때는 인간의 감각과 감정이 어떤 발전을 하는가, 인간이 어떻게 서로 사랑하고 서로 미워하는가, 모든 사회적 환경 속에 어떻게 인간이 서로 투쟁하는가, 시민으로서의 이해, 금전상의 이해, 가족간의 이해, 정치상의 이해가 어떻게 상극하는가를 제시해야 한다.

모파상의 소설에서 심리 묘사는 겉으로 드러난 것이 아니라 교묘하게 숨겨진 형태로 나타난다. 사실상 작가가 모두 말해 버린다면 소설은 매우 지루하고 교훈적인 내용이 될 수밖에 없기 때문이다. '외부 묘사에 의해 내부의 풍경이 보다 많이 표현되는 것' 이것이 모파상 소설의 장점이다.

그리고 외부가 아니라 내부로 관찰의 눈을 돌리고 있는 모파상의 소설은, 사회와 인간의 허위를 냉정하게 폭로하는 한편으로, 대상에 대한 따뜻한 연민이 숨겨져 있다. 〈비계 덩어리〉와 〈목걸이〉, 〈테리에 집〉, 〈의자 고치는 여인〉, 〈후회〉 등을 보라. 사회 제도와 인간의 허위의식, 사소한 욕망, 젊은 날의 어리석음 등으로 고통받는 주인공에게 모파상은 연민의 시선을 보내고 있다. 이것은 모파상의 작품이 자연주의라는 시대적인 제약을 뛰어넘어

전세계적으로 오랫동안 사랑을 받을 수 있는 원천이기도 하다.

　플로베르와 에밀 졸라가 없었다면 모파상이 거둔 소설적 성취가 불가능했다고 말해도 과언이 아닐 것이다. 그만큼 소설가로서 갖추어야 할 정신적인 면과 기술적인 면에서 두 사람이 모파상에게 준 영향력은 막대하였다. 그러나 모파상은 스승의 영향력을 넘어서 자신만의 독창적인 경지를 획득하기 위해 언제나 노력하였다. 시골의 한 문학 지망생으로부터 비평을 요구받았을 때 모파상이 남긴 말이 그러한 노력을 증명해 주고 있다. "보는 것, 이것이 모두입니다. 올바르게 보는 것입니다. 올바르게 본다는 것은 스승의 눈으로써가 아니라 자기 자신의 눈으로 본다는 뜻입니다."

3. 모파상의 작품 세계

　모파상의 단편소설은 보불전쟁의 경험과 노르망디의 생활, 파리의 공무원 사회, 사교계의 남녀관계, 결혼 생활에 실패한 여인, 환상이나 광기로 고통받은 사람 등을 주로 다루고 있다. 주제별로는 전쟁에 대한 혐오, 인간의 이중성에 대한 비판, 여성의 불행한 삶에 대한 비애 등으로 크게 나누어진다. 자신이 일상적으로 체험한 것과 직접 관찰한 것을 주로 그렸기 때문에, 모파상의 소설에는 자전적인 요소가 많이 담겨 있다.

　모파상의 단편소설을 꿰뚫는 가장 핵심적인 주제는 '운명의 아이러니'와 '사랑'이다. 〈목걸이〉를 보자. 사치스럽고 우아한 귀족 생활을 동경하는 하급 공무원의 아내가 파티에 참석하기 위해 친구로부터 다이아몬드 목걸이를 빌렸다가 잃어버렸다. 고민 끝에 집을 팔고 빚을 내어 새 목걸이를 사준 뒤 그 빚을 갚기 위해 10년 동안 끔찍한 가난에 시달렸다. 그런데 친구의 목걸이가 가짜였음이 밝혀진다. 그 어이없음이라니! 〈후회〉는 삼십 년 동안 친구의 부인을 짝사랑했던 독신 남자가, 그녀도 예전에 자신을 사랑했다는 사실을 확인하고, 이미 지나가 버린 청춘과 용기 없음을 몸서리치며 후회하는 내용이다. 한때의 연정을 아무렇지 않게 말할 수 있을 만큼 늙어 버린 그녀와 남자 주인공의 모습이 선명한 대조를 이룬다.

〈첫눈〉에서는 의지력이 없고 수줍고 온순한 여자가 보수적인 남편과 시골 생활의 추위를 벗어나기 위해 끝내 자신을 죽음으로 몰고 가는 어리석음이 그려지고 있다. 〈후원자〉는 참의원이 된 주인공이 자신의 성공을 과시하려고 아무에게나 추천장을 써 주다가 큰 낭패를 본 이야기다. 자신의 잘못을 무마하기 위해 허둥대며 다시 추천장을 쓰는 주인공의 모습에서, 어리석음을 되풀이하는 인간의 한계가 씁쓸하게 겹쳐진다.

이처럼 모파상의 단편소설에는 한때의 욕망이나 어리석음으로 인해 자기 파멸로 치닫게 되는 주인공들이 자주 등장한다. 이들을 통해 모파상은 "인생이란 사람들이 생각하는 것처럼 행복하지도 불행하지도 않은 것"이라는 깨달음을 보여주려고 한다.

그리고 모파상은 이 주인공들이 표면적으로는 자신의 어리석은 판단이나 욕망 때문에 '운명의 아이러니'를 겪게 되지만, 실상은 사회적인 제도나 관습에 희생된 사람들이라는 것을 잘 알고 있다. 〈목걸이〉는 제 분수를 모르는 여주인공의 허영도 문제지만, 그 내면에 출신과 가문, 경제적인 부에 따라서 인격까지 차별되는 당대 사회에 대한 풍자가 깔려 있다. 그리고 〈첫눈〉은 불행한 결혼 생활을 벗어날 수 있는 제도적인 장치가 마련되지 않은 사회에서 고통받는 여성의 삶을 극단적으로 표현한 것이다.

한편 모파상의 소설에는 이러한 연민의 시선 외에도 날카로운 비판의 시선이 담겨 있다. 그가 가장 신랄하게 비판하는 것은 이중적인 인격을 가진 사람들의 위선이다. 〈비계 덩어리〉에는 주인공 창녀와 같은 마차를 타게 된 포도주 도매상인 부부, 도의회 의원 부부, 백작 부부와 민주주의자, 두 명의 수녀가 나온다. 사회적인 명예와 경제적인 부를 갖춘 이들은 자신들의 이익을 위해서라면 무슨 짓이든지 능히 할 수 있는 사람들로 묘사되고 있다. 속으로는 '비계 덩어리'를 경멸하면서 그녀의 음식을 빼앗아 먹고, 또 거창한 애국심과 희생 정신을 앞세워 그녀를 프러시아 장군에게 보낸 뒤에는 불결하고 쓸모 없는 물건처럼 내팽개친다. 이러한 행태를 꼬집어 모파상은 소설의 결말에서 '이 정숙한 파렴치한들'이라고 몰아세운다.

〈의자 고치는 여인〉을 보자. 집도 없이 마차를 타고 떠돌아다니며 의자를 고치는 여인이 어릴 때 약국 집 소년을 사랑한 뒤 평생 동안 굶주리면서 번 돈을 그에게 유언으로 남긴다. 그녀가 자신을 짝사랑했다는 사실을 신부에게서 들은 약사 부부는 노발대발한다. 그러나 그녀가 막대한 유산을 자신에게 남겼다는 것을 알자 그 돈과 마차까지 챙기는 위선을 보여 준다. 돈 앞에서 비열한 본성을 드러내고 만 것이다. 이 이야기는 약사 부부의 위선을 고발할 뿐 아니라, 사랑이 훌륭하고 세련되고 품위 있는 사람들에게만 어울리는 것이라고 생각하는 사람들에 대한 비판도 함께 들어 있다. 과연 의자 고치는 여인과 약사 중에서 누가 진실한 인간이며 위대한 사랑을 했다고 말할 수 있는가.

〈테리에 집〉에 나오는 여섯 명의 여성들의 모습도 인상적이다. 이들은 비록 술과 몸을 파는 창녀이지만 인간의 순수한 본성을 간직하고 있다. 주인 마담의 조카딸의 세례식에 참석하기 위해 시골 마을에 도착했을 때 그녀들의 화려한 옷차림에 놀란 동네 사람들은 마치 귀족처럼 대접한다. 그녀들도 이러한 기대에 어긋나지 않게 세례식장에서 매우 엄숙하고 종교적인 태도를 보여준다. 그 모습이 너무도 순박하고 자연스러워서 독자들로 하여금 문득, 도덕적으로 부끄러운 것은 창녀인 그녀들이 아니라 가식과 위선에 사로잡혀서 살아가는 우리들이 아닌가 하는 질문을 던지게 만든다. 그리고 다시 '테리에의 집'으로 돌아와 흥겹게 장사를 시작하는 이들의 모습 속에서 어떤 과장이나 위선도 찾아볼 수 없다.

지금까지 단편소설을 중심으로 모파상의 작품 세계를 살펴보았다. 모파상은 장편소설보다 단편소설이 더욱 특징적인 작가이다. 미국의 에드거 앨런 포는 단편소설을 정의하여 '앉은 자리에서' 한 번에 읽을 수 있는 분량이어야 한다고 말했다. 이것은 간결성과 압축성이 단편소설의 생명임을 의미한다. 즉 단순한 사건, 단일한 효과와 단일한 인상, 일관성과 통일성, 간결한 문장이 단편소설의 기본적인 요소이다. 이에 덧붙여 러시아의 작가 안톤 체홉은 '인생의 한 단면'을 그리는 것이 단편소설의 목적이라고 말한 바 있다. 이때 단편소설에 포착된 인생의 단면은, 전체의 인생에 의미를 부여할 수 있을 만큼 충분히 중요한 것이어야 한다.
  모파상의 단편소설은 직접 체험한 것, 일상 생활에서 쉽게 일어날 수 있는 평범한 사건들을 주로 다루면서, 그 속에 삶의 고뇌와 비애, 연민과 풍자를 그려내고 있다. 정확한 관찰과 간결한 묘사는 인물의 성격과 행동을 더욱 생동감 있게 만들며, 또한 탄탄하게 짜여진 구조와 결말 부분의 예상치 못한 극적인 반전은 일종의 카타르시스를 느끼게 함으로써 미적인 효과를 높이고 있다. 프랑스 문학사에서 단편소설의 전통은 발자크와 플로베르를 거쳐 모파상에 의해 완성되었다.

모파상 연보

1850년 8월 5일, 프랑스 북서부 노르망디 지방 디에프에서 가까운 소도시 쉬르 아르크 미로메닐 저택(샤토)에서 태어남. 할아버지는 로렌 지방에서 노르망디로 이주한 18세기 말의 귀족으로, 당시 루앙 시에서 관업 담배 사업에 종사하면서 농원 경영에도 손을 댐. 아버지는 평범하고 호색적인 시골 신사, 어머니는 그 지방에서는 명문인 르 프와트방 집안의 딸로, 총명하고 자존심이 강한 미인이며 그녀의 오빠 알프레드와 플로베르는 어린시절 소꿉동무임.

1862년(12세) 모파상의 양친은 정식으로 이혼하고 노르망디의 에트르타에 있는 어머니의 별장에서 어머니와 동생 에르베 셋이서 살게 됨. 자연과 바다와 거주민들과 친숙하게 지내면서 자유분방한 소년시절을 보냄. 평생 노르망디에 대한 강한 애착심 때문에 작품의 무대로 자주 이용함.

1863년(13세) 이브토의 신학교에 기숙생으로 입학함. 이곳은 근처의 귀족이나 부유한 지주의 자제들이 들어가는 학교로 성적은 좋았으나 엄격한 종교적 방침에 반발하여 2년 뒤에는 학교에서 쫓겨남.

1864년(14세) 여름, 에트르타 해안에서 영국 시인 스윈번이 물에 빠진 것을 구출하여 친구가 됨. 나중에 〈에트르타의 영국 사람〉에서 그 이야기를 씀.
1867년(17세) 루앙의 리세 국립 중고등학교에 기숙생으로 입학함. 플로베르의 친구로 어머니의 소꿉동무였던 시인 루이 부이예에게서 시작(詩作) 지도를 받고, 그의 권고로 플로베르를 찾게 됨.
1869년(19세) 루이 부이예 죽음. 7월, 바칼로레아(중고등학교 졸업 자격 국가시험)에 합격함. 이 학창 생활에서 학우 로베르 팡숑과 함께 플로베르를 알게 됨.
1870년(20세) 법률 공부를 뜻했으나, 마침 보불 전쟁이 일어나 징집되어 종군함. 이 경험은 뒤에 〈비계 덩어리 Boule de suif〉를 비롯하여 〈피피 양 Mademoiselle Fifi〉, 〈광녀〉, 〈두 친구〉, 〈월터 슈냅〉 등 17편의 모티프가 됨.
1871년(21세) 병역이 해제되어 에트르타로 돌아옴. 이듬해 3월, 아버지의 권고로 해군성 임시 직원으로 취직함. 이 무렵 플로베르에게서 시작이며, 문학 지도를 받음. 1873년에는 정식으로 채용되어 연봉 천 5백 프랑을 받음. 파리의 몽세 거리에 방 하나를 빌려 생활하면서 창작에도 손을 댐.
1874년(24세) 파리의 플로베르 집에서 에밀 졸라를 알게 됨. 이후 공쿠르, 투르게네프 등 많은 저명 인사들과 교제함.
1875년(25세) 해군성의 일보다 센 강에서 보트 놀이를 하거나 여자들과 노는 것에 더 열중함. 이 경험은 뒤에 단편 〈들놀이〉, 〈폴의 연인〉, 〈이베트〉, 만년의 작품 〈하에〉 등에 묘사됨. 이 해 단편 〈살갗이 벗겨진 사내의 손〉을 조제프 프르니에라는 필명으로 지방지「봉타 무송」연감에 발표함. 또한 〈유곽 터키관〉이라는 속이 빤히 들여다보이는 연극을 화가 르누아르의 아틀리에에서 상연함.
1876년(26세) 심장 장애로 진찰을 받을 정도의 육체적 불안이 시작됨. 시와 평론 〈귀스타브 플로베르 연구〉를 잡지에 발표함과 동시에 졸라를 중심으로 하는 자연주의 그룹에 적극 참여함.
1877년(27세) 플로베르의 부탁으로 에트르타 해안의 현장 묘사를 시도함.

기 드 발몽이라는 필명으로 〈성수(聖水) 수여자〉를 잡지「모자이크」에 발표함.
1878년(28세) 단편 〈라레 중위의 결혼〉, 〈야자 열매는 어떤가요?〉를「모자이크」지에 발표함. 플로베르에게 보낸 편지에서 눈병의 괴로움을 호소함. 12월, 해군성에서 문부성으로 직장을 옮김.
1880년(30세) 1월, 〈비계 덩어리〉의 원고를 읽은 플로베르로부터 걸작이라고 격찬받음. 3월, 이 작품을 실은 《메당의 저녁 Les Soirées de Médan》이 간행되면서 일약 문단에 확고한 위치를 확립함. 5월 8일, 아버지처럼 스승처럼 우러르던 플로베르가 죽음. 9월에서 10월까지 코르시카 여행. 수필, 기행 등 12편을 발표함.
1881년(31세) 7월, 아프리카 여행을 떠남. 12월, 최초의 단편소설집 《테리에 집》을 간행함. 문부성을 사직함. 10년 가까운 하급관리 생활이 〈유산〉, 〈승마〉의 인간 관찰, 인생 관조의 기반이 됨. 중·단편 십여 편을 발표함.
1882년(32세) 신문에 약 60여 편의 단편을 발표함. 6월에 벨기에에서 제2의 단편집 《피피 양》을 간행함. 7월에서 8월, 브르타뉴 지방을 여행(이때의 기행은 2년 뒤에 간행된 아프리카 기행 〈태양 밑으로〉에 함께 수록됨), 이 무렵 비평가 사르세이 볼프의 비판에 대답하는 자연주의 옹호 반론을「골르와」지에 발표함.
1883년(33세) 최초의 장편소설 《여자의 일생》을「질 블라스」지에 연재해서 대호평을 받음(완결 후 단행본으로 출판. 8개월 동안에 3만 부가 매진됨. 국제적으로 명성을 떨침과 동시에 큰돈을 벎). 7월, 고향 에트르타에 별장을 신축했는데, 이 해 병세는 더욱 악화되고, 안질, 신경 장애, 두통에 시달리는 등 고생을 함. 〈그 사람인가〉에 묘사된 것 같은 환각과 강박관념을 경험함. 여름 오베르뉴로 어머니와 함께 온천 요양을 떠남. 11월 하인 겸 요리사로서 프랑수아를 고용함. 이 해 중·단편 약 70편을 발표함. 단편집 《산새 이야기》를 간행함.

1884년(34세) 1월부터 남프랑스 칸에 체류. 러시아 태생인 여류 화가 마리 바슈키르체프와 편지를 주고받음. 6월부터 에트르타에 체류. 이 해 미국의 젊은 미인 블랑슈 루스벨트가 에트르타를 방문함. 두 번째 장편 《벨아미 Bel-Ami》 집필 외에 중·단편 약 60여 편, 단편집 《월과》, 《론돌리 자매》, 《미스 하리에타》를 간행함.

1885년(35세) 눈병이 더욱 악화됨. 4월부터 이탈리아 각지, 시칠리아 섬으로 여행함. 《벨아미》를 「질 블라스」지에 연재함(4월 8일~5월 30일). 10월, 장편 《몽토리올 Mont-Oriol》의 취재와 온천 요양을 겸해서 오베르뉴에 체류. 11월~12월, 약 20편을 발표함. 소설집 《낮과 밤 이야기》, 《투안 영감》, 《이베트》를 간행함.

1886년(36세) 1월1부터 앙티브에 머물면서 범선(帆船)을 사들임(뒤에 벨아미라고 이름 붙임). 여름, 오베르뉴, 런던, 옥스퍼드 등지를 여행함. 10월부터 앙티브에 체류. 시력이 완전히 약해짐. 「질 블라스」지에 《벨아미》를 다시 연재함(12월 23일~2월 6일). 단편 약 20편을 발표함. 소설집 《로크의 딸》, 《파랑 씨》를 간행함.

1887년(37세) 크게 명성을 떨치게 되자 신문사, 출판사에는 그의 작품을 얻으려고 다툼을 벌임. 방문객을 피하기 위해 파리 교외 센 강변에 저택을 구해서 옛 친구들을 초대하고 밤새워 술을 마시기도 함. 마틸드 공작 부인의 초대를 받음. 《춘희》의 작가 뒤마 피스는 그를 아카데미 회원으로 추천하려고 운동했음. 여자 독자들로부터는 동경의 대상이 되었으나, 반면 공쿠르로부터는 시기를 받음. 연말 두 번째로 아프리카를 여행함. 걸작 《피에르와 장 Pierre et Jean》이 「르뷔 블랑슈」지에 실림(12월호~신년호). 이 해 중·단편 십여 편, 소설집 《르오로르》를 간행함.

1888년(38세) 1월, 아프리카 여행에서 돌아왔는데, 「피가로」지에 실린 그의 소설론의 일부가 아무런 양해도 구하지 않고 무단히 삭제되어 소송을 제기함. 이 무렵 여행과 항해가 관심의 전부라고 편지에 씀. 4월 칸, 6월~7월 스위스의 온천지로 여행함. 11월~12월, 세 번째 장편 《죽음처럼 강하다 *Fort Comme la mort*》를 집필함. 단편 약 5편, 소설집 《위송 부인의 선행상》, 장편 《피에르와 장》, 여행기 《물 위》를 간행함.

1889년(39세)   장편 《죽음처럼 강하다》를 「르뷔 일러스트레」지에 연재(2월 15일~3월 15일)하고 이어 출판함. 7월에 에트르타로 갔다가 9월~10월에는 세 번째로 이탈리아 여행을 떠남. 사랑하는 범선 벨아미 호를 타고 베르나르, 레이몽 두 선원과 프랑스아와 동행함. 여행중에 고열과 위통이 일어나 예정을 변경하여 집으로 돌아옴. 리용 교외의 브롱 정신병원에 입원 중인 동생 에르베가 죽음. 중·단편 십여 편, 소설집 《왼손》이 출판됨.

1890년(40세)   1월~3월, 칸에 체류. 4월, 환각적 이야기 〈누가 아는가〉를 발표함. 두통, 안질, 불면증 등이 더욱 심해짐. 장편 《남자 마음(우리들의 마음) *Notre Coeur*》을 「두 세계 평론」에 연재(5·6월호). 7월, 스위스로 온천 요양을 떠남(신작 장편 《이국인》의 취재 목적도 있었다고 추정됨). 한편 극작에도 관심을 보여 희곡 〈뮈제트〉를 탈고함. 10월, 아프리카로 여행한 것으로 추정됨. 11월, 플로베르 기념상 제막식에 참석하기 위해 루앙으로 감. 장편 《남자 마음》외에 중·단편 4편을 발표. 소설집 《수꽃》이 간행됨.

1891년(41세)   병세는 절망적이었으나 미완성 유작 〈앙젤리스〉의 집필에 전력을 기울임. 〈뮈제트〉가 파리에서 상연되어 호평을 받음. 5월부터 니스에 체류. 7월에 니스에서 뤼송 온천, 디본 온천으로 가서 요양함. 연말부터는 과대망상 등 정신착란 증세가 눈에 띄게 나타남.

1892년(42세)   1월 1일 밤. 페이퍼 나이프로 자살하려다 실패함. 1월 7일, 파리 교외 파시 정신병원에 수용됨.

1893년(43세)   이따금 맑은 정신으로 되돌아올 때도 있었으나 네 발로 기어 다니며, 독방의 벽을 핥기도 했다고 전해짐. 6월 28일, 두 번이나 발작함. 7월 2일까지 혼수상태가 이어짐. 7월 9일 오후 3시경, 두 간호사가 지켜보는 가운데 어두컴컴한 병원 한구석에서 숨을 거둠. 7월 9일, 파리의 몽마르트르 묘지에서 작가들이 참석한 가운데 졸라가 조사를 읽은 후 장례를 치름. 유해는 몽파르나스 묘지에 묻힘.

▲ 에토아르 광장 부근의 몽소 공원에 있는 모파상의 기념비

▲ 어린 시절의 모파상

▲ 중년의 모파상

▲ 모파상이 어릴 때 자란 집

혜원 세계문학 시리즈

> 잊고 사는 것들, 잃어버린 것들에 대해 새롭게 의미를 부여하고 젊은이들의 순수한 마음에 오래도록 풍부한 자양분이 될 세계의 명작들!

1. 부활 / 톨스토이
2. 좁은 문 외 / 앙드레 지드
3. 아Q정전 외 / 노신
4. 대위의 딸 외 / 푸슈킨·톨스토이
5. 채털리 부인의 사랑 / 로렌스
6. 폭풍의 언덕 / 에밀리 브론테
7. 귀여운 여인 외 / 체홉
8. 첫사랑·전날밤 / 투르게네프
9. 데미안·싯타르타 / 헤르만 헤세
10. 파우스트 / 괴테
11. 젊은 베르테르의 슬픔 외 / 괴테
12. 햄릿 외 / 셰익스피어
13. 마지막 잎새 외 / 오 헨리
14. 성·변신 / 카프카
15. 보바리 부인 / 플로베르
16. 주홍 글씨 외 / 호돈
17. 테스 / 토머스 하디
18. 신곡 / 단테
19. 여자의 일생 외 / 모파상
20. 적과 흑 / 스탕달
21. 검은 고양이 외 / 포우
22. 제인 에어 / 샬로트 브론테
23. 개선문 / 레마르크
24. 무기여 잘 있거라 외 / 헤밍웨이
25. 실낙원·복낙원 / 밀턴
26. 안네의 일기 / 안네 프랑크
27. 보물섬 외 / 스티븐슨
28. 그리스 로마 신화 / 토머스 불핀치
29. 골짜기의 백합 / 발자크
30. 성채 / 크로닌
31. 나나 / 에밀 졸라
32. 일리아드 / 호메로스
33. 오딧세이아 / 호메로스
34. 닥터 지바고 / 파스테르나크
35. 누구를 위하여 조종은 울리나 / 헤밍웨이
36. 죄와 벌(상) / 도스토예프스키
37. 죄와 벌(하) / 도스토예프스키
38. 대지(I) / 펄 벅
39. 대지(II) / 펄 벅
40. 셰익스피어 4대 비극 / 셰익스피어
41. 어린 왕자·야간 비행 / 생텍쥐페리
42. 이방인·페스트 / 알베르 카뮈
43. 분노의 포도 / 존 스타인벡
44. 백경 / 허먼 멜빌
45. 카라마조프가 형제(상) / 도스토예프스키
46. 카라마조프가 형제(하) / 도스토예프스키
47. 바람과 함께 사라지다(상) / 마거릿 미첼
48. 바람과 함께 사라지다(하) / 마거릿 미첼
49. 생의 한가운데 / 루이제 린저
50. 백년 동안의 고독 / 마르케스

51. 천국의 열쇠 / 크로닌
52. 가시나무새 / 콜린 맥컬로우
53. 달과 6펜스 외 / 서머셋 몸
54. 레 미제라블(상) / 빅토르 위고
55. 레 미제라블(중) / 빅토르 위고
56. 레 미제라블(하) / 빅토르 위고
57. 셰익스피어 희곡선 / 셰익스피어
58. 지와 사랑 / 헤르만 헤세
59. 위대한 유산 / 디킨스
60. 안나 카레니나(상) / 톨스토이
61. 안나 카레니나(하) / 톨스토이
62. 데카메론(상) / 보카치오
63. 데카메론(하) / 보카치오
64. 오만과 편견 / 제인 오스틴
65. 타고르 선집 / 타고르
66. 초당 / 강용흘
67. 아에네이스 / 베르길리우스
68. 멋진 신세계 / 헉슬리
69. 세계의 신화 전설 / 하선미 편
70. 전쟁과 평화(상) / 톨스토이
71. 전쟁과 평화(중) / 톨스토이
72. 전쟁과 평화(하) / 톨스토이
73. 동물농장 · 1984년 / 조지 오웰
74. 인간 요건 · 사랑의 종말 / 그레이엄 그린
75. 성채 / 생텍쥐페리

76. 춘희 · 카르멘 / 뒤마 피스 · 메리메
77. 인형의 집 / 입센
78. 에덴의 동쪽(상) / 존 스타인벡
79. 에덴의 동쪽(하) / 존 스타인벡
80. 유리알 유희 / 헤르만 헤세
81. 천로역정 / 존 버니언
82. 어머니 / 막심 고리키
83. 구토 외 / 사르트르
84. 장 크리스토프(상) / 로맹 롤랑
85. 장 크리스토프(하) / 로맹 롤랑
86. 완전한 기쁨 · 다니엘라 / 루이제 린저
87. 올랜도 / 버지니아 울프
88. 체호프 4대 희곡 / 체호프
89. 말테의 수기 / 릴케
90. 심판 · 유형지에서 / 카프카
91. 이지와 감정 / 제인 오스틴
92. 중국 현대 단편선 / 루쉰 외
93. 검찰관 · 외투 / 고골리
94. 위대한 개츠비 / 스콧 피츠제럴드
95. 첼카쉬 / 막심 고리키
96. 돈 키호테 / 세르반테스

★계속 간행됩니다★